电脑组装·维修·反病毒

（第4版）

胡存生　编著

電子工業出版社
Publishing House of Electronics Industry
北京·BEIJING

内 容 简 介

本书详细介绍了电脑组装、维修与反病毒方面的知识。全书共4篇19章，其中基础篇主要介绍了主板、CPU、内存等电脑部件的性能和当前最新的技术发展；组装篇结合实际操作，详细介绍了组装电脑的过程；维护篇重点介绍了电脑的使用、维护和常见故障的排除方法；安全篇介绍了反病毒技术的发展，详细剖析了当前具有代表性的病毒的表现形式、防范措施，以及优秀的反病毒工具软件的功能特点和使用方法。通过学习本书，读者不仅可以自己动手组装电脑，还可以自己处理电脑的常见故障。

本书知识新，可操作性强，既可供电脑爱好者自学使用，也可作为电脑培训班的教材。

图书在版编目（CIP）数据

电脑组装·维修·反病毒/胡存生编著. —4版. —北京：电子工业出版社，2009.2
ISBN 978-7-121-08126-2

Ⅰ. 电…　Ⅱ. 胡…　Ⅲ. ①电子计算机－组装　②电子计算机－维修　③计算机病毒－防治　Ⅳ. TP30

中国版本图书馆CIP数据核字（2009）第006354号

责任编辑：周　琰　　特约编辑：寇国华
印　　刷：北京天宇星印刷厂
装　　订：三河市皇庄路通装订厂
出版发行：电子工业出版社
　　　　　北京市海淀区万寿路173信箱　邮编　100036
开　　本：787×1092　1/16　印张：19.75　字数：506千字
印　　次：2009年2月第1次印刷
定　　价：32.00元

前　言

当前，电脑硬件、软件技术都有了飞速的发展。本书结合电脑的基本工作原理，详细介绍了电脑主要部件的功能、组装电脑技术、维护电脑常识以及电脑安全技术。

本书具有两个显著特点，一是知识新，即所介绍的内容都是当前最新的知识；二是可操作性强，无论是组装电脑方面的知识还是维护方面的知识，都遵循由浅入深、循序渐进的原则，读者通过边看书边操作，可以收到理想的效果。

本书共分 4 部分 19 章：

第一部分基础篇由前 10 章组成，第 1 章介绍了组装电脑所需的必备知识，给读者一个电脑整体的概念；第 2 章到第 10 章重点介绍了电脑的主要部件，包括主板、CPU、内存、外部存储设备、网络设备，以及其他外部设备的性能和当前的发展技术。

第二部分组装篇由第 11 章到第 14 章组成，详细介绍了组装电脑的过程，创建硬盘技术，BIOS 设置方法，Windows Vista/XP 系统和设备驱动程序的安装操作，以及上网方面的知识。

第三部分维护篇由第 15 章和第 16 章组成，介绍了常用工具软件，电脑的维护和使用，常见故障的排除方法，以及常见问题的解答。

第四部分安全篇由第 17 章到 19 章组成，重点介绍了反病毒技术的最新发展，详细剖析了当前具有代表性的病毒的表现形式和清除方法，以及优秀的反病毒工具软件的功能特点和操作方法。

通过阅读本书，读者可学习到当前电脑的最新技术，组装电脑的方法，维修电脑的知识，以及电脑安全技术。

由于电脑技术的发展日新月异，新产品、新技术、新知识不断涌现，加之本人水平有限，错误之处在所难免，敬请读者批评指正。

本书由胡存生和刘永刚主持编写和总校对，此外，参加编写、制图、录入和校对的人员还有段淑兰、胡雅静、魏海、王玲、胡雅滨、段峥、段朝华、王南、张国君、李冬林、董立立、熊雪晖、苗晨、李林等。

作　者

前　言

目 录

第一部分 基础篇

第二部分 组 装 篇

第三部分 维 护 篇

第四部分 安 全 篇

第一部分

基 础 篇

第1章　组装电脑的基本知识

电脑是由电子元器件构成的高速运转的电子设备，它于1946年诞生在美国。电脑具有高速的运算能力、精确的逻辑判断能力、大容量的存储能力，以及超强的自动工作的能力。在电脑诞生的初期阶段，人们主要将其应用于计算。当前，电脑的应用范围已经远远地超过了计算的范畴，它已经被广泛地应用到人类社会生活的各个领域。从科研、生产、国防、教育、网上冲浪，以及家庭娱乐等，处处都离不开电脑。

1.1　电脑系统组成

电脑由硬件系统和软件系统组成，这两个系统密切地配合完成各项任务。

1.1.1　硬件系统

1．逻辑结构

硬件系统是电脑物理设备的总称，其逻辑结构包括运算器、控制器、存储器、输入设备和输出设备等，如图1-1所示。

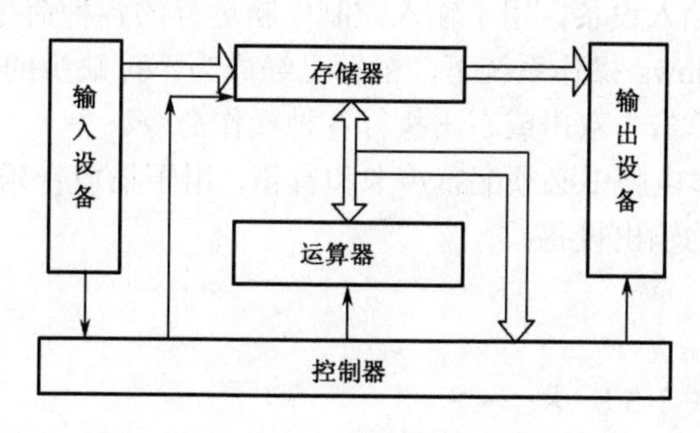

图1-1　硬件逻辑结构

图中的空心箭头表示数据的传输路径，实线箭头线表示控制信息的传输路径。

2．硬件设备

电脑的硬件系统主要包括主机部件、输入设备和输出设备3大部分。

主机部件组装在机箱内，包括CPU、内存条、主板，以及各种板卡等电脑部件。

输入设备指将数据输入到电脑的设备，常用的输入设备有键盘、鼠标、扫描仪，以及数码相机等。

输出设备指将电脑的处理结果以适当形式输出的设备，常用的输出设备有显示器和打印机等。

一台电脑的硬件设备的外观如图 1-2 所示。

图 1-2　电脑的硬件设备的外观

各部分的具体作用如下。

（1）主机：整个电脑的核心，其所有部件安装在主机箱内，包括主板、CPU、内存条、硬盘驱动器（以下简称为“硬盘”）、光盘驱动器（以下简称为“光驱”，即 CD-ROM 或 DVD-ROM）、软盘驱动器（以下简称为“软驱”）、显卡、声卡和网卡等部件。

（2）显示器：人机交互的显示设备，也是主要的输出设备，是组装电脑时必不可少的部件之一。当前的显示器主要有 CRT 显示器和液晶显示器两大类，其作用是显示键盘输入的结果和电脑运行各种程序的过程和结果。

（3）键盘：主要的输入设备，用于输入控制电脑运行的各种命令或编辑文字等。

（4）鼠标：在 Windows 操作系统下，鼠标已经成为不可缺少的输入设备，其作用是快速而准确地定位或通过单击、双击或右击执行各种操作命令。

（5）音箱：在多媒体电脑中必须配置声卡和音箱，用于播放音乐或发声，它是玩游戏及播放影视作品不可缺少的输出设备。

3．主机部件

电脑的主机部件如图 1-3 所示。

主机部件及其功能如下。

① CPU（Central Processing Unit，中央处理器）：电脑的核心部件，由控制器和运算器组成。控制器是电脑运行的指挥中心，它按照程序指令的要求有序地向各个部件发出控制信号，使电脑有条不紊地运行；运算器是电脑处理数据的部件，在控制器的控制下，对数据执行算术和逻辑运算。算术运算指各种数值运算，而逻辑运算指执行逻辑判断的非数值运算。

CPU 是整个电脑的核心部件，也是评价电脑档次的主要标准。

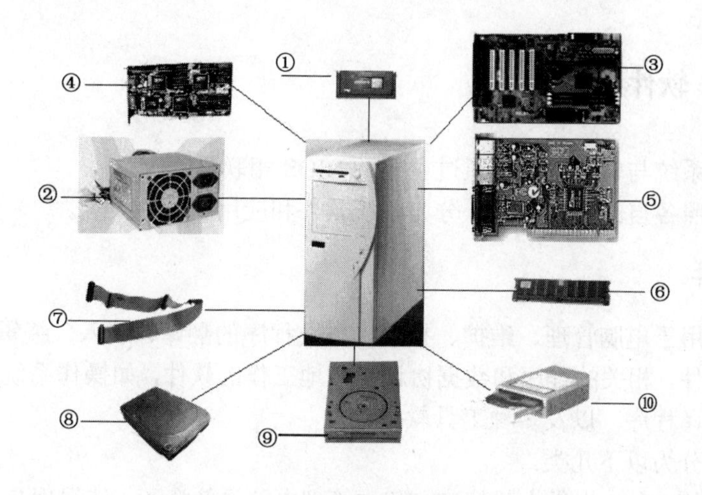

图 1-3　电脑的主机部件

② 电源：为电脑提供电力的设备，其作用是将 220 V 的交流电转换成电脑使用的 5 V、+12 V 及-12 V 等多种直流电。当前的电源都是开关电源，其类型分为 AT 电源和 ATX 电源。

③ 主板：主要由芯片组、各种总线插槽、电源转换器件、外设接口，以及 BIOS 芯片等组成，其主板的作用是通过系统总线插槽和各种外设插口等将各种零散的主机部件组成一个有机的整体。

④ 显卡：又叫做“显示适配器”，是连接电脑主机与显示器的桥梁，显示器只有在显卡及其驱动程序的支持下才能显示色彩艳丽的图形。

⑤ 声卡：用于播放音乐及处理其他声音信号。

⑥ 内存：可分为随机存储器（RAM）和只读存储器（ROM），RAM 用于存储当前正在运行的程序、各种数据及其运行的中间结果，其中的数据可以随时地读入和输出。当用户关机后，所存储的数据将立即丢失；ROM 只读存储器，其中存储的数据在电脑运行时只能读出，不能随机写入。这些数据在设备出厂前用专用设备写入，不能由用户修改。一般都是比较重要的数据或程序，如电脑的加电开机自检程序等。

⑦ 数据线：用来连接硬盘、光驱和软盘等各种设备的信号线。

⑧ 硬盘：重要的永久性外存储器，其特点是容量大且读写速度快，用于保存需长期保留的程序及数据。

⑨ 软驱：以前曾是安装电脑操作系统或转存数据的重要外部存储设备，当前大有被 U 盘取代的趋势。

⑩ 光驱：分为 VCD 光驱、DVD 光驱和光盘刻录机，是安装操作系统、应用程序、驱动程序，以及刻录光盘保存数据资料等必不可少的外部存储设备。其特点是容量大，抗干扰性强，并且存储的信息不易丢失。

硬件系统是电脑运行程序的基础，电脑的档次、各种性能、存储容量，以及可靠性等都取决于电脑的硬件配置。

1.1.2 软件系统

电脑的硬件系统与软件系统是通过主板的BIOS相联系的。

软件系统按照各自的功能不同，分为系统软件和应用软件两大类。

1. 系统软件

系统软件是用于电脑管理、维护、控制，以及程序的翻译、装入、编辑和运行的程序，使电脑的各个部件、相关的程序和数据协调高效地工作的软件，如操作系统、数据库管理系统、高级语言编译程序，以及多种工具软件等。

系统软件可分为以下几类。

（1）操作系统软件：提供人机接口，负责管理电脑系统资源，使得用户能够使用电脑中的其他软件。目前通用的操作系统有Windows 2000/XP/Vista及Linux等。

（2）汇编、解释或编译软件：为了使用多种程序设计语言，这些语言提供了相应的编译工具，如Assembler、Basic、Pascal、C及FoxBase等语言的汇编、解释和编译软件。这些软件的作用是把用户书写的高级语言或汇编语言源程序翻译成用机器指令表示的程序，以便于机器执行。

（3）调试及诊断程序：主要用于调试、检查和诊断电脑的各种故障。

2. 应用软件

应用软件指为特定的应用目的开发的软件，如账目管理软件、制图软件、各类办公软件和教学软件等。应用电脑的最终目的是要提高工作效率，增加经济效益，为此需要大量开发适合用户需求的应用软件。

应用软件主要包括如下类型的软件。

（1）文字处理应用软件：主要用于输入、编辑、排版及打印文件等文字处理工作，如Word等，这类软件是运用最广泛的软件。

（2）电子表格类应用软件：主要包括各种数学运算、数据统计分析及绘制数据图表等应用软件。这些软件充分发挥了电脑强大的计算功能。具有高速且精确的优势，如Excel 2003表格处理软件等。

（3）数据库类应用软件：数据库指包含大量数据信息的资源库，本身并不属于应用软件的范畴。数据库的应用和开发需要得到专门的应用软件的支持，如SQL Server、Oracle，以及Access等都是当前优秀的数据库操作系统。

（4）图形处理应用软件：这类软件包括可完成复杂的工程设计的Auto CAD图形设计软件和用于三维动画设计软件3Dstudio MAX等。

（5）声音处理应用软件：主要包括用于播放、录制，以及编辑声音的软件。

（6）影像处理应用软件：可细分为影像播放和影像格式转换软件，前者用于播放影像；后者用于将外部的影像信息转换为电脑文件。

（7）网络工具软件：如Internet Explorer、Netscape Navigator及Outlook。

（8）编程工具软件：面向不同的编程语言有相应的开发工具，如Visual Studio系列，包括VB及VC等。

1.2 组装电脑必备知识及工作

1.2.1 必备知识

要学会组装电脑，必须要掌握其必备知识。除了要了解电脑的基本结构外，还应熟悉电脑的一些基本操作。

（1）DOS操作系统

DOS 操作系统的基本操作命令包括 Fdisk（分区）、Format（格式化）、Copy（复制）、MD（建立目录）及CD（改变目录）等，常用的文件是config.sys和Autoexec.bat文件。

（2）Windows系统

Windows系统的基本操作包括操作“我的电脑”、“资源管理器”及“控制面板”等。

（3）网络知识

使用电脑的主要目的之一就是上网，因此必须掌握一些必要的网络设备及基本操作方面的知识。

1.2.2 必备软件及组装工具

组装电脑所需的软件包括Windows操作系统、Office办公软件、杀毒工具软件，以及其他一些常用应用软件，如压缩工具、看图工具、图像处理工具以及数据恢复工具等。

另外，用户也可以找一套测试软件，如QPLUS等，以便对机器性能进行全面测试。

（1）操作系统

系统安装光盘用于安装操作系统，是组装电脑前必须准备的，常见的操作系统有Windows 2000/XP/ Vista等。

（2）各种硬件设备的驱动程序

驱动程序用于控制硬件设备的正常工作，在Windows的操作系统中，版本越高，所配置的驱动程序也越多。在安装硬件设备时，使用原装的驱动程序才能够更好地发挥其性能。

（3）其他应用软件

其他应用软件如用于办公的Office程序、用于图片处理的Photoshop、用于播放影碟的超级解霸和用于防杀病毒的软件金山毒霸或瑞星等。

（4）组装工具

组装电脑的必备工具有各种型号的螺丝刀和镊子各一把，以及一只电笔和一块万用表。一般来说至少要有一把十字形螺丝刀，并且为了以防万一，再准备一把一字形螺丝刀。

镊子的作用主要是用于改跳线，并且可以把不慎掉入机箱内部的螺钉或其他小零件取出；电笔的作用是判别电源是否正常，以及是否漏电；可用于诊断多种故障。

1.3 选购电脑备件的重要因素

本节说明在选购电脑备件时应该考虑的重要因素。

1.3.1 组装电脑的目的

每个人组装电脑都有各自的使用目的，购买电脑的档次、部件品牌和要求的性能也不相同。由于Intel公司的CPU在浮点运算等方面性能最优，所以如果要用于图形图像处理，最好购买Intel的CPU；如果用于处理文字和玩游戏，则可选购AMD公司的CPU。其价格低廉，运行速度有时比Intel公司的CPU还快。

追求最新、最快和最优是许多电脑组装者最易步入的误区，追求高的性价比才是值得提倡的。

1.3.2 品牌机与兼容机

品牌机的价格比组装的兼容机要贵许多，但性能价格比当然没有兼容机高。

组装电脑的好处是可以根据需要选购部件，在组装的过程中可以学到很多电脑硬件和软件方面的知识。而且价格便宜，能够增强自己的动手能力，并增加无限的乐趣。就目前中国国情而言，组装兼容机是电脑爱好者的最佳选择。

第2章 主 板

主板是电脑的关键部件之一，主板上的各种器件及 ROM BIOS 等决定了电脑的档次。主板安装在电脑机箱内，其功能是把电脑中的各个部件紧密地联系在一起，是电脑稳定运行的重要保障之一。

2.1 主板的结构

主板大多是长方形印制电路板，上面集成了 CPU 插座、内存插槽、芯片组、各种外设控制芯片、键盘与鼠标插座、机箱面板的控制开关及指示灯连线插座等相关器件。主板上的元器件大都采用 SMT（Surface Mount Technology，表面安装工艺）焊接，大大提高了可靠性。主板一般都为多层印制电路板，上面安装元器件。下面主要是线路连接线，中间两层布有电源线和地线。主板由一个 300 W 的直流开关稳压电源供电。

随着大规模集成电路和超大规模集成电路技术的发展，主板的集成度越来越高。芯片数目越来越少，故障率逐步减小，并且速度逐步提高，稳定性也随之提高。ATX 主板的结构如图 2-1 所示，说明如下。

图 2-1 ATX 主板的结构

① North Bridge（北桥）芯片：CPU 与外部设备之间的联系纽带，L2 Cache、AGP、DRAM 和 PCI 插槽等设备通过不同的总线与之相连。

② South Bridge （南桥）芯片：与北桥芯片共同组成主板上的芯片组，主要负责连接 ISA 总线设备、USB 接口、EIDE 传输、高级电源管理、中断及 DMA 通道管理等。

③ ISA 插槽：这是从 486 机延续下来的主板插槽，其工作频率只有 8 MHz，为黑色。现在还有少数声卡和网卡等设备会用到此插槽。

④ PCI 插槽：很多声卡、网卡和 SCSI 卡都使用这种插槽，其工作频率为 33 MHz 或 66 MHz，这是目前的主流插槽。

⑤ AGP（Accelerated Graphics Port，加速图形口）插槽：用于安插 AGP 显卡，这种显卡的传输速率大大超过 PCI 显卡。

⑥ 内存条插槽：用于安插随机存储器，即内存条。内存条分为 EDO、SDRAM、RDRAM 和 DDR 等。图 2-1 中所示为 168 线内存条插槽。

⑦ CPU 插座：用于安装 CPU，主要分为 Socket 和 S1ot 两种类型。

⑧ BIOS（BASIC Input/Output System，基本输入/输出系统）芯片：一块装入了启动和自检程序的 EPROM 或 EEPROM 集成电路。

⑨ CMOS 电池：为主板上的 CMOS 芯片供电，以保持其中的信息。

⑩ 外设接口：包括并行口、串行口和 USB 接口等。

⑪ IDE 接口：主板上一般配备两个 IDE 接口，分别为 IDE1 和 IDE2，用于连接硬盘驱动器或光盘驱动器等 IDE 接口设备。

⑫ 软盘驱动器接口：用于安装软驱。

⑬ 电源插座：用于连接 ATX 开关电源。

2.2 结构规范

主板的结构标准指主板上各种元器件的布局和排列方式，不同标准的主板板型要求使用不同的机箱，主板结构标准之间的差别主要包括形状、尺寸、元器件的排列位置和电源电路等。伴随电脑的技术发展，主板的结构标准也在不断地发生变化，数量很多。本节介绍当前常见的主板结构标准，即 AT、ATX、NLX，以及当前流行的集成式结构。

2.2.1 AT 结构

AT 结构标准开始应用在 IBM AT/XT 计算机上，现已定型为一种计算机的工业标准。AT 主板的尺寸为 33.02 cm×30.48 cm，由于尺寸较大，所以可放置较多的元器件及 AT 扩充插槽。AT 主板如图 2-2 所示。

2.2.2 ATX 结构

ATX（AT Extend）主板结构是 Intel 公司设计的，它采用的是一种全新的结构设计方法，克服了 AT 主板的某些缺陷。主板布局更加合理，还能够更好地支持电源管理。

ATX 主板的尺寸为 30.5 cm×24.4 cm，该结构直接提供串行口 COM1 和 COM2、并行口 LPT1、PS/2 鼠标接口、PS/2 键盘接口，以及 USB 接口。一种典型的 ATX 主板如图 2-3 所示。

图 2-2 AT 主板

图 2-3 典型的 ATX 主板

由于 ATX 结构主板的尺寸横向宽度增加，所以可将 CPU 插槽安放在内存插槽旁边。软硬盘连接插口从主板的边沿移到板子中间，这样可以使其与硬盘和软驱更为接近，便于安装。由于外设线和硬盘线变短，所以当板卡过长时不会触及其他元件。散热系统也更加合理，并有效地降低了电磁干扰。

电源插座位于内存插槽的右侧，将原来的 CPU 和电源风扇合二为一，并支持 USB 热插拔功能接口。利用电源单边托架风扇，可以直接为 CPU 及主板上的元器件散热。ATX 结构的主板集成了串行口、并行口、声卡和网卡等，使各种设备的连线走向更趋合理。

ATX 结构的优点如下。

（1）全面改善了硬件的安装、拆卸和使用条件。

（2）为支持多种多媒体卡和新型设备保留了空间，使用户以后增加新的设备更加方便。

（3）由于增加了集成度，将多种 I/O 接口集成在主板上，因而全面降低了系统的整体造价。

（4）改善了机箱通风条件，利于系统整体散热。

（5）降低了电磁干扰，利于系统的稳定，并且减少了环境污染。

ATX 结构主板是当前市场主流产品。

2.2.3 NLX 结构

NLX 结构标准是 Intel 与 IBM 公司合作开发的主板结构标准，这是一种较为灵活的技术标准。它定义了主板的基本结构，如尺寸和安装形式等以保证各生产厂家生产的主板的兼容性，并为各生产厂家留有自主定义板子细节的空间。NLX 主板主要用于一些品牌原装机上，其结构如图 2-4 所示。

NLX 结构的主板由两块卡所组成，上面一块为附加（Add-in）卡，下面一块为主卡，其基本设计思想如下。

（1）在 Add-in 卡上集成了 PCI 和 ISA 总线扩充插槽、软盘和硬盘（IDE1 和 IDE2）接口，以及为主卡供电的电源插座等。

（2）在主卡上集成了内存插槽和连接各主要设备的接口器件，在组装电脑时只要将主卡插在 Add-in 卡上即可。使卡的拆装变得非常简单，提高了系统的稳定性及组装的灵活性。

2.2.4 集成式结构

当前流行的主板结构中有一类称为“集成式主板”，它集成了各种接口卡的功能，如声卡、显卡及网卡功能等。集成式结构主板如图 2-5 所示。

图 2-4 NLX 主板图结构

图 2-5 集成式结构主板

这种主板的优点是比较经济，由于将多种接口卡的芯片与接口都集成在主板上，所以稳定性较好。但是在总体性能上与非集成主板相比，要相对差一些。由于集成主板的显卡显存占用主机存储器的一部分，且由 BIOS 设置，也不能设置太高；否则影响主存储器。

建议读者在经济条件允许的情况下，尽量选购非集成的主板结构。

2.3 芯片组

芯片组（chipset）是主板的灵魂，它的每一次技术进步，都对整个电脑的发展起到不容忽视的推动作用。电脑主板的技术发展与更新换代，在很大程度上取决于芯片组。在选购主板时要查阅相关的资料，了解其使用哪一种芯片组。

1．功能

芯片组负责协调 CPU 与外围部件间的数据交换及其他工作，它决定了主板的性能和价格。

芯片组由南桥芯片与北桥芯片组成，它与主板的关系如同 CPU 与整机的关系一样，提供了主板所需的完整核心逻辑。

北桥芯片负责管理 L2 Cache、支持内存的类型及最大容量、支持 AGP 加速图形接口及 ECC 数据纠错等功能。由于北桥芯片组的功能越来越强、速度越来越快，并且集成度也越来越高，发热量自然大幅增加，所以当前多数厂商在北桥芯片组上加装了散热片或风扇，以免其在高速运行时因过热而损坏。

南桥芯片主要负责连接总线设备、USB 接口、EIDE 传输、高级电源管理、中断及 DMA 通道管理，以及对 KBC（键盘控制模块）和 RTC（实时时钟模块）的支持。

芯片组的功能如图 2-6 所示。

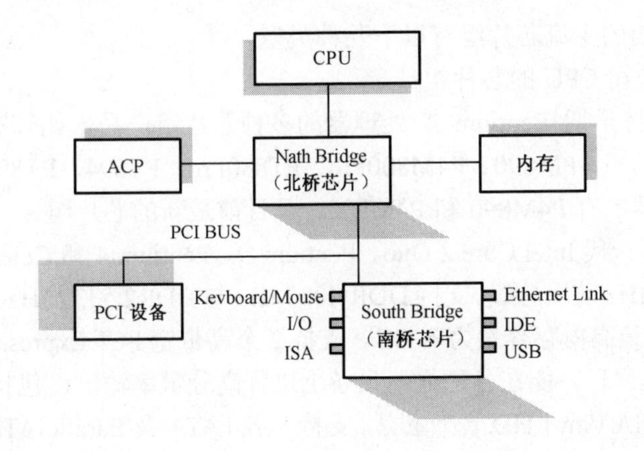

图 2-6 芯片组的功能

2．主流芯片组

芯片组的生产厂商主要有Intel、VIA（威盛）、SiS（矽统）和NVIDIA等公司。

（1）Intel产品

由于Intel公司是主要的CPU的生产厂家，所以该公司每推出一款新的CPU产品时都会生产出与之相配套的芯片组，下面简要介绍几款当前使用的主要芯片组产品。

- Intel i925P系列芯片组

i925P系列是属于第五代Pentium 4主板芯片组，支持LGA775 Prescott处理器、800 MHz前端总线、DDR2 533/400内存和ECC内存。并支持PCI和PCI Express×16接口，以及超线程技术。南桥采用ICH6R，提供8个USB 2.0接口、ATA66/100，以及4个S-ATA接口。

- Intel i955X等系列芯片组

Intel i955X芯片组属于第六代Pentium 4主板芯片组，包括的芯片组有Intel i955X、i955、i945P、i945PL、i945G、i955GZ、i946GZ，以及i946PL。

这些芯片组的共同特点是支持双核心Pentium D和Pentium Extreme Edition系列LGA775处理器，并支持800/l 066 MHz前端总线，其差别是有些芯片组支持以前的533 MHz前端总线，而有些芯片组不支持，需要详细对照技术手册后才能使用。

- G965等系列芯片组

G965等系列芯片组属于第七代Pentium 4主板芯片组，包括的芯片组有G965、P965、Q965、Q963及i975X。

代表性产品是i975X芯片组，它支持Conroe双核心处理器。而且还有较好的向下兼容性，完全支持Pentium XE双核心处理器。它并具备两个独立的2 MB二级缓存、1 066 MHz前端总线、超线程技术，以及虚拟处理器技术；支持PCI Express×16接口显卡、两种PCI-E x8显卡模式、ATi的CrossFire（交叉火力多显卡技术）；支持Intel的内存加速技术MPT，最高可以支持内存容量为8 GB；并且支持内存的ECC功能。它提供了交错的双信道内存模式，可以让不同品牌、容量和速度的内存也可以工作在双信道模式。

（2）VIA公司产品

VIA是世界第3大CPU设计生产公司，也是世界上最大的芯片组供应商之一，其产品非常著名。VIA推出的主流芯片组有以下几种类型。

- 支持Intel公司CPU的芯片组

VIA 公司有支持早期 Pentium 4 处理器的多种芯片组产品，比较有名的有 P4X400、PT800、PT880、PT890、PM890、P4M800Pro、PT880Pro、PT894、PT894PRO，以及PT900等。支持双核处理器的有P4M890和P4M900，是目前最新的芯片组。

P4M890支持新一代Intel Core 2 Duo、Pentium D、Pentium 4和Celeron D处理器，支持1 066/800/533/400 MHz前端总线。支持DDR 400 MHz与DDR2 533 MHz两种规格的内存(不可同时使用)，支持最高内存容量为4 GB。支持2个高带宽PCI Express端口（PCI Express ×16和PCI Express×1）。能在各种显示设备上进行高分辨率输出，包括1 920×1 080P的HDTV格式。支持VIA Viny1 HD音效芯片，支持Serial ATA及ParallelATA，它搭配VT8237A南桥芯片。

P4M900支持Vista操作系统；支持Intel Core 2 Duo、Pentium D、Pentium 4和Celeron D处理器，内建VIA Chrome 9图像核心；支持PCI Express传输接口与DDR2 677 MHz内存；支持1066 MHz的前端总线；支持8个高速USB 2.0接口和10/100 Mb/s以太网卡，具备VIA Viny1多声道高传真音效；支持DirectX 9.0和Pixel Shader 2.0规格。该芯片组同时运用了VIA Chromotion图像增强技术，能在各种显示设备上进行高分辨率输出，包括1 920× 1 080P的HDTV格式。

- 支持AMD CPU的芯片组

VIA公司是AMD公司的强力的支持者，有支持AMD公司的雷鸟、毒龙、Athlon XP，以及Athlon 64全系列的芯片组。

当前主要产品是 K8T890 Pro 系列芯片组，它支持 AMD Athlon 64 X2/Athlon 64 FX/Athlon 64/Sempron处理器和1 GHz的HyperTransport技术。并引入一项称为“Dual GFX Express”的技术，即VIA公司发明的具有SLI（Scan Line Interleave）功能支持双显卡插槽的新技术。这种技术具有一个PCI Express×16显卡插槽、一个兼容PCI Express×16显卡的PCI Express×4插槽，以及两个PCI Express×1插槽。搭配VT8251南桥定位为高端游戏用户。

K8T900支持全系列AMD Athlon 64 X2/Athlon 64 FX/Athlon 64/Sempron处理器（939、940＆754针脚），支持1 GHz l6 bit单向Hyper-Transport Link技术，并配备新一代南桥VT8251。它将完全支持Serial ATA II包括3.0 Gb/s、ACHI及NCQ技术，同时支持RAID 0、RAID 1RAID 0+1，以及High Definition音效输出。

（3）SiS产品

SiS公司最近推出的几款芯片组，性价比非常高，因而深受广大用户的欢迎。

下面介绍几款该公司生产的最新芯片组。

- 支持Intel公司Pentium D双核处理器的SiS 649、SiS 656 FX及SiS 662芯片组

SiS 649 FX、656 FX都支持Pentium D双核处理器和Pentium 4处理器，最高支持1 066 MHz的前端总线，内建16条PCI Express通道，并支持PCI Express×16显卡插槽。不同的是，656 FX最高支持双通道DDR2 667或者DDR 400和ECC内存，可以同时在主板上提供DDR和DDR2插槽(不能同时使用)，搭配的南桥是SiS 966芯片；649 FX仅支持单通道DDR2 667

或者 DDR 400，不支持 ECC 内存，搭配的南桥是 SiS 966L 芯片。

● 支持 AMD 双核处理器的 SiS 76l GX 芯片组

该芯片组支持 AMD Athlon 64 x2 双核处理器及 AMD Sempron/Athlon 64/ Athlon 64 FX/Opteron 处理器，具有一个 PCI Express×16 接口，内建绘图核心。并且硬件支持 Microsoft DirectX 9.0，搭配 SiS 966 南桥。

（4）NVIDIA 产品

NVIDIA 公司的芯片组的代表性产品如下。

● nForce 500 系列芯片组

nForcen 500 系列有 nForce 590SLI MCP、nForce 570 SLI MCP、nForce 570 MCP 和 nForce 550 MCP 共 4 个芯片组，均支持 AMD 全系列 AMD Athlon 64 x2/ Athlon 64 FX/ Athlon 64/Sempron 处理器，可以组建高速的 DDR2 双通道平台。全系列 nForce 500MCP（媒体通信处理器）都支持 6 个 Serial-ATA 2.5（SATA-II）设备，并提供 MCP 功能支持。音频处理功能再次被融入了 nForce 500 MCP 中，芯片将支持比 AC97 声卡音质更好的 UAA（Universal Audio Architecture）Audio 技术，这也是新一代操作系统 Vista 的标准音频接口。

● nForce 600 系列芯片组

nForce 600 系列芯片组中带有“i”后缀的产品支持 Intel 平台，而带有“a”后缀的产品支持 AMD 平台。

在支持 Intel 平台的芯片组中，nForce 600i SLI 支持 Intel Core 2 Extreme/Core 2 Duo/Pentium D/Pentium 4/Celeron D 处理器；nForce 680i SLI 最高支持 1 333 MHz FSB 及双通道 DDR2 内存，并采用 Quicksync 技术，加速内存和 FSB 同步性能；nForce 680i SLI 芯片组支持两条全速 PCI Express×16 插槽及 SLI，另外还集成 1 条 PCI Express×16 插槽，用来安装 NVIDIA 的物理加速卡。另外还支持双网卡、HD 声效和 MediaShield 等。

2.4 相关部件

主板的性能及质量不仅取决于制作工艺水平及芯片组，还要取决于其他几方面的相关部件，主要包括扩展插槽、CPU 插座、BIOS 和 CMOS 等。

2.4.1 总线结构与扩展插槽

1. 总线结构

当前 PC 的总线结构主要有如下类型。

（1）ISA（Industry Standard Architecture，工业标准结构）总线结构

这种结构起源于 IBM PC/AT 时代，它提供了足够的吞吐量给低带宽设备。其缺点是不能动态地分配系统资源、CPU 的占用率高，并且插卡的数量有限，目前接近被淘汰。

（2）PCI（Peripheral Component Interconnect，互连外围设备）总线结构

PCI 总线的全称为“PCI Local Bus”（PCI 局域总线），它在 CPU 与外围设备之间提供了一条独立的数据通道，使每种设备都能与 CPU 直接联系。PCI 的设计就是为了适应多种设备，使图形、SCSI、视频、音频和通信等设备共同工作。

（3）AGP（Accelerated Graphics Port，图形加速接口）接口

AGP 是由 Intel 公司开发的图形加速接口，该接口允许视频处理器与系统主存直接相连。从而避免了经过窄带的 PCI 总线而形成系统的瓶颈，增加了 3D 图形数据的传输速度。

2．扩展插槽

对应上述总线结构，在主板上设置了相应的扩展插槽。扩展插槽是 CPU 通过 I/O 总线与外部 I/O 设备联系的通道，各种 I/O 接口卡都插在扩展槽上。

（1）ISA 总线扩展插槽

ISA 总线插槽是主板上标准化扩展槽，这种插槽分为长槽和短槽。长槽为原有的 8 位 XT 总线插槽，短槽是其扩展槽。其中包含高 8 位数据线和 7 条地址线，使地址线宽度增加到 24 位。

ISA 总线插槽可以插显卡、声卡等 16 位或 8 位的板卡，由于其传输速率太低，因此正在逐渐被 PCI 总线所替代。目前，主板上一般只保留 1 个 ISA 总线插槽。

（2）PCI 总线插槽

PCI 总线插槽具有高速的数据传输率，用于接插 32 位图形/图像卡、16 位的网卡和声卡等 PCI 接口卡。PCI 总线插槽是白色，在主板上的位置与 ISA 总线平行放置，如图 2-7 所示。

（3）AGP 插槽

AGP 插槽用于安装各种 AGP 总线接口的 3D 显卡，它通过 AGP 总线与北桥芯片相连，所以 AGP 显卡的传输速率远远超过与其他设备共享 PCI 总线的 PCI 显卡。其插槽的形状与 PCI 相似，呈咖啡色。AGP 标准分为 AGP 2X（倍速）、AGP 4X 和 AGP 8X。

（4）AMR（Audio/MODEM Riser，语音/调制解调器卡）插槽

AMR 插槽是 Intel 公司开发的一种扩展槽标准，该标准通过附加的解码器可以实现软件音频处理功能和软件 MODEM 功能。有些主板上设置有一个 AMR 插槽，插上 AMR MODEM 卡即可实现 MODEM 功能。该插槽也可以用于升级声卡。

2.4.2 CPU 插座

大多数 CPU 插座都采用带扳手的 ZIF（Zero Insertion Force）插座。安装 CPU 芯片时只需将扳手抬起，按照 CPU 芯片的标志放入插座中，再将扳手扳回原来位置即可。

当前市场上无论是入门的赛扬处理器，还是中端的奔腾 E 与 Core 2，甚至高端的四核 Core 2，其接口均为 LGA775。主板上设计有相应的 LGA775 插座，如图 2-8 所示。

图 2-7 PCI 总线插槽

图 2-8 主板的 LGA775 插座

配合 Pentium 4 CPU 的 Socket 478 插座和配合 AMD Athlon XP CPU 的 Socket 462 插座还有一定的市场，适用于 P4 处理器的 Socket 478 插座如图 2-9 所示。

2.4.3 内存插槽

主板上的内存插槽用于安装电脑的随机存储器，即内存条。内存条分为 SDRAM 和 DDR，DDR 内存又分为 DDR 1、DDR 2、DDR 3，以及双通道 DDR 等类型，不同插槽的引脚数、额定电压和性能也不相同。

内存插槽的中间设置两个卡销，与内存条上的两缺口相对应，以防止将内存条插反。内存插槽两侧有两个定位销，将内存条安装就位后自动卡紧，以防松动。

双通道 DDR 内存插槽如图 2-10 所示。

图 2-9 Socket 478 插座

图 2-10 双通道 DDR 内存插槽

2.4.4 硬盘与软驱接口

1. 硬盘接口

当前的硬盘接口标准主要有如下 3 种。

（1）并行 ATA 接口

并行 ATA 接口也称“IDE”（Integrated Drive Electronics，集成驱动器电路）标准，其实质是将硬盘控制器与盘体集成在一起的硬盘驱动器。主板上有两个 40 针的 IDE 接口插座，通常标为 Primary IDE 和 Secondary IDE，或 IDE1 和 IDE2 接口，或 IDE0 和 IDE1。每个 IDE 接口都可以连接两台 IDE 设备（硬盘或光驱），连接时要在设备的后面设置 Master（主）和 Slave（从）。

当前并行 ATA 接口标准的数据传输速率为 133 Mb/s，是主流产品。

主板上的 IDE 接口如图 2-11 所示。

（2）串行 ATA 接口

串行 ATA（Serial ATA）1.0 标准定义数据传输速率可达 150 Mb/s，比最新的并行 ATA 接口最高速率 133 Mb/s 还高，而 Serial ATA 2.0 标准的数据传输速率可达 300 Mb/s。串行 ATA 接口不再区分主盘和从盘，还可以如同 USB 设备一样支持热插拔，并使用长达 1 米的数据传输线。

（3）SCSI 接口

SCSI（Small Computer Interface，小型计算机接口） 标准需要一块 SCSI 接口卡与 SCSI 接口结构的硬盘连接，主要用于服务器。

2．软驱接口

主板上的软驱接口是一个有 34 根针的插座，其位置在硬盘接口的旁边。插座的边上有一缺口，以防插反。软驱接口如图 2-12 所示。

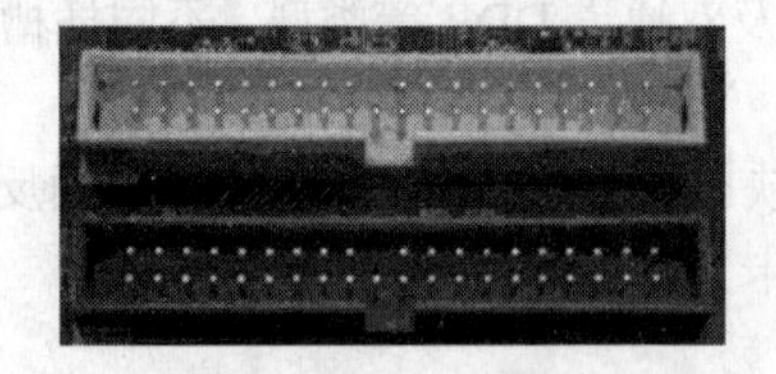

图 2-11　主板上的 IDE 接口

图 2-12　软驱接口

2.4.5　电源插座

主板的电源接口插座有 ATX 和 AT 两种类型，在电源插座周围有一些稳压集成模块、电容及稳压管等元器件，这些元器件与电源插座中输入的电源相配合为主板供电。

当前的电源都应当符合最新的 ATX12V 2.0 标准，为双排共 24 孔插座，主板上的电源插座如图 10-13 所示。

图 2-13　主板上的电源插座

2.4.6 外设接口

ATX主板将一些接口电路及其外接插口都集成在主板上，其中主要包括PS/2键盘、PS/2鼠标、USB接口、并行口和两个串行口（COM1和COM2）等。有些ATX主板上集成了声卡和显示芯片，因此有相应的语音输入/输出和显示器接口。外设接口如图2-14所示。

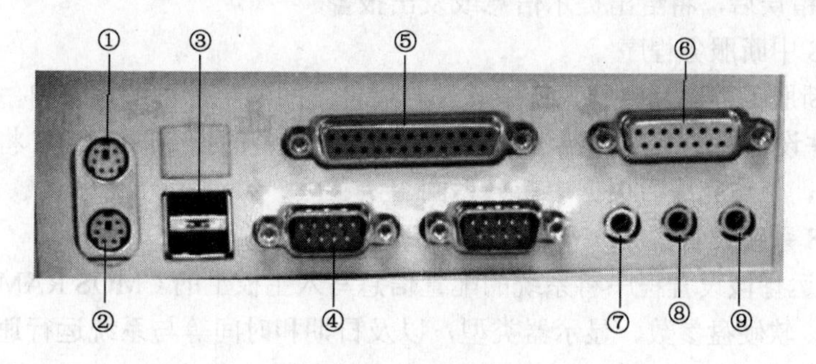

图2-14 外设接口

① PS/2鼠标接口：连接PS/2鼠标。

② PS/2键盘接口：连接PS/2键盘。

③ USB（Universal Serial Bus）接口：即通用串行总线，用于连接具有该类接口标准的设备，如扫描仪和活动硬盘等设备。

④ 串行口：9针接口。以前的PC都是配置一个25芯和一个9针的插座，用于连接串行设备，如外置MODEM和鼠标器等。

⑤ 并行口：为25针插座，用于连接打印机等并行接口设备。

⑥ MIDI：游戏杆插座。

⑦ MIC IN：麦克风，语音输入。

⑧ LINE IN：线路输入口，通过线路输入语音信号。

⑨ SPEAKER：喇叭输出或线路输出口，用于连接语音输出，如音响等设备。

2.4.7 ROM BIOS与CMOS RAM

1. ROM BIOS

BIOS（Basic Input/Output System，基本输入/输出系统）程序固化在EPROM（Erasable Programmable ROM，可擦除可编程ROM）或Flash ROM（快擦除ROM）中，当前BIOS全部采用的是后者。BIOS 程序是最基本且最重要的程序，电脑的初始操作都是由其完成的。它为电脑操作提供最基本的支持，是操作系统与硬件之间的接口，因此其性能也是决定主板性能的重要因素之一。固化BIOS的ROM芯片的容量一般在64 KB~128 KB，人们在习惯上将固化BIOS程序的ROM存储器芯片称为“BIOS芯片”，目前几乎所有兼容机和品牌机都采用Award公司或AMI的BIOS芯片。

2. BIOS 程序

BIOS 程序的任务是全面管理主板，包括如下几个部分。

（1）POST（Power On Self Test）程序

POST 程序即开机加电自检程序。电脑加电后会启动 POST 程序检测 CPU、640 KB 基本内存、1 MB 以上的扩展内存、CMOS 芯片、串并口、显卡、软硬盘子系统，以及键盘等设备。当发现错误后，将给出提示信息或发出报警。

（2）BIOS 中断服务程序

BIOS 中断服务程序是电脑系统中软件与硬件之间的一个可编程接口，开机时 BIOS 通知 CPU 各硬件设备的中断号。当软件发出使用某个设备的指令时，CPU 将按照中断号使相应的硬件工作，工作完成后根据中断号返回。

（3）BIOS 系统设置程序

用户通过运行该设置程序将系统的配置信息写入主板上的 CMOS RAM 芯片中，主要包括 CPU 特性、软硬盘参数、显示器类型，以及日期和时间等与系统运行速度及性能有关的重要数据。要运行该程序，在电脑开机时，按某个键（一般为 Del 键）即可进入设置界面。

（4）系统启动程序

BIOS 完成加电自检后，ROM BIOS 将按照 CMOS RAM 中保存系统启动顺序搜索软驱、硬盘或光驱等读入操作系统引导记录。然后将控制权交给系统引导记录，由其后完成系统的继续引导任务。

3. CMOS RAM

CMOS（Complementary Metal-Oxide Semiconductor，互补金属氧化物半导体）具有功耗低的特点，用于保存 BIOS 系统设置程序中设置的内容。CMOS RAM 芯片需要电池供电，以保证电脑关机后不丢失其中的信息。

2.5 主板新技术

随着电脑技术的不断发展，主板的新技术也不断地出现，例如 USB 2.0、串行 ATA、分频、超线程和双通道等，了解这些新技术可以有助于选购更优秀的主板。

2.5.1 USB 2.0

USB 技术由支持 USB 技术的操作系统及应用软件，以及具有 USB 接口的设备组成。一个 USB 接口理论上可以接 127 种 USB 设备，设备之间可以串联。或通过 HUB 连接后连接到 USB 接口，方式十分灵活，并且支持热插拔，即连接或拆除设备不用关机。USB 2.0 接口的数据传输速率达到 12 Mb/s，将来预计可达到 480 Mb/s。

2.5.2 双BIOS技术

为了提高BIOS的安全性，防止CIH病毒对主板的BIOS的破坏，一些主板厂商推出了双BIOS技术。即在一块主板上安装两块BIOS芯片，当其中一块BIOS被破坏时立即启用备用的BIOS，采用双BIOS芯片的主板如图2-15所示。

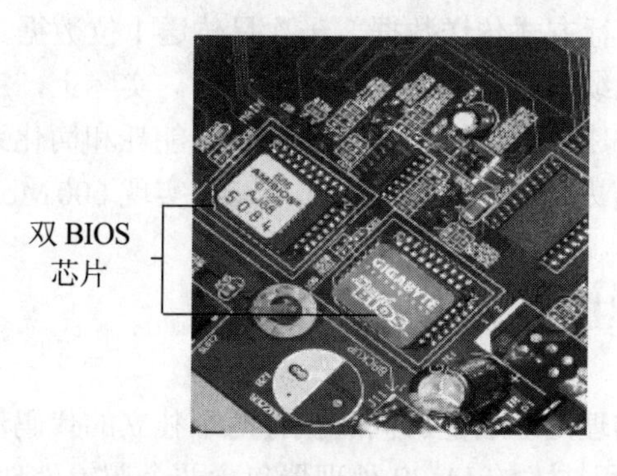

图2-15 采用双BIOS的主板

2.5.3 高分频

在主板说明书中有时会出现"5分频"及"6分频"之类的术语，简称为"高分频"。其作用是当主板的外频变化时，PCI等外设的工作频率能够固定在标准频率下，使其正常工作。例如，当CPU外频达到200 MHz时，如果主板支持6分频，则200除以6就得到PCI的标准频率33 MHz。

2.5.4 双通道DDR技术

双通道DDR技术是一种控制内存访问的技术，它在原有的DDR内存访问技术上，通过扩展内存子系统位宽使其在频率不变的情况下提高一倍。即通过两个64位内存控制器来获得128位内存总线所达到的带宽，并且两个64位内存所提供的带宽比一个128位内存所提供的带宽效果更好。双通道体系结构包含两个独立且具备互补性的智能内存控制器，两个内存控制器都能够在零等待时间的状态下同时运行。当控制器A准备下一次访问内存时，控制器B就在读/写主内存；B在准备访问内存时时，A在读/写主内存。这样的内存控制模式可以让有效等待时间减少50%，双通道技术使内存的带宽增加了一倍。在支持双通道DDR的主板上必须按照主板DIMM插槽上面的颜色标志正确地安装内存组件，才能让两个内存控制器同时工作。

2.5.5 Serial ATA 接口

Serial ATA 即串行 ATA，这是一种完全不同于并行 ATA 的新型硬盘接口类型。其 2.0 标准定义的数据传输速率可达 300 Mb/s，比最新的并行 ATA 接口最高速率 133 Mb/s 还高。它不再区分主盘和从盘，可以像 USB 设备一样支持热插拔，并使用长达 1 米的数据传输线。

Serial ATA 以连续串行方式传送数据，一次只传送 1 位数据。这样就减少了 Serial ATA 接口的针脚数，使连接电缆数目变少，效率也会更高。实际上，Serial ATA 用 4 支针分别连接电源、地线、发送数据和接收数据，这样能降低系统能耗和简化系统的复杂性；其次，Serial ATA 的起点更高，发展潜力更大，最终 Serial ATA 将实现 600 Mb/s 的最高数据传输速率。

2.5.6 超线程技术

超线程技术指一个物理处理器能够同时执行两个独立的代码流（称为“线程”）。从体系结构上讲，一个具有超线程技术的 IA-32 处理器包含两个逻辑处理器，并且都有自己的 IA-32 架构中心。在加电初始化后，每个逻辑处理器都可单独被停止、中断或安排执行某一特定线程，而不会影响芯片上另一逻辑处理器的功能。与传统双路（DP）配置不同（使用两个独立的物理 IA-32 处理器，如两个 Intel 至强处理器），在具有超线程技术的处理器中两个逻辑处理器共享处理器内核的执行资源，其中包括执行引擎、高速缓存、系统总线接口和固件等。这种配置可使每个逻辑处理器都执行一个线程，来自两个线程的指令被同时发送到处理器内核来执行。处理器内核并发执行这两个线程，使用乱序指令调度以求在每个时钟周期内使尽可能多的执行单元投入运行。

2.5.7 PAT 技术

PAT 技术（Performance Acceleration Technology，性能加速技术），主要用于改进芯片组的性能，这是采用减少芯片组内部 FSB 和系统内存之间延迟的技术来实现的。另外，PAT 模式只能在 800 MHz FSB 和双通道 DDR 400 的条件下才能实现。

2.6 选购主板

电脑的主板是电脑系统运行的基础，选购时要注意的问题如下。

（1）CPU 插座类型

首先要根据选购的 CPU 类型选购主板，这是由于不同的主板支持不同的 CPU，不同的 CPU 要求的插座不同，因此按照前面已经介绍的有关的 CPU 插座的内容选购。如果选择 Intel 公司产品，目前推荐支持双核插座的主板。

（2）芯片组

芯片组是主板的核心部件，要选购用先进的芯片组集成的主板。

（3）对内存的支持

如果选择双核 CPU 处理器，则要求主板支持高速的 DDR 2 或 DDR 3 内存，才能使系统更好地协调工作。

（4）结构

ATX 结构的主板具有环保、节能和自动休眠等功能，性能先进，一般应作为用户的首选。

（5）接口

各种电脑外设技术都在迅速地发展，如可移动式硬盘、数码相机、扫描仪和数字摄像头等。这些设备一般都要求使用 USB 接口，因此选购主板时应要求具备 USB 和红外通信等功能。

（6）总线扩展插槽数

主流产品为 ATX 结构，大多数主板都集成了语音芯片。因此主板上的扩展插槽的数量就比较少，这给用户以后增加其他板卡带来不便。在选择主板时，应尽量选择总线扩展插槽数多的主板。新的主板标准已经规定将 AMR 插槽定为标准扩展槽，它可支持 AC'97 标准的声卡和 MODEM 等。

（7）生产厂商

当前生产主板的厂家非常多，生产的产品良莠不齐。选购主板时一定要注意选择名牌产品，如微星、联讯、精英、技嘉和磐英等。

（8）集成产品

有些主板集成了显卡，通过调用主内存空间获得显示芯片所需要的缓存。这种产品虽然降低了整机成本，但占用了主内存，而造成系统性能下降。因此在经济条件允许的情况下，最好选择独立显卡的主板。

（9）可升级性

升级主板的 BIOS 主要提供对新硬件或技术规范的支持，若主板具有可升级性，就可以解决支持新的处理器和新硬件的技术问题，因此尽量选择具有可升级性的主板。

第3章　中央处理器

中央处理器（Central Processing Unit，CPU）是整个电脑系统的“心脏”，CPU也称为“微处理器”。它由运算器和控制器组成，其内部结构分为控制单元、逻辑单元和存储单元3大部分。它们之间相互协调，可以执行分析、判断、运算并控制计算机中的各部分协调工作。

CPU的物理结构由内核、基板、填充物、封装及接口等组成，Intel公司的4核CPU（Core2 Quad）和双核CPU（Core2 Duo）的外观如图3-1所示。

图3-1　Intel公司的4核CPU和双核 CPU的外观

3.1　CPU主流产品

当前市场上CPU主流产品主要由Intel和AMD公司垄断，VIA公司的产品只占少数份额。

Intel公司的主流CPU产品主要有双核处理器Core 2 Duo 、Core 2 Extreme、Pentium 4 Extreme（至尊版）、Pentium D、Pentium 4系列产品，以及低端的Celeron赛扬系列产品。

AMD公司的产品主要有双核处理器Athlon 64 X2、Athlon 64 X2和Athlon 64 FX，以及单核处理器Athlon 64等。

3.1.1　主流产品

1. 高端双核处理器

由于单核处理器的频率发展到3.2以后很难再有大的提高，从而严重地影响了性能的提高，因此促使CPU技术向双核和多核方面发展。所谓双核心处理器，就是在一块CPU基片上集成两个处理器，二者通过并行总线相连。

（1）Core 2 Duo 双核处理器

Core 2 Duo（酷睿 2 双核）处理器是基于 Core（酷睿）微架构（Core Micro-Architecture）的全新双核心处理器，属于 Intel 公司的第 2 代双核处理器。主要采用 Conroe 和 Merom 核心，为 65 nm 制造工艺。其共享二级缓存为 4 MB，并且具有 1066 MHz 的前端总线和先进的电源管理功能。

当前的主要产品为 Core 2 Duo E6000 系列产品，包括 E6300（主频为 1.86 GHz，二级缓存为 2 MB）、E6400（主频为 2.13 GHz，二级缓存为 2 MB）、E6600（主频为 2.4 GHz，二级缓存为 4 MB）和 E6700（主频为 2.66 GHz，二级缓存为 4 MB）等 4 款产品。它们均采用 Conroe 核心、1 066 MHz FSB、65 nm 制造工艺和 Socket 775 接口，并且支持硬件防病毒技术 EDB、64 位技术 EM64T、节能省电技术 EIST，以及虚拟化技术 Intel VT。

（2）Core 2 Extreme

Core 2 Extreme（酷睿 2 至尊版），与 Core 2 Duo 相比一是频率更高；二是没有锁定倍频，更有利于超频。

主要产品如下。

- Core 2 Extreme E8300 系列处理器

该系列处理器是 Intel 公司目前顶级的 PC 处理器，基于 45 nm 制造工艺。并且采用 Conroe 核心、1 333 MHz FSB 及 Socket 775 接口。其二级缓存为 6 MB，支持硬件防病毒技术 EDB、64 位技术 EM64T、节能省电技术 EIST，以及虚拟化技术 Intel VT。

- Core 2 Extreme X6000 系列

该系列是目前市场上的主流产品，其主频为 2.93 GHz，二级缓存为 4 MB。基于 65 nm 制造工艺，采用 Conroe 核心、1 066 MHz FSB 和 Socket 775 接口，支持硬件防病毒技术 EDB、64 位技术 EM64T、节能省电技术 EIST，以及虚拟化技术 Intel VT。

（3）Pentium XE 双核处理器

- Pentium XE 840

该处理器采用 Smithfield 核心、LGA775 封装和 90 nm 制造工艺，两个内核分别拥有 1 MB 二级缓存。其一级缓存也是独立的，工作频率为 3.20 GHz。前端总线（FSB）为 800 MHz，需要 945P/G 和 955X 主板的支持。

- Pentium XE 955

Intel Pentium XE 955 处理器采用 Presler 核心，主频为 3.46 GHz。其主要特点是将二级缓存容量从 1 MB 提升到 2 MB，支持 1 066 MHz FSB，因此性能更强大。它的每颗核心都支持超线程，因此同一时刻可以运行 4 个进程。

- Pentium XE 965

该处理器的主频提高到 3.73 GHz，支持 1 066 MHz FSB。并且采用 Prescott 核心，二级缓存为 2 MB。

（4）Pentium D

- 基于 Smithfield 核心的 Pentium D 800 系列

CPU 频率为 2.8 GHz~3.2 GHz，采用 800 Hz FSB 及 90 nm 制造工艺。每颗核心为 1 MB

二级缓存并全部采用 Socket 775 接口，均支持硬件防病毒技术。

- Pentium D 900 系列

该系列基于 65 nm 制造工艺的 Presler 核心，CPU 频率为 2.8 GHz～3.4 GHz，采用 800 MHz FSB。每颗核心为 2 MB 二级缓存及 Socket 775 接口，并且支持硬件防病毒技术以及 Intel 虚拟化技术。

（5）Athlon 64 FX 双核处理器

该处理器采用 Socket 939 和 Socket 940 接口，一级缓存为 64 KB，二级缓存为 1 MB，主频为 2.8 GHz。CPU 采用 Windsor 内核，制造工艺为 90 nm。

（6）Athlon 64 X2 系列处理器

该系列处理器是 AMD 公司推出的全新双核心处理器，用于抗衡 Pentium D 和 Pentium Extreme Edition 的桌面双核心处理器系列产品。

Athlon 64 X2 由两个 Athlon 64 处理器上采用的 Venice 核心组合而成，每个核心拥有独立的 512 KB（1 MB）二级缓存及执行单元。它支持 1 GHz 的 HyperTransport（超线程技术）总线，并且内建了支持双通道设置的 DDR 内存控制器。

Athlon 64 X2 的两个内核并不需要北桥芯片的协调，AMD 提供了一个称为“System Request Queue”（系统请求队列）的技术。在工作时每一个核心都将其请求放在系统请求队列中，当获得资源之后请求将会被送往相应的执行核心。即所有的处理过程都在 CPU 核心范围之内完成，并不需要借助其他部件。

为降低功耗，AMD Athlon 64 X2 处理器中采用了一种应变硅技术，能够生产出性能更高且耗电更低的晶体管。

使用 AMD 的 Athlon 64 X2 处理器时不需要更换平台，只要升级老主板的 BIOS 即可，而使用 Intel 双核心处理器必须更换新的主板。

2. 中端产品

（1）Pentium 4C

Pentium 4C 系列产品支持超线程技术，采用 Northwood 核心，制造工艺为 0.13 μm。工作电压为 1.5 V 和 1.55 V，二级缓存为 512 KB，具有 800 MHz 的前端总线。其外频为 200 MHz，采用 Socket 478 接口结构，主频为 2.4 GHz~3.4 GHz。

（2）Pentium 4E

Pentium 4E 系列产品支持超线程技术，采用 Prescott 核心。并且制造工艺为 0.09 μm，工作电压为 1.5 V 和 1.52 V，二级缓存为 1 MB，具有 800 MHz 的前端总线。其外频为 200 MHz，采用 Socket 478 接口结构。

（3）Pentium 4 5XX

Pentium 4 5XX 系列产品支持超线程技术，采用 Prescott 核心。并且制造工艺为 90 nm 和 65 nm 两种，工作电压为 1.25 V~1.525 V。支持超线程技术的 CPU 具有 800 MHz 的前端总线，主频为 2.4 GHz~3.4 GHz；不支持超线程技术的 CPU 具有 533 MHz 的前端总线，主频为 2.4 GHz 和 2.8 GHz。其初期产品曾采用 Socket 478 接口结构，后期产品全部采用 LGA 775 接口。

（4）Athlon 64

AMD 公司的 Athlon 64 采用全新的 Newcastle 和 Clawhammer 核心，是全球第 1 个 64 位 PC 处理器。制造工艺为 0.13 μm，工作电压为 1.5 V，二级缓存为 512 KB 和 1 MB。具有 400 MHz 的前端总线，外频为 200 MHz，采用 Socket 754、Socket 940 和 Socket 939 共 3 种接口结构。

3．低端产品

（1）Celeron D（赛扬 D）

该产品采用 Prescott 核心，制造工艺为 90 nm，工作电压为 1.3 V。并且不支持超线程技术，具有 300 MHz 的前端总线，主频为 2.4 GHz~3.2 GHz。其一级缓存为 16 KB，二级缓存为 256 KB，采用 Socket 478 和 LGA 775 两种接口结构。

（2）Sempron（闪龙）

该产品采用 Prescott 核心，不支持超线程技术。并且具有 333 MHz 的前端总线，外频为 166 MHz。其二级缓存为 256 KB，采用 Socket 754 和 Socket A 两种接口结构。

3.1.2　CPU 的核心

CPU 的核心（Die）又称为“内核”，CPU 执行的计算、存储、处理数据等命令都是由核心执行，它由一级缓存、二级缓存、执行单元、指令级单元和总线接口等逻辑单元组成。

为了便于 CPU 的设计、生产和销售的管理，CPU 制造商为各种 CPU 的核心制定出相应的代号，这也就是常说的 CPU 核心类型。

不同的 CPU（不同系列或同一系列）都会有不同的核心类型（例如 Pentium 4 的核心为 Northwood 及 Willamette，Core 2 Extreme 的核心为 Conroe 等），甚至同一种核心都会有不同版本的类型。核心版本的变更是为了修正上一版本存在的一些错误，并提升一定的性能。每一种核心类型都有其相应的技术指标，包括制造工艺（例如 65 nm 及 45 nm 等）、核心面积（这是决定 CPU 成本的关键因素，成本与核心面积基本上成正比）、核心电压、晶体管数量、缓存容量、主频范围、流水线架构和支持的指令集、功耗和发热量的大小、封装方式（例如 PGA、PLGA 及 FC-PGA 等）、接口类型（例如 Socket 370、Socket A、Socket 478、Socket T 及 Slot 1.Socket 940 等），以及前端总线频率（FSB）等，因此核心类型决定了 CPU 的工作性能。

3.1.3　核心类型

伴随着 CPU 技术的发展，Intel 公司先后推出众多的 CPU 核心类型，下面介绍几个具有代表性的台式机 CPU 核心类型。

1．Conroe 核心

Conroe 核心于 2006 年 7 月 27 日正式发布，是全新 Core（酷睿）微架构（Core Micro-Architecture）应用在桌面平台上的第 1 种 CPU 核心，目前采用此核心的有 Core 2 Duo

E6x00 系列和 Core 2 Extreme X6x00 系列。Conroe 核心采用 65 nm 制造工艺，核心电压为 1.3 V 左右，封装方式采用 PLGA，接口类型仍然是传统的 Socket 775。目前 Core 2 Duo 和 Core 2 Extreme 的前端总线频率都是 1 066 MHz，而顶级的 Core 2 Extreme 的前端总线频率已经升级到 1333 MHz。每个核心都具有 32 KB 的数据缓存和 32 KB 的指令缓存，并且两个核心的一级数据缓存之间可以直接交换数据。Conroe 核心的二级缓存是 4 MB，两个内核共享，支持硬件防病毒技术 EDB、节能省电技术 EIST 和 64 位技术 EM64T，以及虚拟化技术。Conroe 核心是目前最先进的桌面平台处理器核心，加之拥有非常不错的超频能力，所以是目前最强劲的台式机 CPU 核心。

2．Smithfield 核心

Smithfield 核心是 Intel 公司的第 1 款双核处理器的核心类型，于 2005 年 4 月发布。其基本原理是将两个 Prescott 核心松散地耦合在一起，其优点是技术简单；缺点是性能不够理想。目前 Pentium D 8XX 及 Pentium EE 8XX 系列 CPU 均采用此核心。Smithfield 核心采用 90 nm 制造工艺及 Socket 775 接口，核心电压 1.3 V 左右，封装方式都采用 PLGA，都支持硬件防病毒技术 EDB 和 64 位技术 EM64T。前端总线频率是 533 MHz（Pentium D 8X5）和 800 MHz（Pentium D 8X0 和 Pentium EE 8XX），主频范围为 2.66 GHz~3.2 GHz（Pentium D 及 Pentium EE）。两个核心分别具有 1 MB 的二级缓存，在 CPU 内部两个核心是互相隔绝的。缓存数据的同步依靠北桥芯片的仲裁单元通过前端总线实现，所以数据延迟问题比较严重。按照 Intel 的规划，Smithfield 核心将会很快被 Presler 核心取代。

3．Presler 核心

Presler 核心是 Pentium D 9XX 和 Pentium EE 9XX 采用的核心，是 Intel 公司于 2005 年推出的产品。该核心也将两个 Cedar Mill 核心松散地耦合在一起，并采用 65 nm 制造工艺及 Socket 775 接口。核心电压 1.3 V 左右，封装方式都采用 PLGA，支持硬件防病毒技术 EDB、节能省电技术 EIST 和 64 位技术 EM64T，并且除了 Pentium D 9X5 之外都支持虚拟化技术 Intel VT。前端总线频率是 800 MHz（Pentium D）和 1 066 MHz（Pentium EE）。Pentium EE 支持超线程技术，而 Pentium D 则不支持，二者均有 2 MB 的二级缓存。在 CPU 内部两个核心是互相隔绝的，其缓存数据的同步依靠北桥芯片上的仲裁单元通过前端总线传输来实现，所以其数据延迟问题同样比较严重。

4．Toledo 核心

Toledo 核心是 AMD 公司于 2005 年 4 月在桌面平台上的新款高端双核心处理器的核心类型，该核心采用 90 nm 制造工艺。它整合了双通道内存控制器，支持 1 000 MHz 的 HyperTransprot 总线，全部采用 Socket 939 接口。两个内核都拥有独立的 1 MB 的二级缓存，其缓存数据同步通过 SRI 在 CPU 内部传输，每个内核的二级缓存为 1 MB。

5．Windsor 核心

Windsor 核心是 AMD 公司于 2006 年 5 月底发布的第 1 种 Socket AM2 接口的核心类型，

用于双核心 Athlon 64 X2 和 Athlon 64 FX 系列的 CPU 产品。该核心定位于桌面高端处理器，采用 90 nm 制造工艺，支持虚拟化技术 AMD VT，采用 1 000 MHz 的 HyperTransport 总线。并且两个内核采用独立的二级缓存，Athlon 64 X2 每核心为 512 KB 或 1 024 KB，Athlon 64 FX 每核心为 1 024 KB。

6．Northwood 核心

Northwood 核心为目前主流的 Pentium 4 和赛扬所采用，采用 0.13 um 制造工艺及 Socket 478 接口，核心电压 1.5 V 左右，二级缓存分别为 128 KB（赛扬）和 512 KB（Pentium 4），前端总线频率分别为 400/533/800 MHz（赛扬只有 400 MHz），主频范围分别为 2.0 GHz~2.8 GHz（赛扬）、1.6 GHz~2.6 GHz（400 MHz FSB Pentium 4）、2.26 GHz~3.06 GHz（533 MHz FSB Pentium 4）和 2.4 GHz~3.4 GHz（800 MHz FSB Pentium 4），并且 3.06 GHz Pentium 4 和所有的 800 MHz Pentium 4 都支持超线程技术，封装方式采用 PPGA FC-PGA2 和 PPGA。

3.2 接口标准

CPU 的接口标准即 CPU 芯片的封装结构，分为 Socket 和 Slot 系列。

经过多年的发展，目前 CPU 的主要接口为针脚式，对应到主板上就有相应的插槽类型。CPU 接口类型不同，插孔数、体积及形状也不同，所以不能互换。

3.2.1 Socket 系列

Socket 系列接口标准有许多种，下面介绍几种目前在广泛使用的桌面 CPU 标准。

1．Socket 775

Socket 775 又称为“Socket T”，目前采用此种接口的有 LGA775 封装的单核心的 Pentium 4、Pentium 4 EE、Celeron D，以及双核心的 Pentium D 和 Pentium EE 等 CPU。该接口的底部不设针脚，而是使用 775 个触点，通过与对应的 Socket 775 插槽内的 775 根触针接触传输信号。该接口不仅能够有效提升处理器的信号强度和频率，同时也可以提高处理器生产的品质。目前，Socket 775 已经成为 Intel 桌面 CPU 的标准接口。

2．Socket AM2

Socket AM2 接口标准支持 AMD64 位桌面 CPU，具有 940 根 CPU 针脚，支持双通道 DDR2 内存。虽然同样都具有 940 根 CPU 针脚，但其与 Socket 940 的针脚定义及排列位置不同，因而不能兼容。目前采用该接口的有低端的 Sempron、中端的 Athlon 64、高端的 Athlon 64 X2，以及顶级的 Athlon 64 FX 等全系列 AMD 桌面 CPU。该接口支持 200 MHz 外频和 1 000 MHz 的 HyperTransport 总线频率及双通道 DDR2 内存。按照 AMD 的规划，Socket AM2 接口将逐渐取代原有的 Socket 754 接口和 Socket 939 接口，从而实现桌面平台 CPU 接口的统一。

3. Socket 478

早期的Socket 478接口标准是为Pentium 4系列处理器设计的接口，具有478个针脚。针脚排列非常紧凑。

Intel公司于2006年又推出了一种全新的Socket 478接口标准，这是目前其采用Core架构的处理器Core Duo和Core Solo的专用接口标准。与早期的Socket 478接口标准相比，虽然针脚数相同，但是针脚定义及电压等重要技术指标完全不同，所以二者不能兼容。

随着Intel公司的处理器全面转向Core架构，采用新的Socket 478接口的CPU将会越来越多。

3.2.2 SLOT系列

本节介绍SLOT系列。

（1）SLOT 1

采用该接口的CPU是扁平的长方体，接口是插针形式，是金手指。SLOT 1是Intel公司为Pentium Ⅱ系列CPU设计的插槽，将Pentium Ⅱ CPU及其相关控制电路和二级缓存都做在一块子卡上，目前此种接口已经被淘汰。

（2）SLOT A

该接口是AMD公司为K7 Athlon处理器设计的，在技术和性能上，SLOT A主板可完全兼容原有的各种外设扩展卡设备。它使用Digital公司的Alpha总线协议EV6，EV6架构是采用多线程处理的点到点拓扑结构，支持200 MHz的总线频率。

3.3 主要技术指标

CPU的主要技术指标包括频率、高速缓存、封装结构和工作电压等。

3.3.1 频率

CPU的频率包括主频、外频和倍频，通常所说的频率指CPU的主频。主频为CPU的时钟频率，即CPU运行时的工作频率，是反映电脑的主要性能指标之一。CPU的主频、外频、工作电压、Cache（高速缓存）及产地等标志一般在其背面可以看到，如图3-2所示，其中1.5 Hz/256/400/1.7 V，分别代表主频、二级缓存、前端总线频率和工作电压。

1. 主频

主频越高，表示CPU的处理速度越快。

以Pentium 4 CPU为例，其主频为2.0 GHz（1 GHz=1 000 MHz）。意味着每秒中会产生20亿个时钟脉冲信号，每个时钟信号周期为0.5 ns。Pentium 4 CPU有4条流水线运算单元，

图 3-2　CPU 技术指标

如果负载均匀，CPU 在 1 个时钟周期内可以执行 4 个二进制加法运算。即每秒钟可以执行 80 亿条二进制加法运算，如此惊人的运算速度不能完全为用户的应用程序服务，电脑硬件和操作系统本身还要消耗一定的 CPU 资源。

AMD Athlon XP 处理器采用了 PR 标称方式，如 266 MHz 前端总线频率的 Athlon XP 处理器标称频率和实际频率的转换计算公式如下：

标称频率 =3 × 实际频率 / 2 − 500

实际频率 =2 × 标称频率 / 3 + 333

例如，AMD Athlon XP 2100+ CPU 的标称频率为 2 100 MHz，其实际频率为 1 733 MHz，即 2×2 100/3+333=1 733。

注意，AMD Athlon XP 及早期的 AMD K5 处理器型号后还会有一个“+”，代表其 CPU 的频率采用 PR 值标志。它不是 CPU 的实际频率，而是 AMD 公司认定其 CPU 与 Intel 同级别的同频 CPU 性能相当。

2．外频

外频是系统总线的工作频率，又称“外部时钟频率”，由主板的晶振元件提供。外频越高，CPU 的运算速度也越快。CPU 的外频主要有 100 MHz、133 MHz、150 MHz 和 200 MHz 等 4 种，最新的 CPU 产品的外频已经超越 200 MHz，甚至达到 400 MHz 以上。

3．倍频

倍频也称“倍频系数”，指 CPU 的速度以几倍外频运行。是 CPU 的主频与外频之间的一个比值，一般由 CPU 厂商在生产 CPU 芯片时确定。

CPU 的主频、外频与倍频系数之间的关系由下列公式确定：

主频（实际运行频率）=倍频系数×外频

从上面的公式可以看出，在倍频系数一定的情况下，可以通过提高外频来提高 CPU 的运行速度；在外频一定的情况下，也可以提高倍频系数来提高 CPU 的运行速度，所谓的“超频”就是通过提高外频或倍频系数实现的。目前的 CPU 的倍频一般在出厂时被锁定，而外频是对用户开放的。AMD 公司的处理器都有较高的外频，如果电脑爱好者喜欢玩“超频”，可选择其 CPU 产品。

4．系统前端总线频率与外频的关系

前端总线（Front Side Bus，FSB）是连接 CPU 和北桥芯片之间的线路，前端总线频率指 CPU 和北桥芯片之间的数据传输率，不是指二者之间的工作频率。在 Pentium 4（不含）之前，前端总线频率与外频相同。

由于现在 CPU 及主板能支持的前端总线频率已经远远高于外频，因此在谈及 CPU 的技术指标时，重点强调前端总线频率，而外频降为次之。

3.3.2 总线宽度

下面介绍几种不同的总线宽度。

（1）数据总线宽度

CPU 的数据总线宽度决定了 CPU 与二级高速缓存、内存及输入/输出设备之间一次传输数据的信息量。

（2）扩展总线宽度

扩展总线宽度指安装在主板上的总线，如 PCI 总线接口卡的数据传输速率。

（3）地址总线宽度

地址总线宽度决定了 CPU 可访问的物理地址空间，486 以上电脑的地址总线宽度为 32 位，即最多可直接访问的内存空间为 4 096 MB。

3.3.3 高速缓存

高速缓存指可以进行高速数据交换的存储器，它先于内存与 CPU 交换数据，因此速度极快。作为一种速度比内存更快的存储设备，其功能是减少 CPU 因等待低速设备所导致的延迟进而改善系统性能。

高速缓存分为 L1 Cache（一级高速缓存）和 L2 Cache（二级高速缓存）。L1 Cache 内建在 CPU 中，与 CPU 同步工作，CPU 在工作时首先调用其中的数据。图 3-2 所示 CPU 标志中的 256 表示 L2 Cache 的容量为 256 KB。如果要调用的数据不在 L1 Cache 中，则从 L2 Cache 中调用。在运行速率上一般 L1 Cache 与 CPU 相同，即全速运行；而 L2 Cache 速率分为全速与半速（以 CPU 一半的速率运行）两种。目前主流 CPU 的 L2 Cache 均是全速运行，只有一些低端或早期的 CPU 的 L2 Cache 是半速运行。内存间交换数据的次数越少，运算速度也就越快。电脑在运行中从存储器读取数据时的流程示意图如图 3-3 所示。

在图中，CPU 发出读取数据的指令后，电脑首先从高速缓存中开始查找要读取的数据。如果没有，则从内存或虚拟存储器中读取数据。

虚拟存储器指利用软件技术将一部分硬盘存储空间作为内存使用，以降低速度为代价换取更大的内存使用空间。

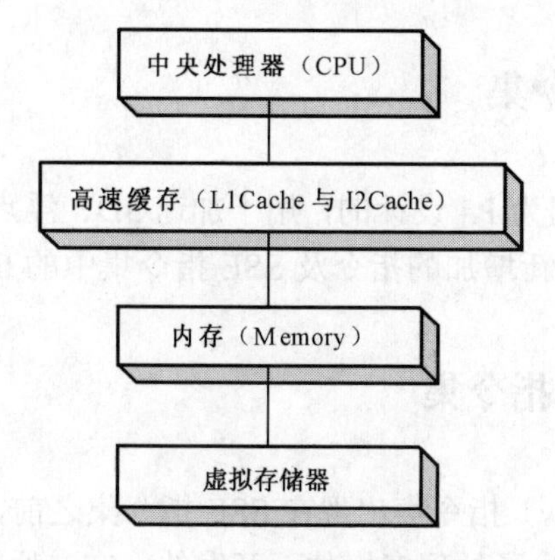

图 3-3　从存储器读取数据时的流程示意图

3.3.4　工作电压

工作电压指维持 CPU 正常工作时所需的电压，在 CPU 芯片的背面，一般可以看到其工作电压值。电压越高，CPU 的发热量也越大。所以在选购 CPU 时，应配置合适的散热风扇。

3.4　指令集

为了提高电脑在多媒体及 3D 图形方面的处理和应用能力，各种处理器指令集应运而生。CPU 的指令集是 CPU 内所有指令的集合，这些指令是在 CPU 的生产过程中由厂家定义后编成的微代码，集成于芯片内部。目前，CPU 的指令集主要包括 Intel 公司的 MMX（MultiMedia eXtension，多媒体扩展）、SSE（Streaming SIMD Extensions，单指令多数据流扩展）和 SSE2，以及 AMD 公司的 3DNow。

3.4.1　MMX 指令集

MMX 指令集是 Intel 公司于 1996 年推出的一项多媒体指令增强技术，该指令集共有 57 条指令，用于专门处理电脑所需的声音、图像，以及动画等信息。具有这种指令集的 CPU 芯片在浏览多媒体网页时很方便。

3.4.2　SSE 指令集

SSE 指令集是 Intel 公司在 Pentium III 处理器中率先推出的，该指令集新增加了 70 条指令，其中包含提高 3D 图形运算效率的 50 条 SIMD（单指令多数据技术）浮点运算指令、12 条 MMX 整数运算增强指令和 8 条优化内存指令。该指令集可加快 3D 功能、图像处理、音频与视频数据处理，以及语音识别的速度。

3.4.3　SSE2 指令集

SSE2 指令集是 Intel 专门为 P4 设计的，用于加速 3D、浮点运算，以及多媒体程序代码的运算速度，其中包括 76 条新增加的指令及 SSE 指令集中的 68 条指令。

3.4.4　3DNow！指令集

AMD 公司推出的 3DNow！指令集出现在 SSE 指令集之前，并广泛应用于 K6-2、K6-3，以及 K7 等处理器中，也是为了处理多媒体而开发的。它在原来指令集的基础上新增了 24 条指令，其中 12 条指令用于支持语音识别和视频信号的处理，7 条指令用于改进 Internet 及其他形式数据流的数据传输速度，5 条用于数字信号处理以提高音频和通信方面的性能。

与 Intel 公司的 MMX 技术侧重于整数运算有所不同，3DNow!指令集主要针对三维建模、坐标变换和效果渲染等三维应用场合。在相应软件的配合下，可以大大提高 3D 的处理能力。

3.5　散热装置

CPU 在高速运转的过程中产生大量的热量，要通过散热装置将热量散发出去，从而达到降低 CPU 温度的目的。如果没有散热片或散热风扇，会造成电脑死机，严重时烧坏 CPU。

名牌 CPU 产品一般都有与之配套的散热装置。随着 CPU 技术的不断发展，散热技术也在不断提高，散热装置的技术含量也越来越大。带有制冷片的散热装置如图 3-4 所示，采用风扇的散热装置如图 3-5 所示。

图 3-4　带有制冷片的散热装置

图 3-5　采用风扇的散热装置

3.6　选购

选购 CPU 时应当从以下几个方面考虑。

（1）目的明确

首先要明确组装电脑的目的，结合自己的经济实力，从性能价格比及超频能力方面综合考虑。同一品牌的产品，主频越高，性能越好，价格也越贵。总体来说，新品刚上市时价格最高。

（2）与主板结合

因为 CPU 安装在主板上，所以选购时必须与主板配套购买。CPU 的各种性能指标，如频率、电压以及接口标准，必须与主板所支持的 CPU 标准相匹配，尤其是主板芯片组对 CPU 的支持非常重要；否则再好的 CPU 也不能发挥出最佳的性能。

（3）散热器

Intel 公司制定了散热器、散热机制的标准，购买 CPU 的同时一定要购买一套品质优良的配套散热器。

（4）关于超频

使用 CPU 是否超频是一个非常敏感的话题，如果要超频使用，可选择 AMD 公司的 CPU。

使用超频时应当注意超频实际是使 CPU 超负荷地运转，肯定会减少 CPU 的寿命。如果超频不当，还会烧毁相关部件，实际是得不偿失。

（5）盒装与散装

CPU 有盒装和散装之分，盒装 CPU 具有漂亮的包装盒。内有详细的说明书与质保书等相关资料，但是价格要比散装的贵一些。优点是售后服务比较有保障，并且一般不会有假货。在购买时要注意商家提供的包装是否完整并且打开包装，逐个核对说明书中列举的配件。清点后，请商家在质保书上盖章。

散装 CPU 一般是为了降低成本，成批进货，不具备精美的包装或相关资料。有很多 DIY 族为了减少开支而选择散装 CPU，一般也不会有问题。

第4章 内存储器

存储器（Memory）是电脑的主要部件之一，是CPU与其他设备交换信息的媒介，存储器的技术也在日新月异地发展。

4.1 存储器概述

存储器用于存储电脑中的程序和数据，分为内存储器和外存储器。内存储器指安装在主板上的存储器芯片，包括动态随机存储器（简称“内存”）、静态随机存储器和只读存储器；外存储器包括硬盘、软盘、光盘及U盘等。

4.1.1 内存储器的类型

按照内存储器的工作方式，可以将其分为动态随机存储器（Dynamic Random Access Memory，DRAM）、静态随机存储器（Static Random Access Memory，SRAM）和只读存储器（Read only Memory，ROM）。

1．DRAM

由于制作材料和工艺的原因，DRAM 具有集成度高、存取速度快、机构简单、功耗低和生产成本低等优点，因此常用于制作大容量内存。

在使用DRAM时需要周期性地进行充电，称为“刷新”，以维持存储的信息。

DRAM 的地址线一般都分为行地址和列地址两部分，在访问时首先打入行地址，然后打入列地址。

“刷新”和“地址两次打入”是DRAM的两大特点。

2．SRAM

通常，SRAM用于制作主板上的外部高速缓存或在光盘驱动器等外设中的高速缓存。与DRAM相比，SRAM具有速度快、电路结构简单、不需要刷新，以及内容不易丢失等优点。但其集成度低，价格较贵等。

3．ROM

在ROM存储不会因停电而丢失的初始化程序，其中的数据只能读出不能写入，这是它的工作特点。

4.1.2 DRAM类型

DRAM又可以分为SDRAM(Synchronous DRAM，同步动态内存)和DDR SDRAM(Dual Data Rate SDRAM，双速率SDRAM，简称为DDR)。

1. SDRAM

SDRAM在同步脉冲的控制下与CPU外频同步工作，取消了等待时间。从而减少了数据传输的延迟时间，提高了系统运行速度。它基于双存储体结构，内含两个交错的存储阵列。目前其工作频率有100 MHz、133 MHz、166 MHz，以及200 MHz等，相应的内存条多是168线，是当前的主流产品之一。

2. DDR

DDR是SDRAM的升级产品，其特点是在时钟脉冲信号的上升沿和下降沿各传输一次数据，使得数据传输速率为SDRAM的两倍。为了保持较高的数据传输率，要求电气信号必须较快地改变，因此DDR的工作电压为2.5 V。

DDR内存有两种命名方式，一是以其能够提供的内存带宽命名，如PC1600、PC2700、PC3200等，PC1600表明该内存能够提供1.6 GB/s的内存带宽；二是以其工作频率命名，如PC1600又称“DDR200”，PC2100又称“DDR266”，PC2700又称“DDR333”，PC3200又称“DDR400”。

4.2 内存的技术规格

当前电脑使用的内存器件都是由各类半导体集成电路芯片焊接在条状的小板上，称为“内存条”。组装电脑时将其插在主板的内存插槽上，拆卸十分方便。

4.2.1 SDRAM

SDRAM为168线，数据总线宽度为64位，采用3.3 V电压。内存条的结构是DIMM(Dual In-Line Memory Module，双边接插内存模块)结构。主机板DIMM内存插槽两边均有金属引脚线，每边84线，故常称其为“168线内存条”。其基本工作原理是RAM的控制时钟频率与CPU的外频相同，保持同步，完全消除了等待时间。SDRAM产品分为PC100、PC133、PC150、PC166和PC200。168线内存条如图4-1所示。

图4-1 168线内存条

4.2.2 DDR SDRAM 内存

DDR 是第一代 DDR 内存，因此也称为“DDR1 内存”。是 SDRAM 的更新换代产品，它采用 2.5 V 工作电压，为 184 线。采用 DIMM 内存插槽每边 92 线，故称其为“184 线内存条”如图 4-2 所示。

图 4-2 184 线 DDR 内存条

内存芯片也称“内存颗粒”，每个厂商生产的内存颗粒都有各自的标志，根据标志即可识别该内存产品的生产厂家、型号及容量等各种参数。

DDR 内存条的芯片颗粒如图 4-3 所示。

图 4-3 DDR 内存条的芯片颗粒

4.2.3 DDR 2 内存

DDR 2 内存与 DDR 内存相比，除了速度提升之外，制造成本也有所下降。

DDR 2 的工作电压为 1.8 V，400 MHz、533 MHz、667 MHz、800 MHz，以及 1 600 MHz 等多种时钟频率。

DDR 2 内存条有 200、220 与 240 个针脚，初期的容量为 512 MB，现在已经达到 2 GB。

主频为 800 MHz，采用 FBGA 封装形式，有 240 个针脚。工作电压为 1.8 V 的 DDR 2 内存条如图 4-4 所示。

4.2.4 DDR 3 内存

DDR 3 内存采用 0.11 微米工艺及传输标准为 PC3-10600U。工作电压为 1.5 V，是性能更好更省电的产品。其数据带宽比 DDR 2 内存提升了 50%，是当前速度最快的内存产品。

DDR 3 内存在采用 ODT（核心整合终结器）及用于优化性能的 EMRS 技术的同时还引入了时钟异步技术，并且采用先进的 FBGA 封装形式。

胜创（Kingmax）DDR3 1333 内存条如图 4-5 所示。

图 4-4　DDR 2 内存条

图 4-5　胜创 DDR3 1333 内存条

4.3　主要技术指标及主流产品

4.3.1　主要技术指标

内存的主要技术指标如下。

（1）数据宽度

数据宽度指内存一次读出/写入的数据位，72 线的内存条的数据宽度为 32 位；168 线的 SDRAM 内存条和 184 线的 DDR 内存条的数据宽度为 64 位。数据宽度与主机板上的内存插槽（BANK）有关，一个 BANK 的数据宽度由 CPU 与内存之间所需的数据通道宽度决定。Pentium 系列的数据宽度为 64 位。

（2）时钟频率

CPU 运行时必须配合内存读写数据，因此 CPU 的频率要与内存匹配。内存的速度远低于 CPU，所以 CPU 内外采用不同的频率，内存时钟频率为内存所能稳定运行的最大频率。

目前 SDRM 内存的时钟频率一般可分为 133 MHz、166 MHz 和 200 MHz 等几种类型，DDR 为其两倍。

（3）存取时间

存取时间表示读取数据所延迟的时间，目前大多数 SDRAM 芯片的存取时间为 5 ns、6 ns、7 ns、8 ns 或者 10 ns。该项指标与系统时钟频率有联系，但二者在本质上存在显著的区别，例如同样是 PC133 内存，就有-7 和-6（或用 7k 和 6k 表示），其存取时间分别为 7 ns 和 6 ns，但时钟频率均为 133 MHz。存取时间和时钟频率一样，越小性能越好。

（4）PCB 影响

内存条由内存芯片和 PCB（印制电路板）组成，因此，PCB 对内存性能也有很大影响。如果使用 4 层板，那么 VCC、Ground（接地线）和信号线布置在同一层。这样内存条在工作过程中由于信号干扰所产生的杂波很大，会产生不稳定现象，而使用 6 层板则相应的干扰信号就会小很多。此外，影响内存条的性能还有布线和电阻搭配等因素。

（5）SPD 技术

SPD（Serial Presence Detect，当前参数检测）是内存模块附带的一块只读内存芯片，在其中记录该内存条容量、存取速度，以及工作电压等参数。这种内存条如图 4-6 所示。

图 4-6　带 SPD 芯片的内存条

（6）双通道 DDR 技术

双通道 DDR 技术是将两个 DDR 内存条共同使用，并行传输数据的技术。如果这种技术的主板上有 4 个内存插槽，需要根据主板说明书选择，一般是将两个内存条间隔安放。

（7）ECC 校验

ECC（Error Checking and Correcting，错误校验与更正）技术是一种数据校验技术，采用该项技术的内存条具有自动校验与修复功能。这种内存条要多出一块用于 ECC 的芯片，如图 4-7 所示。目前的 ECC 技术只能纠正一位二进制数的错误。

图 4-7　带 ECC 校验芯片的内存条

4.3.2　主流产品

内存的主流产品如下。

（1）Kingmax DDR2 800

这种内存采用无铅制作技术，拥有高达 8.6 GB/s 的内存频宽，可充分支持 Prescott/Tejas 1 067 MHz 前置总线。其工作电压为 1.8 V，内建 Kingmax 独家防伪红色的 ASIC 译码芯片。并整合了 0DT 技术，可提高系统的稳定性。颗粒封装采用 FBGA 形式，传输标准采用 PC2-2600 标准，接口类型为 240 Pin。Kingmax DDR2 800 内存如图 4-8 所示。

（2）Kingston DDR2 800

这种内存采用单面 8 个内存颗粒规格设计，大量采用蛇行布线和 145 边角处理，很好地保证了信号传输的稳定性，良好的覆铜效果增强了抗电子干扰的能力。其工作电压为 1.8 V，针脚数为 240 针，采用 DDR2-DIMM 接口规范。Kingston DDR2 800 内存如图 4-9 所示。

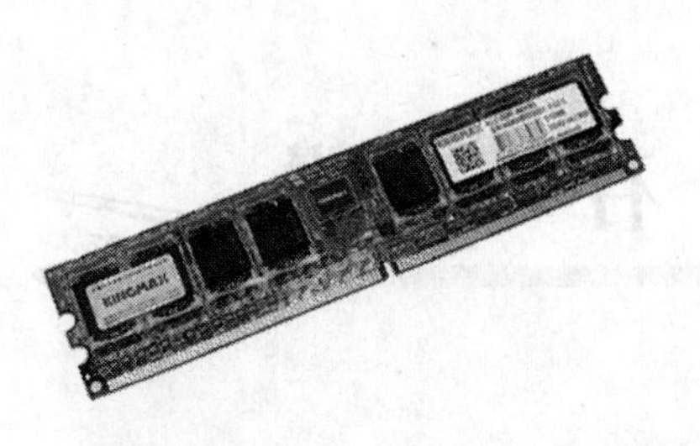

图4-8 Kingmax DDR2 800内存

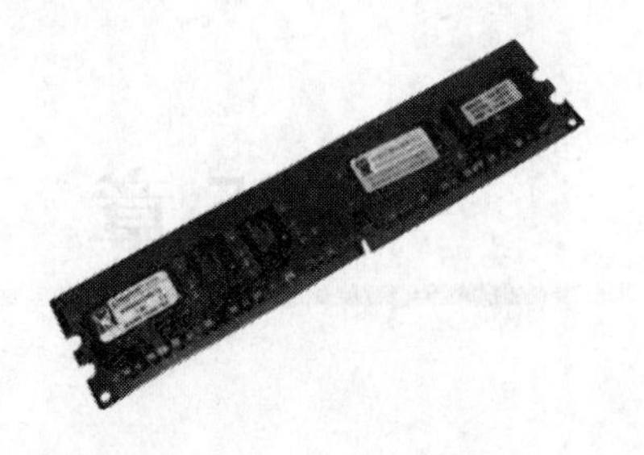

图4-9 Kingston DDR2 800内存

4.4 选购建议

下面介绍选购内存条的注意事项。

1．与主板匹配

购买内存条时选择的引脚数必须与主机板上内存插槽的引脚数匹配，最好选择配套产品。如果是双核CPU，内存多是DDR 2 667/800，目前DDR 3内存的价格还是比较高的。

2．容量与价格

为了提高电脑的整体性能，应该配置足够大的内存。Windows XP和Windows 2000操作系统的至少需要512 MB的内存，最好安装1 GB的内存；Windows Vista操作系统至少需要1 GB的内存，最好安装2 GB的内存。内存容量必须与操作系统和应用软件相适应，否则会造成资源的浪费。

从价格上看，目前单条2 GB内存已成为主流，2 GB DDR2-800内存均价在225元，自己装机的电脑爱好者可以直接购买单条2 GB内存，以方便日后升级。

3．品牌

相对来说，HYUNDAI，NEC和TOSHIBA的内存芯片性能不错。

信誉好的厂商当然也包括其良好的售后服务，内存销售一般有半年至一年的保质期。

4．其他

一定要选购采用6层电路板生产工艺的产品，这些产品有较高的稳定性和可靠性。

注意 从外观看，高质量内存条的电路板板面光洁，色泽均匀，元件焊接整齐。并且焊点均匀有光泽，边缘整齐无毛边，金手指明亮如镜；而劣质内存芯片标志模糊或混乱，印制电路板毛糙，焊接质量低劣。

第5章 外存储器

外存储器包括硬盘驱动器、软盘驱动器、光盘驱动器、刻录机及 U 盘等设备，其特点是容量大。并且用于保存电脑的永久性数据，如操作系统、数据库应用程序及用户的各种重要文件等。

5.1 硬盘驱动器

硬盘驱动器简称“硬盘”，是最重要的外部存储设备，目前的硬盘均采用温彻斯特（Winchester）技术。即盘片与磁头密封在盘壳内，镀磁盘片固定在轴上并高速旋转。磁头沿盘片径向移动且悬浮在高速转动的盘片上方，而不与盘片接触。当前硬盘的容量已达 120 GB 以上。

5.1.1 工作原理

1. 内部结构

硬盘的内部结构如图 5-1 所示。

① 控制电路：控制硬盘初始化及读/写数据。

② 磁头转动装置：带动磁头沿磁盘的半径方向移动。

③ 磁头组件：用于读/写数据。

④ 盘片主轴：通过主轴的转动，将盘片转到指定的位置。

⑤ 盘片：用于存储信息。

2. 规格

硬盘按规格可以分为 5.25 英寸、3.5 英寸、2.5 英寸和 1.8 英寸等，5.25 英寸硬盘由于转速、容量及传输速率等问题已经被淘汰；2.5 英寸和 1.8 英寸的硬盘主要用于笔记本电脑或作为活动硬盘使用；台式机电脑主要使用 3.5 英寸硬盘，如图 5-2 所示。

3. 工作原理

硬盘驱动器加电后，利用盘体内部控制电路中的单片机初始化驱动器。加电前磁头置于盘片中心位置，经过初始化程序启动主轴电动机，使其以高速旋转。加载磁头小车机构，带动磁头移动。将磁头浮动起来置于盘片表面的 00 道，进入准备状态。此后，硬盘便可读/写数据。

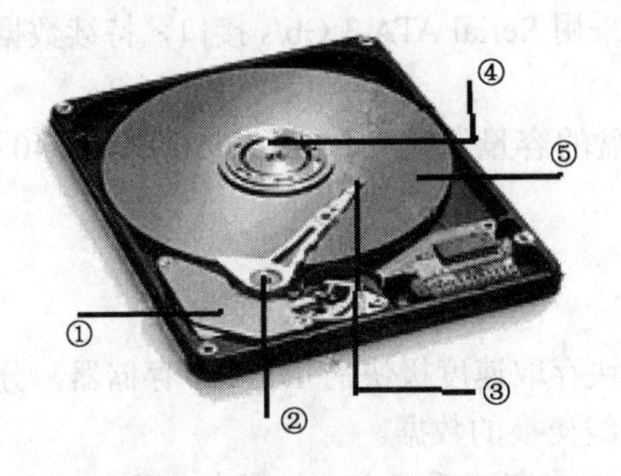

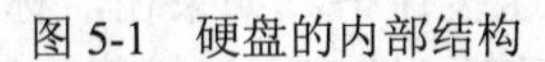

图 5-1 硬盘的内部结构

图 5-2 3.5 英寸硬盘

读/写数据时，首先确定要读/写的数据是否在硬盘控制器的缓存区中。如果在，则读取数据后发送到内存；否则控制器将触发硬盘的磁头转动装置。磁头转动装置在盘面上移动读/写头至目标磁道，连在硬盘电机上的转轴旋转盘面，移动请求数据的相应区域到读/写头下读/写头读/写数据。

5.1.2 主要技术指标

1. 主轴转速

主轴转速即硬盘电动机的主轴旋转的速度，单位是 R/M（Revolutions Per Minute，每分钟的转数），它是决定硬盘内部数据传输速率的决定因素之一。其高低在很大程度上决定了硬盘的速度，同时也是区别硬盘档次的重要标志。目前 IDE 接口硬盘的转速主要有 5 400 R/M 和 7 200 R/M 两种，前者是市场的主流产品；后者仍具有性价比高的优势。目前/IDE 接口硬盘的主流产品转速为 7 200 R/M，SCSI 接口硬盘的主轴转速已经高达 15 000 R/M，但其价格对普通用户还难以接受。

2. 单碟容量

因为标准硬盘的盘片数有限，只有提高每张盘片的容量才能从根本上解决整个硬盘的容量问题。所以大容量硬盘采用 GMR 巨阻型磁头，磁盘的记录密度大大提高，硬盘的单碟容量也相应提高。随着硬盘磁头与相关技术的更新换代，目前常用的硬盘单碟容量已经高达 80 GB。

3. 容量

硬盘的容量即硬盘所能存储的最大数据量，硬盘通过 MR（Magneto Resistive heads，磁阻磁头）在盘片上记录数据。提高磁头技术可以提高盘片的记录数据的密度，即增加硬盘的容量。目前的主流硬盘容量为 80 GB ~160 GB，影响硬盘容量的因素有单碟容量和盘片数量。

更新的磁头技术是采用多层结构、磁阻效应更好的材料制造的 GMR（Giant Magneto Resistive heads MR）巨型磁阻磁头技术，比现有的 MR 磁头技术提高 10 倍的硬盘容量。

最近，希捷公司宣布推出 3.5 英寸的 Barracuda 7200.11 硬盘的容量高达 1.5 TB。它由 4

块 375 GB 容量盘片组成，缓存为 32 MB。并且采用 Serial ATA 3 Gb/s 接口，持续数据传输率为 120 MB/s。

目前 3.5 英寸的 Barracuda 7200.11 系列硬盘的容量还包括 1 TB、750 GB、640 GB、500 GB、320 GB 和 160 GB 等。

4．高速缓存

高速缓存指硬盘控制器上的 Cache，它是一块存取速度极快的 DRAM 存储器。分为写通式和回写式，其作用是暂时存储硬盘与外部总线交换的数据。

系统要从硬盘读取数据时，首先检查数据是否在高速缓存中。如果在，称为“命中”，则从其中读取数据；写入数据时，首先将数据写入高速缓存，等到空闲时再将缓存中的数据写入硬盘。目前的高档硬盘高速缓存都采用速度较快的 DRAM，一般为 8 MB~16 MB。并且硬盘容量越大，高速缓存也越大。

5．平均寻道时间

平均寻道时间是读/写磁头在盘面上定位到数据所在磁道所需要的时间，寻道时间又称“寻址时间”。这项指标是衡量硬盘机械性能的重要指标，它直接影响硬盘的访问速度。平均寻道时间越小越好，更短的寻道时间意味着硬盘能更快地传输数据。

目前的 7 200 RPM 硬盘基本上都有 2 MB 以上的高速缓存，其平均寻道时间一般都在 9 ms 以下。

6．数据传输速率

硬盘的数据传输速率（Data Transfer Rate）指硬盘读/写数据的速度，分为如下两种。

（1）外部传输速率（External Transfer Rate）：指电脑通过接口将数据传输到硬盘的速度，该项指标与硬盘接口类型和硬盘缓存区容量有密切关系。

（2）内部传输速率（Internal Transfer Rate）：指硬盘将数据记录在盘片上的速度，即最大或最小持续传输速率。它主要依赖硬盘的转速，转速越高，传输速度越快。

由于硬盘的外部传输速率比其内部传输速率要高很多，所以内部传输速率才是真正反映一个硬盘整体性能的决定性因素。

7．连续无故障时间（MTBF）

该指标指硬盘从开始运行到出现故障之间的时间，单位为小时，一般硬盘的 MTBF 至少在 30 000 小时以上。

5.1.3 硬盘新技术

硬盘新技术如下。

（1）Drive-TIP 技术

Drive-TIP（Drive Temperature Indicator Processor，硬盘温度指示器）是一项提高硬盘可

靠性和使用性能的技术，它通过温度感应器监测并报告驱动器温度是否超过预先设定的温度阈值。发现温度超标后，即采取关闭驱动器等相应措施，达到降低温度的目的。这种技术对于笔记本硬盘尤其重要。

（2）Ultra ATA/133 技术

此项技术把 ATA 接口的最高传输速率提升到 133 Mb/s，在提高传输速率的同时通过改进信号的时钟边沿特性并使用 CRC 循环冗余纠错技术，保证在高速传输过程中数据的完整性。Ultra ATA/133 向后兼容 Ultra ATA/66/100，IDE 接口同样为 40 芯信号线。但使用的电缆为 80 芯，比原来的 IDE 电缆增加了 40 根地线，这种设计可以降低相邻信号线之间的串扰。为了使用 Ultra ATA/133 接口，硬盘、主板和操作系统都必须提供相应的技术支持。

（3）SPS 技术

SPS（Shock Protection System，防震系统）技术可以把硬盘因震动而造成的损害降到最低的程度。

（4）SB 技术

SB（Shock Block，减少震动）是 Maxtor 硬盘所采用的一种技术，其目的是尽量降低读/写磁头冲击盘片的可能性。从而增加读写磁头的稳定性，与 SPS 的目的相同。

（5）IEEE1394 总线技术

IEEE1394 总线技术又称“Fire wire”（火线）或“P1394”技术，它是一种高速串行总线。现有的 IEEE1394 标准支持 100 Mb/s、200 Mb/s 和 400 Mb/s 的传输速率，将来会达到 800 Mb/s、1 600 Mb/s 和 3 200 Mb/s，甚至更高。由于具有如此高的传输速率，所以用其可以作为硬盘、DVD 和 CD-ROM 等大容量存储设备的接口。

（6）S. M. A. R. T 技术

S.M.A.R.T（Self-Monitoring Analysis & Reporting Technology）技术是自动监测分析报告技术，使得硬盘可以监测、分析并显示自身的工作状态和性能。采用这种技术用户可以随时了解硬盘的运行状况，遇到紧急情况时采取适当措施，确保数据不受损失。

（7）MR 磁头技术

MR（Magneto Resistive Head，磁阻磁头）完全基于磁电阻效应工作的技术，其核心是利用特殊材料的电阻值随磁场变化的原理来读取盘片中的数据，从而可以实现更高的存储密度。并且增加单碟容量即硬盘的容量，进而提高数据传输速率。

（8）GMR 磁头技术

GMR（Giant Magneto Resistive Head，巨磁阻磁头）的磁头使用了比磁阻效应更好的材料和多层薄膜结构，比 MR 磁头更为敏感。相同的磁场变化能引起更大的电阻值变化，从而可以实现更高的存储密度。

（9）DPS 技术

DPS（Data Protection System，数据保护系统）适合 Quantum 品牌 Enhanced IDE 接口，并且支持 S.M.A.R.T.规格的硬盘。该技术的工作原理是在硬盘的前 300 MB 内存放操作系统等重要信息，当系统出现问题时，可以在 90 秒内自动恢复系统。如果恢复失败，则运行随硬盘附带的 DPS 软盘。由 DPS 系统分析故障原因，尽量保证不丢失硬盘中的数据。

（10）OAW 技术

OAW（Optically Assisted Winchester，光学辅助温氏）技术把读/写磁头和低强度激光束结合在一起，使激光束通过光纤传入磁头。然后通过一个由微电机驱动的镜子反射到磁盘表面，从而精确定位磁头。该项技术能在 1 英寸宽的范围内写入 105 000 个以上磁道，使硬盘的单碟容量达到 80 GB 以上。

5.1.4 接口类型

硬盘的接口可分为如下 3 种类型接口。

（1）IDE 接口

目前常见的 IDE 接口有 Ultra DMA/33、Ultra DMA/66、Ultra DMA/100 和 Ultra DMA/133，外部传输速率分别为 33.3 Mb/s、66.6 Mb/s、100 Mb/s 和 133 Mb/s。从 Ultra DMA/66 开始，数据传输速率提高了 1 倍，其突发数据传输速率理论上可达 66.6Mb/s。该接口采用了 CRC（循环冗余校验）技术，进一步提高了数据传输的可靠性。并且在原有 40 pin 排线的基础上，增加了 40 条地线，以保证在高速数据传输中降低相邻信号线间的互相干扰。

目前流行的 IDE 硬盘接口是 Ultra DMA/100 和 Ultra DMA/133，新的硬盘都支持这两种接口标准。

（2）Serial ATA 接口

Serial ATA 接口即串行 ATA 接口，它采用连续串行的方式传送数据，比 IDE 接口有很多优势。首先该接口只需要两组数据传输通道，分别负责发送与接收，工作电压仅为 250 mV；其次，每个串行 ATA 设备与系统通信时都独占一个通道。系统中的设备都是平等的，不用通过跳线设置“主从”设备。Serial ATA 1.0 的最高传输速率可达 150 Mb/s，Serial ATA 2.0 的传输速率为 300 Mb/s，最高可达 600 Mb/s。这种 ATA 接口还支持热插拔功能。同时，该接口标准保留了多种向后兼容性，通过转换卡可支持所有的 IDE 设备，包括硬盘、CD-ROM 和 DVD-ROM 等。

（3）SCSI 接口

SCSI（Small Computer System Interface，小型机系统接口）接口一般用在高档微机、工作站和服务器上。目前 SCSI 硬盘接口有 50 线、68 线和 80 线等 3 种，其基本传输速率是 20 Mb/s（8 bit，50 线）；采用 Ultra WIDE 标准（16 bit，68 线），传输速率可提高到 40 Mb/s；采用 Ultra2 WIDE 标准，可提高到 80 Mb/s；采用最新的 SCSI 标准接口，可达到 160 Mb/s，并连接 15 台设备。使用 SCSI 接口的硬盘需要在主机的扩展插槽中安装 SCSI 接口卡。

5.1.5 主流产品

目前硬盘的主流产品如下。

（1）迈拓产品

迈拓（Maxtor）公司独有的 MaxSafe 数据保护系统可以充分保障用户数据的稳定性，

ShockBlock 震动保护系统则可以使硬盘在剧烈震动下保护数据安全。

该公司目前的主要产品是金钻 9 代，其容量为 160 GB，缓存为 8 MB，单碟容量为 80 GB。它采用 SATA 串行接口，转速为 7 200 R/M，寻道时间为 8.5 ms。

（2）希捷产品

希捷（Seagate Technology）公司的“酷鱼 7200.9”系列 160 GB SATA 硬盘，单碟容量为 160 GB，缓存为 8 MB。它采用 SATA 串行接口，转速为 7 200 R/M，寻道时间为 8.5 ms。最高内部传输速率 95 Mb/s。并且采用该公司的专利 SoftSonic 液态轴承电动机技术，工作噪声为 28 dB，是目前性价比较高的串行接口硬盘之一。

（3）西部数据产品

西部数据（WD）公司的 WD1600JD 硬盘容量为 160 GB，缓存为 8 MB，单碟容量为 80 GB。它采用单芯片系统控制架构（i925 System-on-a-Chip）技术，并且通过该公司研发的高度嵌入式集成和先进的 4 级流水线设计来保证硬盘的高性能。该型号硬盘采用 SATA 串行接口，转速为 7 200 R/M，寻道时间为 8.5 ms。

5.1.6　选购建议

选购硬盘的建议如下。

（1）转速

转速是区别硬盘档次的重要标志。5 400 R/M 的硬盘有较高的性价比。如果是硬件、游戏及多媒体发烧友，则必须选购 7 200 R/M 的硬盘。

（2）容量

一般情况下，硬盘的容量越大越好。因为目前一些软件，如 Windows 操作系统需要的数据量很大，所以建议选购 80 GB 或 160 GB 以上的硬盘。

（3）硬盘接口类型

首先要考虑选购串行 ATA 接口。对于 Pentium 4 档次的旧电脑，应当选购 IDE 接口；否则原有的主板不支持。

（4）品牌

应选购如前所述的品牌硬盘，首先不同硬盘厂商都有自己的一套数据保护技术及震动保护技术，这是硬盘的稳定性及安全性方面的重要保障；其次品牌厂商一般提供全国联保和终身维护等服务。

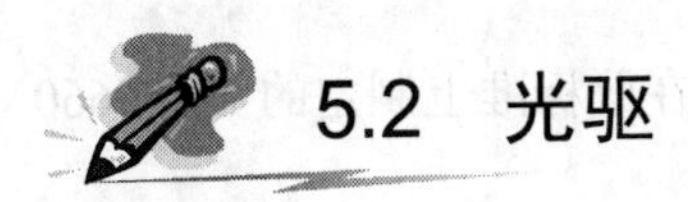

5.2　光驱

光驱即 CD-ROM（Compact Disc Read Only Memory，只读式紧凑光盘），它可以读取声音、图像和文本文件等交互格式的多种信息，即多媒体信息。光驱的外形如图 5-3 所示。

图 5-3　光驱的外形

在光驱的前面板上有以下按钮和插孔。

（1）耳机插孔：用于连接耳机或音箱，可输出 Audio CD 音乐。

（2）音量调节钮：用于调整输出的 CD 音乐音量大小。

（3）指示灯：用于显示光驱的读盘状态。

（4）播放/快进按钮：用于控制播放 Audio CD 的播放或快进，与录音机的同名按钮作用相同。

（5）停止/弹出按钮：用于控制光盘进出盒和停止 Audio CD 播放。

5.2.1　CD-R 盘片

光驱使用 CD-R 盘片，标准的 CD-R 盘片的直径为 120 mm（4.72 英寸），中心装盘孔直径为 15 mm，其厚度为 1.2 mm，重量约为 16 克。

盘片分为 3 层，即用聚碳酸酯（poly carbonate）做成透明的衬底、铝反射层和漆保护层。

CD-R 采用螺线形光道，光道上的凹坑深度约为 0.12 μm，宽度约为 0.5 μm，光道上的凹坑和非凹坑长度限制在 3 T~11 T（1T=0.277 μm）。相邻螺旋形光道之间的距离为 1.6 μm，相当于 160 000 TPI（每英寸道数）。一片光盘的光道总长度约为 5 km，凹坑数可达 8 亿多个，其存储容量可达 650 MB。

CD-R 盘片是单面盘，这主要是出于制作成本的原因。

凹坑的前沿和后沿代表 1，凹坑和非凹坑的长度代表 0 的个数，这些位被称为“通道位”（Channel bits）。采用此种技术，比直接用凹坑的有无代表二进制的 1 和 0 更准确。

5.2.2　结构与工作原理

制造 CD-ROM 驱动器应遵循 CD-ROM 黄皮书的标准，以及在此标准上制定的 ISO 9660 标准。CD-ROM 必须满足如下基本要求。

（1）使用 12 cm 直径的标准盘。

（2）盘的转动方式为 CLV（恒定线速度）。

（3）盘的容量为 650 MB 或 700 MB。

（4）数据传输速率为 2 048 字节/扇区×75 扇区/秒=155.4 Kb/s。

1. 结构

光驱内部主要由激光头组件、主轴电动机、启动机构，以及光盘托架等部分组成。

（1）激光头组件：主要由激光器、光栅、物镜、反射镜和光电二极管等部件组成。

（2）主轴电动机：驱动光盘运行，在光盘读取过程中提供数据定位功能。

（3）启动机构：控制光盘托架的进出和主轴电动机的启动。

（4）光盘托架：光盘的载体。

2. 工作原理

激光头是光驱的核心部件，其作用是把存储在 CD-R 盘上的凹坑转换成电信号。它是点光源，发出的激光经过光栅控制后得到一条很亮的激光束，称为“主光束”。主光束经过物镜聚焦，把焦点聚到 CD-R 光盘的凹坑信息面上。激光到达光盘后，再反射回来，中间经过 90° 的相移到达光电二极管。光电二极管把反射回来的光信号变成电信号，系统再把这个转换后的电信号分离出数据信号和控制信号。在反射回来的光信号中，有凹坑反射信号和非凹坑反射信号。系统会根据反射的激光强度差别，判断出二进制的 0 或 1 信息。

放入光盘后，激光头聚焦透镜重复搜索光盘，找到光盘后主轴电动机将加速旋转。步进电动机带动激光头组件移动到光盘数据处，读取光盘。

物理介质上所存的数据必须以适当的形式经过编码后，才适合读取。CD-ROM 使用的 EFM 调制码（Eight-to-Fourteen Modulation）把 8 位数据转换成 14 位数据的通道码，即 8 位~14 位调制编码，根据这种编码规则可以确定 CD-R 盘上的凹坑与非凹坑的长度。

5.2.3　主要技术指标

光盘驱动器的主要技术指标如下。

（1）Access Time（寻盘时间）

该指标用来说明驱动器开始读一个文件所需时间的，大多数 CD-ROM 都支持 MPC2 标准，即寻盘时间少于 350 ms。性能卓越的 CD-ROM 的寻盘时间甚至不超过 300 ms，最快的可达 200 ms。

（2）数据传输速率

数据传输速率指光盘驱动器每秒读取的最大数据量，最早出现的光驱是单速驱动器，速率为 150 Kb/s 左右。随后的产品与单倍速是一个倍率的关系，如双倍速的速度为 300 Kb/s 左右，8 倍速的速度为 1 200 Kb/s 等，目前流行的产品的速率为 40×以上，×代表倍速，即以 150 Kb/s 的几倍运行。

（3）Cache（高速缓存）容量

Cache 的大小对连续动态视频的播放影响较大，Cache 越大，动态视频的播放越连续。但性能的提高随 Cache 的增大，其关系曲线趋于平缓。一般 Cache 为 128 KB 或 256 KB 时，CD-ROM 性能已相当不错。

（4）CPU 占用时间

该指标指光驱在一定转速和数据传输速率的情况下所占用 CPU 的时间，主要取决于光驱的 BIOS 的性能。CPU 占用时间越少，系统的工作效率越高。

（5）容错性

光驱的容错性也称“超强纠错能力”，指光驱读盘时对光盘中出现的错误的兼容性。目前高速光驱的读取数据技术已经接近成熟，但是大部分产品为了提高容错性采用加大激光头功率的方法。这样会造成激光头老化，减少其寿命。

（6）Multi Read 功能

一般的光驱只能读 CD-R 盘片中的数据，而具有 Multi Read 功能的光驱也可以读 CD-RW 盘片中的数据，CD-RW 驱动器是可读可写的两用光驱。

（7）其他

除了上面介绍的几个重要的指标外，其他指标如机芯材料、CD 播放功能、散热性及稳定性等。

5.2.4 选购建议

光驱已经成为当前电脑中必须配置的一个设备，选购时应从以下几方面考虑。

（1）性能指标。如尽量选择 Cache 容量大及具有 IDE 接口的产品，IDE 接口的 CD-ROM 驱动器可以作为主机系统的另一个硬盘使用。此外数据传输速率越高，读取数据越快。

（2）光驱噪声。读盘时产生的噪声容易引起震动，并影响读盘的稳定性。

（3）机芯材料。塑料机芯是目前市场上最常见的，优点是价格便宜。但是具有不易散热的缺点，容易老化，光驱的寿命短；钢制机芯在抗高速和高温方面性能良好，可以保证光驱在读盘时稳定快速。并有抗老化的特点，但价格较高。

（4）品牌。如 Acer（宏基）的 50x、SONY 50X、NEC 48X 和华硕 50X 等，这些产品各有长短。

5.2.5 使用中应注意的问题

在使用 CD-ROM 中应注意如下几个问题。

（1）CD-ROM 的安放应保持水平，机架要稳定。特别是在多媒体家用电脑中使用时，机架应能抵抗音响的低频振动。

（2）装拆机箱时先把 CD-ROM 的电源线拔掉，以免不小心加电使激光头在非正常位置检索移动，导致变形失准。

（3）尽量不用盗版盘，盗版盘可能会使激光头长期被迫在不能正常对焦的情况下工作，极易老化，同时也存在侵犯版权的问题。另外，保证盘片的洁净也是保证 CD-ROM 寿命的重要因素。

（4）当 CD-ROM 托盘伸出后尽量用面板上的触摸开关来收进，而不是直接用手顶回。虽然这样一般不会出现问题，但是 CD-ROM 大部分机械部件为尼龙制品，用手推动会加速磨损。

（5）使用光盘软件要注意防范病毒。

5.3 DVD-ROM 光驱

DVD（Digital Versatile Disc）即用途广泛的数字化储存光碟媒体，中文名称为“多功能数字光碟”。DVD 影碟采用了 MPEG-2 编解码技术，使画面分辨率达到 720 像素×576 像素，水平清晰度超过 500 线。声音则采用杜比数字环绕技术压缩，提供完全独立的前、中、后及超重低音。DVD 盘片中的信息采用 DVD-ROM 和 DVD-Audio 等光驱播放。16 倍速的 DVD-ROM 光驱如图 5-4 所示。

图 5-4　16 倍速的 DVD-ROM 光驱

5.3.1 DVD 盘片

DVD-ROM 盘片的直径为 12 cm，采用双片粘贴结构，每片可以记录双层数据。DVD 采用红色可见激光，波长更短，可以读取更小更密的信号轨迹和孔迹。DVD 盘片的存储容量为 CD-ROM 盘的 7 倍~25 倍，仅单面单层 DVD 盘片的存储容量就达到 4.7 GB，能够存储长达 133 分钟的高画质影像。根据结构和容量可以把 DVD 分为如下 4 种。

（1）单面单层（DVD-5）：容量为 4.7 GB。

（2）单面双层（DVD-9）：容量为 8.5 GB。

（3）双面单层（DVD-10）：容量为 9.4 GB。

（4）双面双层（DVD-18）：容量为 17 GB。

5.3.2 种类

DVD 的产品种类繁多，目前可分为如下几种。

（1）DVD-ROM（只读型 DVD）：即电脑使用的 DVD 光驱。

（2）DVD-Video（DVD 影碟）：家庭用看影碟。

（3）DVD-Audio（DVD 音频）：播放音乐。

（4）DVD-R：一次可写型 DVD。

（5）DVD-RAM：可以进行多次读写的 DVD。

本书所讨论的是 DVD-ROM。

5.3.3 保护技术

为了防止DVD盗版而采用的主要保护技术如下。

（1）区域码保护技术。将全球分为6个不同级别的DVD系统播放区，中国属于第6区，在盘片的制造过程中经过编码使得各区的DVD设备只能播放区号相同的DVD盘片。

（2）内容搅乱系统（CSS）编码技术。针对个人电脑用户设计，其核心是在DVD-ROM和解码单元中设置一个复杂的认证程序。即在DVD盘片中加入键值将数字信息编码，生产商必须付费取得CSS认证后才能取得编码关键值。

（3）ASP技术的核心。在显卡的TV-OUT输出端增加一个Macro vision 7芯片，对输出到电视的信号进行认证保护。若显卡未经过该认证，则输出信号将被阻断。

5.3.4 技术指标

DVD-ROM光驱的主要技术指标如下。

（1）读取速度

DVD-ROM驱动器的读取速度也用倍速表示，分为2倍速、4倍速和6倍速等。1个倍速相当于CD-ROM光驱的9倍，因为其单倍速为1 350 Kb/s（CD-ROM光驱为150 Kb/s），当前市场的主流DVD产品为16倍速~20倍速。

（2）激光头

DVD-ROM驱动器的激光头分为单激光头和双激光头，单激光头可以用一个激光头读取DVD和CD-ROM光盘信号；双激光头则分别使用两个激光头。

5.3.5 选购建议

选购DVD-ROM光驱时应考虑如下因素。

（1）兼容性。一般DVD-ROM具有向下兼容性，可以播放DVD和VCD影片，具有CD-ROM的各项功能。性能优良的产品支持DVD-ROM（单层及双层）、DVD-Video、DVD-R、CD-ROM、CD-R、CD-RW和CD-DA等多种格式。

（2）最大传输率、平均访问时间和内置的高速缓存等指标。

（3）功能。不同产品的功能有所差别，功能越多，价格越高，应根据实际需要选购。

5.4 光盘刻录机

CD-ROM和DVD-ROM光驱只能读取光盘中的数据，不能实现重要数据的保存和备份，而使用光盘刻录机能够解决这个问题。只要将数据刻录到光盘上即可永久保存，目前光盘的

容量可达 650 MB 或 700 MB。

光盘刻录机分为 CD 和 DVD 刻录机，本节重点介绍 CD 刻录机，然后介绍选购 DVD 刻录机时应注意的问题。

5.4.1 类型

1. 按读写方式

按照光盘刻录机的读写方式可分为如下类型。

（1）CD-R 刻录机：可以作为普通的光驱使用，只能刻录 CD-R 盘片。

（2）CD-RW 刻录机：可以兼容 CD-R 刻录机的所有功能，还可以刻录和擦写 CD-RW 光盘。

CD-R 盘片上的数据一旦写入后就不能删除或改写，而 CD-RW 盘片写入数据后可以删除或重写，可以重复使用多次。

目前市场上的流行产品是 CD-RW 刻录机，CD-R 刻录机将被淘汰。

2. 按接口类型

光盘刻录机按照接口类型可分为如下类型。

（1）IDE 接口：与安装 CD-ROM 光驱相同，缺点是刻录光盘时占用系统资源较大。

（2）SCSI 接口：安装时需要 SCSI 扩展卡，虽然其价格较高，但其性能稳定。并且占用系统资源较少，刻录盘片的成功率较高。

（3）USB 接口：具有安装及移动方便的优势。

5.4.2 工作原理

光盘刻录机的核心部件是激光头组件，主要由激光器、感光器、光栅、物镜、反射镜和光电二极管等部件组成。

（1）读数据

光盘刻录机在读盘时把存储在光盘上的凹坑转换成电信号，其工作原理同 CD-ROM。

（2）写数据

CD-R 在写入数据时，发射出高功率的激光照射到 CD-R 盘片的一个特定的部位上。上面的有机染料层就会被融化并发生化学变化，这些被破坏的部位无法顺利反射 CD 光盘机所发出的激光，即形成凹坑。

CD-RW 指可以多次写入且反复读出的可擦写的光盘刻录机，在写入数据时使用一种“相变”（Face Change）技术对光盘上的感光物质进行瞬间加温。这种方式可以制造出多个能够读取的反射点，而且这些反射点可以重复烧制。

5.4.3 性能指标

光盘刻录机的主要性能指标如下。

（1）刻录格式

光盘刻录机支持的刻录格式包括 Audio CD、Photo CD 和 CD-I 等多种光盘格式，以及 DAO（Disk-At-One）、TAO（Track At Once）和 MS（Multi-Session）等多种刻录方式。

（2）读写速度

CD-R 刻录机的读写速度是标志该产品的重要性能指标，目前已达到 52 倍速。

目前市场上的 CD-RW 刻录机通常以 40×/12×/48×的形式表示，即该刻录机以 40 倍速写入、12 倍速擦写，并以 48 倍速读取。具有 CD-R 和 CD-RW 双重功能的 SONY 光盘刻录机如图 5-5 所示。

图 5-5 双重功能的 SONY 光盘刻录机

（3）高速缓存与防刻死技术

高速缓存的大小也是衡量光盘刻录机性能的重要指标之一，高速缓存的容量越大，稳定性越高，刻盘的成功率也就越高。目前光盘刻录机的高速缓存容量在 4 MB 以上，最大可达 8 MB。

自从 12x 的刻录机问世以后，厂商普遍都在刻录机中加入了防刻死功能。即在数据断流之后中断刻录动作，等到数据充分后刻录，而不会造成废盘。

（4）接口方式

SCSI 接口设备需要配置专用的 SCSI 接口卡，价格较高，但在 CPU 资源占有率和数据传输的稳定性方面好于 IDE 接口。另外，操作系统和刻录软件对刻盘过程的影响也比较小，因而刻录质量较好。

IDE 接口的刻录机安装方法与硬盘相同，使用系统的 IDE 接口电缆信号线，比较方便。但对操作系统和刻录软件的要求较为苛刻，因此选择一个好的刻录软件非常重要。

USB 接口的刻录机正在得到广泛的应用。

光盘刻录机有内置和外置两种安装方式，内置刻录机使用 SCSI 接口或 IDE 接口，安装方法和占用的空间与一个 CD-ROM 光驱完全相同；外置式刻录机使用并行口或 USB 接口，具有安装简单、便于携带和散热性好等优点。

5.4.4 选购光盘刻录机的建议

选购光盘刻录机时应考虑以下因素。

（1）技术指标

最好选择高速缓存在 2 MB 以上的产品。并根据实际使用和经济情况等选择接口方式，SCSI 接口的价格较高，但性能相对较好。

此外，还要考虑读写速度和所支持的刻录格式等性能指标。

（2）品牌

当前著名品牌有 Creative、SONY、Toshiba、Pioneer、HP，以及 Philips 等，但价格也高一些。

（3）兼容性

兼容性包括盘片及刻录机的兼容性。CD-R 盘片分为金碟、绿碟和蓝碟 3 种，其介质不同。其中绿盘属于基本规范，兼容性较好；金盘是绿盘的改进产品，兼容性更好；蓝盘的性能价格比较高，兼容性较差。兼容性好的刻录机读写各种盘片的能力较强。

5.4.5 选购 DVD 刻录机的建议

选购 DVD 刻录机要考虑如下因素。

（1）品牌

建议选购日产系列 DVD 刻录机（SONY、浦科特、NEC 及先锋等）品牌，这类产品尽管价格要高一点，但是其刻录品质和稳定性均属一流；其次可以选择韩国系列的 LG、三星，以及国产的明基、华硕、微星和摩西等产品。由于它们均是传统生产光盘驱动器产品的大厂，因此其销售服务和质量均有一定的保证。

（2）缓存

大缓存可以有效地避免 Buffer Under Run（缓存欠载），目前市场上的大多数 DVD 刻录机缓存都达到了 8 MB。

（3）刻录速度

目前，8x 的 DVD Dual（全面兼容 DVD+/-R/RW）的产品是市场主流。但是由于其速度并不能达到 4x 的两倍，因此不是首选，只能是性价比之选。在选购 16x 的产品时不能只看价格，其质量更为重要。

（4）质保期

一般小品碑的质保期较短，而大厂相对来说更长一些。

（5）兼容性

目前市场上比较常见有多种不同规格的盘片，选购 DVD 刻录机时要查看其支持的盘片规格是否满足要求。

5.5 U盘

U盘即闪存盘（USB Flash Disk）是移动存储设备中的一种，是将一种电子记忆芯片挂接到计算机的USB接口上，完成数据传输和存储功能的产品。U盘具有体积小，重量轻、易于随身携带，即插即用，以及数据安全性高等特点，并具有启动计算机的功能。目前U盘的容量为1 GB~4 GB。现代和爱国者U盘如图5-6所示。

图5-6 现代和爱国者U盘

5.5.1 工作原理及结构

U 盘由大量排列有序的晶体管组成，用于存储数据资料。特点是掉电后数据不消失，可以反复擦写。

U盘主要由外壳、PCB、IC控制芯片和Flash存储芯片4个部分构成，其中IC控制芯片是核心。它关系到U盘的特殊功能，如加密功能及作为驱动盘使用等。

5.5.2 U盘的优点

U盘的优点如下。

（1）无需驱动器，无需外接电源。

（2）容量大，可以做到16 MB~4 GB，当前主流产品是2 GB。

（3）体积小，重量仅仅20克左右。

（4）USB接口，使用简便，兼容性好。即插即用，可带电插拔。

（5）存取速度快，约为软盘速度的15倍~30倍。

（6）可靠性高，可反复擦写100万次，数据至少可保存10年。

（7）抗震、防潮、耐高温且携带方便。

（8）带写保护功能，防止文件被意外抹掉或受病毒感染。

（9）无需安装驱动程序。

安装USB 2.0驱动程序时应当注意以下问题。

（1）在Windows 2000/XP系统中需要安装最新的Service Pack，然后安装USB 2.0驱动程序。

（2）Windows 98/Me不支持USB 2.0，建议在主板的BIOS中将Integrated Peripherals项

目下的 OnChip USB 设为 V1.1。

5.5.3 选购建议

选购建议如下。

（1）以传输稳定性为主，即数据的安全性才是最重要的。

（2）选购符合 USB 2.0 接口的产品，以保证数据传输速度。

第 6 章　常用外部设备

常用外部设备分为输入和输出设备，输入设备主要包括键盘和鼠标；输出设备是电脑的显示系统，包括显示器和显卡。

6.1　键盘

键盘是电脑系统的一个重要的输入设备，也是人机交互的一个主要媒介，如图 6-1 所示。

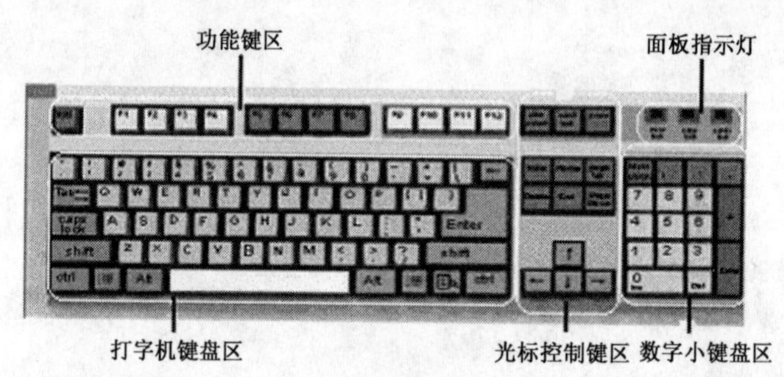

图 6-1　键盘

6.1.1　键盘布局

目前除了笔记本电脑外都使用 101 键、102 键或 104 键的键盘，104 键盘在 101 键盘的基础上增加了 3 个 Windows 系统操作键，其中 1 个键相当于右击；两个键相当于单击“开始”按钮。

1. 打字机键盘区

该区是键盘的主要部分，包括字符键和控制键，字符键具有打字机的全部功能；控制键具有一些专用的控制功能。

（1）字符键

字符键的位置与一般打字机相同，字符键包括 0~9 共 10 个数字键，26 个英文字母键和一些常用的标点符号键。

（2）控制键

Shift 键为上档控制键，当要输入双字符键上的上档字符时，按住该键输入。

Caps lock 键为字母大写锁定键，按一次该键，键盘右上角的 Caps lock 指示灯亮，此时输入的英文字母均呈大写形式。再按一次该键，指示灯灭，返回小写字母输入状态。

Ctrl 键与其他键配合使用，单独使用无意义。例如，在编辑 Word 文档时，“Ctrl+X”组合键的功能为“剪切”；“Ctrl+V”组合键的功能为“粘贴”。Alt 键的用法与 Ctrl 键类似，这两个键的功能有时需要由软件定义。

Enter 键即回车键，表示确认所要执行的命令。在编辑文档时，表示一个输入行的结束。

BackSpace 键即为退格键，用来删除光标左边的一个字符。

Tab 键为跳格键，每按一次，光标向右跳过若干字符的位置，默认为 4 个字符位置。

两个 Windows 功能键是 104 键盘所特有的控制键，其功能相当于打开“开始”菜单。

2．功能键区

标准键盘的功能键是 F1~F12 和 Esc 键，共 13 个键，其功能由软件定义。

3．光标控制键区

光标控制键区包括以下按键。

（1）光标移动键：包括→、←、↑及↓四个键。在全屏幕编辑中，每按一次光标将按箭头方向移动一个字符或一行。

（2）Insert 键：插入与替换状态转换键，按一次该键，进入替换状态，所键入的字符将替换光标后面位置的字符。再按一次该键，则返回插入状态，此时键入的字符将插入当前光标所在位置。系统开机时，默认为插入状态。

（3）Delete 键：删除键，按该键，删除当前光标所在位置前面的字符。按 Ctrl+Alt+Del 组合键时，热启动电脑。

（4）Home 键和 End 键：在编辑 Word 文档时，按 Home 键，将光标移动到行首；按 End 键，将光标移动到行尾；按 Ctrl+Home 组合键，将光标移动到文档的开头位置；按 Ctrl+End 组合键，将光标移动到文档的末尾。

（5）PageUp 键和 PageDown 键：页面光标移动键，按 PageUp 键向前移动一页；按 PageDown 键向后移动一页。

4．数字小键盘区

当输入大量数字时，数字小键盘区的作用十分明显。这个区中的双字符键具有数字键和光标控制的双重功能，开机后系统默认状态由 BIOS 设置。按数字锁定键 NumLock，则右上角的 Num Lock 灯点亮。即锁定上档数字键，然后可输入数字。

5．面板指示灯

键盘右上角的 3 个指示灯分别是 Num Lock（数字锁定）、Caps Lock（字母大写锁定）和 Scroll Lock（屏幕锁定），当按某键时，各自的灯点亮，便于用户操作。

6.1.2 工作原理

键盘由电路板、键盘体和按键3部分组成。

键盘的基本工作原理是把按键动作转换成相应的ASCII码送给主机，它由一组排列成矩阵方式的按键开关组成，可用硬件或软件方式扫描矩阵的行列按键开关，查找出按下的键。键盘的按键是一个触点式开关，当键按下时，该键开关导通；当键抬起时，该键开关断开。

6.1.3 结构

键盘分为机械式与薄膜式两种结构，近年来还不断地推出一些采用新技术的键盘，如红外键盘和无线键盘等。

1. 机械式

机械式键盘按键是微动开关，按键时控制开关的两个不同状态。其特点是每个微动开关都是独立的，维修时只需更换有问题的微动开关。这种键盘的制造成本比较高，逐渐被薄膜式键盘所替代。

2. 薄膜式

薄膜式键盘内部是一片双层胶片，中间夹有相互导通的印制线。胶片与按键对应的位置有一触点，按下按键时触点连通相应的印制线，产生不同的信号。

薄膜式键盘的优点是操作时噪声较低，每个按键下面的弹性矽胶可以保护键盘。

3. 其他键盘

（1）无线键盘

无线键盘取消了信号电缆，操作者可以远离显示屏操作电脑。

（2）具有手写板功能的键盘

这种键盘上配置了手写板，可以手写输入文本。适合于一些不会使用键盘输入文字的操作者使用。

（3）多媒体键盘

多媒体键盘是在键盘上配置了上网及控制音响功能的一些控制键，使操作多媒体功能更加方便。

6.1.4 接口

早期的电脑一般配置AT主板键盘接口，键盘是15芯的D型插头。当前键盘有PS/2和USB两种接口方式，USB接口的键盘支持热插拔功能；安装PS/2键盘后需要重新启动电脑，经过系统加电检测后才能使用。

6.1.5　选购建议

选购键盘时，应考虑如下几个方面。

（1）键盘接口

应选择 PS/2 或 USB 接口键盘。如果有早期的 AT 接口键盘，可以购买一个转换器。通过转换，将 AT 接口的键盘安装在新主机板的 PS/2 接口上。

（2）结构

机械式键盘在输入时会发出有节奏的声音，薄膜式则无声。

（3）品牌

在选购时应注意产品的品牌，并查看是否有厂商名和质量检验合格证等，当前比较流行的键盘有双飞燕和罗技等品牌。检查键盘的质量时，应注意按键的弹性，选择手感好的产品。

6.2　鼠标

使用鼠标可以极大地方便电脑的操作，鼠标的名字是从其外形得来。

6.2.1　工作原理

鼠标的中心部件是一个控制球，控制球用两个滚轴和扫描电路把鼠标所经过的距离传送给计算脉冲量的控制电路。然后把信息传送给计算机，与其驱动程序相结合，把鼠标器移动的距离转换成应用程序所执行的操作。鼠标的用法主要有单击、双击、右击、拖动和指向等操作。鼠标的按钮位于顶端，有两键和三键之分。分辨率是鼠标器的一个重要指标，其单位是 dpi，它标志鼠标每移动 1 英寸时所经过的像素点。

6.2.2　分类

常用的鼠标类型如下。

（1）机械式鼠标

这种鼠标的下面有一个可以滚动的小橡胶球带动两侧的滚轴，光标随着鼠标移动。其工作原理简单且成本低，缺点是滚动球容易沾染灰尘，影响光标的移动。并且还会造成内部机械装置磨损，影响鼠标正常工作。其分辨率一般为 300~400 dpi。

（2）光电式鼠标

这种鼠标下面有一个发光二极管，需要一块特殊的垫板桌面反射发光二极管所发出的光。控制部分根据反射光的强弱变化判断鼠标的移动和当前位置，其优点是分辨率较高，使用寿命比较长。

（3）无线鼠标

这种鼠标由发射器和接收器两部分组成，鼠标本身是发射器，发送无线信号；接收器要安装在电脑内部。其工作原理与无线键盘类似，也是利用无线或红外线信号代替连接鼠标的信号电缆线。其价格偏高，不适用于普通用户。

（4）光学轨迹球鼠标

这种鼠标是机械式和光电鼠标相结合的产物，一般是轨迹球的固定座不动，用手拨动轨迹球控制指针的移动。轨迹球鼠标外观新颖，放置位置灵活。但价格较高，不适用于普通用户。

6.2.3 接口

鼠标的主要接口如下。

（1）串行口

早期AT主板电脑的鼠标是接在RS-232串行口上，并且需要使用驱动程序驱动设定。

（2）PS/2接口

ATX主板设置了专用的PS/2鼠标接口，目前组装电脑一般都是使用该接口的鼠标。

（3）USB接口鼠标

USB接口鼠标的优点是具有热插拔功能。

6.2.4 选购建议

选购鼠标应考虑如下因素。

（1）灵敏度。选购时，双击或单击时按键应反应轻快、灵敏且声音清脆。移动鼠标时，指针在屏幕上的移动速度应正常，指针可在整个屏幕上移动。

（2）形状。选择时应以便于持握为主。

（3）类型。机械式鼠标可以满足需求，光电式鼠标价格稍贵，但美观耐用。

（4）品牌。知名品牌的厂家可提供完善的售后服务。

6.3 CRT显示器

显示器按照显像管的工作原理分类，主要分为CRT显示器和液晶显示器两大类，目前这两种显示器在市场上并存。

6.3.1 工作原理

CRT显示器又称为“阴极射线管显示器”，其显像管包含一个电子枪，用于发射电子束。

电子束打在屏幕的玻璃平面上，使其发光。彩色显示器有 3 个电子枪，分别产生红、绿、蓝（RGB）三基色。在屏幕内壁有荧光涂层，它由多点或线组成，每个点或线都涂有三基色的一种。电子束打在一个点上，使其发光，产生一种基色。相邻的点发出不同颜色的光，就形成了各种混合色。荧光屏的涂层前有一个屏蔽板，即阴罩。电子束要先通过阴罩才能打在屏幕上，它能提高电子束的准确度。对应于点型荧光涂层和线型荧光涂层，阴罩也有圆孔板和长缝板两种。点型和线型的涂层及阴罩对应两种基本 CRT 类型，一种是用长缝型阴罩的单枪三束 CRT，它只有一个电子枪，产生的电子束在水平方向上分为 3 个电子束；用圆孔型阴罩的是三枪三束 CRT，它有 3 个独立的电子枪。电子束的排列有呈水平的，也有呈三角形的。

6.3.2 性能指标

CRT 显示器的主要性能指标如下。

（1）扫描频率

扫描频率指行频和帧频，电子束在屏幕上扫描一行的频率常以 kHz 为单位，水平扫描频率即行频；垂直扫描频率指整个屏幕被刷新的频率，即帧频。

行频决定了显示器可能达到的最大分辨率及刷新频率的最佳组合。

帧频在 75 Hz 以上时可以基本消除闪烁现象，国际规定 85 Hz 的帧频为无闪烁标准。

（2）扫描方式

扫描方式包括隔行扫描和逐行扫描。

在隔行扫描方式下，一帧屏幕被分成奇数场和偶数场。二者的扫描线互相交叉，均匀分布在屏幕上，组成一帧画面。由于一帧画面实际上由两场扫描完成，因此屏幕上有内烁感。

在逐行扫描方式下，一帧画面的扫描线自上而下逐行扫描，画面稳定无闪烁感。

（3）分辨率

分辨率指屏幕上能够显示的基本像素点数，它是判断显示器性能优劣的指标之一。通常分为水平和垂直分辨率，分别指水平方向上每行显示的像素点和垂直方向上能够显示的扫描线数。显示器的分辨率等于水平分辨率与垂直分辨率相乘之积，一般显示器同时支持多种不同的分辨率。

（4）点间距

点间距越小，显示的画面越精细。点间距的单位是 mm（毫米），显示器的点间距一般不应大于 0.28 mm；否则画面的精度将很低。高分辨率显示器屏幕的点间距为 0.28 mm、0.26 mm 和 0.25 mm 等。

（5）屏幕尺寸

显示器的屏幕尺寸有 14 英寸、15 英寸、17 英寸和 19 英寸等，指屏幕对角线的长度（或显像管的尺寸）。目前随着直角平面及纯平显示器的大量开发，采用球面显像管的 14 英寸和 15 英寸显示器已经逐渐被淘汰，只有一些低档的电脑还在使用；17 英寸和 19 英寸的显示器在市场上占据主导地位，各厂商不断推出新品，如纯平显示器及环保型显示器等。

6.3.3 选购建议

购买 CRT 显示器时，应注意以下几个方面。

（1）尺寸

当前 17 英寸的纯平显示器是主流产品，其价格适中，性能稳定。如果对电脑有特殊要求，如以 CAD 绘图设计为主，则可以考虑购买 19 英寸显示器。

（2）性能指标

在选购时，应该选择点间距小于 0.28 mm、分辨率为 1 024 像素×768 像素且刷新频率为 85 Hz 的显示器。

（3）外观及电气性能

检查屏幕及外壳是否有划痕等，加电后查看显示的字符是否清晰、字符和屏幕的边缘是否有字迹模糊或抖动等现象、图像色彩是否丰富、层次感是否鲜明，以及有无失真等现象。把屏幕设成纯白色，查看有无偏色现象并检查调控菜单的功能是否齐全。

（4）辐射及环保

在辐射及环保标准方面，应具备 TCO95 标准和 EPA 能源之星绿色标准。

（5）品牌

目前的主流产品有三星、现代和飞利浦等品牌。

6.4 液晶显示器

液晶显示器也称为“LCD”（Liquid Crystal Display）显示器，可分为 DSTN 和 TFT 两种，因无辐射、能耗低、重量轻、超薄型及环保设计而受到人们的青睐。

6.4.1 性能指标

LCD 显示器的性能指标如下。

（1）响应时间

响应时间是 LCD 显示器的特定指标，是指各像素点对输入信号反应的速度，单位是 ms（毫秒）。响应时间的长短决定了画面是否可以流畅地显示，如果过长，在显示动态影像时会出现严重的“重影”或“拖尾”现象。中高档 LCD 显示器的响应时间在 25 ms~30 ms 之间；而低档的响应时间在 40 ms~50 ms 之间，“拖尾”现象非常严重。

（2）可视角度

受工作原理的限制，LCD 显示器从不同角度观看像时图像的清晰度、色彩和亮度效果会有很大差别。可视角度分为水平和垂直可视角度，前者对画面影响较大。目前 15 英寸 LCD 显示器的水平可视角度一般在 120 度以上，为左右对称；垂直可视角度为 95 度以上，高端 LCD 显示器的可视角度已经达到水平和垂直均为 170°。

（3）对比度

LCD 显示器的对比度指屏幕图像最亮的白色区域与最暗的黑色区域之间相除后得出的不同亮度级别。对比度越高，意味着所能呈现的色彩层次越丰富。中低档产品一般可达到 250:1，而一些高端产品可达到 400:1。

（4）亮度

在 LCD 显示器中亮度值越高，意味着可看到更加亮丽和清晰的图像，其单位为 cd/m^2，即每平方米的烛光亮度。此外，对比度和亮度对 LCD 显示器的影响是关联的。

（5）色彩

因为 LCD 每个点共可获得 64 种不同的亮度级（6 位），每个像素又有 3 种颜色，所以彩数是 18 位色彩。即真正色彩只有 26 万位色左右（2^{18}＝262 144 色），包括一些数万元的极品 LCD 也同样如此。厂家所标记的 32 位色（16 777 216 色）都是通过插值或抖动算法得到的，与真正的 32 位色相比有相当大的差距。所以在色彩的表现力和过渡方面仍然远远不及传统 CRT，这是 LCD 不适合游戏玩家的一个重要原因。也有些 LCD 设计在后续的帧刷新时显示了不同的亮度级，从而将颜色深度扩展到 24 位。这种技术称为“帧频控制”（Frame Rate Control，FRC），其缺点是如果显示内容差别过大，闪烁就会十分明显。

（6）环保认证

尽管 LCD 显示器与 CRT 显示器相比，在环保和保护用户健康方面已有相当大的提高，但生产的产品仍需通过相关的环保认证。一般而言，LCD 产品均应当通过 TCO'99 认证，至少也应通过 TCO'95 认证。最新的认证分别是 2001 年的 TCO'01 和 2003 年的 TCO'03。TCO 认证是按制定的年份命名的，认证一年比一年更严格。TCO'95 和 TCO'99 认证标志如图 6-2 所示，TCO'01 和 TCO'03 认证标志如图 6-3 所示。

图 6-2　TCO'95 和 TCO'99 认证标志

图 6-3　TCO'01 和 TCO'03 认证标志

6.4.2　选购建议

选购 LCD 显器时应考虑如下因素。

（1）外观

首先检查是否有坏点，即屏幕上显示图像时，在某一点上始终只显示为蓝色或绿色。在检查时打开 Windows 中的写字板或记事本，使显示器上呈现白色的区域最大，然后查看白色中有无色点。由于液晶屏在制造时是从一大块液晶片上切割下来的，所以完全没有坏点几乎是不可能的，发现有 1~2 个坏点也属正常。

（2）可视范围

可视范围越大，给使用者视觉失真的感觉越小。可视范围以正对显示器的垂直位置为准，

到与显示器平面平行的角度。该角度一般应为60°~80°，即站在显示屏的侧面也能看清显示的画面。

（3）电性能

电性能可通过调节亮度及对比度来检查，LCD显示器的亮度的测量单位为cd/m^2（每平方米烛光），也称为“NIT”。一般应达到200 NIT，最好是250 NIT。

对比度即图像由暗到亮的层次，应达到150:1，达到400:1是最理想的。购买时把亮度和对比度由暗到亮慢慢调节时，不应该出现突变的现象。

（4）延时大小

延时指打开显示器电源到图像清楚地呈现在屏幕上的时间，购买时可同时打开几台比较。因为该时间越短，在显示移动画面时不会出现拖尾（画面后面有短暂的阴影）现象时，一般为25 ms~50 ms。

（5）显示效果

通过改变一个文档的一篇文字体大小和多个立体字来看 LCD 显示器文本边缘显示能力，然后为文档添加背景图像，查看图像的轮廓是否清晰。另外还要能够通过显示器自身的菜单功能来调节相位，如果调节不好，就会出现阴影。

（6）品牌与尺寸

目前市场上的LCD显示器的主流厂家有宏基、三星和飞利浦等，一般用户可以购买15英寸的产品。如果用于CAD绘图或平面设计，可以选购17英寸的产品。

6.5 显卡

显卡是显示适配器的简称，由控制电路、视频存储器、字符发生器及显示系统等部分组成。

显卡接收来自主机的控制显示指令和显示内容，然后通过输出信号控制显示器显示图形和字符。

6.5.1 工作原理

显卡可分为“二维”和“三维”产品，二维图形图像的输出是必备的功能。在此基础上将部分或全部的三维图像处理功能纳入显示核心芯片中，由这种芯片制成的显卡即通常所说的“3D 显卡”。这种显卡配有专用的图形函数加速器和显存，用来完成图形加速任务。可以大大减少CPU所必需的处理图形函数的时间，从而提高电脑的整体性能。

早期的电脑系统配置标准的VGA显卡，以及帧缓存（用于存储图像），通过CPU可以处理大多数图像。这种显卡只是起到信息传递作用，而不处理复杂的图形和高质量的图像。

显卡的工作流程如下。

（1）经过CPU处理的数据通过总线送入显示芯片处理。

（2）处理后的数据送入显存。

（3）读取显存信息后送到 RAMDAC（数/模转换器）转换。

（4）将转换后的信息送到显示屏显示。

6.5.2　主流显卡产品

下面介绍目前几款主流产品。

1．华硕 EAH3650 SILENT MAGIC/HTDP/512M（鸟巢版）

这款显卡拥有不错的性能，可以完成日常办公和一般的游戏应用，能够满足大多数低端入门级用户的需求。而且显卡的售价也不高，并有良好的售后保证。该显卡如图 6-4 所示。

该显卡采用红色 PCB 设计，显示核心采用全新的 55 nm 制作工艺，拥有 120 个流处理器，能够完美地支持 DirectX 10.1 及 Shader Model 4.1。它还集成了 UVD 引擎，支持 H.264 和 VC-1 的全硬件视频解码。同时配合核心内置的 5.1 声道数字声卡以及 HDMI 输出端口，可打造 HTPC 和 DX10 游戏平台。供电部分采用了核心与显存独立供电设计及全固态供电模块，为显卡稳定运行提供了电源保障。静音散热片设计提供了良好的散热效果，同时也达到了静音的效果。该显卡的芯片为 ATI 公司的 Radeon HD 3650，显存为 512 MB/128 b，显卡默认频率为 725 MHz/1 000 MHz。

2．讯景 9500GT（PV-T95G-UDS）

这款显卡采用 G96 核心，基于 NVIDIA 最新的 55 nm 制造工艺并且内建 32 个流处理器，支持 DirectX 10 与 Shader Moder 4.0 技术。该显卡如图 6-5 所示。

图 6-4　华硕 EAH3650 SILENT MAGIC/HTDP/512M（鸟巢版）显卡

图 6-5　讯景 9500GT（PV-T95G-UDS）

3．丽台 PX9600GT 战斗版

这款显卡在公版的基础上改进 PCB 和散热设计，增大了风扇口径。并且加入了 S 型热管，传热、散热效率都得到改善。该显卡如图 6-6 所示。

6.5.3 显卡的结构

显卡的结构基本相同，本节简要介绍各部分的功能。

1．显示芯片

图形处理芯片俗称“显示芯片”，即图形处理单元（Graphic Processing Unit，GPU）。它是显卡的控制核心，相当于电脑的CPU。GeForce 8600M GT GPU如图6-7所示。

图6-6 丽台PX9600GT 战斗版显卡

图6-7 GeForce 8600M GT GPU

NVIDIA和ATI公司是显示芯片的两大主要厂商。

NVIDIA公司的系列产品有GeForce 8800、GeForce 7950、GeForce 7900、GeForce 7800、GeForce 7600、GeForce 7300、GeForce 6800、GeForce 6600、GeForce 6200、GeForce FX 5950、GeForce FX 5900、GeForce FX 5700、GeForce FX 5600、GeForce FX 5200及GeForce4 TI4200等，每款芯片又细分为Ultra版、标准版、SE版和XT版。

ATI公司的系列产品有Radeon X1950、Radeon X1900、Radeon X1800、Radeon X1650、Radeon X1600、Radeon X1300、Radeon X850、Radeon X800、Radeon X700、Radeon X550、Radeon 9800、Readeon 9700、Readeon 9600、Readeon 9500、Readeon 9200及Radeon 9100等，每款芯片细分为XT版、PRO版、标准版和SE版。

2．显存

显存即显示内存，用来存储显示芯片处理的数据信息。显存容量越大，显示速度越快，显卡的性能也越好。

（1）容量

现在主流显卡的显存容量为128 MB或者256 MB，高端显卡为512 MB。

（2）速度

显存的速度以ns（纳秒）为计算单位，一般在2 ns~6 ns之间。数字越小，显存的速度越快，其工作频率（MHz）=1 000/显存速度×2（DDR显存）。例如，速度为5 ns的DDR显存的工作频率=1000/5×2=400 MHz。

（3）类型

现在主流显存均采用 DDR SDRAM，高中端显卡一般采用 DDR2 或 DDR3 显存。

（4）品牌

在目前市场上主要品牌显卡为 SAMSUNG（三星）和 Hynix（英力士）的显存，其他还有 Infineon（英飞凌）和 Micron（美光）等品牌，这些厂商生产的显存产品的质量都都有保证。

（5）封装形式

显存的封装形式主要有 TSOP（薄型小尺寸封装）和 MicroBGA（微型球闸阵列封装）。

3．RAM DAC（数/模转换器）

RAM DAC（Random Access Memory Digital-to-Analog Converter）的作用是将数字信号转换为模拟信号使显示器能够显示图像，并且提供显卡能够达到的刷新频率，它影响显卡所输出的图像质量。

RAM DAC 的频率越高越好，普通的 2D/3D 图形卡的频率在 170 MHz 左右。而较好的 3D 加速卡达到 230 MHz，最高可达 350 MHz。

4．BIOS 与驱动程序

显卡 BIOS 中包含显示芯片和驱动程序的控制程序，以及产品标志信息，这些信息一般由显卡厂商固化在 BIOS 芯片中。

现在很多显卡上都使用 Flash BIOS，用户可以通过软件升级 BIOS。

6.5.4　性能指标

显卡的主要性能指标如下。

（1）刷新频率

刷新频率指每秒重绘屏幕的次数，单位是 Hz（赫兹）。当前，RAM DAC 所提供的刷新频率最高可达到 450 Hz。刷新率可以分为 60 Hz~150 Hz 等十几个档次，过低会使屏幕严重闪烁。所以刷新频率应该大于 72 Hz，一般取 85 Hz，如图 6-8 所示。

（2）分辨率

分辨率指显示屏幕上所显现的像素数，即水平行和竖直列的点数，通常显卡分辨率分为多种。一般设置为“1024×768”，如图 6-9 所示。

（3）色深

色深可以看做一个调色板，它决定屏幕上每个像素由多少种颜色控制。通常色深可以设定为 4 位、8 位、16 位、24 位和 32 位真彩色，色深的位数越高，所能够得到的颜色就越多，屏幕上的图像质量就越好。

色深的单位是 bit（位）。具体地说，4 位色是将所有的颜色分为 16 种（即标准 VGA），8 位色是将所有颜色分为 256 种，16 位色为 65 536 种（增强色），24 位色为 16 777 216 种，32 位色即 4 294 967 296 种。24 位以上的颜色可以乱真，故称为“真彩色”。

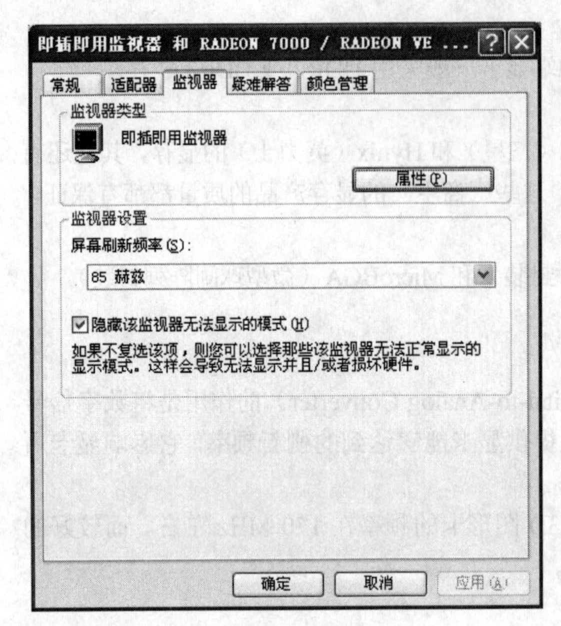

图 6-8　刷新频率取 85 Hz

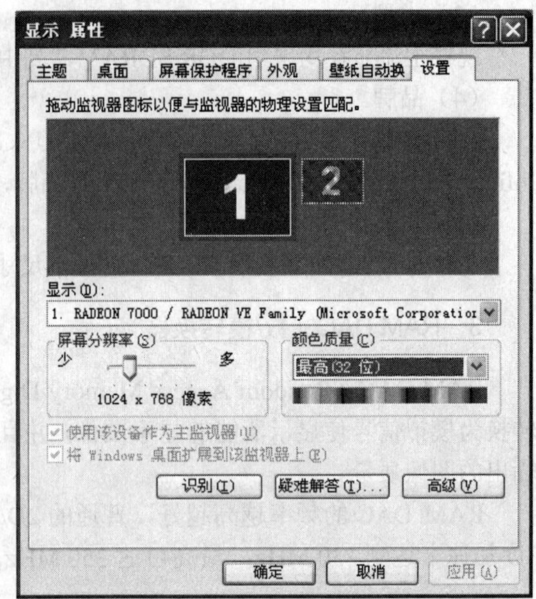

图 6-9　设置为“1024×768”

6.5.5　接口技术

显卡接口包括总线和输出接口。

1．总线接口

总线接口是连接显卡和 CPU 的通道，主流的总线接口如下。

（1）AGP（Accelerated Graphics Port）接口

AGP 接口是专用的显示接口，具有独占总线的特点分为 AGP 8X、AGP 4X 和 AGP 2X 等不同标准。其中 AGP 8X 是显卡的主流接口，总线带宽达到 2 133 MB/s。

AGP 8X 接口显卡如图 6-10 所示。

图 6-10　AGP 8X 接口显卡

（2）PCI Express 接口

该 PCI Express 接口支持 3 种电压，分别为+3.3 V、3.3 Vaux（辅助电压）和+12 V，优点是数据传输率高，数据位宽可达到 4 GB/s，在全双工模式下可达到 8 GB/s。

2．输出接口

常见的显卡输出接口如下。

（1）VGA（Video Graphics Array，视频图形阵列）接口

VGA 接口即“D-Sub 15”接口，它采用非对称分布的 15 pin 连接方式。

（2）DVI（Digital Visual Interface，数字视频接口）接口

DVI 接口的视频信号不必转换，信号无衰减或失真，显示效果显著。

DVI 接口分为仅支持数字信号的 DVI-D 接口和同时支持数字与模拟信号的 DVI-I 接口。目前由于存在成本等原因，使得 DVI 接口还不能完全取代 VGA 接口。

（3）S-Video

S-Video（S 端子）也称为“二分量视频接口”，一般采用 5 线接头，用来将亮度和色度分离输出。主要功能是克服视频节目复合输出时的亮度与色度的相互干扰，提高画面的质量。

显卡的输出接口如图 6-11 所示。

6.5.6 选购建议

有关选购显卡的建议如下。

（1）按需选择

如果只是运行一些办公软件并浏览网页，选购 200 元~400 元之间的显卡即可，显存有 128 MB 完全够用。

如果是玩 3D 游戏，需要购买显存为 128 MB/256 MB 的 3D 图形加速卡。

如果用于专业制图，价格应在 800 元以上。

（2）按品质选择

性能优良的显卡从芯片、显存、BIOS 到 RAM DAC 和驱动程序都有良好的品质，即使是使用同种加速芯片的不同品牌显卡，其性能也不尽相同。

（3）注意新功能

目前在显卡上除内置的 3D 功能外，一般都有一些新功能，如可以连接两台显示器及具有 DVD 回放功能等。

（4）注意散热

优质显卡都采用多种形式的风扇或散热器，使热量及时排除。

一款狂镭 X1300XT 钻石增强版显卡配备了扇形散热器，散热器采用了压固工艺+无边框风扇的特殊设计。并且配合 70 cm 的滚珠风扇，散热效能非常出色，如图 6-12 所示。

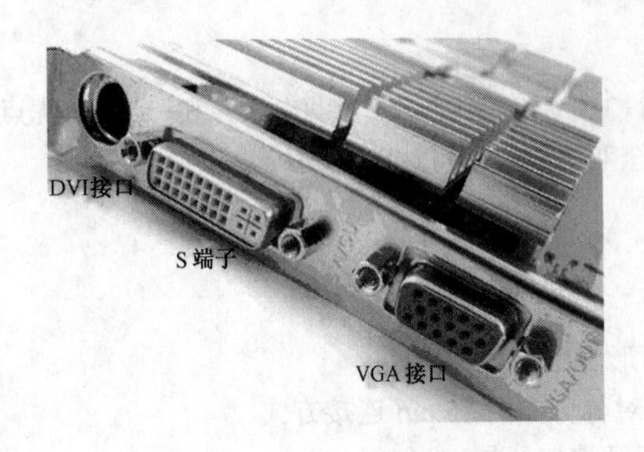

图6-11 显卡的输出接口

图6-12 扇形散热器

第7章 其他外部设备

与电脑连接的外部设备有许多种，本章介绍打印机、扫描仪和数码相机。

7.1 打印机

在电脑上编辑的文档和存储的图像等文件，如果要打印到纸上保存，则离不开打印机。打印预览即所见即所得功能，显示器上显示的内容及格式与打印机的打印结果相一致。

7.1.1 类型

当前常见的打印机类型如下。

（1）点阵式打印机

点阵式打印机即针式打印机，这是一种机械式打印机。其工作方式是利用打印头内的点阵撞针撞击在色带和纸上，打印机的针头有 24 根针。

这种打印机的优点是可以使用多种纸型，牢固耐用，价格较低，其耗材（主要是打印纸和色带）价格低廉。目前适合一些特殊功能需求，如打印票据及财务表格等；其缺点是噪音较大、分辨率较低且速度慢，不适合打印大量文件，以及对打印质量要求过高的场合。目前在市场上针式打印机主要是 EPSON 公司的产品，如爱普生 LQ-305KT（如图 7-1 所示）、OKI MicroLine 8450CL 和 LQ-1900K 等，其中的“K”表示打印机内带有汉字库。

图 7-1　爱普生 LQ-305KT 针式打印机

爱普生 LQ-305KT 的打印速度为 300 c/s，可以打印单页纸、连续纸、信封、明信片、带标签的连续纸和卷纸等多种纸张类型，其接口类型可选择 IEEE-1284 双向并行接口或串行接口。

（2）喷墨式打印机

喷墨式打印机通过喷墨管将墨水喷到打印纸上，工作方式有固体喷墨和液体喷墨两种，当前市场上的主流产品都是液体喷墨打印机。一般的喷墨打印机都可支持彩色打印。这种打印机的优点是打印时无噪音，其打印速度介于点阵打印机和激光打印机之间，并且价格较低；缺点是耗材较贵，一般的黑白墨盒（可打印A4纸1 000多页）需要大约150元。喷墨打印机如图7-2所示。

当前市场的主流产品大多是HP（惠普）、Canon（佳能）和EPSON（爱普生）公司的产品，联想公司的喷墨打印机也有一定的份额。这些产品的技术都比较成熟，质量有保证，并且售后服务好。

（3）激光打印机

激光打印机的主要的部件是感光鼓，其中装有碳粉。工作原理是打印时，感光鼓接受激光束产生电子以吸引碳粉，再印到打印纸上。其优点是打印时噪音小、速度快，并且打印质量高。HP-Laser Jet P1008N激光打印机如图7-3所示。

激光打印机由于其价格较高，所以目前适合于单位使用。

图7-2 喷墨打印机

图7-3 HP-Laser Jet P1008N激光打印机

7.1.2 性能指标

打印机的主要性能指标如下。

（1）打印速度

打印速度的单位为c/s（字符/秒）或者p/m（papers per minute，页/分钟）。一般点阵式打印机的平均速度是50汉字/秒~200汉字/秒。以A4纸为例，喷墨打印机打印黑白字符的速度为5~9 p/m，打印彩色画面的速度为2~6 p/m。激光打印机的速度更高。

（2）分辨率

分辨率的单位是dpi（dot per inch，点/英寸），表示每英寸打印的点数。分辨率越大，打印精确度越高，一般激光打印机的精度要高于喷墨打印机。

当前一般的喷墨打印机的分辨率都在2 400 dpi×600 dpi以上，用于打印彩色照片的高级的喷墨打印机的分辨率可达到分辨率高达4 800 dpi×1 200 dpi。

（3）数据缓存容量

缓存的容量越大，存储的数据越多，对提高打印速度的影响也越大。

（4）接口

打印机的接口分为并行口和USB接口，目前新生产的打印机一般都支持USB接口。

（5）色彩数

色彩数决定了打印机的色彩精度，以前的彩色打印机采用3基色墨盒，即红绿蓝。现在

已经被 6 色（红、绿、蓝、黑、淡蓝和淡红）取代，彩色精度大大提高。

7.1.3　选购建议

在选购打印机时需要从如下几个方面考虑。

（1）根据实际需要

如果打印文件或图像的数量比较多，要求的质量又比较高，应尽量购买档次较高的激光打印机；如果是家庭使用，一般购买比较便宜的喷墨打印机；如果是专业打印广告和照片，应选择高精度的彩色打印机。

（2）品牌

打印机的品牌很重要，知名品牌的打印机质量有保证，并且售后服务好。一般保修时间为一年，而且耗材容易购买。

（3）性能指标

购买时，应仔细对照说明书查看其各项指标。价格相同，但不同品牌的产品的性能指标有很大差别，尤其重要的指标是打印分辨率。

7.2　扫描仪

扫描仪是一种捕获图像并将其转换为电脑可以显示、编辑、存储和输出的数字化输入设备，这里所说的图像指照片、文本页面和图画等，甚至如硬币或纺织品等三维对象也可以作为图像扫描。

7.2.1　用途

扫描仪可以完成如下工作。

（1）在文档中处理美术品或图片。

（2）将印刷好的文本扫描输入到文字处理软件中，免除重新输入之苦。

（3）将传真文件扫描输入到数据库或文书处理软件中存储。

（4）在多媒体产品中添加图像。

7.2.2　类型

一般扫描仪按其操作方式的不同可以分为平板式扫描仪、进纸式扫描仪和投影片（幻灯片）扫描仪 3 种。平时使用的扫描仪为图 7-4 原理平板式扫描仪，用于扫描照片或印刷品。平板上装有玻璃，可以放置要扫描的文件。

图 7-4　平板式扫描仪

7.2.3　工作原理

扫描仪由光源、光学透镜、感光器件及模/数转换电路等组成，目前感光器件有 4 种，即光电倍增管、硅氧化物 CCD（Charge Coupled Device，电荷耦合器件）、半导体 CCD、接触式感光器件（CIS 或 LIDE）。使用 CCD 作为感光器件的扫描仪充分体现了 CCD 器件色彩密度高，技术成熟的优势，并占据了主流市场。

扫描仪获取图像的方式是先将光线照射到待扫描的材料上，光线反射回来后穿过透镜到达电荷耦合器。然后再由电荷耦合器实现光电转换，把光信号转换成模拟信号同时量化出像素的灰暗程度由模/数转换电路将模拟信号转换成数字信号。

最后扫描软件读入这些数据，并重组为电脑图像文件。

7.2.4　性能指标

扫描仪的性能指标如下。

（1）分辨率

分辨率决定了扫描仪所记录的图像的清晰程度，是衡量扫描仪性能的主要指标之一，其单位为 dpi（dots per inch，每英寸长度上的点数）。dpi 的数值越大，扫描的分辨率和得到的图像文件也越大。当分辨率大于某一个特定的值后，只会使图像文件增大而不易处理，并不能对图像品质产生明显的改善。对于大多数情况，300 dpi 就足够了。

目前多数扫描仪的分辨率在 300~2 400 dpi 之间，市面上常见的多为 600 dpi×1 200 dpi 和 1 200 dpi×2 400 dpi 两种。

（2）色彩位数

色彩位数指色彩深度值，色彩位数越高，可以扫描的图像色彩与实物的真实色彩越接近。一般分辨率为 300 dpi×600 dpi 的扫描仪的色彩位数为 24 bits 或 30 bits，而 600 dpi×1 200 dpi 的色彩位数一般为 36 bits，最高达到 48 bits。24 bits 可记录 1 677 万种色，36 bits 可记录多达 687 亿种色彩。

（3）灰度值

灰度值指黑白图像由黑到白整个色彩区域划分的图像级数，8 位可以表示 256 级灰度，使黑白图片的层次更加准确。

（4）接口

目前扫描仪的接口有并口（EPP 接口，即增强并行端口）、USB 接口和 SCSI 接口 3 种。

EPP 接口是最常见的接口，安装时首先进入 BIOS 设置，将并行口设置成 EPP 方式。这种接口的扫描仪扫描的速度稍微慢一些。

USB 接口的扫描仪目前比较普遍，安装最容易，扫描速度比 EPP 接口快。并支持热插拔功能，价格要高一些。

SCSI 接口的扫描仪安装时需要 SCSI 接口卡的支持，因此成本较高。优点是扫描速度快，负载能力强。

（5）扫描幅面

扫描幅面即可扫描的稿纸的大小，通常分为 A4、A4 加长、A3、A1 和 A0 等。一般扫描仪的扫描幅面为 A4 纸。

7.2.5 选购建议

选购扫描仪时要考虑的因素如下。

（1）使用要求

如果只是扫描一些照片和文稿等，购买分辨率为 600 d/i×1 200 d/i，色彩位为 32 bits 的扫描仪即可；如果是用在广告制作等专业场合，应当购买分辨率为 1 200 d/i×2 400 d/i，色彩位数为 48 bits 以上，扫描幅面为 A3、A1 和 A0 等大幅面的产品。

（2）接口类型

普通用户采用 EPP/ECP 并口或 USB 接口的扫描仪，这种扫描仪安装使用较方便。对于专业用户，建议采用 SCSI 接口的扫描仪。

（3）汉字表格识别软件

用扫描仪扫描原稿，如杂志、报纸和书籍等要通过汉字表格识别软件识别，才能转换成电脑可编辑并存储的文章，知名的此种软件有尚书五号和清华紫光等。

（4）品牌

当前著名的扫描仪厂商主要有 Microtek、中晶、Epson，以及清华紫光等，这些品牌的产品质量高，并且售后服务有保障。

7.3 数码相机

将数码相机拍摄的照片输入电脑后，通过 Photoshop 等工具软件可以根据个人的意愿编辑处理。从这个角度讲，数码相机也是电脑的一种输入设备。

7.3.1 组成

数码相机的基本组成如图 7-5 所示。

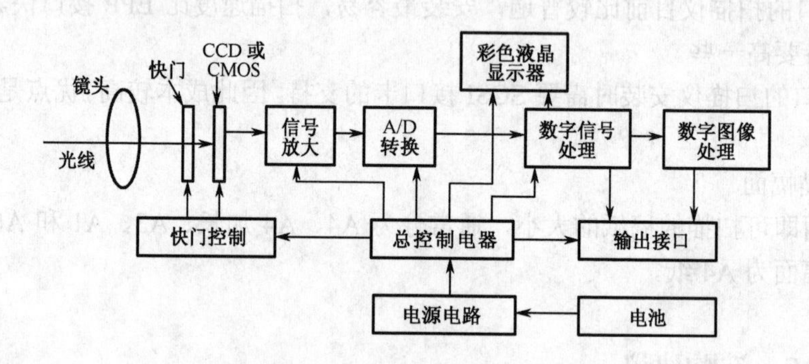

图 7-5 数码相机的基本组成

（1）镜头

镜头将要拍摄的景物成像在感光芯片的平面上。

（2）感光芯片

感光芯片的作用是将来自镜头的光信号转换为电信号，目前数码相机的主要的感光芯片是 CCD。

（3）聚焦系统

聚焦系统的作用是改变拍摄时镜头镜片离感光芯片的距离，使被摄景物在感光芯片平面上成为清晰的图像。与传统照相机一样，数码相机的聚焦方式也有自动聚焦、手动聚焦和免聚焦之分。

（4）光圈

光圈是利用其进光孔的大小来控制曝光时到达数码相机感光芯片或传统照相机胶卷上的光线照度强弱的装置，位于照相机镜头内。光圈的过光孔大小可通过镜头外的光圈调节环或机身上相应的调节盘调节。

（5）快门

快门利用其开启时间的长短控制进光时间，进而控制进光量（曝光量）。进光量为进光时间与光线照度的乘积。

（6）取景机构

取景机构又称“取景器”，是供拍摄者观察被摄景物和景物范围，确定画面构图和拍摄范围的装置。数码相机采用的取景机构是彩色液晶显示器。

（7）模/数转换器

模/数转换器将模拟信号转换为数字信号。

7.3.2　技术指标

衡量数码相机性能及档次高低的指标如下。

1．像素

像素也称“分辨率”，它既决定了所拍摄影像的清晰度高低，又决定了拍摄影像文件最终所能打印出画面的大小，以及在电脑显示器上显示高质量画面的大小。

低档的数码相机的像素为50万左右，中档的数码相机的像素为300万左右，高档的数码相机的像素为1 000万以上。

2．色彩位数

色彩位数即彩色深度，用来表示数码相机的色彩分辨能力。

通常数码相机的色彩位数为24位或36位，24位的色彩位数，可记录1 677万种颜色；36位可记录687亿种颜色。

3．曝光方式

曝光方式包括测光手动曝光和自动曝光两大类，更多的是采用后者。自动曝光又有光圈先决式自动曝光、快门先决式自动曝光和程序式自动曝光等多种类型。

4．测光方式

测光是自动曝光的基础，数码相机上的多种自动曝光模式都必须以精确测光为前提。

测光方式分为镜外测光和通过镜头测光（Through The Lens，TTL）测光两大类，以后者居多。TTL测光形式也有多种，如中央重点测光和点测光等。

5．聚焦方式

数码相机的聚焦方式有自动聚焦、手动聚焦和免聚焦之分，高档数码相机上往往是自动聚焦和手动聚焦兼备；多数中档数码相机只有自动聚焦而没有手动聚焦；低档数码相机一般采用超焦距的免聚焦方式。

6．存储介质

数码相机使用的存储介质分为如下类型。

（1）MMC卡

MMC（Multi Media Card）卡称“多媒体卡”，其面积仅为24 mm×32 mm，厚度仅为1.4 mm。它可以用于数码相机、MP3、手机、GPS全球定位系统及掌上电脑等，其主流产品是32 MB、64 MB以及128 MB。

（2）SD卡

SD（Secure Digital Card，安全数字卡）卡是MMC卡的升级产品，与MMC外形极为相

似。其插槽与 MMC 卡完全兼容，二者的工作方式也是基本一样。SD 卡引入了数据保密机制，将 DVD 的保密技术移植到闪存中，将数据加密存储，有利于保护数据安全和知识产权。

SD 卡的发展速度很快，目前松下公司发布了容量高达 1 GB 的 SD 卡。

（3）CF 卡

CF（Compact Flash）卡通常称为“小型闪存卡”。

CF 卡的优点是体积比较小，尺寸为 42 mm×36 mm×3 mm，存储文件的速度比较快。并且存储容量适中，在中高档数码相机上应用较多。

由于 CF 卡具有良好的兼容性、扩展性与开放性，所以在专业数码相机与高端非专业数码相机上的应用已经占据了主流。由于应用领域不断拓展，所以也带来了价格的下降。

CF 卡的数据吞吐为并行方式，目前最快的 CF 卡读数据的速度可达 5 Mb/s，写数据的速度可达 4 Mb/s。市场上 CF 卡的主流产品为 128 MB 和 256 MB。

（4）SM 卡

SM（Smart Media）卡属于固态软盘卡 SSFDC（Solid-State Floppy Disc Card），体积为 45 mm×36 mm×0.76 mm，厚度只有 0.76 mm，但价格较高且兼容性差。

7．接口

数码相机的接口主要有 RS-232C 串行接口、USB 接口、IEEE1394 接口和 IrDA 红外接口等。

除了上述技术指标外，数码相机还有快门速度、感光度和自平衡调整等多项指标。

7.3.3 选购建议

选购数码相机时应考虑如下因素。

（1）像素指标

对于普通的用户，500 万像素~ 800 万像素的数码相机已够用。

（2）镜头

镜头是数码相机能否完美成像的关键，目前市场上的数码相机一般都使用变焦镜头。除了优先考虑镜头的质量外，还应该注意的是镜头的变焦范围。相机的最小焦距越小，广角拍摄范围就越大；而最大焦距越大，则远摄能力越强，对于拍摄景深物体有利。

（3）存储介质

应尽量选择容量大且使用方便的存储介质，如 SD 卡和 CF 卡等存储卡。一般数码相机都只搭配容量 8 MB~16 MB 的存储卡，最好再购买更大容量的存储卡备用。

（4）电池

目前数码相机电池有两种类型，即专用的锂电池和一般的碱性电池。前者电力强，充电时间快，但备用电池成本高；后者使用时间较短，但成本低且购买方便。

（5）接口

应优先选择传输快的 USB 和 IEEE-l394 接口，前者兼容性和普及性更好。

第8章 网络设备

随着计算机网络技术的迅猛发展，以及人们对信息的需求，将计算机接入 Internet 网络或组建局域网也是计算机应用的一个主要方面。

8.1 调制解调器

调制解调器（Modulator-demodulator，Modem）是将电脑通过电话线连接到网络的装置。

8.1.1 工作原理

调制解调器俗称“猫”，其作用是将电脑的数字信号转换成在电话线路上传输的模拟信号，通过电话网络传递到相连接的电脑或服务器。对于接收到的模拟信号，则解调为数字信号，以便电脑存储或处理。

现在许多调制解调器都有传真的功能，可用来接收和发送传真。有些调制解调器还具有语音功能，可以方便地实现语音信箱，这些功能需要电脑系统的支持。

8.1.2 分类

适合家庭使用的调制解调器一般有以下 3 种。

（1）外置式

外置式调制解调器如图 8-1 所示，其特点是方便灵活，易于安装，指示灯便于用户监视工作状态。工作时，它需要另外的电源插座和电缆，相对价格略高。

图 8-1　外置式调制解调器

（2）内置式

内置式调制解调器如图 8-2 所示，其特点是体积较小，不需要额外的电源线及电缆，插在主机的 PCI 总线插槽上。

（3）PCMCIA 卡式

PCMCIA 卡式调制解调器如图 8-3 所示，主要用于笔记本电脑，其特点是体积小巧。配合有专用接口的手提电话，可以随时随地接入 Internet。

图 8-2　内置式调制解调器

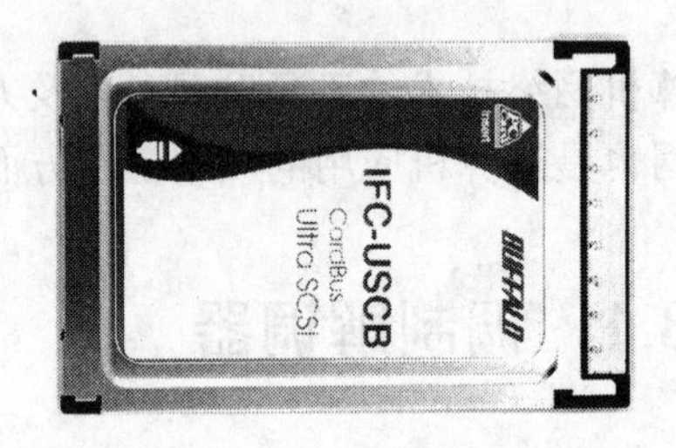

图 8-3　PCMCIA 卡式调制解调器

8.1.3　外置调制解调器的指示灯

外置式调制解调器上的指示灯指示调制解调器的工作状态，不同型号的调制解调器的指示灯的数目或状态会有小的差异，但大体功能基本相同。

（1）AA（Auto Answer 自动应答）

该指示灯亮表明可以自动接收打进的电话。

（2）CD（Carrier Detect 载波检测）

当调制解调器检测到远程调制解调器的信号时该指示灯亮。

（3）OH（On Hook 摘机）

当调制解调器连接到电话线并准备发送或接收数据时亮。

（4）RD（Received Data 接收数据）

当调制解调器从对方接收数据时闪烁。

（5）SD（Send Data 发送数据）

当调制解调器向对方发送数据时闪烁。

（6）TR（Terminal Ready 终端就绪）

该灯亮，说明电脑已经准备好。

（7）PWR（电源就绪）

调制解调器加电后该灯亮。

（8）MR（调制解调器就绪）

该灯亮，说明调制解调器准备好。

8.1.4　主要性能指标

调制解调器的主要性能指标如下。

（1）传输速率

传输速率是调制解调器的一个重要的性能指标，传输速率越高，传输效率也越高。

传输速率的单位为 b/s（比特/秒），如 56 Kb/s 为每秒钟可以传输 56 000 比特的信息。然而在实际的上网过程中，实际传输速率在很多情况下达不到其标定值。

（2）通信协议

通信协议即通信标准，是由 CCITT（国际电报电话咨询委员会）和 ITU（国际电信联盟）等权威组织机构制定的通信设备在发送和接收数据时所必须遵守的数据通信规范。目前，调制解调器的通信协议主要是 V.90、V.92 和 MNP5 压缩-纠错协议等。

（3）接口方式

外置式调制解调器的接口方式有串行口和 USB 接口，内置调制解调器的接口为 PCI 接口。

8.1.5　影响上网速度的因素

影响上网速度的因素除了上面介绍的调制解调器的性能指标外，还有如下一些因素。

（1）ISP 的带宽

ISP 的带宽即 ISP 的速度，这是非常关键的因素。

（2）接入速率

在通信过程中的实际数据传输速率取决于低速一方，如果 ISP 的接入速率低于用户的调制解调器的速率，则用户调制解调器只能以较低的速率运行。

（3）线路质量

如果线路质量不好，调制解调器会自动降低速率以确保较高的传输准确率。

8.1.6　选购建议

选购调制解调器时应注意以下因素。

（1）传输速率

目前市场上主流产品的调制解调器的传输速率一般都是 56 Kb/s，一定不要选择传输速率低的产品。

（2）外置与内置

外置式的调制解调器安装方便，只要装在串行口并加载驱动程序即可。使用时，可以通过面板上的状态指示灯了解当前的工作情况。

内置式调制解调器在机器内部占用一个 PCI 插槽，不需要单独的电源，价格较外置式便宜。但其安装过程较复杂，并且容易发生设备冲突。如果固定使用，可以选购内置调制解调器。

（3）品牌

在购买时应选择一些知名品牌，如实达、联想、全向、黑猫和白猫等，这些品牌的产品售后服务有保障。

（4）附件

当前的调制解调器一般都带有传真功能，在购置时应查看是否有收发传真的应用软件。

外置调制解调器一般提供外接电源、电缆、电话插头连接线、驱动程序及说明书等，应查验清楚。

（5）采用接口

内置调制解调器主要有ISA、PCI和AMR共3种接口，ISA已被PCI所淘汰；AMR接口性能处于中低水平，系统资源占用率较高，因此应选购PCI接口。

（6）协议

V.92标准作为V.90标准的升级版本具有更高的连接速度和上传速度、支持连接Internet和接听及拨打电话等多项新功能，是目前大多数调制解调器所使用的协议。

（7）其他功能

如根据线路情况自动调整数据传输速度的线路自适应功能、防雷击保护功能，以及防电磁波干扰功能等。

8.2 ADSL Modem

采用电话线连接普通的56 Kb/s调制解调器拨号上网方式因受其速度的限制将逐步被淘汰，新的宽带技术将逐步取代传统的上网方式。其中ADSL（Asymmetrical Digital Subscriber Loop，非对称数字用户环路）宽带上网方式因其速度快、投资少和月租费便宜等诸多优点得以迅猛发展。由中国网通提供的KM300A型ADSL Modem如图8-4所示。

8.2.1 工作原理及其特点

ADSL是×DSL家族中应用最广泛且最成熟的技术，它利用现有的一对电话线为用户提供上、下行非对称的传输速率（带宽），“非对称性”主要体现在上行速率和下行速率的不同。上行（从用户到网络）为低速传输，速率为896 Kb/s；下行（从网络到用户）为高速传输，速率可达8 Mb/s。

ADSL上网采用PPPoE（Point to Point Protocol over Ethernet）协议，这是一种基于以太网的点对点协议。一般用于在以太网上拨号连接，并且目前普通家庭一般可享受896 Kb/s的带宽

ADSL宽带接入技术具有以下特点。

（1）可直接利用现有用户电话线，节省投资。

（2）可享受超高速的网络服务。

（3）上网同时可以打电话，不需要另交电话费，上网费用和普通的56 Kb/s调制解调器基本持平。

（4）安装简单，只需要在普通电话线上加装ADSL Modem，在电脑上装上网卡即可。现在较流行的是USB接口的ADSL Modem，在开机状态下直接插入电脑主板上的USB接口，

然后安装驱动程序即可。

ADSL Modem 连接示意如图 8-5 所示。

图 8-4 KM300A 型 ADSL Modem

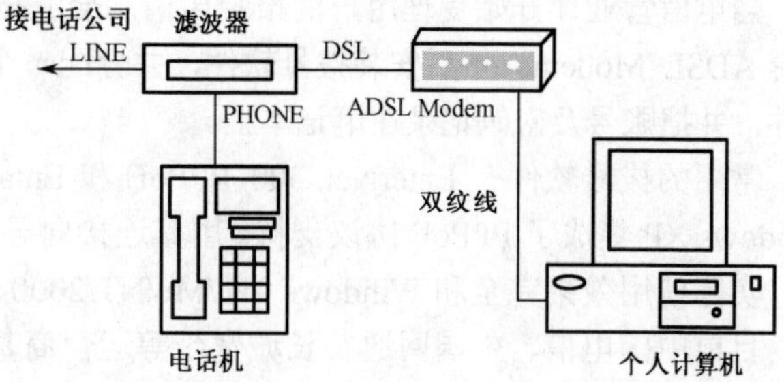

接电话公司
滤波器
LINE
DSL
PHONE
ADSL Modem
双纹线
电话机
个人计算机

图 8-5 ADSL Modem 连接示意

8.2.2 选购建议

在选购 ADSL Modem 时要考虑以下因素。

（1）接口

ADSL Modem 的接口方式主要有 LAN（以太网）、USB 和 PCI 三种接口方式，如果选购 LAN 接口，需要在电脑中安装网卡。

（2）拨号方式协议

ADSL Modem 上网拨号方式有以下两种。

- PPPoE 方式：即虚拟拨号方式，实现方式一是把 ADSL Modem 设置成桥接，外挂拨号软件；二是使用 ADSL Modem 自带的内置拨号器。
- 专线方式（静态 IP 方式）：价格较高，适合企业用户使用。

一般普通用户多是使用 PPPoE 虚拟拨号的方式上网。

（3）售后服务和技术支持

售后服务和技术支持是由厂商提供的服务，如全向及实达这样的国内厂商服务做得比较好，也更为本地化。

8.2.3 办理 ADSL 手续

办理 ADSL 手续如下。

（1）确认自己是否能安装 ADSL

咨询当地的电信部门了解自己的电话号码是否处于允许安装 ADSL 的范围之内。

（2）办理报装手续

包括电话报装、网上报装及电信营业厅报装，最后一种方式的效率最高。

网上或电话申请后电信公司会在规定期限内上门安装，到时根据需要填写《用户登记表》，缴纳所需费用。

如果直接申请，则可到各电信营业厅填写《用户登记表》，交费后即可办理安装业务。

注意身份证一定要与电话机主同名，如果代办，则需要同时提交机主和代办人的身份证。

（3）安装调试

当电信营业厅开始受理用户的报装申请后会派技术员上门来安装调试，为用户专门安装一台 ADSL Modem。然后安装拨号软件，并分配一个上网的账号和密码。用户最好备份拨号软件，并把账号及密码记录在笔记本上。

常用的拨号软件有 EnterNet 300 PPPoE 和 EntaNet 500 PPPoE 虚拟拨号程序。此外，Windows XP 集成了 PPPoE 协议支持。用其连接向导即可建立自己的 ADSL 虚拟拨号上网文件，实际使用效果完全和 Windows 9×/Me/NT/2000 下的其他 PPPoE 一样。

目前中国电信、中国网通及长城宽带等运营商基本都提供 ADSL 和 LAN 宽带业务的开通安装服务，用户可通过浏览其网站来了解宽带安装的联系方式等相关信息。

8.3 网卡与网线

组建局域网时必须使用网卡，网卡也称“NIC”（Network Interface Card，网络接口卡）或“网络适配器”。其工作原理是将电脑发送到网络的数据组装成适当大小的数据包后发送，每块网卡都有其唯一的网络节点地址。

网线是信息的传输媒介，不同电缆接口的网卡使用不同种类的网线。

8.3.1 网卡类型

分类方法如下。

（1）按传输介质

按传输介质，可分为有线网卡和如图 8-6 所示的无线网卡，有线网卡要通过 RJ-45 插口和超五类双绞线与交换机相连；无线网卡是使用接收发送天线，以无线电波为传输介质，与其他网络设备通信。

（2）按传输速率

按照传输速率可以分为 10 M 网卡、10M /100 M 自适应网卡和 1 000 M（千兆）网卡，目前主流产品是 10M /100 M 自适应网卡，如图 8-7 所示。

图 8-6　无线网卡

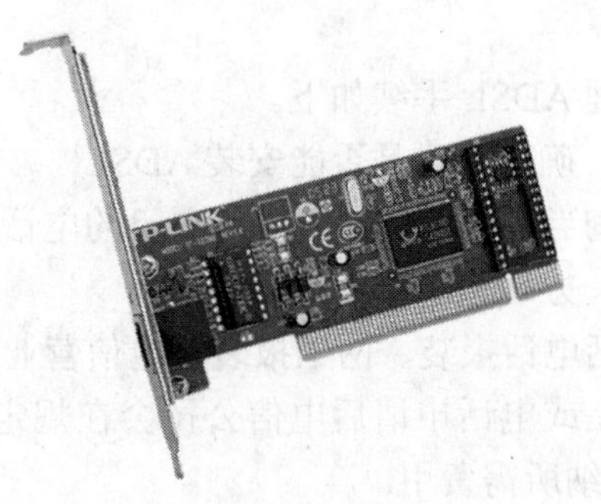

图 8-7　10M/100M 自适应网卡

（3）按总线接口

按照总线接口的类型，可以分为 ISA、PCI 和 USB 等，目前的主流产品是 PCI 和 USB 总线接口产品。

一种新型的USB 2.0标准的外置网卡FEther USB-TXS如图8-8所示。它可以提供10 Mb/s 和 100 Mb/s 的网络传输速率，支持 USB 2.0 标准，向下兼容 USB 1.1。其最大特色是十分小巧，仅重 35 克。

（4）按接口

按接口类可以分为 RJ-45 接口、BNC 细缆接口接及 AUI（粗缆接发器）三种，还有将以上 3 种类型综合的二合一或三合一网卡。不同电缆接口的网卡所使用的网线不同，RJ-45 接口网卡如图 8-9 所示。

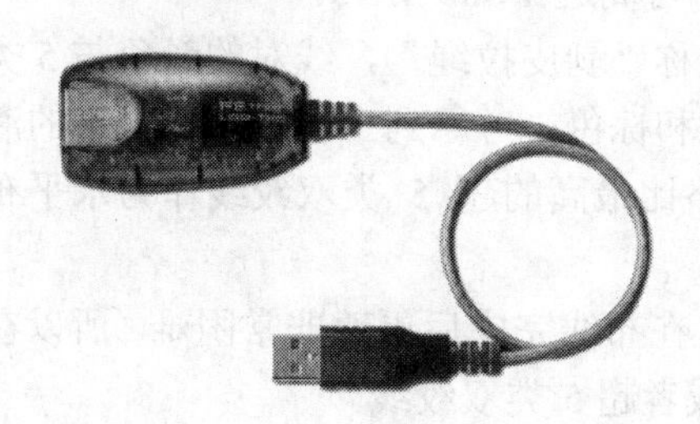

图 8-8　FEther USB-TXS

图 8-9　RJ-45 接口网卡

目前 AUI 接口的网卡已经被淘汰，主流产品都是二合一（具有 BNC 接口和 RJ-45 接口）的网卡。

此外，笔记本电脑使用专用接口 PCMCIA 的网卡。

8.3.2　网线

网线是连接局域网的传输介质，包括细同轴线缆、粗同轴线缆、双绞线和光缆等。

1. 细同轴电缆

使用细同轴电缆组网时，网卡应当具有 BNC 接口并通过如图 8-10 所示的 BNC 插头与细同轴电缆连接。

图 8-10　BNC 插头

2．双绞线与RJ-45水晶头

（1）双绞线

目前连网采用的电缆大多是双绞线，根据最大传输速度及其他性能指标的不同，双绞线可分为3类线、5类及超5类线3种。3类双绞线传输速率为10 Mb/s；5类双绞线传输速率可达100 Mb/s；超5类双绞线的传输速率可达155 Mb/s以上，可以适合未来传输各种多媒体数据的需求。双绞线可分为屏蔽双绞线（STP）和非屏蔽双绞线（UTP），前者内部包了一层皱纹状的屏蔽金属网，并且增加了一条接地用的金属铜丝线。因此其抗干扰性比UTP双绞线强，但价格也要贵很多；后者的阻抗值在1 MHz时通常为100欧姆。中心芯线24AWG（直径为0.5 mm），每条双绞线的最大传输距离为100 m。

超5类非屏蔽双绞线改进了5类屏蔽双绞线的部分性能，许多性能参数，如近端串扰、衰减串扰比、回波损耗等都有所提高。其传输带宽可高达1 000 Mb/s。

超5类双绞线采用4个绕对和1条抗拉线（也称“剥皮拉绳”），线对的颜色与5类双绞线相同，即白橙、橙、白绿、绿、白蓝、蓝、白棕和棕色。考虑到工程造价和网络的潜在需求，在本书介绍的网络工程实例中都采用性能价格比最高的超5类双绞线作为水平布线电缆。这种双绞线外观和截面图如图8-11所示。

由于网线布线大多涉及建筑结构与内部装修，在布线完成后更改非常困难。所以在规划网络时就应该考虑到未来发展的需求，采用5类或者超5类双绞线。

（2）RJ-45水晶头

如图8-12所示的RJ-45水晶头是双绞线与网卡RJ-45接口间的接头，其质量好坏将直接关系整个网络的稳定性，不可忽视。

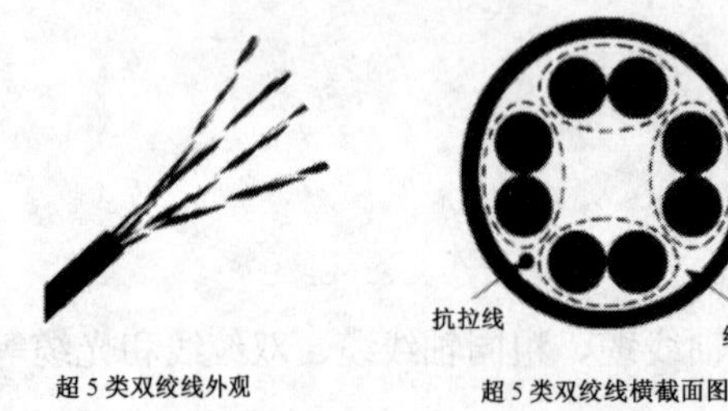

图8-11　超5类非屏蔽双绞线外观和截面图

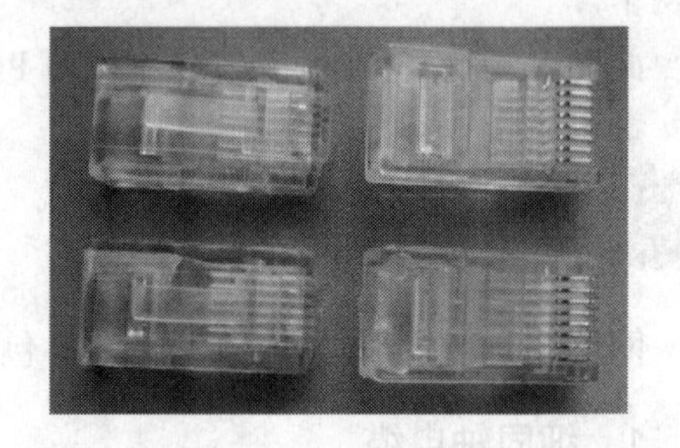

图8-12　RJ-45水晶头

3．光纤与光缆

光纤作为高带宽及高安全系数的数据传输介质被广泛应用于各种大中型局域网络中，由于缆线及其设备造价昂贵，所以光纤大多只被用于主干网络。

光纤分为单模光纤和多模光纤。

（1）单模光纤：用激光作为光源，芯线较细，仅有一条光通道。其特点是传输频带宽，信息容量大。并且传输距离长，可达两千米以上，但其成本较高。通常用于远距离传输，适合于建筑群主干网。

（2）多模光纤：用二极管发光作为光源，芯线较粗。其特点是传输速率较低，传输距离较短，在两千米以内。但其成本较低，适合于建筑群物内的数据传输。

光纤和光缆被大量地应用于现代化建筑的综合布线系统中。由于光缆的种类繁多，所以作为一个合格的网络管理员，需要对各种光缆和光纤的性能参数有一个比较深入的了解，才能根据网络的实际需要选择合适的产品。

8.4 集线器与交换机

集线器与交换机是组建局域网的关键设备，起控制中心的作用。

8.4.1 集线器

集线器的英文为“HUB”，在组建局域网时起中心控制的作用，用其连接的局域网如图 8-13 所示。

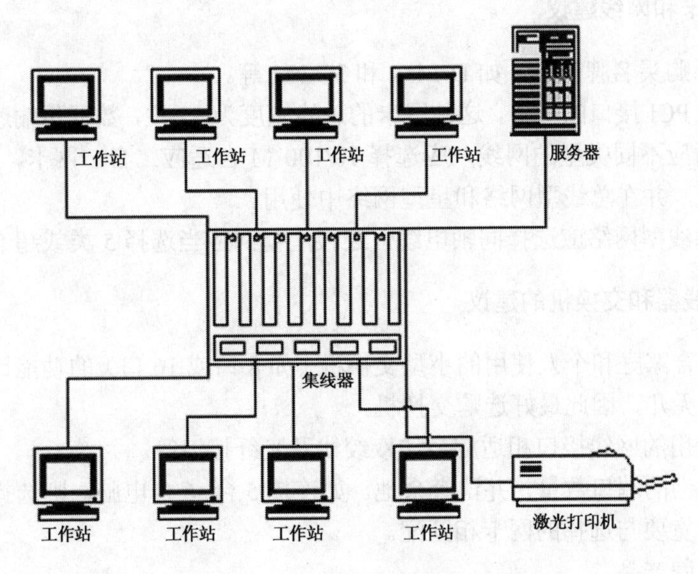

图 8-13 用集线器连接的局域网

可以把集线器看成一种多端口的中继器，其带宽由集线器的所有端口平均分配。如总带宽为 10 Mb/s 的集线器连接了 4 台工作站，如果同时使用网络，则每台工作站享受的平均带宽为 2.5 Mb/s。16 个端口的集线器如图 8-14 所示。

由于以太网络采用了 CSMA/CD 协议，在传输过程中可能会发生冲突，所以此时集线器上的 Collision 灯会闪烁。如果闪烁过于频繁，说明网络负载过重，需要调整或者升级。

8.4.2 交换机

交换机又称“交换式集线器”，可以将其作为一台多端口的桥接器使用。使用交换机可以提高整个网络的性能，为此很多小型的局域网使用交换机替代集线器。交换机的每一端口都有其专用的带宽，如 10 Mb/s 的交换式集线器，每个端口都拥有 10 Mb/s 的带宽。普通的小交换机如图 8-15 所示。

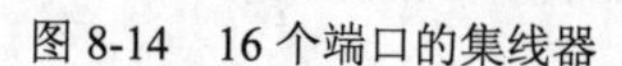

图 8-14　16 个端口的集线器

图 8-15　普通的小交换机

8.4.3　选购建议

1．选购网卡和网线建议

（1）一定要购买名牌产品，如 D-Link 和 3COM 等。

（2）应选择 PCI 接口的网卡，这种网卡的总线宽度为 32 位，数据传输速率为 133 Mb/s。

（3）为了适应不同类型的网线，应选择 10/100 M 自适应二合一网卡，这样可以使用同轴电缆或双绞线，并在总线型网络和星型网络中使用。

（4）连接总线型网络应选择同轴电缆，连接星型网应当选择 5 类或超 5 类双绞线。

2．选购集线器和交换机的建议

（1）目前适合家庭和个人使用的小型交换机（如 8 口或 16 口）的功能比集线器强很多，二者的价格相差无几，因此最好选购交换机。

（2）要与选用的网线接口相适应，如双绞线及光纤接口等。

（3）选择适当的端口数量，并留有余地。如连接 5 台~6 台电脑，则选择 8 口的交换机。

（4）选择带宽要与选择的网卡相匹配。

（5）选购名牌产品。

第9章　声卡和音箱

声卡和音箱是多媒体电脑中不可缺少的部件，本章将介绍声卡和音箱的工作原理、性能指标及选购注意事项。

9.1　声卡

声卡作为多媒体电脑的标准配置之一，广泛应用于语音合成、语音识别、教育、娱乐或游戏等领域。声卡提供了录制、编辑和回放数字音频，以及合成 MIDI 音乐的功能。

9.1.1　工作原理

声卡从话筒中获取模拟的声音信号，通过模数转换器（ADC）采样声波模拟信号转换成一串数字存储到存储器中。当重放声音时，这些数字信号被发送到数模转换器（DAC），以同样的采样速率还原为声波模拟信号。经过声音放大电路放大后送到扬声器发声，这一技术也称为“脉冲编码调制技术”（PCM）。

脉冲编码调制技术的两个要素是采样速率和样本量，人类耳朵能辨别的声音频率范围一般为 20 Hz~20 kHz；样本量表示存储记录的声音振幅的位数，其大小决定声音的动态范围，即被记录与重放的声音最高和最低之间相差的值。当样本量大小为 16 位时，其动态范围的音质效果能满足需求。

9.1.2　分类

目前市场上的声卡类型如下。

（1）集成式

集成式声卡将组成声卡的主要芯片和元器件集成在主板上，这样可以大幅度降低成本。采用 CREATIVE（创新）公司音效处理芯片组成集成式声卡的主板如图 9-1 所示。

（2）板卡式

目前板卡式主流产品多为 PCI 接口，拥有更好的性能及兼容性。并且支持即插即用功能，安装和使用都很方便。这种产品主要由音效处理芯片、Digital Control 芯片及 Audio Codec 芯片组成。

目前家用电脑的 PCI 声卡多为创新公司产品，其他公司的产品较少。

（3）外置式

外置式声卡通过USB接口与电脑连接，具有使用方便及便于移动等优势，主要应用于移动办公的环境，如图9-2所示。

图9-1　带有集成式声卡的主板

图9-2　创新公司外置式声卡

9.1.3　结构

声卡的结构包括音效处理芯片（组）、功率放大器、总线连接端口、输入/输出端口、MIDI及游戏杆接口等组件，不同的声卡所用的芯片类型不同，芯片及元器件的布局不同，芯片的集成度不同。声卡的结构如图9-3所示。

（1）音效处理芯片：该芯片是一个处理数字化声音的录制和播放的部件，决定了声卡的性能和档次，其基本功能包括控制声波采样和回放及处理MIDI指令等。

（2）总线接口：PCI声卡是当前的主流产品，具有传输速率高等优点。

（3）D音频连接器：其作用是将内置式CD-ROM驱动器的音频输出连至此连接器，可以通过声卡播放标准的CD光盘。

（4）I/O接口：Mic In（麦克风）用于现场录音及唱卡拉OK等；Line In（音频输入线）可接各种声源，如录音机及录像机的Audio Out等进行内录；Line Out（线路输出）可外接无源或有源音箱。一般的声卡都提供了内置放大器。屏蔽声卡上的功放，外接大功率放大器及宽频响音箱的效果会更好。

（5）MIDI/游戏杆接口：标准的15脚的D-SUB连接器，可连接游戏机或MIDI设备。

声卡的外部接口如图9-4所示。

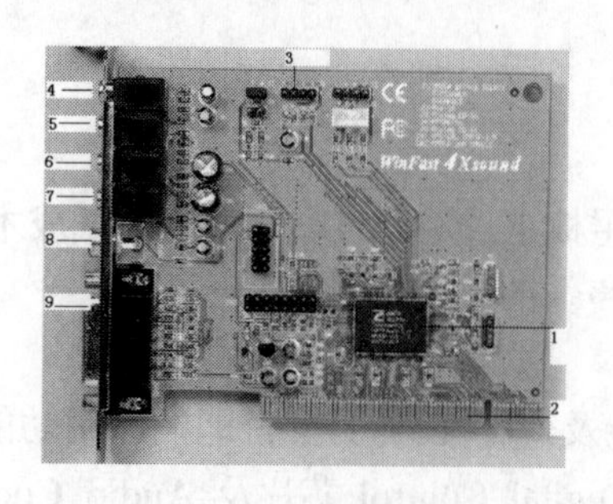

图9-3　声卡的结构

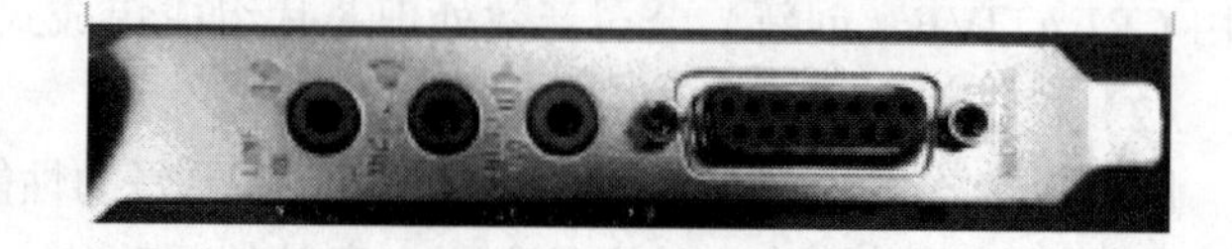

图9-4　声卡的外部接口

9.1.4　音效处理芯片

音效处理芯片是整个声卡的灵魂，上面标有产品的商标、型号、生产日期、编号，以及生产厂商等重要信息。一块声卡的音效处理芯片基本上决定了该声卡的性能和档次，其基本功能包括对声波采样和回放的控制和处理 MIDI 指令等，有的厂家还增加了混响、合声、音场调整等功能。有些音效处理芯片不止一块，也可能是由多块 IC 芯片组成芯片组。

一般声卡上还有一块功率放大芯片，简称“功放”。从音效处理芯片出来的信号还不能直接推动喇叭放出声音，需要功率放大芯片实现这一功能。

AC’97 规范为了保证声卡的 SNR（信噪比）能够达到 80 dB（分贝）以上，要求声卡上的 ADC 和 DAC 处理芯片与数字音效芯片分离，因此在一些高档声卡上的芯片也会由多块 IC 芯片组成。

dB 是测量声音大小的一种相对单位，而不是绝对单位。通常规定，以最低的刚能听到的声音为基准来度量任何一个未知声压。若想知道一个未知声压是多大，只要求出它和基准声压的比值，取其对数再乘 20 便可获得。声压级的单位叫贝尔，1 贝尔等于 10 分贝尔，简称“分贝”。

市场上目前主要的音效处理芯片如下。

（1）CREATIVE 系列

创新公司推出的该系列音效处理芯片包括 Audigy 2（CA0102）、ES1370、ES1371、Creative 5507 和 EMU10K1 芯片，是当前的主流产品。其中 EMU10K1 具有可编程性，可以通过升级软件而提高性能，深受用户的欢迎。Audigy 2 音效处理芯片如图 9-5 所示。

（2）YAMAHA 系列

YAMAHA 公司推出的该系列产品有 YMF724E 及 YMF740 芯片等，主要面向中低档用户，价格方面有很大的优势。

（3）ESS 系列

ESS 公司的主要产品 ESS MASTR0-I（1948）、ESS MAESTRO-II（1968）及 ESS Canyon3D 等芯片在音质、兼容性，以及 CPU 占用率方面的性能都很好，素以 SB 兼容性好而著称。并且具有价格的优势，深受普通用户的欢迎。

（4）Aureal 系列

Aureal 公司推出的该系列包括 Vortex-l（AU8820）和 Vortex-2（AU8830）系列产品，在音质等方面性能突出。

9.1.5　接口

通常人们认识声卡，都是从外观开始的。如果和显卡及网卡等硬件相比，外观上最大的区别在于挡板上的接口不同。

声卡的模拟接口的规格有 3.5 mm 接口、RCA 莲花头接口、大二芯直插式接口、TRS 大三芯直插式（立体声/非平衡）接口、TRS 大三芯直插式（单声道/平衡）接口，以及 XLR 卡农口接口。

如果要实现某项功能，一定要注意声卡是否具备该功能及其接口。一些功能接口较多的中高档产品都带有一块子卡，要多占一个 PCI 插槽。

9.1.6 主流产品

流行的声卡产品如下。

（1）Sound Blaster Live! 24-bit 声卡

该声卡如图 9-6 所示，它采用一块新型的音频处理器，支持 24-bit/96 kHz 7.1 声道输出、EAX 声场特效、卡拉 OK、SoundFont 音乐合成器，并附带多种音频应用软件。此卡采用 Low Profile（半高）设计，可以安装在小的电脑机箱中。其缺点是声卡只有 4 个输入/输出插孔，即在使用 7.1 声道音频输出时，只能有一个音源输入。

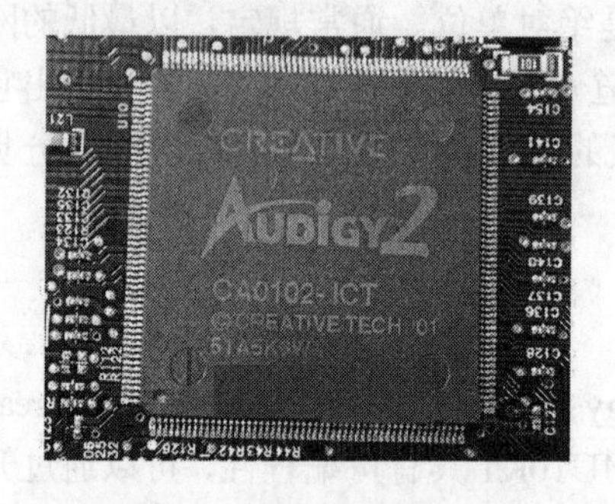

图 9-5 Audigy 2 音效处理芯片

图 9-6 Sound Blaster Live! 24-bit 声卡

（2）Sound Blaster Audigy 2 Value 声卡

该声卡如图 9-7 所示，它采用 Hi-Fi 级 Crystal CS4382 八声道数模转换芯片和飞利浦 UDA1361 立体声模数转换芯片。支持 24-bit/192 kHz 播放和 24-bit/96 kHz 录音，信噪比达 106 dB，并且附带创新声卡专用的 Creative Media Source DVD-Audio 播放程序。

（3）德国坦克 SIXPACK 5.1 声卡

这款产品使用了公版的水晶卡设计，配合 CS4630 芯片。无论从 CODEC 的搭配，还是产品用料方面都属于精品。该卡将 MIDI 接口部分换成了两个光纤接口，MIDI 接口以子卡的形式出现。德国坦克 SIXPACK 5.1 声卡如图 9-8 所示。

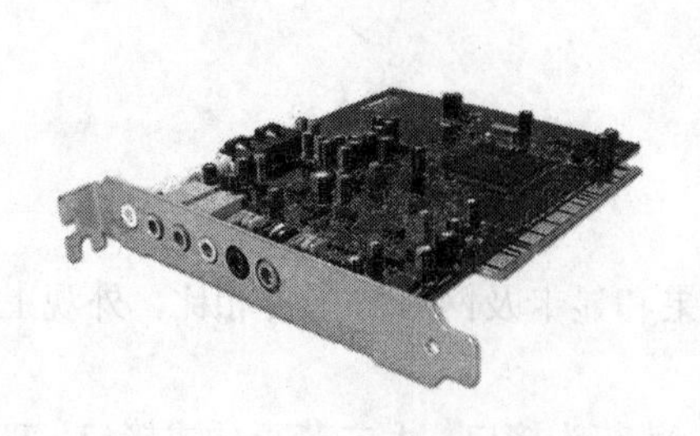

图 9-7 Sound Blaster Audigy 2 Value 声卡

图 9-8 德国坦克 SIXPACK 5.1 声卡

9.1.7 性能指标

声卡的主要性能指标如下。

1. 采样位数

采样位数指每个采样点所代表音频信号的幅度，有8位、16位和32位三种。一般的采样位数为8位和16位，使用8位采样将每个采样分割成2^8=256个音阶；使用16位采样则分割成2^{16}=25 536个音阶。一般来说，采样位数越高，声音就越清晰。

2. 采样频率

采样频率指每秒钟的采样次数，一般声卡提供11.25 kHz、22.05 kHz和44.10 kHz的采样频率（已经达到了CD光盘的水平）。有些更高档的声卡的采样频率可达48 kHz，回放的频带宽度（取决于放大器及音箱）将超过20 kHz的人耳听力范围。

采样频率越高，数字信号就越接近原声。

3. 声道数

声卡的声道数有如下几种。

（1）单声道

录音和放音使用单一声道。

（2）立体声双声道

这种类型具有数字立体声录放及重放等功能，在运行教学或游戏程序时，能够准确地重现程序中的音乐和声效。立体声感好，给人以较强的临场感。

（3）四声道环绕

四声道环绕规定左（L）、右（R）、左后（LS）及右后（RS）4个发音点，可以为听众带来来自多个不同方向的声音环绕，获得身临其境的听觉感受。

（4）5.1声道

5.1声道中的在四声道的基础上增加了中（C）发音点，即中置单元。“1”则指一个专门设计的超低音声道，其频率范围为20 Hz~120 Hz的超低音。

目前5.1声道技术已经广泛融入于各类中高档声卡的设计中，成为主流趋势。

4. AC-3技术

AC-3是完全数字式的编码信号，是由著名的美国杜比实验室（Dolby Laboratories）制定的一个环绕声标准。AC-3规定了6个相互独立的声轨，分别是前置和后置环绕两声道、一个中置声道，以及一个低音增强声道。其中前置、环绕和中置5个声道建议为全频带扬声器，低音增强声道负责传送低于80 Hz的超重低音。

5. 信噪比

信噪比即声卡抑制噪声的能力，单位是dB（分贝）。正常工作状态下，有用信号和噪声信号功率的比值即信噪比。该值越高，说明声卡的滤波性能越好，声音听起来也越清晰。

6. 总谐波失真

总谐波失真指声卡的保真度，即输入和输出信号的波形吻合程度。总谐波失真代表失真的程度，并且把噪声计算在内，单位是 dB。数值越低，说明声卡的失真越小，性能也越高。

9.1.8 选购建议

声卡是多媒体电脑的标准配置，选购声卡应考虑如下因素。

（1）要求

喜欢音乐制作的用户应选择音质好的专业的声卡，如 Creative SB Live!标准版；喜欢玩游戏的用户应购买 3D 环绕声卡。

（2）品牌

名牌声卡质量可靠，软件完备，但价格稍贵；兼容声卡质量稍差，软件含量低。但是价格便宜，而且完全可以满足一般用户的要求。

（3）主芯片

目前市场上比较有名的声卡芯片有 Creative、YAMAHA 和 ESS 等，另外还要注意声卡使用的外围元器件的质量。

（4）试听

将声卡的输出音量调至最大，试听声音。不应有交流声及杂音，高频处应当清晰透明。

（5）驱动程序

选购声卡后查看是否带有驱动程序，因为大多数声卡只有安装与之配套的驱动程序，才能发挥出很好的效果。

9.2 音箱

一对音质优良的音箱，能够保证输出优美动听的声音。

9.2.1 分类

按照音箱的输出功率的范围可以将音箱分为无源音箱和有源音箱。

（1）无源音箱

无源音箱中没有电源和音频放大电路，通过声卡的音频功率放大电路直接输出到音箱放音。其音质和音量主要取决于声卡，输出功率在 5 W 以下，目前已基本被淘汰。

（2）有源音箱

有源音箱内置功率放大器，自带电源接口。并且输出功率一般在 5 W~25 W 之间。它适合于一般的多媒体电脑使用，如图 9-9 所示。

如果要组建PC家庭影院，需要一块5.1声道的声卡及一套5.1声道的音箱。一套新颖的5.1声道音箱如图9-10所示。

图9-9　有源音箱

图9-10　新颖的5.1声道音箱

9.2.2　主要性能指标

有源音箱的主要性能指标如下。

（1）有效输出功率

有效输出功率指音箱输出的声音不失真时所能达到的最大输出功率。

（2）失真度

失真度指声音在音箱放大前和放大后的比值，用百分比表示。数值越小越好，其中包括谐波失真和相位失真等。由于人耳对谐波失真最敏感，所以该项指标主要指谐波失真。

（3）频率响应范围

频率响应范围指音箱从低音到高音重放声音的能力，高保真音箱的频率响应范围应在15 Hz~100 kHz之间；有源音箱的频率响应范围应在80 Hz~20 kHz之间。当音箱重放该范围内的各个频率的声音时，其输出功率的差不能超过10%。

（4）信噪比

信噪比指音箱输出的有效信号功率与音箱本身所产生的噪音功率的比值，其值越小越好。

（5）防磁屏蔽功能

多媒体电脑使用的音箱应具有防磁屏蔽功能，以避免对显示器和对磁盘数据的电磁干扰。

9.2.3　选购建议

选购音箱时，应考虑以下因素。

（1）应选择名牌产品，如轻骑兵和环宇等。

（2）与声卡配套，如使用5.1声道的声卡，配置5.1环绕音箱。

（3）按照实际需要选择音箱的功率，额定功率为30 W左右就能满足20平方米的空间使用，音箱的最大功率是额定功率的8倍。

（4）检查音箱的磁屏蔽效果十分重要的方法是将音箱靠近显示器，如果显示的彩色图像

没有异常现象，则说明音箱的磁屏蔽指标合格。

（5）木质音箱要比塑质音箱质量好，价格也稍贵，它有较高的清晰度和较低的失真度。

（6）试听以检查效果，包括音量和音质。

第 10 章　机箱和电源

机箱用于固定和保护电脑配件，电源用于为电脑供电。

10.1　机箱

在组装电脑时一定要选择一个既实用又美观的机箱。

10.1.1　功能

机箱的主要的功能一是固定和保护电脑配件，将零散的电脑配件组装成一个有机的整体；二是防尘和散热；三是屏蔽电脑内部元器件产生的电磁波辐射，防止对室内其他电气设备的干扰，并保护人的身体健康。

电源的主要功能是将 220 V 的交流电压经过隔离、变换、调制及稳压等过程变成稳定的直流电压，供电脑系统使用。

10.1.2　类型

电脑机箱的分类方法如下。

1．按外型分

电脑机箱从外形上可以分为卧式和立式机箱，其外形如图 10-1 所示。

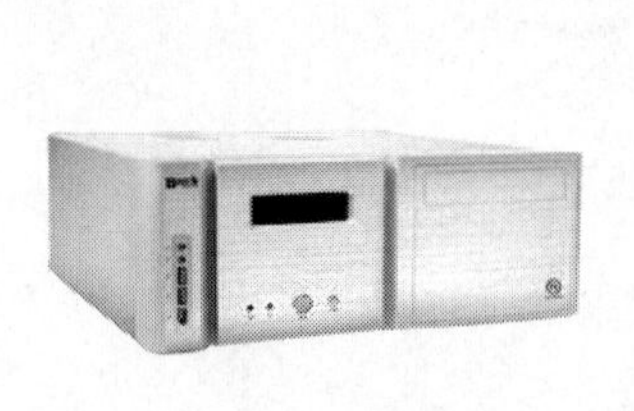

图 10-1　卧式和立式机箱

（1）卧式机箱

这种机箱的优点是可以将机箱放置在桌面上，显示器放在其上。这样可以节省空间，但是不利于散热。

（2）立式机箱

立式机箱的内部空间大，为安装光驱和刻录机等设备留有余地并且利于散热。其缺点是组装不方便，并且主板容易发生板卡接触不良的现象。

2．按主板的结构分

因为机箱内部的结构必须要适应主板，所以分为 AT 和 ATX 机箱。目前主流主板的类型是 ATX，所以机箱的主要类型也是 ATX。

10.1.3 结构

本节以立式 ATX 结构的机箱为例，其内部结构如图 10-2 所示。

在这种机箱中主板横向垂直放置在机箱的底板上，电源安装在机箱的右上方，还包括用于固定硬盘、软盘驱动器和光驱等设备的金属支架。机箱的后面预留 ATX 主板的各种外设的接口，包括串行通信口、并行口、鼠标口、键盘口，以及 USB 接口等，如图 10-3 所示。

图 10-2 机箱的内部结构

图 10-3 各种外设接口

这样规划机箱内部结构的目的就是在安装主板时可以避免 I/O 口过于混乱，引起连线的交叉，影响电脑系统的安全。电源接口和软、硬盘数据线接口可以更靠近其固定支架。当用户安装电脑配件时便于固定各种设备，并安装各种板卡。当安装内存条、CPU 及风扇等部件时，可以不必移动其他设备。

10.1.4 选购建议

选购机箱时，建议从以下几个方面考虑。

（1）一般应当选择立式 ATX 机箱，这是市场的主流产品。

（2）外型要美观大方。其颜色和风格要与电脑周围的环境协调一致。

（3）牢固可靠，主要是板材的厚度和质量要好，不能变形。

（4）一般机箱与电源都一起出售，选购时要注意电源的输出功率要足够大。如果要安装

P4 档次的电脑，一般电源的输出功率应为 300 W 以上。

（5）内部空间要大一些，各种配件齐全，指示灯及开关要灵敏。

（6）内部要有扩展硬盘及 DVD 光驱等硬件的固定支架和空间，为将来扩充留有余地。

（7）留有散热的通道，如在 CPU 的上部设有出气风扇支架等散热措施，机箱电源的风扇转动时不应有噪声。

（8）注意购买品牌产品，如技展、爱国者、保利得，以及银河等，这些产品一般都通过有关电源防电磁辐射的 EMI-B 标准。

10.2　电源

电脑使用开关电源，本节介绍有关开关电源的工作原理及常见故障的处理等。

10.2.1　工作原理

电脑所用的开关电源都是隔离式高频开关电源，其变换器有半桥式、全桥式、推挽式、单端反激式和单端正激式等。开关电源的基本功能方框图如图 10-4 所示。

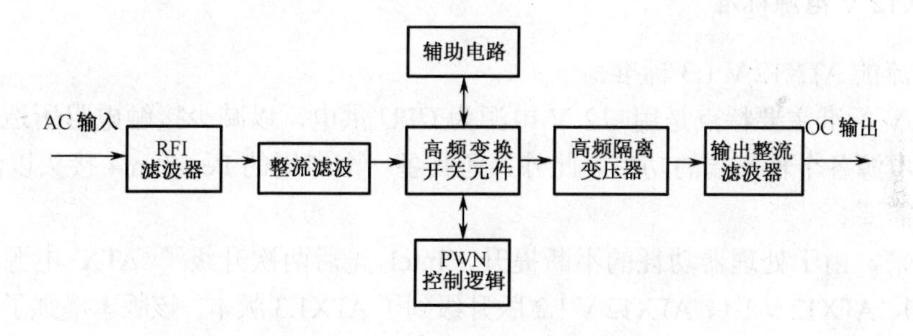

图 10-4　基本功能方框图

交流电压经过整流和滤波电路变成含有一定脉动电压成分的直流电压，然后进入高频变换部分。该部分的核心是一个高频功率开关元件，如开关晶体管或场效应管（MOSFET）等。这个部分产生高频（20 KHz 以上）高压方波送给高频隔离降压变压器的初级，在变压器的次级感应出的电压被整流及滤波后产生低压直流输出。为了调节输出电压，使得在输入交流和输出负载发生变化时输出电压也能保持稳定，采用一个脉冲宽度调制器（PWM）电路输出电压，并把结果反馈给控制电路。控制电路将其与基准电压进行比较，根据结果控制高频功率开关元件的开关时间比例（占空比）达到调整输出电压的目的。

10.2.2　电源标准

电脑所用的主要电源标准如下。

1. AT电源标准

AT电源的输出功率一般在150 W~250 W之间，有4路直流电压输出，其中包括+5 V、−5 V、+9 V和−9 V。此外还为主板提供一个PG（Power Good，电源好）信号，只有其有效时系统才能正常启动。电源输出线包括两个6芯插座和5~6个4芯插头。6芯插座为主板提供电能，4芯插头为软硬盘和光驱等设备提供电能。AT电源与AT主板及AT机箱配合使用，随着AT主板的逐渐淘汰，AT电源也将随之消失。

AT电源在关机时必须关闭电脑的电源开关，不能实现软件关机。

2. ATX电源标准

ATX电源是P4时代的PC电脑的标准电源，除了具备必需的±5 V和±12 V输出外，还为主板提供+3.3 V电压，+5 V Stand By（辅助+5 V）用做激活电压。

PS-ON信号是主板为电源提供的电平信号，利用该信号和5 V辅助电压实现软件的开关机、键盘开机和网络唤醒等功能。当该信号为低电平时，电源启动；为高电平时，电源关闭。

ATX电源标准经过多次革新，先后发布了ATX 1.01、ATX 2.01、ATX 2.02、ATX 2.03及ATX 12 V等多个版本。其中，ATX 2.01、ATX 2.03及ATX12 V版本的产品在市场上居多。ATX 2.01的辅助+5 V电流规定为720 mA，ATX 2.03的辅助+5 V电流为1 A，以实现网络唤醒等功能。

3. ATX12 V电源标准

（1）主流的ATX12 V 1.3标准

ATX12 V标准主要特点是用+12 V电源为CPU供电，以减少接触电阻所造成的损耗，平均地分配电源各个输出端的功率。此外，还具备一个专用的Pentium 4接头以满足为CPU单独供电的需要。

近几年来，由于处理器功耗的不断提升，Intel先后两次升级了ATX电源的规格，从ATX12 V 1.0、ATX12 V 1.1、ATX12 V 1.2版升级到了ATX1.3版本。该版本增强了+12 V供电，同时增加了为SATA硬盘的供电接口，提高了电源的转换效率，并且取消了为ISA插槽供电的−5 V电源插头。

（2）ATX12 V 2.0标准（双12 V供电）

随着PCI-E显卡等设备的发布，电脑系统的功耗再度攀升。对+12 V电源的需求继续增大，针对915/925系列芯片组主板制定的ATX12 V 2.0规范应运而生。

符合ATX12 V 2.0规范的电源如图10-5所示，ATX12 V2.0电源插头如图10-6所示。

图10-5　符合ATX12V 2.0规范的电源

图10-6　ATX12 V 2.0电源插头

ATX12 V 2.0 版本增加了一路单独的+12 V 输出，其中一路+12 V（+12 V1）专门为 CPU 供电；另一路（+12 V2）则为其他设备供电。

在 ATX12 V 2.0 规范中，Intel 推荐了 4 种电源规格，分别为 ATX12 V 2.0 版 250 W、ATX12 V 2.0 版 300 W、ATX12 V 2.0 版 350 W 和 ATX12 V 2.0 版 400 W，并要求+12 V 的输出必须达到 22 A。

4．Micro ATX 电源

Micro ATX 是 Intel 公司在 ATX 电源的基础上改进的标准电源，其主要目的是缩小体积，降低成本。ATX 标准电源的体积是 150 mm×140 mm×86 mm，而 Micro ATX 电源的体积则是 125 mm×100 mm×63.5 mm。ATX 电源的功率大约在 300 W 左右，而 Micro ATX 电源的功率只有 100~150 W。该电源大多在品牌机和 OEM 产品中使用，在市场上比较少见。

10.2.3 主要性能指标

电源的主要性能指标如下。

（1）输出功率

电源的输出功率是电源最重要的指标，其单位是瓦特（W）。一般为 250 W 和 300 W，双核处理器的电脑需要 300 W 以上。

功率指额定功率，一般在标签上标示。一般情况下，正规厂家出厂的电源可以通过其+5 V 电流的安培数计算出额定功率，计算公式为额定功率=10×（+5 V 最大输出电流）。

例如，一款电源标志+5 V 的最大电流为 20 A，则其额定功率约为 10×20=200 W。

（2）效率

电源的效率是输出功率与输入功率的百分比，其测量条件是满负载，输入交流电压为标准值。

（3）ESR

ESR 是等效串联电阻，表示电解电容呈现的电阻值的总和。一般情况下，该值越低的电容性能越好，电源的性能也越好。

（4）输出电压保持时间

该指标泛为在开关电源的输入电压撤销后，依然保持额定输出电压的时间。

（5）隔离电压

电源电路中的任何一部分与电源基板地之间的最大电压，或者能够加在开关电源的输入端与输出端之间的最大直流电压。

（6）负载调整率

输出电压随负载在指定范围内变化的百分率，条件是线电压和环境温度保持不变。

（7）噪声和波纹

附加在直流输出信号上的交流电压和高频尖峰信号的峰值，通常是以 mv 度量。

（8）过载或过流保护

防止由于负载过重，使电流超过原设计的额定值而造成电源损坏的部件。

（9）电磁/无线频率干扰

即那些由开关电源的开关元件引起且不希望传输和发射的高频能量频谱。

10.2.4　选购建议

电源的性能和质量直接关系到整个电脑系统的稳定和硬件的使用寿命，质量差的电源不但会造成电脑时常出现莫名其妙的故障，甚至还会发出强烈的电磁辐射，直接威胁到用户的健康。当前电脑硬件产品经常会升级换代，高速硬盘、高档显卡及高档声卡等设备对电源的要求也越来越高，因此在组装电脑时，购买一个品质优良的电源十分重要。

选购电源时应考虑的因素如下。

（1）输出功率

选购时应检查+5 V及12 V等每一路的输出功率是否符合其标称值。

（2）输出电压

电源的直流输出电压一定要在规定的范围内，过高容易损坏设备；过低会使系统不能正常工作。测量时应满负荷，+5 V、+3.3 V和+12 V电压的误差率标准应在5%以下，−12 V电压的误差应在10%以下。

Intel ATX+12V 2.0版的电源规格标签的标志有双组+12 V输出，主板的接头应为24 pin。

（3）安全认证

国家认监委制定了《强制性产品认证标志管理办法》，即CCC（China Compulsory Certification，又称“3C”）认证的内容。电源的CCC认证标记如图10-7所示。

图10-7　电源的CCC认证标记

CCC认证自2002年5月1日起已经开始实施，自2003年5月1日起强制实施（使用CCC证书），因此选购的电源要求具备3C标志。

（4）电源铭牌

用户应当熟悉电源铭牌上标志电源的规格、型号、输出功率，以及各路输出电压等重要参数。如若发生问题，可以按照铭牌向厂商索赔。

（5）噪声

目前市场上的静音电源主要分为两代，第一代静音电源采用温控风扇，风扇的转速根据电源内部空气的温度智能调整；第二代静音采用大口径低转速的风扇代替原来的电源风扇，并将风扇固定在电源的顶部用于吸气使噪声大大降低，并且不影响散热。

（6）电压波动范围

宽频电源能在很宽的供电范围内连续工作，并且保证输出电压的稳定。如果市电不稳定，

应当购买宽频电源。

（7）电源风扇

风扇在电源工作过程中，对于电源本身的散热起着重要的作用，可以考虑具有双风扇设计的电源。即在进风口加装了一台 8 cm 风扇，使空气流动速度加快，保证电源内部自身产生的热空气和由机箱内抽入的热空气都能及时排出。

（8）其他

在选购电源时还要看其外观，包括外壳、输出线和输入线等。电源的品牌也是一个衡量的标准，市场上著名电源的质量一般都不错，并且售后服务也有保障。

第二部分

组　装　篇

第 11 章　组装电脑实践

本章将介绍组装电脑的实际操作。

11.1　准备工作

准备工作包括购买电脑配件，并准备系统软件和工具软件，以及安装工具等。

11.1.1　购买配件

组装电脑前应当做好周密的计划，根据实际需要和经济实力决定组装电脑的档次。应有较为长远的打算，千万不可盲目攀比。根据计划列出需购买的配件及其型号、数量、价格和查验方法等，并请专业人员帮助确认，然后依照这个清单购买，注意一定要做到货比三家。为做到心中有数，可在购买前上网查看当前市场的情况。

11.1.2　必备工具

安装电脑必须准备好如下工具。

（1）三用表一块，数字式或指针式均可。

（2）“十”字型和“一”字型螺丝刀各一套。

（3）大小镊子各一套。

（4）试电笔一支。

（5）尖嘴钳和平头钳各一套。

11.1.3　准备安装环境

在安装电脑前，应准备室内安装环境。

（1）准备独立的电源插座，并应有良好的接地，以防止其他电气设备对电脑的干扰。

（2）用三用表测量电源电压，要求在 200 V~240 V 之间。如果电源波动太大，应该购买 UPS 或者电子稳压器。

（3）安装电脑的房间一定要保持清洁，打扫时最好用吸尘器，以防灰尘进入电脑机箱。

11.1.4　注意事项

在组装电脑过程中要轻拿轻放所有配件，用螺丝刀紧固螺钉时应做到适可而止。

从室外进入室内时，应用手摸一下暖气管等金属物品，释放掉身上所带静电后方可接触电脑配件，因为配件上的CMOS器件很容易被静电击穿。

在插信号线时，如光驱和硬盘的扁平信号线和串行口的电缆等均以有颜色花边的一侧为信号的“1”端，该端应分别对准卡或盘上标有“1”或者箭头标记的那一端。

11.1.5　安装步骤

安装电脑时，应该按照下列步骤有条不紊地进行。

（1）在主机箱中安装电源。

（2）根据所选CPU的类型及速度等设置主板。

（3）在主板上安装CPU。

（4）安装内存条。

（5）把主板固定到主机箱内。

（6）连接电源箱到主板上的电源线。

（7）安装硬盘、光驱动器和软驱等外存储器。

（8）安装显卡。

（9）连接软硬盘驱动器信号线和电源电缆。

（10）连接主板到机箱前面板的指示灯及开关。

（11）连接键盘及显示器。

（12）认真检查一遍，准备测试。

（13）开机加电，若显示屏幕显示正确，则进入BIOS的系统设置（SETUP）程序。

（14）安装Windows操作系统。

（15）系统正常运转后，安装显卡及其他设备的驱动程序。

（16）进行72小时的考机，因为新的配件问题在这个过程中会被发现。

11.2　组装电脑配置实例

本节按照不同的需求选择3种不同的配置（参考当前电脑的市场有关报价）供装机时参考。

11.2.1　多功能经济型配置

如果需要组装一套价格便宜且性能适中的电脑，可以学习、上网、玩一般的3D游戏并

运行常用软件，则推荐多功能经济型配置，价格控制在 4 000 元以下。

（1）配置表

配置表如表 11-1 所示。

表 11-1 多功能经济型配置

序号	配件	品牌/型号	参考价格（元）
1	CPU	AMD Athlon64 X2 4600+ AM2（65 ms/盒装）	435
2	主板	华硕 M3A78-EMH HDMI	760
3	内存	金士顿 DDR2 800 2 GB	260
4	光驱	明基 DVP16505S 16 x DVD-ROM	150
5	硬盘	三星 160 GB 8 MB/SATA	350
6	声卡	主板集成	
7	显卡	主板集成	
8	显示器	明基 E2200HDA（BenQ E2200HDA）	1 380
9	机箱电源	金河田 701B+长城 ATX-300SEP（A）	270
10	网卡	主板集成	
11	键盘/鼠标	双星鼠标键盘	80
12	音箱	现代 HY-328D	120
13	总计		3 805

（2）配置说明

该配置总体性能比较平均，兼顾学习和游戏需要。

AMD CPU 一向有很高的性价比，具有较高的综合性能，运行一般的游戏十分流畅。配置中有集成网卡，可以方便地接入校园网。

这套配置的其他部件是比较有特色的，金河田 701B 机箱选用进口优质 SECC 钢板。整体色泽为乳白色搭配银灰前面板，十分美观。并与明基 E2200HDA（BenQ E2200HDA）21.5 英寸的液晶显示器、现代 HY-328D 音箱，以及多彩恬静双星鼠标键盘套装的颜色融为一体，显得简洁、大方且高雅。

11.2.2 实用办公型配置

如果需要组装的电脑主要用于办公、上网及娱乐，并要求速度比较快且稳定性高，则推荐实用办公型配置。

（1）配置表

配置表如表 11-2 所示。

（2）配置说明

这是一套目前主流的时尚配置，总价控制在 5 000 元以下。采用三星 T190P 19 英寸显示器。处理器采用当前主流产品双核 Intel Core 2 duo E7200 2.53 GHz，这是性价比较高的 CPU，性能已经完全可以满足用户的要求。

表 11-2　实用办公型配置

序号	配件	品牌/型号	参考价格（元）
1	CPU	Intel Core 2 duo E7200 2.53 GHz	780
3	主板	华硕 P5Q SE	870
4	内存	KingSton 2 GB DDR2 800 MB	180
5	光驱	三星 TS-H353B	130
6	硬盘	希捷 酷鱼 7200.9/ST3160811AS	220
7	声卡	主板集成	
8	显卡	艾尔莎影雷者 950 GT TI 512 B	590
10	显示器	三星 T190P	1 400
11	机箱电源	百胜 W103+300 W 电源	330
12	键盘/鼠标	优派灵动网游	60
13	音箱	多彩 DSL-2150	100
	总计		4 660

考虑到系统的稳定性，主板和内存均选择了名牌产品。

采用希捷酷鱼 7200.9/ST3160811AS 硬盘，单碟存储容量为 160 GB。

机箱电源采用百盛 W103+300 W 电源配套产品，可保障系统的稳定性。

11.2.3　家庭娱乐型配置

如果需要组装一套能够玩游戏、编辑并输出 DV 录像和数码照片，以及具有视频采集卡和刻录机的电脑。即主要用于玩游戏和家庭娱乐，则推荐家庭娱乐型配置。

1. 配置表

配置表如表 11-3 所示。

表 11-3　家庭娱乐型配置

序号	配件	品牌/型号	参考价格（元）
1	CPU	Intel Core 2 duo E6550（盒装）	1 400
3	主板	技嘉 GA-P35-S3L	800
4	内存	金士顿 2GB DDR2 800	260
5	光驱	索尼 DRU-845S DVD 刻录机	320
6	硬盘	西部数据 WD Caviar SE16 WD3200AAKS	480
7	声卡	内建 6 声道 AC'97 声卡	
8	显卡	铭瑄狂镭 HD4850 高清版	1 100
9	电视卡	天敏 VC4000	480
10	显示器	三星 943 NW	1 090
11	机箱电源	百盛 C407+航嘉冷静王钻石 2.3 版	420
12	键盘/鼠标	明基 BV110 无双游侠键鼠套装	100
13	音箱	多彩 DSL-2150	95
	总计		6 545

2．配置说明

（1）电脑的整体性能

就目前电脑来说，游戏及视频信号的采集、编辑和重新编码对系统资源要求很高，因此在关系到整体系统性能的 CPU 和内存方面，本方案采用了较高的配置。Intel Core 2 duo E6550（盒装）处理器配合双通道金士顿 2 GB DDR2 800 内存，使视频处理工作能够快速完成。采用西部数据 WD Caviar SE16 WD3200AAKS 320 GB 的串口硬盘可以存储大量的影像资料。

索尼 DRU-845S 刻录机采用了传输速度更快的 SATA 接口，使之效率更高。

（2）视频采集方案

从 DV 到电脑的转录主要有两种方式，一是依靠 DV 的 IEEE 1394 接口或 USB 2.0 接口把 DV 信号以数据的方式传输到电脑中，这种方式采录的质量很好。如果 DV 只带 IEEE 1394 接口，则需要电脑主板也带该接口或者购买 IEEE 1394 扩展卡；另一种转录方式是信号采集，DV 输出视频音频信号，电脑用专门的扩展卡把这些信号重新编辑。专用的视频采集卡属于这种设备，但价格太高。如果不是专业制作，则推荐用带视频输入的电视卡配合软件来做这项工作。

11.3　安装主机

安装主机即将主板、CPU、内存条和各种接口卡安装到主机箱内。一般情况下，在选购主机箱时，生产厂家已经将电源安装在主机箱内，用户只需检查安装是否牢固。

11.3.1　安装电源

电源通常安装在主机箱后面的预留位置，安装的步骤如下。

（1）将机箱侧面挡板打开，机箱内部结构如图 11-1 所示。

（2）打开电源包装盒，取出电源模块，如图 11-2 所示。

图 11-1　机箱内部结构

图 11-2　电源模块

（3）确定电源在机箱的位置和方向，将电源放入机箱，如图 11-3 所示。

（4）确定机箱上固定电源的螺丝孔并与电源的螺丝孔对准，如图 11-4 所示。

图 11-3　放入电源　　图 11-4　对准螺丝孔

（5）用螺丝刀拧紧 4 个固定螺钉，将电源固定在主机箱内，如图 11-5 所示。

图 11-5　固定电源

11.3.2　安装 CPU

安装 CPU 的步骤如下。

（1）准备主板，其结构如图 11-6 所示，找到 CPU 插座的位置。

（2）将主板上 CPU 插座的锁杆轻轻向外拉，再向上拉起，与插座成 90 度角。认清 CPU 和插座上的缺口标记，如图 11-7 所示。

图 11-6　主板结构

图 11-7　CPU 和插座的缺口标记

（3）将 CPU 的缺口标记对准插座上的缺口标记，并对准插针。然后放入 CPU，用手轻轻按。使 CPU 与插座接触良好，按手柄。当手柄处于水平位置时将其向右拐再压下，将 CPU

牢牢锁住，如图 11-8 所示。

注意　当前市多数 Intel CPU 采用了 LGA 775 接口，无论是入门的赛扬处理器，还是中端的奔腾 E 与 Core 2，甚至高端的四核 Core 2。CPU 的背面如图 11-9 所示。

图 11-8　锁住 CPU

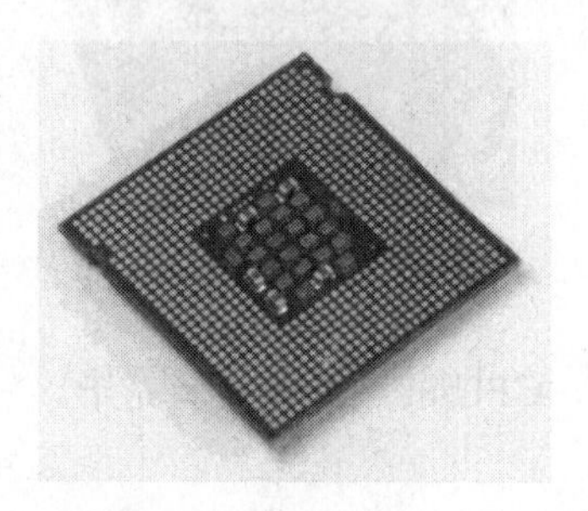

图 11-9　CPU 的背面

LGA 775 接口的 Intel CPU 部采用了触点式设计，LGA775 接口的 Intel CPU 插座有一个扣盖，如图 11-10 所示。

将 CPU 安放到位以后，盖好扣盖，反方向小心地扣下处理器的压杆。

11.3.3　安装 CPU 散热器

一款 Intel LGA775 接口处理器的原装散热器如图 11-11 所示。

图 11-10　LGA 775 接口的 Intel CPU 插座

图 11-11　Intel LGA775 接口处理器的散热器

与 478 针接口散热器相比，LGA775 接口处理器的散热器有很大的改进。由以前的扣具设计改成了四角固定设计，散热效果也得到了很大的提高。

安装 CPU 散热器的步骤如下。

（1）在 CPU 表面均匀地涂上一层导热硅脂。

（2）将散热器放在 CPU 上面，其四角对准主板相应的位置，然后用力压下四角扣具即可。有些散热器采用了螺钉设计，因此在安装时还要在主板背面相应的位置安放螺母，如图 11-12 所示。

（3）连接散热器的电源线。一般正规的 CPU 散热器的电源插头都是采用三芯插头，在主板的 CPU 插座附近有一个三芯的插座，在其附近标有“FAN1”或“CPU FAN”的字样。

三芯插头的一面是一个导槽，将其对准主板上的插座后插牢，如图 11-13 所示。

图 11-12　安装散热器

图 11-13　连接散热器电源线

至此，CPU 散热器即安装完毕。

11.3.4　安装内存条

主板的双通道内存插槽如图 11-14 所示。

安装步骤如下。

（1）拨开内存条插槽两端的卡销，按照内存条引脚的缺口与插槽上的突起确认插入方向，如图 11-15 所示。

图 11-14　主板的双通道内存插槽

图 11-15　确认插入方向

（2）将内存条垂直放入插槽，注意缺口要与插槽上的缺口对准，如图 11-16 所示。

（3）两手均匀用力，将内存条垂直向下压插入到插槽中，如图 11-17 所示。

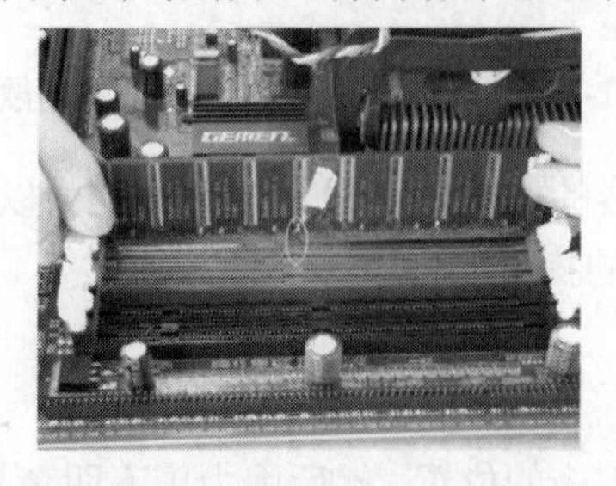

图 11-16　对准缺口

图 11-17　将内存条垂直向下插入到插槽中

（4）插槽两端白色的锁扣自动复位，卡住内存条，如图 11-18 所示。

安装好的内存条如图 11-19 所示。

图 11-18　卡住内存条

图 11-19　安装好的内存条

11.3.5　固定主板

安装 CPU 和内存条后，应将主板固定在机箱的底板上，操作步骤如下：

（1）将机箱水平放置，在机箱底板的相应位置固定金属支撑螺母，如图 11-20 所示。

（2）将已经安装好 CPU 和内存条的主板轻轻放入机箱，注意主板上的定位孔与上面拧好的螺丝帽一一对应。同时对应主板侧面的各种外设接口，如图 11-21 所示。

图 11-20　固定支撑螺母

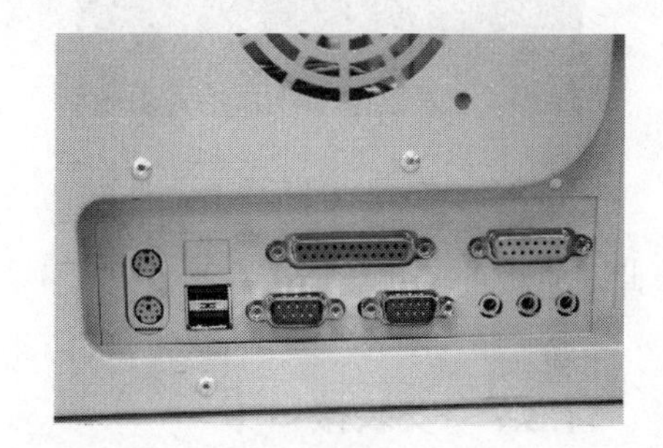

图 11-21　对应主板侧面的各种外设接口

（3）拧紧螺钉，将主板固定在机箱内。注意观察主板的串口、并口、鼠标及键盘口等在机箱的相应位置是否合适。如不合适，应调整螺钉后固定。完成安装的主板如图 11-22 所示。

11.3.6　连接电源线

连接主板电源线的操作步骤如下：

（1）找到电源的插头和主板的电源插座，电源插头由 20 芯或 24 芯电源线组成。在插头的一侧有一个用于固定的夹子，如图 11-23 所示。

（2）将电源插头插到主板的电源插座上，注意方向不要插反。经过仔细观察，很容易识别其方向，如图 11-24 所示。

图 11-22　完成安装后的主板

图 11-23　电源插头

（3）电源插座的一边有一个小小的凸块，把电源插头有夹子的一面对准这个凸块。然后用力往下压，电源插头就会插到插座中。并且插头上的夹子会自动锁住凸块，使二者牢固接触，不能脱落，如图 11-25 所示。

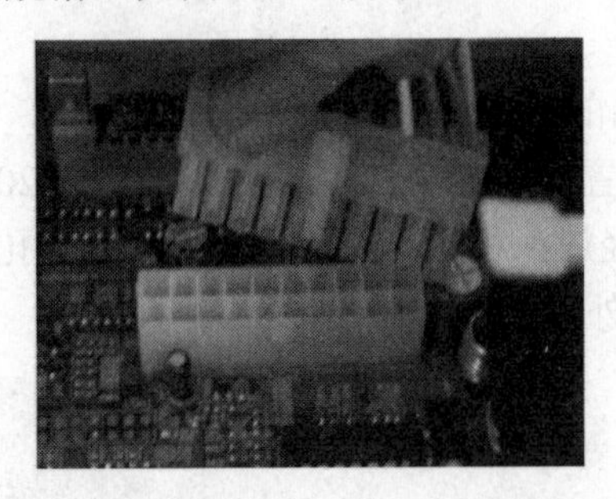

图 11-24　将电源插头插入插座

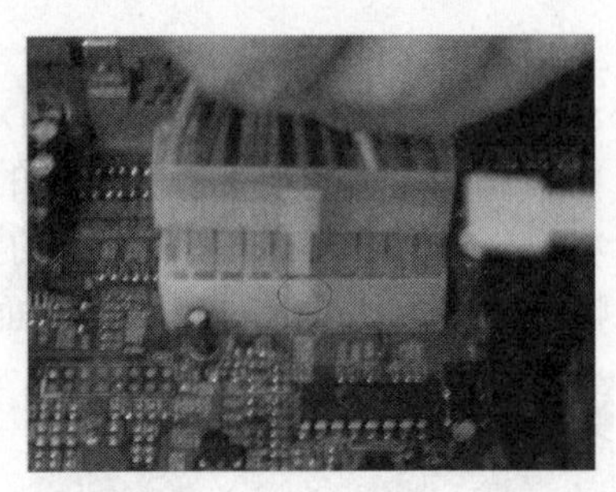

图 11-25　夹子自动锁住凸块

至此，主板的电源线连接完毕。

11.3.7　安装接口卡

接口卡主要指显卡、网卡、声卡，以及内置调制解调器等。

下面以安装显卡为例说明安装步骤。

（1）拆掉插槽相对应的机箱后面挡板，在主板上 PCI 插槽（白色）上方的棕色插槽为安装显卡的 AGP 插槽，如图 11-26 所示。

（2）如图 12-27 所示，将显卡对准主板上的 AGP 插槽，使其与显示器的接口及机箱上的预留接口孔相对应。

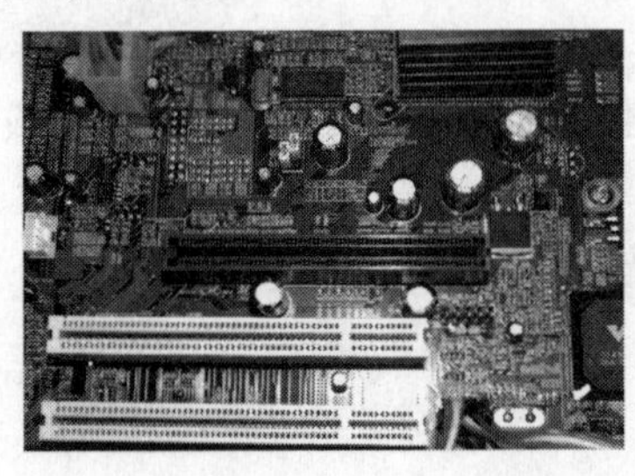

图 11-26　AGP 插槽

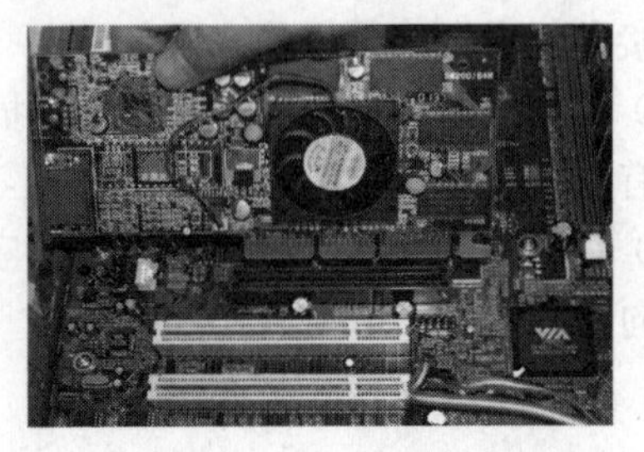

图 11-27　将显卡对准 AGP 插槽

（3）用手均匀地用力，将显卡压入 AGP 显卡插槽。以保证显卡的金手指与 AGP 插槽接触良好，如图 11-28 所示。

（4）用螺丝将显卡和机箱固定在一起，如图 11-29 所示。

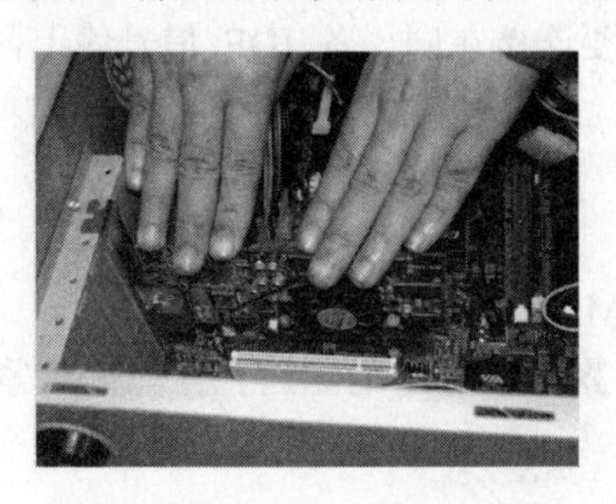

图 11-28　将显卡压入 AGP 插槽

图 11-29　固定显卡

至此，显卡即安装完毕。

11.3.8　安装硬盘

硬盘有 IDE 接口和 SATA（串口）接口两种，本节介绍 IDE 接口硬盘的安装方法。

主板上有两个 IDE 接口，每个 IDE 接口可连接两种 IDE 接口的设备（硬盘或光驱），因此要通过 IDE 设备后面的跳线区分设备的 Master（主）或 Slave（从）顺序。

1．设置硬盘跳线

硬盘后面的跳线开关说明如图 11-30 所示。

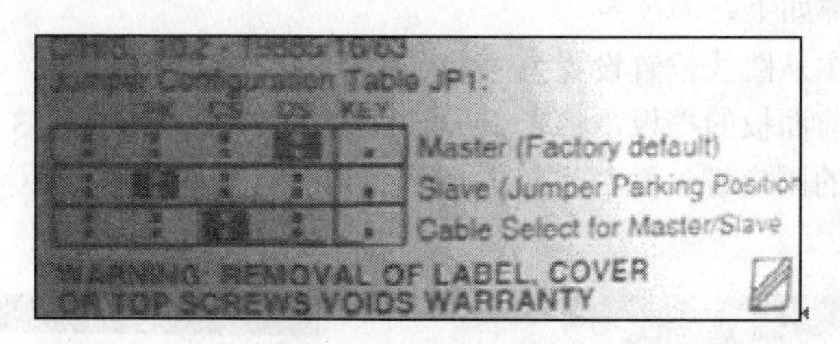

图 11-30　跳线开关说明

跳线开关说明的含义如下。

（1）Master（主）：IDE 信号线上的第 1 个设备。

（2）Slave（从）：IDE 信号线上的第 2 个设备。

（3）Cable Select（电缆选择）：硬盘的主从顺序由电缆设置，此设置仅在使用 Ultra DMA 66 专用总线时有效。Ultra DMA 66 总线上的蓝色接头接在主板，黑色接头连接第 1 个硬盘（主盘），灰色接头则连接第 2 个硬盘（从盘）。

具体设置原则如下。

（1）两条 IDE 信号线所连接的 IDE 设备的设置方法相同。

（2）如果只有 1 个硬盘，应将其连接到第 1 条 IDE 信号线上，并将跳线开关设置为“Master”。

（3）如果有两种 IDE 设备，应分别连接到两条 IDE 信号线上，并均设置为“Master”。

（4）如果有两个硬盘或一个硬盘和一个光驱要连接在同一条 IDE 信号线上，则必须将其分别设置为“Master”和“Slave”。

2. 安装硬盘

（1）参照硬盘说明书，将硬盘设置为主盘（Master），如图 11-31 所示。

（2）将硬盘安放在机箱中固定硬盘的位置，露出硬盘上的螺丝孔。然后上紧螺钉。如图 11-32 所示。

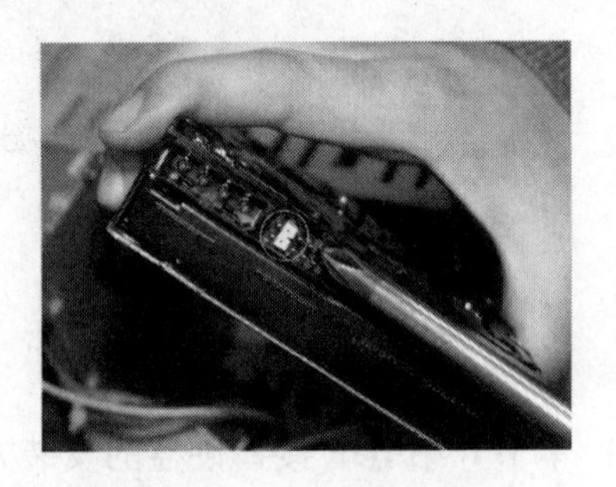

图 11-31 设置为主盘

图 11-32 固定硬盘

11.3.9 安装光驱

安装光驱的步骤如下。

（1）将光驱的主从跳线位置设置为“主”。

（2）拆下机箱前面板的挡板，将光驱从前面放入机箱，如图 11-33 所示。

（3）将光驱上的固定螺丝孔与机箱的螺丝孔对齐，用螺钉将光驱固定在机箱的相应位置，如图 11-34 所示。

图 11-33 将光驱放入机箱

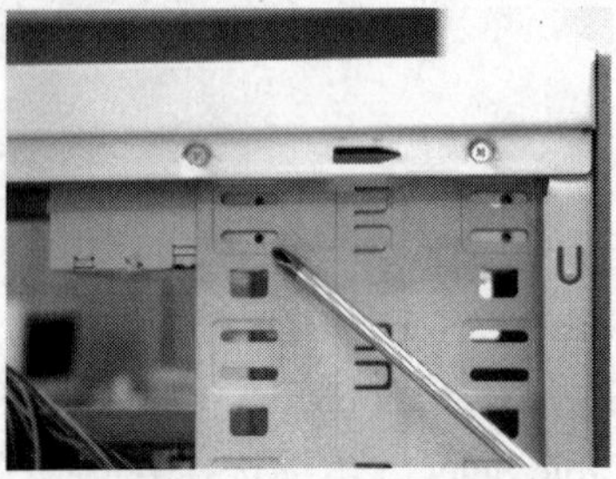

图 11-34 固定光驱

至此，光驱安装完毕。

11.3.10　连接光驱和硬盘的数据线

连接光驱和硬盘的数据线是两条 IDE 信号线，如图 11-35 所示。

上面的一条为 80 针 IDE 数据线，可支持 DMA66/100/133 标准的传输模式；下面的数据线为 40 针，只支持 DMA33 的传输模式。

在主板上有两个 IDE 接口，在接口的旁边标记了接口的编号，如“IDE1”及“IDE2”等。有的标记为“IDE0”和“IDE1”，如图 11-36 所示。

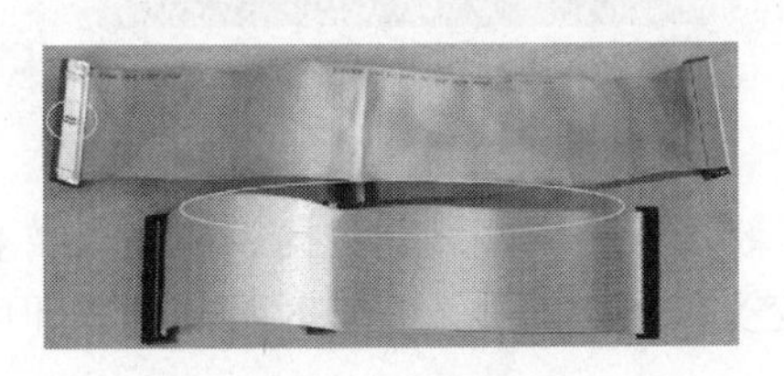

图 11-35　IDE 信号线

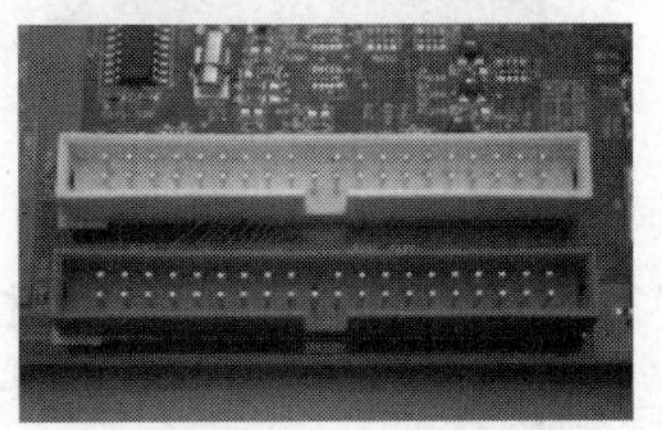

图 11-36　IDE 接口

（1）为了防止数据线插反，IDE 接口处有一个小的缺口，数据线的插头上有一个小的凸块。把数据线插头插到 IDE 接口上，用手捏住数据线对齐后向下压。将插头完全插入 IDE 接口，如图 11-37 所示。

（2）硬盘或光驱的接口处也有一个小的缺口，与数据线插头的凸块相对应。用手捏住数据线插头用力插入硬盘或光驱的数据线接口即可，如图 11-38 所示。

图 11-37　将数据线插入主板的 IDE 接口

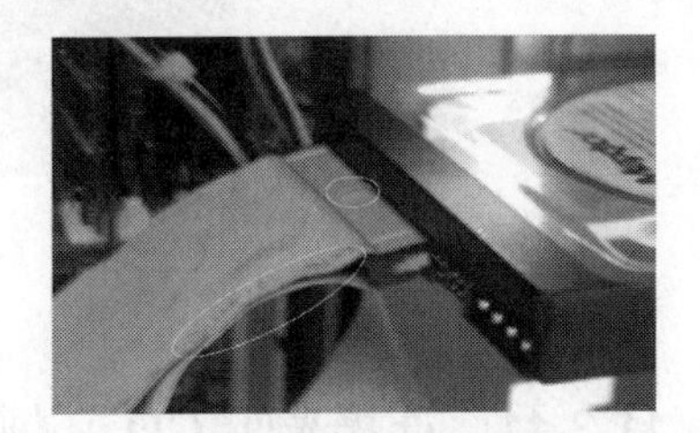

图 11-38　将数据线插入硬盘的 IDE 接口

（3）将 40 针的数据线的一端插入主板的 IDE2 接口，如图 11-39 所示。

（4）将数据线另一端插入光驱的数据接口，注意插头与接口的对应方向，接好后如图 11-40 所示。

图 11-39　插入主板的 IDE2 接口

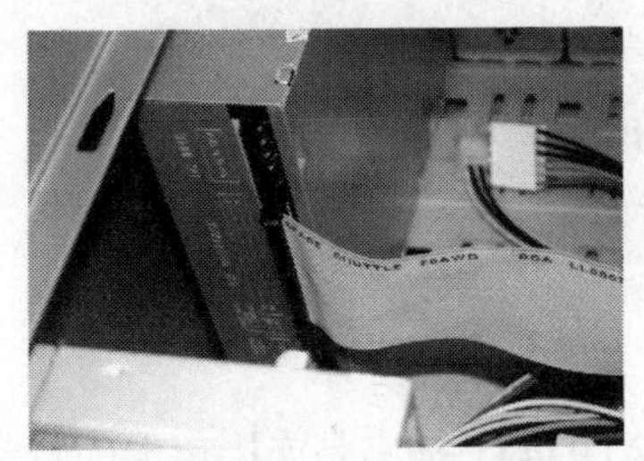

图 11-40　将数据线插入光驱的数据接口

（5）在电源插头中找到 4 芯的插头，如图 11-41 所示。

（6）将 4 芯的电源插头插到硬盘或光驱的相应位置，连接后如图 11-42 所示。

图 11-41　电源插头

图 11-42　将电源插头插到相应位置

（7）如果是 SATA（串口）硬盘，前面的安装步骤相同，只有数据线和电源线不同。下面的红色信号线为数据线，黑色插头的黑红黄交叉线是电源线，安装时将其插入即可。接口全部为防呆式设计，反方向无法插入。

SATA（串口）硬盘的数据线和电源线如图 11-43 所示。

图 11-43　SATA（串口）硬盘的数据线和电源线

11.3.11　连接光驱 CD 音频线

购买光驱时有一条 CD 音频线，如图 11-44 所示。在光驱的后面有一个 4 针模拟音频输出接口，是标志为“AUDIO”的 4 针插座，如图 11-45 所示。

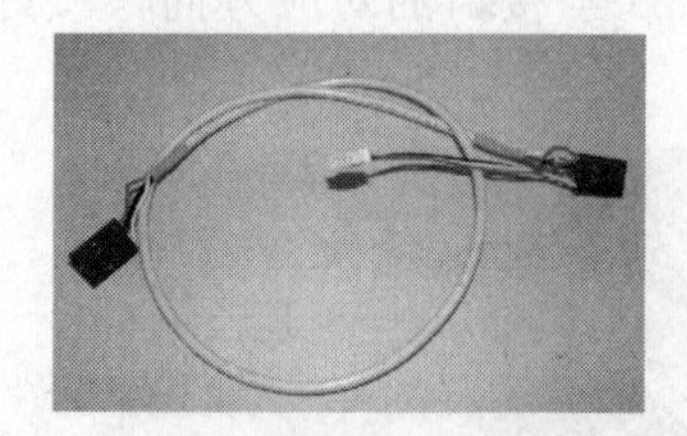

图 11-44　CD 音频线

图 11-45　“AUDIO”4 针插座

该“AUDIO”插座是连接声卡的音频信号接口共有 4 根插针，分别是 R、G、G 和 L。R 为右声道，L 为左声道，G 为接地线。在连接音频信号线时应使音频线的红线对应光驱 R 端，白线对应 L 端。光驱后面板的接口示意如图 11-46 所示。

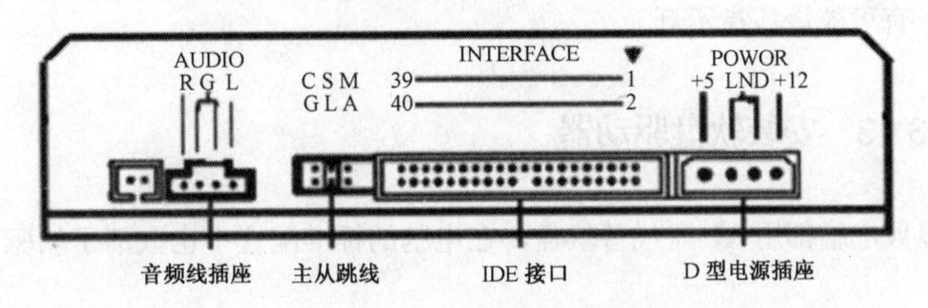

图 11-46　光驱后面板的接口示意

将音频信号线的另一端插头连接到声卡的音频信号插座上。音频信号线一般为 4 条线，其中有 1 条红线、1 条白线和 2 条黑线。其作用是在播放 CD 光盘时，使音乐能够通过声卡由音箱输出。所以音频线的一端插头要接在光驱的音频信号插座上，另一端插头接到声卡上的音频信号插座上，如图 11-47 所示。

如果声卡是集成在主板上，则需将音频信号线连接在主板的相应插座上。

11.3.12　连接前面板连线

在机箱的前面板上有几条主板的控制线，如图 11-48 所示。

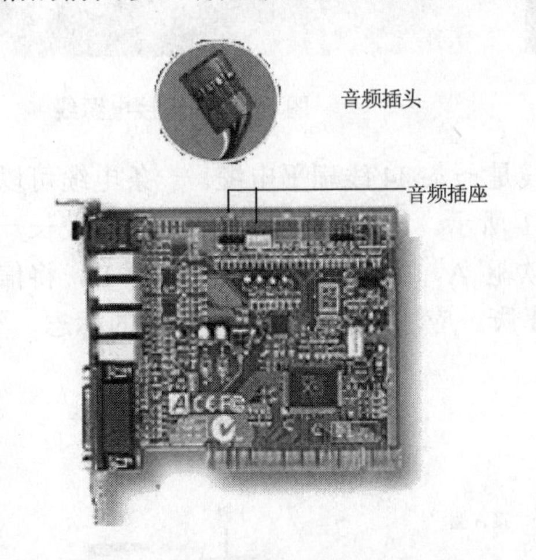

图 11-47　音频信号插头与声卡音频信号插座

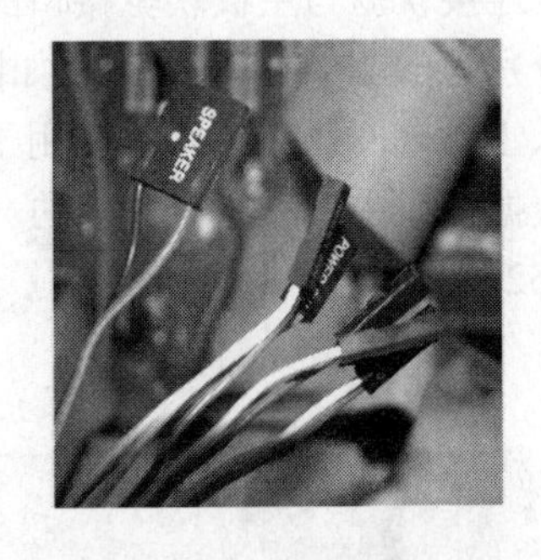

图 11-48　主板控制线

在主板的右下角一排插针，上面标有“SPEAKER”、“RESET SW”、“HDD LED”，以及“POWER ON”等字样，如图 11-49 所示。

复位开关的标志为“RESET SW”或“RST”，硬盘指示灯连线的标志为“HDD LED”，电源指示灯的标志为“POWER ON”，机箱喇叭连线的标志为“SPEAKER”，将上述控制线全部对应插好。

连接过程中要注意引出线插头上的标志要和主板上插针的标注对应，特别要注意电源指示灯（POWER ON）和硬盘指示灯（HDD LED）有正负极之分。一般有颜色的一端为正级，白色或黑色为负极，不要接错。接通加电时，若相应的指示灯不亮，应立即关电，调换插头。如时间过长，有可能烧坏指示灯。

11.3.13 安装软盘驱动器

当前大多数电脑都用 U 盘代替软盘，在电脑的标准配置中也取消了软驱，但软驱仍有其特定用途。

安装软驱的操作步骤如下：

（1）将软驱放进软驱支架，并从机箱前面板伸出，使软驱前面板与机箱前面板对齐。与光驱在同一平面上，然后将软驱固定紧。

（2）将电源输出线中的小 4 孔电源插头插入软驱的电源插槽中，如图 11-50 所示。注意小插座的下部有一个卡口用于锁紧电源插头。

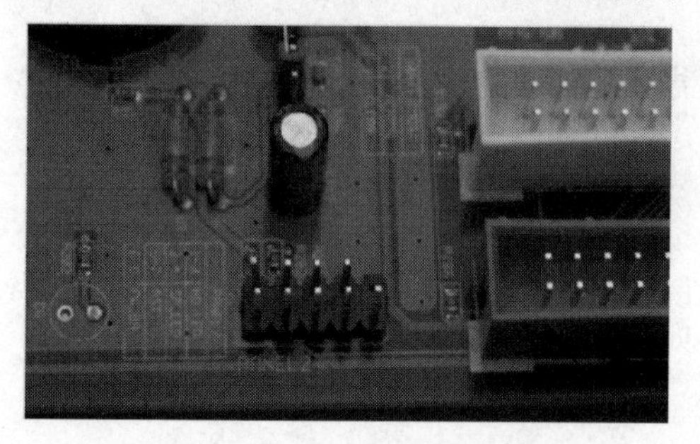

图 11-49 主板上的插针

图 11-50 连接电源线

（3）连接软驱与主板软驱接口的信号线是一条 34 线扁平电缆，一条电缆可以连接 2 台软驱。分别为软驱 A 和软驱 B，如图 11-51 所示。该信号线有 3 个插头，较长一端的插头用于插入主板软驱插座；另一端用于连接软驱 A，中间插头可连接软驱 B。将信号线插入软驱的数据接口中，注意有颜色的一边为 1 脚。应注意观察软驱接口处的标志，不可插反，如图 11-52 所示。

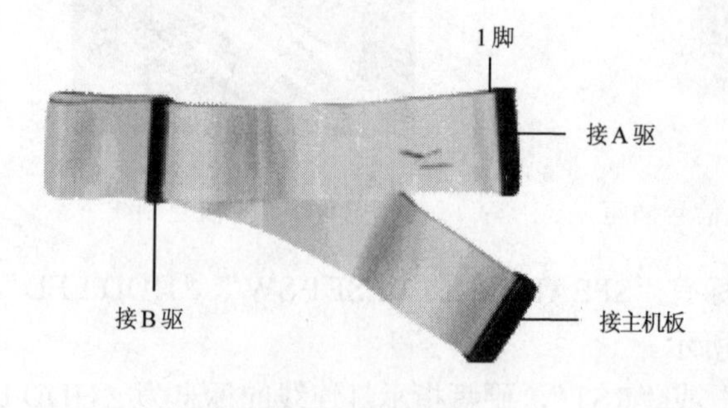

图 11-51 软驱信号线

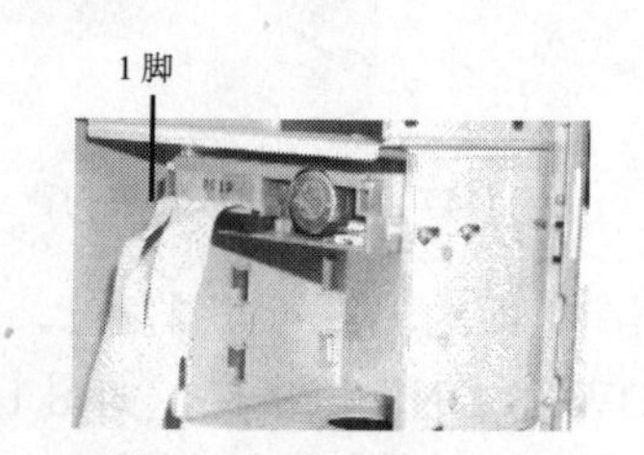

图 11-52 连接软驱信号线

（4）将软驱信号线较长的一端插入主板的软驱插槽（标识为 FDC）中。

11.4 连接其他设备

电脑机箱内部组件安装后，盖上主机箱的挡板并拧紧螺钉，此后即可连接显示器、鼠标及键盘等设备。

11.4.1 连接显示器

连接显示器的操作步骤如下。

（1）将显示器的数据信号线接到电脑的显卡输出口，如图 11-53 所示。

（2）拧紧螺钉，以避免出现接触不好导致画面不稳定的现象，如图 11-54 所示。

图 11-53 将数据信号线接到显卡输出口

图 11-54 拧紧螺钉

（3）将显示器电源线接入外接电源插座，如图 11-55 所示。

11.4.2 连接鼠标和键盘

鼠标和键盘的连接方法相同，下面介绍连接鼠标的方法和注意事项。

在主板上集成了鼠标和键盘的 PS/2 接口，鼠标的 PS/2 插头如图 11-56 所示。在机箱的后面有键盘和鼠标插孔，如图 11-57 所示。

将鼠标和键盘的插头分别插入各自的插孔，如图 11-58 所示。

图 11-55 连接显示器电源线

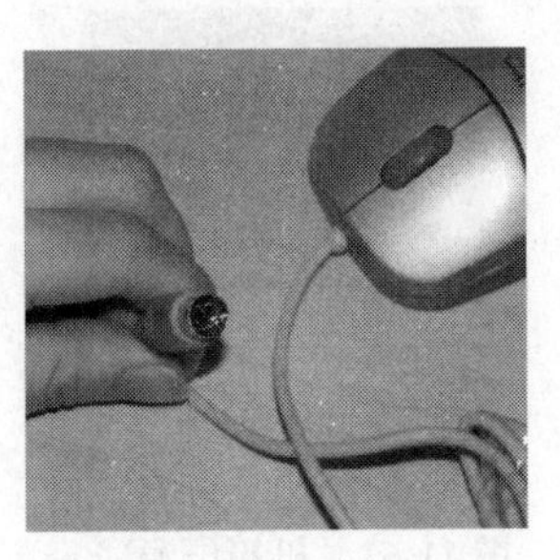

图 11-56 PS/2 鼠标插头

图 11-57　键盘和鼠标插孔

图 11-58　将鼠标和键盘的插头分别插入各自的插孔

11.4.3　连接音箱

如图 11-59 所示是一套电脑音箱，将音箱的信号输入线与主板或声卡的音频输出孔对应接好，如图 11-60 所示。然后连接音箱电源，音箱连接完毕。

图 11-59　电脑音箱

图 11-60　将音箱的信号输入线插入声卡输出孔

11.4.4　连接主机电源线

至此，整个电脑的硬件部分组装完成，应当仔细认真地再从头检查一遍连接线。在检查无误的情况下，才能连接主机的电源线。

机箱电源线如图 11-61 所示。主机箱后面有两个电源插座，分别为 3 孔显示器专用插座和 3 针主机电源输入插座，如图 11-62 所示。

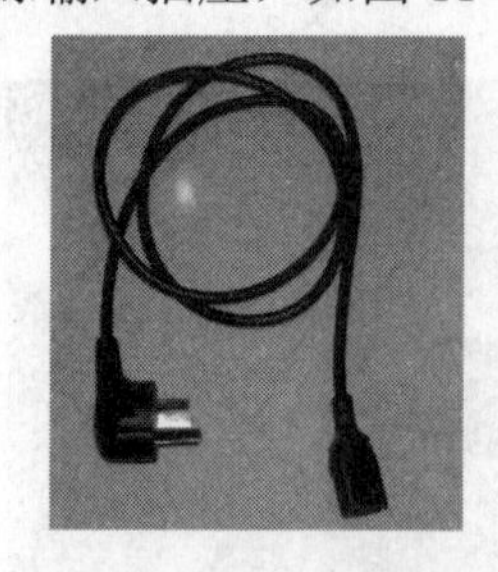

图 11-61　机箱电源线

图 11-62　机箱后面的电源插座

将电源线一端插头插入主机电源插座，将另一端的电源插头插入电源接线板的插座。接好电源线后，即可开机加电。

第 12 章　BIOS 设置程序

BIOS（Basic Input Output System，基本输入输出系统）用于管理电脑的基本输入输出功能，其内容保存在主板的 BIOS 芯片中。目前著名的 BIOS 品牌有 Award BIOS 和 AMI BIOS，本书所述 BIOS 以前者为例，其芯片及在主板上的位置如图 12-1 所示。

应当说明，不同种类及不同版本的 BIOS 设置的基本内容和含义相同，但一些具体选项有差别。

12.1　BIOS 设置程序的功能

电脑加电或系统复位后将会显示 BIOS 和显卡的版本信息，以及存储器的容量。接着 BIOS 开始进行系统诊断，也称“加电自检”（ Power-On Self Test，POST）和系统初始化工作。在加电自检时，如果发现错误或工作不正常，BIOS 将发出一串蜂鸣器声报警。

系统的诊断和初始化过程，从功能上可分为以下几部分。

（1）键盘测试：包括主板的键盘接口和键锁状态测试，以确保键盘安装正确。

（2）视频接口测试：BIOS 根据主板上的设置检测显示适配卡是否安装正确。

（3）主存储器 RAM 测试：RAM 测试以 64 KB 为单位，包括基本存储器、扩展存储器和扩充存储器的测试。在测试过程中，可按 Esc 键中断测试过程，以节省时间。

（4）软驱和硬盘子系统测试：BIOS 为软驱和硬盘子系统发出复位和寻道命令等，系统需要一定的时间来响应，以检验是否有误。

通过上述测试后，在屏幕的左下角显示如下提示信息：

```
Press DEL to enter SETUP
```

如果需要配置系统，则按 Delete 键，系统进入 BIOS SETUP 程序。

以下几种情况必须进入该程序正确设置有关选项，才能使系统正常工作。

（1）组装电脑硬件后。

（2）电脑使用一段时间后，有些硬件发生变更。

（3）保存系统设置信息的 CMOS 掉电。

（4）电脑长时间（两个月以上）未开机，为 CMOS 供电的电池由于得不到充电，使其中的信息丢失。

通过 SETUP 程序设置系统连接的硬件设备等。

按 Delete 键进入 BIOS SETUP 程序的主菜单，如图 12-2 所示。

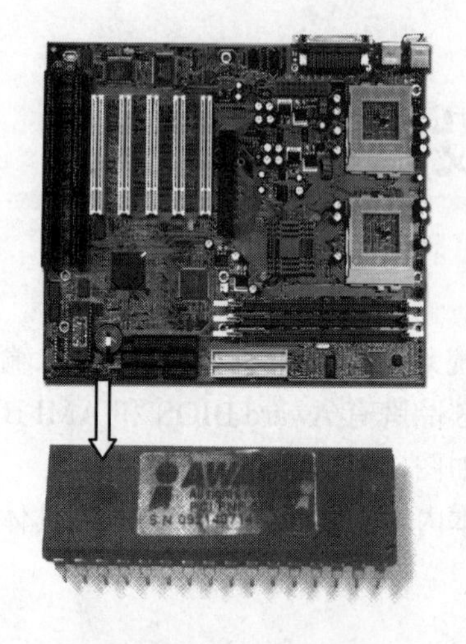

图 12-1　Award BIOS 芯片在主板上的位置

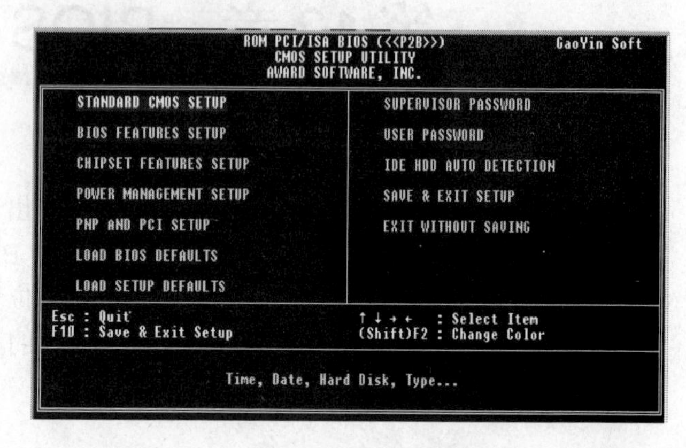

图 12-2　BIOS SETUP 程序的主菜单

主界面中有如下 12 个选项。

（1）STANDARD CMOS SETUP：标准 CMOS 设置。可以修改系统日期、时间、两个 IDE 连接的设备及显卡等电脑的基本配置信息。

（2）BIOS FEATURES SETUP：BIOS 特性设置，包括病毒入侵保护、CPU 内部高速缓存、系统引导顺序和系统引导加速等高级选项。

（3）CHIPSET FEATURES SETUP：高级芯片组设置，包括内存自动检测、内存速度、高速缓存，以及 DRAM 读写时序等选项。如果设置正确，有利于提高系统的运行效率。有时设置不当会造成死机，建议使用默认值。

（4）POWER MANAGEMENT SETUP：电源管理设置，其目的是使某些设备在空闲时进入节能状态。

（5）PNP AND PCI SETUP：即插即用和 PCI 总线参数设置，主要用于 PCI 插卡的即插即用功能的设置等。

（6）LOAD BIOS DEFAULTS：使用 BIOS 默认值，主板的 CMOS 芯片中在出厂时有一个设定值。若后期设置混乱，可用该选项恢复。

（7）LOAD SETUP DEFAULTS：加载 SETUP 默认值，其含义同上。

（8）SUPERVISOR PASSWORD：超级用户（管理者）口令设置。

（9）USER PASSWORD：普通用户（使用者）口令设置。

（10）IDE HDD AUTO DETECTION：IDE 硬盘参数自动检测。

（11）SAVE & EXIT SETUP：保存设置信息退出。

（12）EXIT WITHOUT SAVING：不保存设置信息退出。

进入主菜单之后，利用光标移动键和 Enter 键选择所需修改的项目参数，按 Esc 键系统将返回主菜单。选择主菜单的“SAVE AND EXIT SETUP”（保存设置信息并退出 SETUP 程序）选项或者按 F10 键，系统将保存修改后的设置参数，并重新引导系统；选择“EXIT WITHOUT SAVING”（不保存修改后的信息退出 SETUP 程序）选项或者按 Esc 键，系统将不保存修改的设置，而退出 SETUP 程序。

12.2　标准 CMOS 设置

从主菜单中选择“STANDARD CMOS SETUP”选项，进入标准 CMOS 设置菜单，如图 12-3 所示。

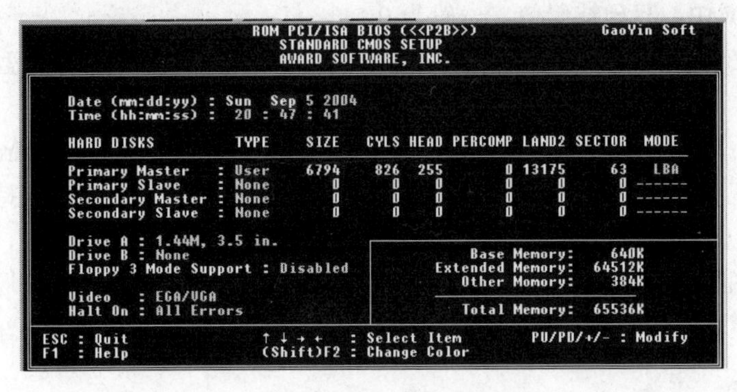

图 12-3　标准 CMOS 设置菜单

其中的选项如下。

1．DATE（日期）

用户可以选择该项来设置或修改当前的年、月、日，其中的月份是英文缩写。在屏幕上会显示可选值，随着用户的修改操作，其中日历也随之更新。设置范围为月（1~12）、日（1~31）和年（1~2 079）。

2．TIME（时间）

用户可以选择该选项来设置或修改当前的小时、分、秒，采用 24 小时制，格式如下。

（1）Hour（小时）：00~23。

（2）Minute（分钟）：00~59。

（3）Second（秒钟）：00~59。

3．HARD DISKS（硬盘类型选择）

该选项用来设置硬盘的类型，包括柱面数（CYLS）、磁头数（HEAD）及容量。

可设置的硬盘类型有 4 个硬盘，即 Primary Master（第 1 个主盘）、Primary Slave（第 1 个从盘）、Secondary Master（第 2 个主盘）和 Secondary Slave（第 2 个从盘）。目前的增强 EIDE 接口最多可接 4 个硬盘，若其中某一硬盘未安装，则类型号为 None。

设置的参数如下所示。

（1）TYPE：类型，有 Auto、User 和 None 等 3 种类型，其中 Auto 类型在系统中存储了 1 类~45 类硬盘参数。使用该类型，将由系统自动检测 IDE 设备的类型并设定参数，一般都采用这种方式；User 类型用于设置 45 种类型以外的硬盘，选择此项后，由用户输入柱面数、磁头数、写脉冲补偿时间、磁头起停区和扇区数等；None类型针对SCSI接口的硬盘或者未安装硬盘。

（2）SIZE：容量，由系统自动检测给出，不必人工设定。

（3）CYLS：柱面数，在LBA和LARGE模式下该柱面数可能与实际的物理柱面数不同，因为大容量硬盘是经过换算得出的参数。

（4）HEAD：磁头数，由系统自动检测得出。

（5）PRECOMP：写预补偿值，一般为0。

（6）LANDZ SECTOR：磁头起停区，该区不存储数据。目前的温氏硬盘采用接触式起停，即系统不工作时，磁头停留在磁盘的起停区上。

（7）MODE：硬盘工作模式，有NORMAL、LBA（Logical Block Addressing，逻辑块寻址）和LARGE三种模式。其中NORMAL模式是原始的IDE方式，系统支持的硬盘的最大柱面数为1 024，最大磁头数为16，最大扇区数为63，每扇区的字节数为512，硬盘的最大容量约为504 MB；在LBA模式下，磁头数可设置为0~255，可以管理目前市场上的所有硬盘；LARGE为巨大模式，当硬盘的柱面超过1 024，而又不支持LBA模式时可采用该模式。

4．软驱设置

"Drive A"及"Drive B"选项根据软驱A和B实际使用的规格设置，当前组装电脑一般都只安装一个软驱，为3.5英寸1.44 MB。"Floppy 3 Mode Support"选项是为使用日本标准软驱准备的，应设置为"Disabled"。

5．显示方式

Video选项用来确定当前系统所用的显示方式，BIOS检测显示器是否安装。然后确定系统的显示方式，一般设置为"EGA/VGA"。

6．Halt On（暂停）

该选项用来确定当系统加电检测到错误时系统是否停机，一般设置为"All Errors"，即发现任何硬件错误都将停机。

设置后按Esc键返回主菜单。

12.3 BIOS特征设置

BIOS特征设置主要用来设置病毒入侵告警、CPU的高速缓存和系统引导顺序等。从主菜单选择该选项后，显示BIOS特征设置选项，如图12-4所示。

其中选项比较多，大部分可采用默认设置，主要选项及其含义如下。

1．Boot Virus Detection（病毒监测功能）

设置选择为Enable（使能）选项，当系统检测到电脑病毒时在屏幕上提示病毒告警信息。

```
                ROM PCI/ISA BIOS (<<P2B>>)                    GaoYin Soft
                   BIOS FEATURES SETUP
                   AWARD SOFTWARE, INC.

CPU Internal Core Speed      : 450MHz     PCI/VGA Palette Snoop       : Disabled
                                          Video   ROM BIOS  Shadow    : Enabled
                                          C8000  -  CBFFF   Shadow    : Enabled
Boot Virus Deltection        : Disabled   CC000  -  CFFFF   Shadow    : Enabled
CPU Level 1 Cache            : Enabled    D0000  -  D3FFF   Shadow    : Enabled
CPU Level 2 Cache            : Enabled    D4000  -  D7FFF   Shadow    : Enabled
CPU Level 2 Cache ECC Check: Enabled      D8000  -  DBFFF   Shadow    : Enabled
BIOS Update                  : Enabled    DC000  -  DFFFF   Shadow    : Enabled
Turbo Mode                   : Disabled   Boot Up NumLock Status      : On
Quick Power On Self Test     : Enabled    Typematic Rate Setting      : Disabled
HDD Sequence SCSI/IDE First: IDE          Typematic Rate (Chars/Sec): 6
Boot Sequence                : A,C        Typematic Delay (Msec)      : 250
Boot Up Floppy Seek          : Enabled    Security Option             : Setup
Floppy Disk Access Control : R/W
IDE HDD Block Mode Sectors : Disabled
HDD S.M.A.R.T. capability    : Enabled    ESC : Quit          ↑↓→← : Select Item
PS/2 Mouse Function Control: Auto         F1  : Help          PU/PD/+/- : Modify
OS/2 Onboard Memory > 64M    : Disabled   F5  : Old Values   (Shift)F2 : Color
                                          F6  : Load BIOS  Defaults
                                          F7  : Load Setup Defaults
```

图 12-4 BIOS 特征设置选项

安装 Windows 操作系统时，应将其设置为 Disabled。因为在安装时需要向引导扇区写入系统信息；否则系统会误以为是病毒入侵，而发出告警信息。

2．CPU Level（1,2）Cache（CPU 内部高速缓存）

该选项用来决定是否使用 CPU 内部 Cache，一般应设置为 Enable，以提高系统性能。

3．CPU Level 2 Cache ECC Check

ECC（Error Check Correction，错误校验更正）能够自动检测数据传输中的错误，PⅡ300 MHz 以上档次的电脑系统都使用带有 ECC 校验功能的 L2 Cache，因此应设置为 Enable。

4．Quick Power On Self Test（加电自检加速功能）

设置为 Enable 时，自检程序会跳过一些无关紧要的检查项目，快速完成自检。

5．Boot Sequence（系统引导顺序）

该选项用于设置系统引导的磁盘顺序，有如下选项。

（1）A，C：首先从A盘引导，如没有 A 盘，则从 C 盘引导。这种设置方式适用于新组装的电脑进行硬盘分区、格式化及维修，平时为了防止软盘中的引导型病毒，不要选择该设置。

（2）C，A：表示系统引导时首先搜索 C 盘，通常应当设置为这种方式。

（3）CD-ROM，C，A：系统的引导顺序为 CD-ROM、C 和 A，这种设置适合用带有引导系统的光盘安装 Windows 系统时使用。

（4）C，CD-ROM，A：系统的引导顺序为 C、CD-ROM，A。

（5）C Only：表示只从 C 盘引导系统。

6．Boot Up Floppy Seek（系统引导时软驱是否寻道）

默认为 Disabled 使磁盘快速启动并减少由于寻道对磁头磨损的可能性。

7. Video BIOS Shadow（视频或适配器 ROM 映像）

ROM 映像是 BIOS 将访问速度较慢的 ROM 中的数据代码复制到较快的 RAM 中的一个过程，复制后 BIOS 从 RAM 中读取内容执行。为了提高系统速度，设置为 Enable；如果显示错误，则设置为 Disabled。

8. Boot Up Num Lock Status（数字方式锁定）

turn off（关闭）和 turn on（打开）选项用于设置系统加电时键盘上“Num Lock”灯所表示的“数字方式锁定”的状态。

9. Typematic Rate Setting（按键重复速率设置）

设置为 Enable，用户可以调节按键重复速率。下面的选项“Typematic Rate”和“Typematic Rate Delay”决定该速率值。当一个键按并保持不动时字符在一定的延迟时间以后，以一定的速率在显示屏上重复出现。该延迟时间由“Typematic Rate Delay”值决定，重复速率由“Typematic Rate”（Chars/sec：字符/秒）决定。

当两个或两个以上的键被同时按下时，只有最后一个按键以重复速率被重复。一旦该键被释放，重复就停止，即使其他键仍被按着不动也不起作用。

10. Security Option（口令输入方式选择）

设置为“System”，每次启动系统都要求用户输入口令；设置为“Setup”，在引导系统时不需输入口令，只在运行 Setup 程序时需要输入。

每次输入的口令错误时，显示再次输入口令字的提示信息并跟随一个“X”字符。当连续输入 3 次错误时，系统将锁定，需重新启动。输入口令时，不显示输入的字符。

按 Esc 键，根据屏幕提示可以保存或不保存已设置的信息，也可以返回主菜单。

12.4 高级芯片组设置

高级芯片组设置（CHIPSET FEATURES SETUP）主要用于控制这些芯片寄存器的值，这些值大多由电脑系统设定，其中每个选项都与硬件结构密切相关。不同主板所用的芯片组不同，因此设置内容也不同。绝不可照搬照改，造成不必要的错误。

一般情况下应使用系统的默认值，这也是最佳的选择。只有对高级芯片组特别熟悉的用户，才可以修改设置。

在主菜单中选择该选项后出现的高级芯片组设置如图 12-5 所示。

其中的主要选项及其含义如下。

1. SDRAM 的相关设置

其中比较重要的选项如下。

```
                    ROM PCI/ISA BIOS (<<P2B>>)                 GaoYin Soft
                      CHIPSET FEATURES SETUP
                       AWARD SOFTWARE, INC.

SDRAM Comfiguration        : By SPD     Onboard FDC Controller    : Enabled
SDRAM CAS Latency          : 3T         Onboard FDC Swap A & B    : No Swap
SDRAM RAS to CAS Delay     : 3T         Onboard Serial Port 1     : 3F8H/IRQ4
SDRAM RAS Pricharge Time   : 3T         Onboard Serial Port 2     : 2F8H/IRQ3
DRAM Idle Timer            : 10T        Onboard Parallel Port     : 378H/IRQ7
SDRAM MA Wait State        : Normal     Parallel Port Mode        : Normal
Snoup Ahead                : Enabled    ECP DMA Select            : Disabled
Host Bus Fast Data Ready   : Disabled   UART2 Use Infrared        : Disabled
16-bit I/O Recovery Time   : 4 BUSCLK   Onboard PCI IDE Enable    : Bboth
8-bit I/O Recovery Time    : 8 BUSCIK   IDE Ultra DMA Mode        : Disabled
Graphics Approrts Size     : 64MB       IDE0 Master PIO/DMA Mode  : Auto
Video Memory Cache Mode    : UC         IDE0 Slave  PIO/DMA Mode  : Auto
PCI 2.1 Support            : Enabled    IDE1 Master PIO/DAM Mode  : Auto
Memory Hole At 15M-16M     : Enabled    IDE1 Slave  PIO/DAM Mode  : Auto
DRAM are 64 (Not 72) bits wide
Data Integrity Mode        : Non-ECC    ESC : Quit        ↑↓→← : Select Item
                                        F1  : Help        PU/PD/+/- : Modify
                                        F5  : Old Values  (Shift)F2 : Color
                                        F6  : Load BIOS  Defaults
                                        F7  : Load Setup Defaults
```

图 12-5　高级芯片组设置

（1）SDRAM Configuration（内存设置）

该选项决定 SDRAM 的时钟设置是否由读取内存模块上的 SPD（Serial Presence Detect）的内容决定，默认为“By SPD”，即允许（在 SPD 中保存内存的重要参数）。

（2）SDRAM CAS Latency（CAS 延迟）

控制 SDRAM 在接收命令并开始读之间的延迟时钟周期，默认为 3T。

2．主板上的相关外设接口设置

比较重要的设置如下。

（1）Onboard FDC Controller

如果有软盘控制器，应设置为“Enable”。

（2）Onboard Serial Port

串口地址和中断号设置，串口 1 和 2 的默认值分别为“3F8H/IRQ4”和“2F8H/IRQ3”，一般不要更改。

（3）Onboard Parallel Port

并口地址和中断号的设置，默认值为“378H/IRQ7”，一般不要更改。

3．IDE 接口设置

（1）Onboard PCI IDE Enable

应将其设置为“Bbroth”，即两个控制器接口都工作；否则硬盘或光驱将不能工作。

（2）IDE Master（Slave）PIO/DMA Mode

4 个 IDE 接口的工作模式都应设置为“Auto”，即自动模式。

12.5　电源管理设置

在主菜单中选择“POWER MANAGEMENT SETUP”（电源管理设置）选项后，出现的电源管理设置如图 12-6 所示。

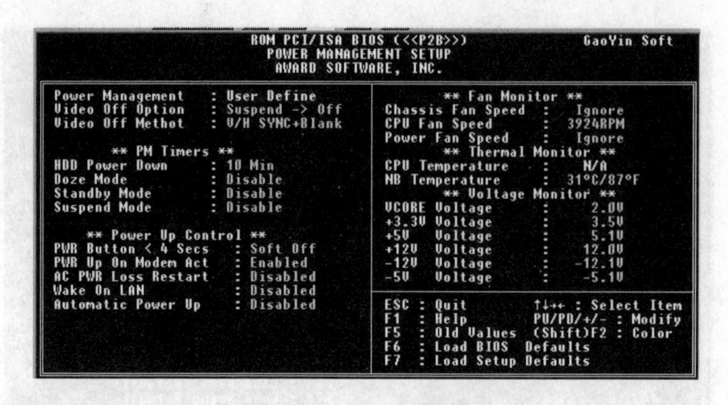

图 12-6　电源管理设置

其中的主要选项如下。

1．Power Management

（1）Min Saving（最小节能方式）

在此方式下，从无操作到主机进入后备状态的时间为 1 分钟~5 分钟。

（2）Max Saving（最大节能方式）

在此方式下，从无操作到主机进入后备状态的时间为 2 分钟。

（3）User define（用户定义）

允许用户设置所有的定时器，用于管理硬盘和系统的节能功能。

（4）Disable（禁止）

关闭所有的 BIOS 节能功能。

2．Video Off Method（显示子系统关闭方式）

（1）Blank Screen/Suspend（显示屏空白/挂起）

选择这种方式，使显示屏黑屏，但显卡仍然在工作。这种方式适用于非节能类型的显示器。

（2）V/H SYNC+Blank（场/行同步+显示空白）

这种方式不仅使显示器黑屏，而且关闭显卡的场/行同步信号。这是当前显示器主要的节能方式，需要符合“能源之星”或 DPMS 显示器的支持。

（3）DPMS（Display Power Management System，显示器电源管理系统）。

这种方式由操作系统通过 DPMS 显卡控制 DPMS 显示器实现节能，需要符合 DPMS 规范的显卡和显示器的支持。这是系统默认选项。

3．设置显示器节能时间

当“Power Management”选项设置为“User Define”时，可以设置如下系统节能模式的等待时间。

（1）HDD Power Down（关闭硬盘）

此选项设置 IDE 接口硬盘停止转动的时间，其选择范围是“1 MIN”~“15 MIN”或者

"Disabled"（1 分钟~15 分钟或者"禁止"）。当系统运行时间超过设置的时间后，硬盘将自动恢复全速运行。

（2）Doze Mode（休眠方式）

此选项定时控制电脑系统从工作状态转入休眠状态的时间，在休眠状态下可以控制 CPU 的时钟和显示器开/关。设置的定时范围的最小值为 1 分钟，最大值为 1 小时。

（3）Standby Mode（等待方式）

此选项设置的范围是 1 分钟~1 小时。

（4）Suspend Mode（挂起方式）

此选项设置的范围是 1 分钟~1 小时。

4．其他选项

（1）Power Up Control：加电控制。

（2）Fan Monitor：风扇监视。

（3）Thermal Monitor：温度控制。

（4）Voltage Monitor：电压监视。

12.6　即插即用设置

PNP（Plug and Play，即插即用）指电脑的外部设备可由操作系统自动为其分配系统资源，包括分配 IRQ（中断请求）、I/O（输入输出端口）地址、DMA（直接内存读写）和内存空间等资源，完全不用用户设置。

要完成 PNP 功能、操作系统、主板的 BIOS，以及外部设备三者都要支持 PNP 功能，缺一不可。在主菜单中选择 PNP/PCI CONFIGURATION 选项，出现的即插即用设置如图 12-7 所示。

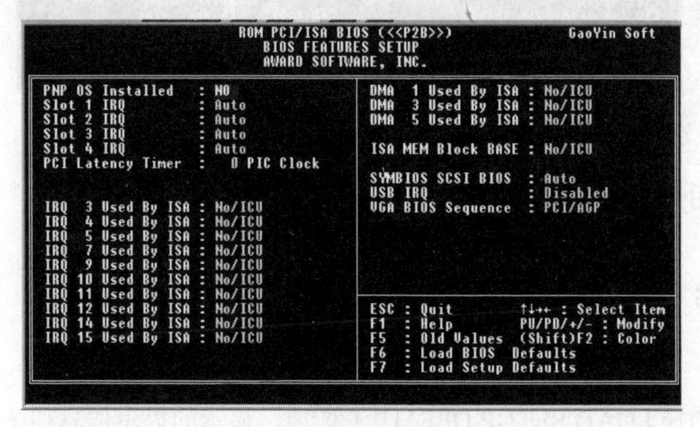

图 12-7　即插即用设置

其中的主要选项如下。

（1）PNP OS Installed（安装具有 PNP 功能的操作系统）

设置为"Yes"，安装具有 PNP 功能的操作系统后，所有中断资源都将被操作系统重新安排。

（2）Slot IRQ（Slot 插槽的中断资源控制方式）

有如下两种方式。

- Auto（自动方式）：Slot 插槽的 IRQ 和 DMA 资源都将由 BIOS 自动检测和分配。
- Manual（人工方式）：由用户检测和分配。

（3）IRQ（DMA）Used By ISA（PCI IDE 中断映射）

当主板上插有非 PCI 总线的 IDE 硬盘接口卡时，需要将该选项设置为“ISA”或“No/ICU”；否则会造成中断冲突。通常应将该项设置为“No/ICU”，相当于“Auto”。

（4）USB IRQ 设置

该项用于设置 USB 接口的中断，一般应设置为“Enable”。

（5）VGA BIOS Sequence（显示 BIOS 的扫描顺序）

显示 BIOS 的扫描顺序应设置为“PCI/AGP”，即 PCI 在前，AGP 在后。

12.7　加载 BIOS 默认设置

从主菜单中选择加 LOAD BIOS DEFAULT 选项，显示如图 12-8 所示的提示框。

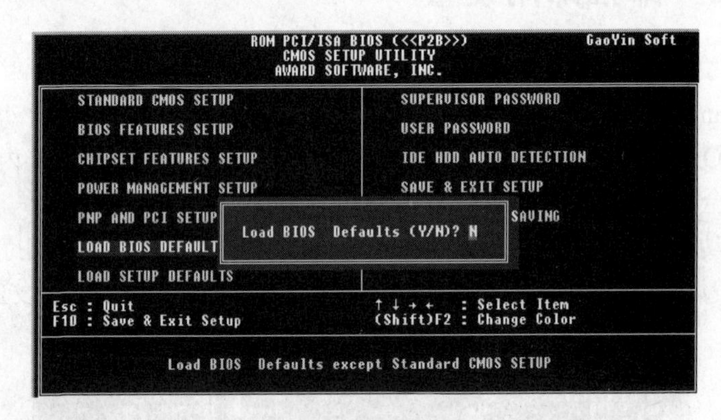

图 12-8　提示框

如果确定使用 BIOS 默认值，则按 Y 键后按回车键，

12.8　加载 SETUP 默认值

在主菜单中选择 LOAD SETUP DEFAULT 选项，显示的提示信息如图 12-9 所示。

如果认可，则按 Y 键后按回车键，显示提示信息“Default Values Loaded Press any Key To Continue”，按任意键后使用默认值。

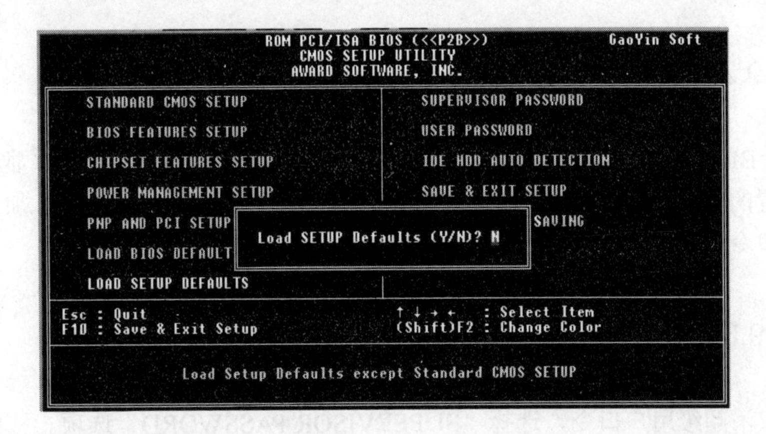

图 12-9　提示信息

12.9　设置口令

设置口令的目的是为了保护电脑内的资料不被他人盗取或修改，口令分为超级用户口令和普通用户口令，前者用于限制开机进入系统的权限；后者用于限制修改 BIOS 的权限。

12.9.1　超级用户口令

在 BIOS 特征设置中将“Security Option”选项设置为“SYSTEM”，然后选择“SUPERVISOR PASSWORD”选项。按回车键，显示如图 12-10 所示的设置口令界面。

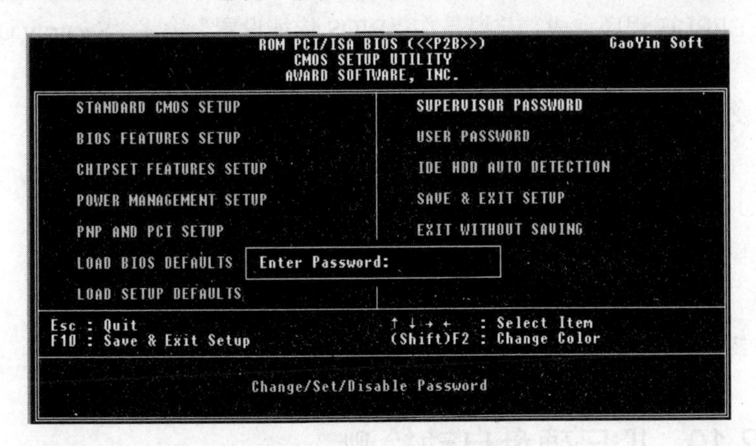

图 12-10　设置口令界面

在“Enter Password”框中输入口令，按回车键确认。在“Confirm Password”框中重新输入刚才输入的口令，按回车键。

口令可以使用除了空格以外的任意 ASCII 字符，最大长度不超过 8 个字符，有大小写之分。

设置口令后，在开机进入 BIOS 设置或重新启动电脑时系统要求输入口令。

12.9.2 用户口令

在ROM BIOS设置程序的主菜单中选择“USER PASSWORD”选项，显示输入口令界面。输入设置的口令，确认后显示“Confirm Password”提示框。再次输入加以确认，重新启动系统后口令设置生效。

12.9.3 取消口令

例如要取消超级用户口令，选择“SUPERVISOR PASSWORD”选项。按回车键，显示“Enter Password”提示框。直接按回车键，显示提示信息“Invalid Password Press Any Key to Continual”。按任意键，将取消原来设置的超级用户口令。

12.9.4 清除口令

这里所说的“清除口令”指设置口令后，由于忘记而必清除将BIOS中的口令，才能重新进入BIOS设置程序。

清除口令可采用如下方法。

（1）硬件方法

关闭电脑，在主板上找到清除CMOS信息跳线的位置，这是一个3针的跳线。由原来的1，2脚短接更改为2，3脚短接，几分钟后就可以将CMOS中保存的口令清除。

（2）软件方法

通过调用DEBUG程序完成，前提是在“BIOS特征设置”中将“Security Option”设置为“Setup”。

Debug命令如下：

```
A:>debug
-O 70 10
-O 71 10
-Q
```

重新启动系统后，口令被清除。

12.10 IDE硬盘自动检测

电脑一般安装IDE接口类型的硬盘，在主菜单中选择“IDE硬盘自动检测”选项，显示的IDE硬盘自动检测界面如图12-11所示。

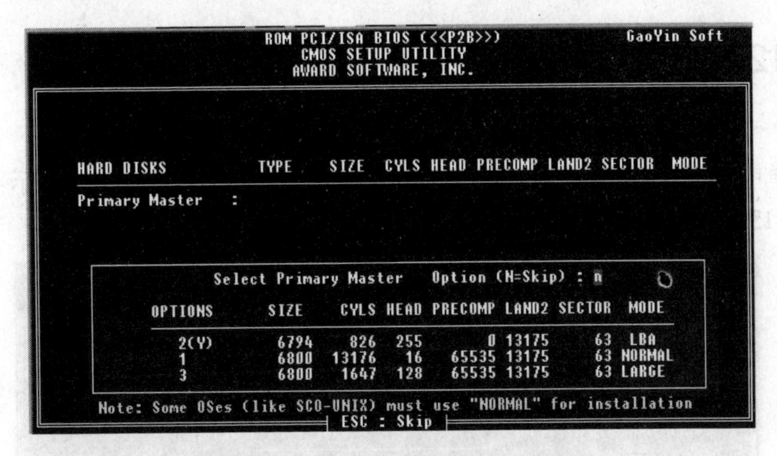

图 12-11　IDE 硬盘自动检测界面

其中显示检测第 1 个 IDE 接口上的主硬盘参数，按 Y 键，检测程序将继续检测第 1 个 IDE 接口的从硬盘或第 2 个 IDE 接口上的主硬盘，直至检测所有的硬盘。检测后，在标准 CMOS 设置中就会显示相应的参数。

12.11　保存或退出 SETUP

从主菜单中选择“SAVE & EXIT SETUP”选项，然后按回车键，显示保存或退出 SETUP 界面，如图 12-12 所示。

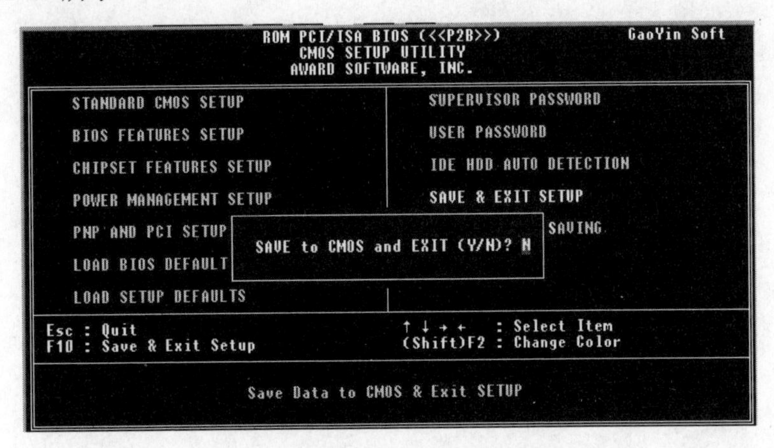

图 12-12　保存或退出 SETUP 界面

按 Y 键，保存设置到 CMOS 中，并自动引导系统；按 N 键后按回车键，系统将返回主菜单，放弃用户的修改。

12.12 不保存退出

从主菜单中选择“EXIT WITHOUT SAVING”选项，然后按回车键。显示不保存退出界面，如图 12-13 所示。

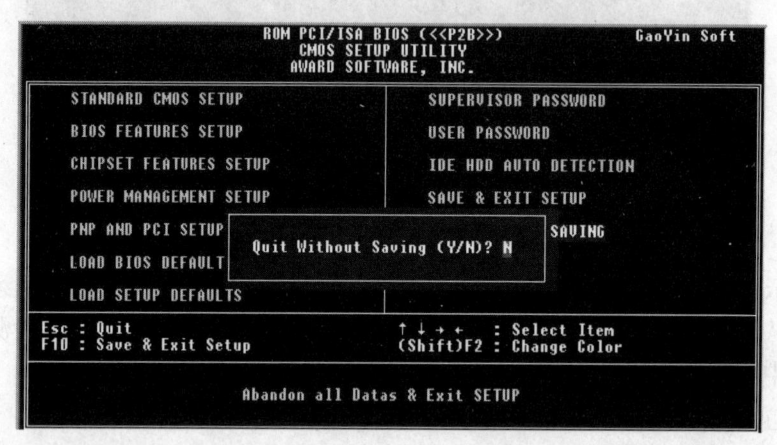

图 12-13　不保存退出界面

按 Y 键，不保存设置退出 BIOS 设置程序；按 N 键并按回车键，返回 SETUP 程序，可以继续设置。

第 13 章　安装 Windows 操作系统

硬件组装完成后，电脑还只是一台“裸机”，要安装操作系统才能运行。当前在个人电脑上所使用的操作系统主要是微软公司的中文版 Windows Vista、Windows 2000 及 Windows XP 等。

13.1　准备硬盘

13.1.1　FDISK 程序的功能

准备硬盘主要包括用 FDISK 程序为硬盘分区，用 FORMAT 程序格式化硬盘。

硬盘可分成 4 个分区，每个分区都可以安装一种操作系统。

FDISK 程序的功能如下。

（1）建立 DOS 分区或者逻辑分区。

（2）激活分区。

（3）删除 DOS 分区或者逻辑分区。

（4）显示分区信息。

在使用 FDISK 建立或者删除已有分区时，会破坏硬盘中的所有数据。因此无特殊需求的情况下，千万不可随意执行 FDISK 程序。

13.1.2　基本概念

使用 FDISK 程序时的基本概念如下。

（1）分区

分区是由 FDISK 命令将硬盘划分的连续磁道的存储空间的集合，可在不同分区中安装不同的操作系统。当前普遍使用的 Windows 操作系统建立在主 DOS 分区上。如果只安装 Windows 操作系统，则一般需要主 DOS 的分区及扩展分区。

电脑用户一般只需要运行 Windows 操作系统，所以没有必要建立第 3 个和第 4 个硬盘分区。

（2）主 DOS 分区（Primary Dos Partition）

主 DOS 分区是安装 DOS 操作系统的分区，一旦建立了主分区，DOS 操作系统就将其认为是硬盘驱动器 C。

（3）扩展 DOS 分区（Extended Dos Partition）

扩展 DOS 分区是主 DOS 分区之外的又一个硬盘磁道的存储空间的集合。一旦建立了扩展分区，必须进一步将其划分为逻辑驱动器，简称“逻辑盘”，如在电脑上看到的 D 盘、E 盘和 F 盘等。

建立扩展 DOS 分区与建立目录类似，可以更有效地在硬盘驱动器中组织文件。

（4）逻辑 DOS 驱动器（Logical Dos Drive）

逻辑驱动器又称为非“物理盘驱动器”，电脑中可能只有一个物理硬盘驱动器，但是可以有多个逻辑驱动器。这些驱动器均接收驱动器符，如 D、E 和 F 等。

13.1.3　FDISK 程序的操作

1．创建主 DOS 分区

从软盘驱动器 A 启动 FDISK 程序（本例安装第 2 个硬盘分区，在 Windows 操作系统下运行该程序），按回车键，显示如图 13-1 所示的确认磁盘分区窗口。

（1）按 Y 键后按回车键，显示 FDISK 主窗口，如图 13-2 所示。

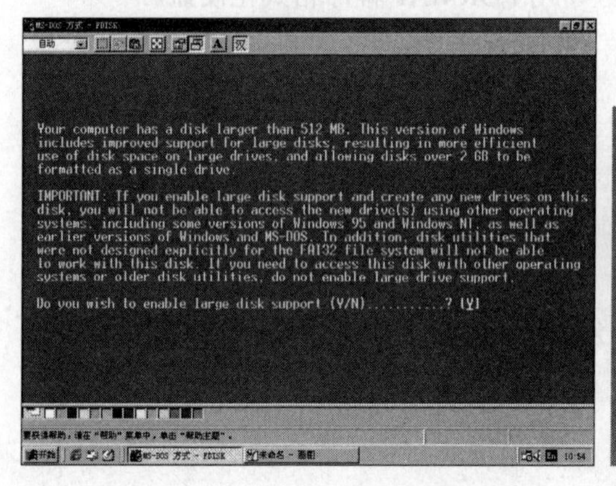

图 13-1　确认磁盘分区窗口

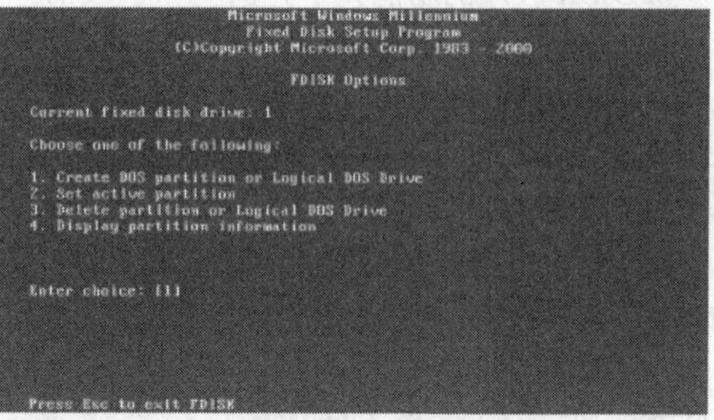

图 13-2　FDISK 主窗口

其中的选项如下。

- Create DOS partition or Logical DOS Drive：创建 DOS 分区或逻辑 DOS 驱动器。
- Set active partition：设置活动分区。
- Delete partition or logical DOS Drive：删除分区或逻辑 DOS 驱动器。
- Display partition information：显示分区信息。

如果电脑中安装了多个硬盘，则增加一个选择分区硬盘选项“Change current fixed disk drive”，如图 13-3 所示。

（2）选择“1”，按回车键进入创建分区窗口，如图 13-4 所示。

其中的选项如下。

- Create Primary DOS Partition：创建主 DOS 分区。

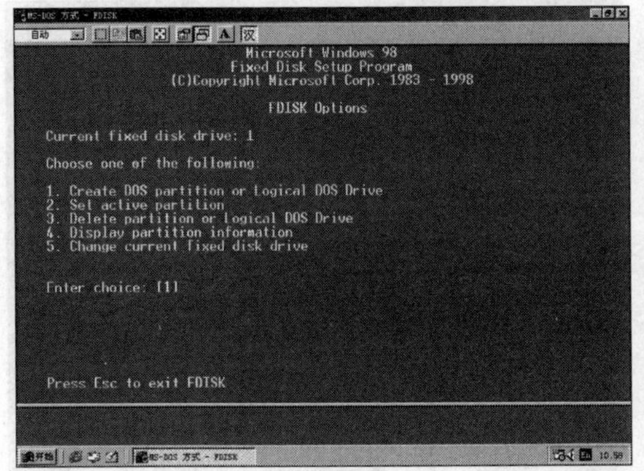

图 13-3　“Change current fixed disk drive”选项

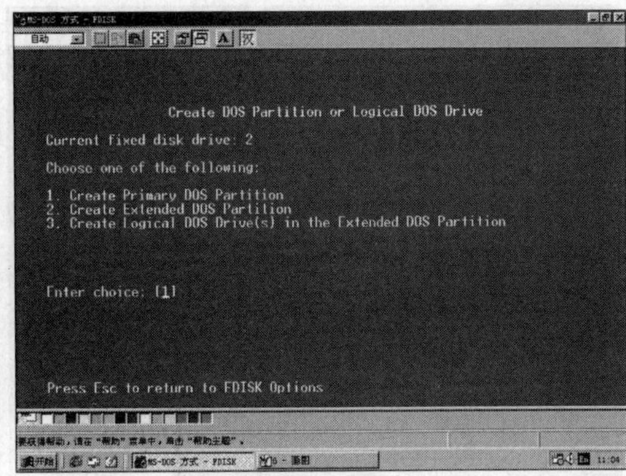

图 13-4　创建分区窗口

● Create Extended DOS Partition：创建扩展 DOS 分区。

● Create Logical DOS Drive（s）in the Extended DOS Partition：在扩展 DOS 分区中创建逻辑驱动器。

（3）选择“1”，按回车键打开询问主 DOS 分区是否占用整个硬盘空间的窗口，如图 13-5 所示。

（4）选择“N”，按回车键打开设置主 DOS 分区空间窗口，如图 13-6 所示。

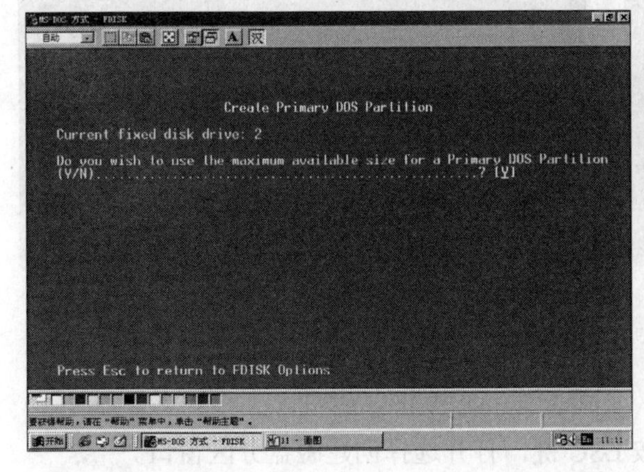

图 13-5　询问“主 DOS 分区”是否占用整个硬盘空间提示窗口

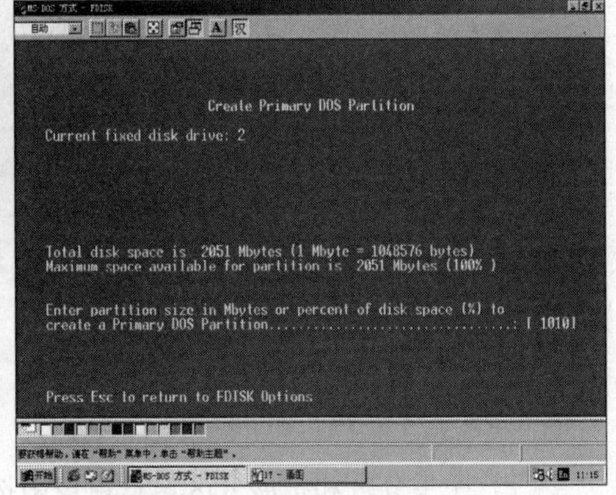

图 13-6　设置主 DOS 分区空间

（5）输入主 DOS 分区的容量或占用硬盘总空间的百分数，按回车键显示创建主 DOS 分区结果窗口，如图 13-7 所示。

2．创建扩展 DOS 分区

创建扩展 DOS 分区（Extended DOS Partition）的目的是进一步建立逻辑驱动器，每个物理磁盘只允许创建一个分区为扩展 DOS 磁盘分区。

（1）按 Esc 键，打开选择创建扩展 DOS 分区窗口，如图 13-8 所示。

（2）选择“2”，按回车键打开选择扩展分区容量窗口，如图 13-9 所示。

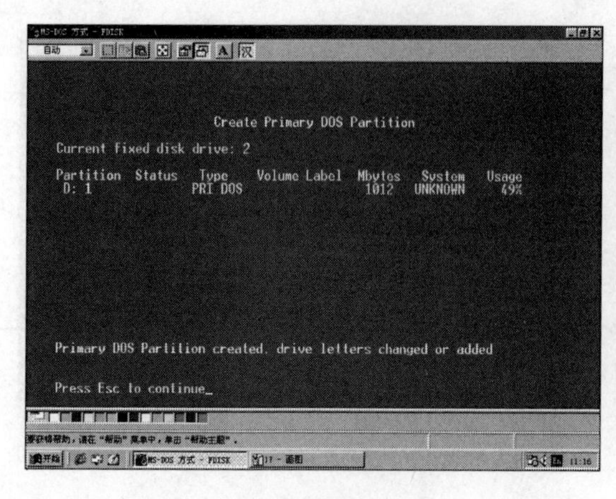

图 13-7　创建主 DOS 分区结果窗口

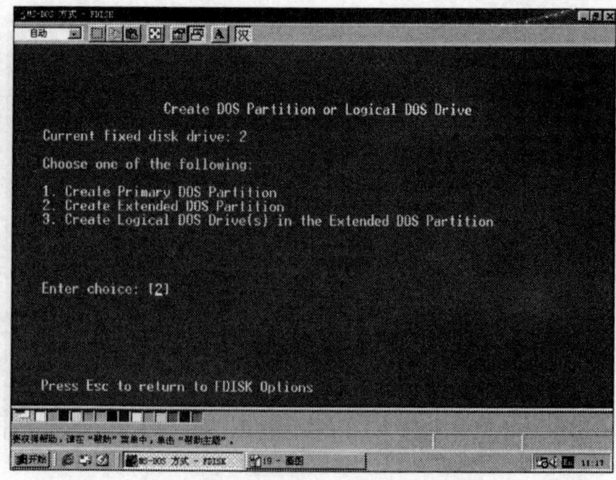

图 13-8　选择创建扩展 DOS 分区窗口

（3）将硬盘中剩下的容量全部作为扩展 DOS 分区，按回车键显示主分区和扩展分区信息窗口，如图 13-10 所示。

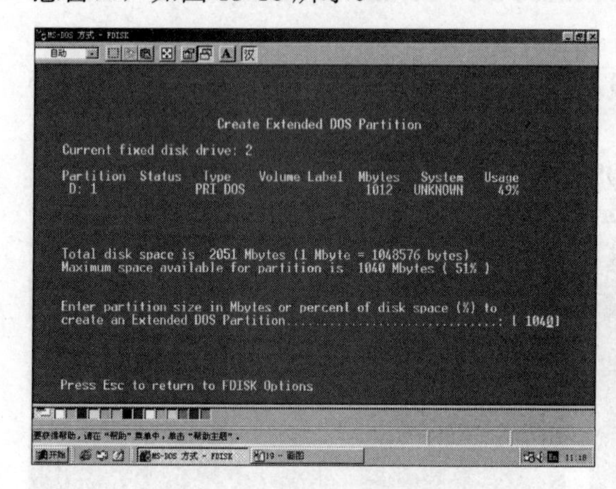

图 13-9　选择扩展分区容量窗口

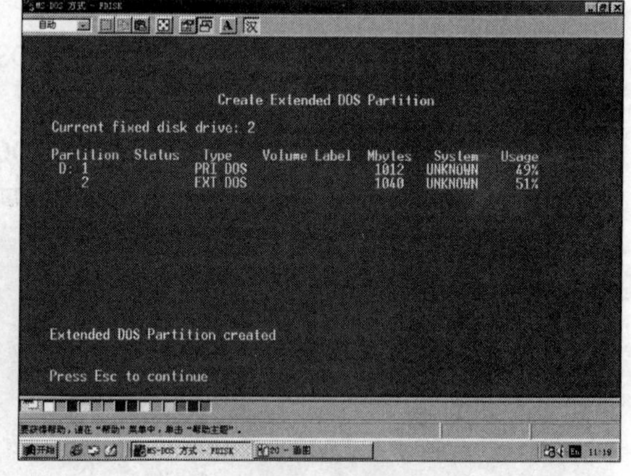

图 13-10　主分区和扩展分区信息窗口

3．建立逻辑驱动器

（1）在主分区和扩展分区信息窗口中按 ESC 键，打开选择创建磁盘分区窗口。

（2）选择“3”，按回车键，打开指定逻辑驱动器容量窗口，如图 13-11 所示。

（3）输入逻辑驱动器 H 的容量或所占扩展分区总量的百分比后，按回车键打开分配余下空间窗口，如图 13-12 所示。

（4）将余下的磁盘空间全部划分为 I 盘，按回车键显示逻辑驱动器信息，如图 13-13 所示。至此，逻辑驱动器创建完毕。

4．设置活动分区

在 C 盘创建硬盘分区后，应将其设置为活动分区（引导分区）。只有活动分区才能引导操作系统，而且只有在 C 盘才能创建活动分区。

（1）打开创建磁盘分区窗口。

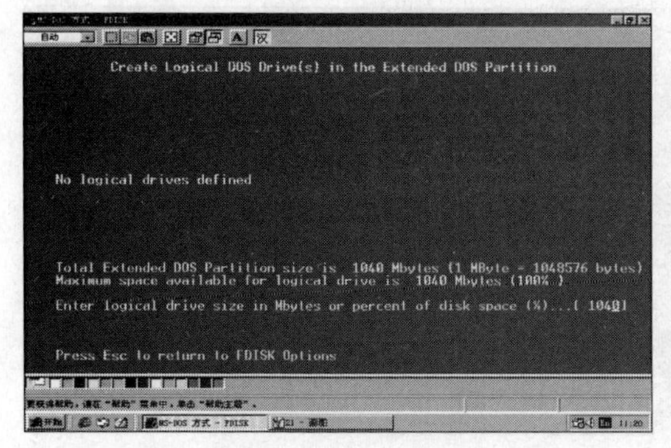

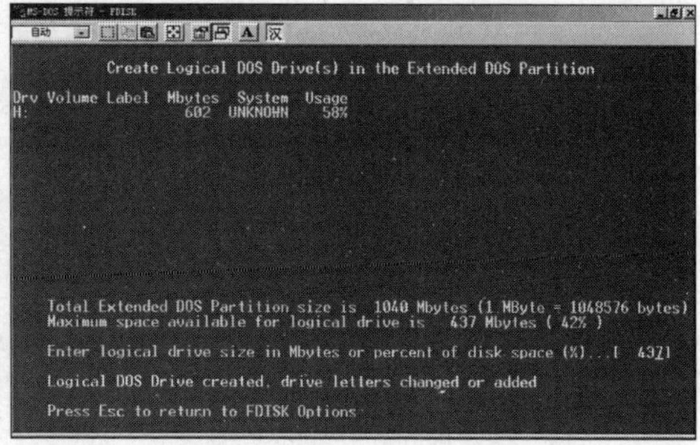

图 13-11　指定逻辑驱动器容量窗口　　　　图 13-12　分配余下空间窗口

（2）选择“2”，按回车键打开设置活动分区窗口，如图 13-14 所示。

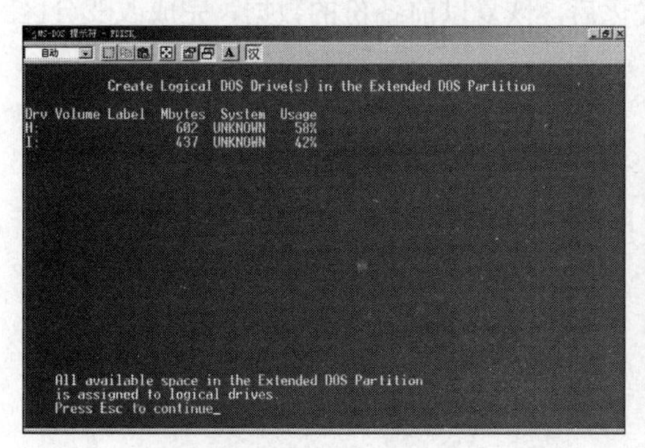

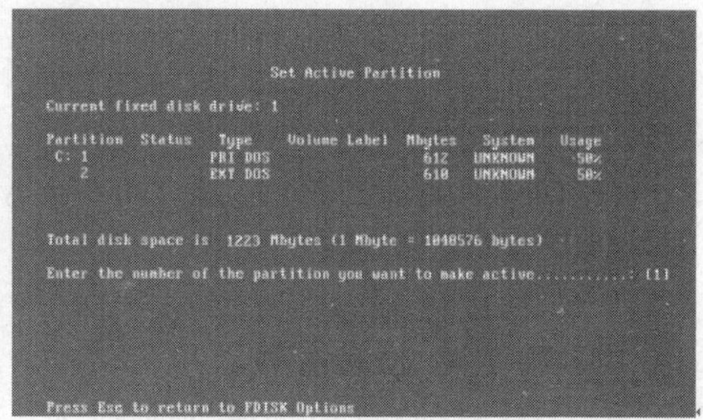

图 13-13　显示逻辑驱动器信息　　　　图 13-14　设置活动分区窗口

（3）默认值是“1”，即 C 盘。按回车键显示活动分区设置结果，如图 13-15 所示。

其中第 1 个分区的“Status”下多了“A”标记，表示此分区为活动分区。

按两次 Esc 键，提示退出 FDISK 程序。按 ESC 键退出 FDISK 程序，重新启动电脑，所设置的硬盘分区生效。

5．改变当前硬盘分区

如果需要重新分区，则启动 FDISK 程序。

在改变硬盘当前分区前必须先备份主分区及逻辑驱动器中的数据，备份完成并确认无误后启动 FDISK，进入 FDISK 的主窗口。

选择“3”，显示如图 13-16 所示的窗口。

其中的选项如下。

（1）Delete Primary DOS Partition：删除主 DOS 分区。

（2）Delete Extended DOS Partition：删除扩展 DOS 分区。

（3）Delete Logical DOS Drive（s）in the Extended DOS Partition：删除逻辑驱动器。

（4）Delete Non-DOS Partition：删除非 DOS 分区。

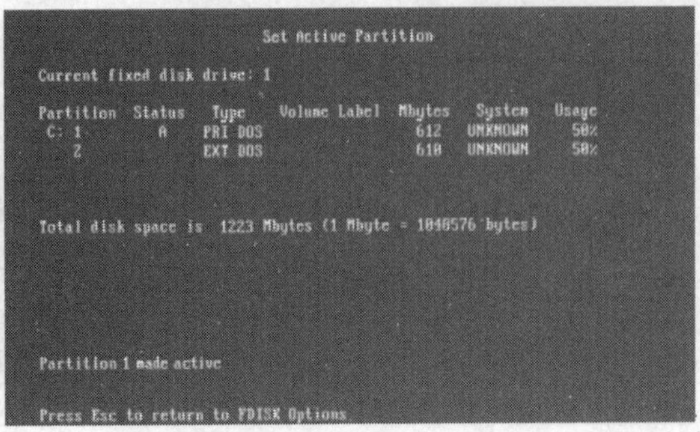

图 13-15　活动分区设置结果 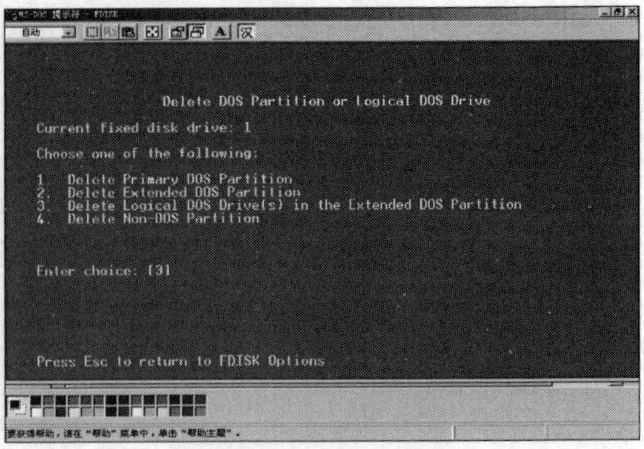　　　图 13-16　选择删除 DOS 分区或逻辑 DOS 驱动器窗口

删除所有的逻辑驱动器和扩展 DOS 分区后才能删除主 DOS 分区，然后根据需要建立扩展 DOS 分区及逻辑驱动器等。经过 Format 格式化后，恢复以前备份的数据，完成改变分区的任务。

6. 显示分区信息

在 FDISK 程序的主窗口中选择“4. Display partition information”选项，显示分区信息，如图 13-17 所示。

13.1.4　格式化硬盘

格式化的操作命令如下。

```
Format X:
```

X 为盘符，可以是 A、B、C 和 D 等。

以格式化 D 盘为例操作步骤如下。

（1）键入 Format D：命令，显示的警告信息如图 13-18 所示。警告信息为：“ALL DATA ON NON-REMOVABLE DISK DRIVE D: WILL BE LOST!”，即磁盘 D 上的所有信息都会丢失，要求用户确认是否要确实执行格式化操作。

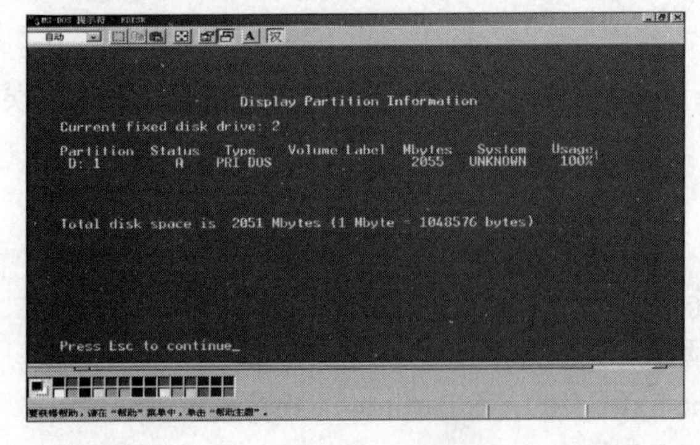

图 13-17　分区信息

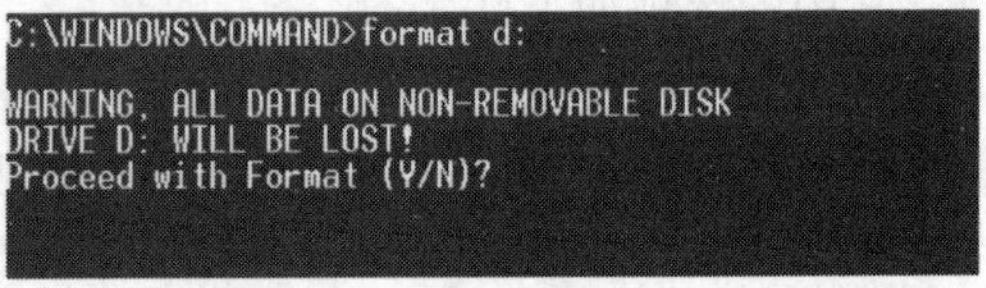

图 13-18　警告信息

（2）按 Y 键，系统开始格式化硬盘，格式化过程如图 13-19 所示。

（3）一段时间后，显示要求用户输入卷标的提示信息。可以根据需要设置硬盘卷标，或直接按 Enter 键不设置卷标，如图 13-20 所示。

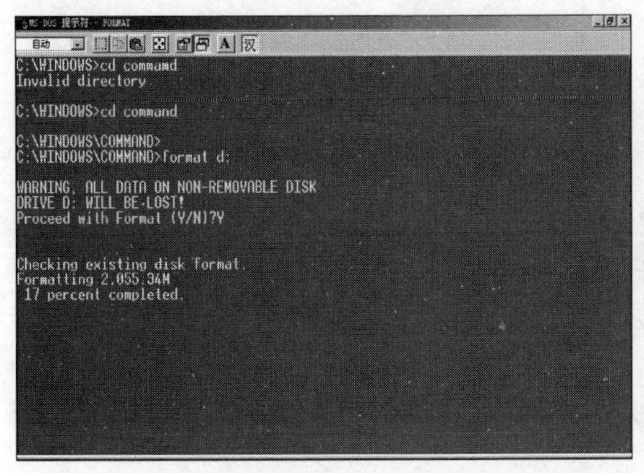

图 13-19　格式化过程

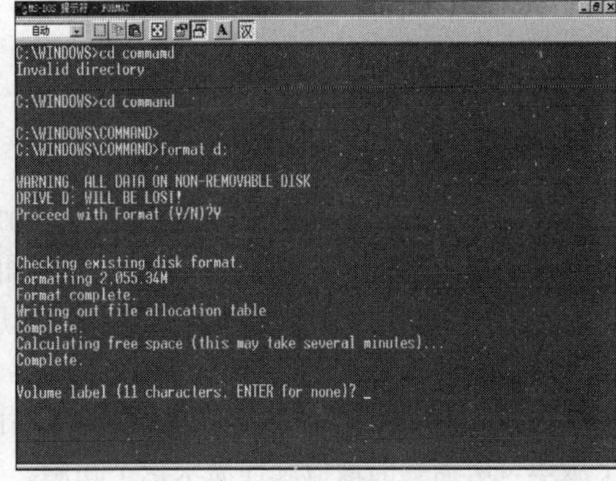

图 13-20　输入卷标的提示信息

（4）显示选择是否要格式化其他硬盘提示信息，按 N 键完成格式化 C 盘操作。显示格式化结果如图 13-21 所示。

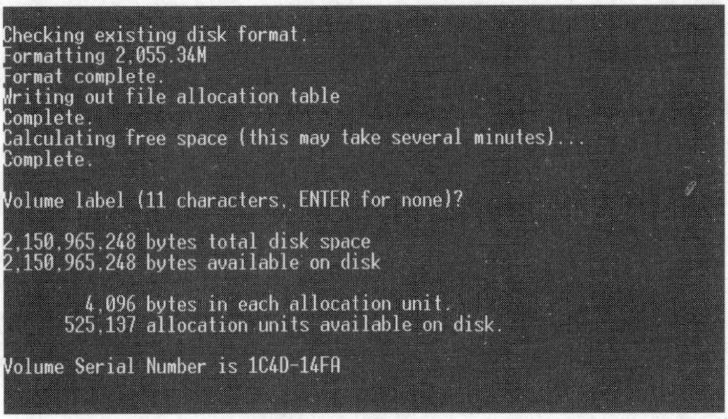

```
Checking existing disk format.
Formatting 2,055.34M
Format complete.
Writing out file allocation table
Complete.
Calculating free space (this may take several minutes)...
Complete.

Volume label (11 characters, ENTER for none)?

2,150,965,248 bytes total disk space
2,150,965,248 bytes available on disk

      4,096 bytes in each allocation unit.
    525,137 allocation units available on disk.

Volume Serial Number is 1C4D-14FA
```

图 13-21　格式化结果

其中显示的信息如下。

（1）该盘的总容量为 2 150 965 248 字节。

（2）该盘的可用容量为 2 150 965 248 字节。

如果该盘有坏扇区，则显示坏扇区的字节数和剩余可用空间数等信息。

13.2　安装 Windows 操作系统

如果电脑的 CPU 是 P4 以上档次，一般可安装 Windows XP 或 Windows Vista。高版本的

Windows操作系统具有性能稳定、即插即用（PNP）功能强和默认支持的硬件设备多等优点，但也有占用系统资源多，启动速度慢等缺点，所以要根据硬件选择操作系统。

各种 Windows 操作系统版本的安装过程基本相同，本章以安装 Windows Vista 和 Windows XP为例详细讲述安装过程。

13.2.1 安装Windows Vista

Windows Vista操作系统是微软公司于2007年发布的新一代操作系统，其用户界面更加友好。

从功能上看，Windows Vista系统能更加有效地处理和归类用户数据。

在安全机制方面，该版本增加了很多底层的安全功能，会及时提醒用户采取正确的安全和保护隐私的措施。

Windows Vista操作系统版本面向家庭用户、企业用户及新兴市场三大使用群体，共有5个版本，所需要的最低硬件需求也不相同。

家庭用户版有如下3种版本。

（1）Windows Vista Home Basic：功能最少，主要面向单机家庭用户。

（2）Windows Vista Home Premium：采用3D实时动画效果的Aero透明图像界面，除了更加美观外，还能对文件或程序进行图像化预览，从而节省打开文件的时间。该版本类似Windows XP Professional，主要面向PC发烧友，以及多PC和笔记本电脑用户。

（3）Windows Vista Ultimate：为不愿在功能上做出妥协的用户而设计的版本，其中包含Vista其他版本的所有功能，是5个Vista版本中功能最强大的版本。

企业用户版有如下版本。

（1）Windows Vista Business：更注重系统的安全性和可靠性，例如Remote Procedure Call（RPC）服务不允许更换系统文件并修改系统注册表，IE7浏览器提供的Protected Mode（保护模式）能阻止系统资料和设置被有问题的网页或木马程序改写。

（2）Windows Vista Enterprise：Business版的增强版本，具有更多的先进功能。例如Windows BitLocker Drive Enryption，采用硬件方式的加密保护技术，能加密整个硬盘的数据。

1. 准备工作

（1）硬件需求

在2006年初，微软公开了Windows Vista建议的如下硬件需求。

- CPU：3.0 GHz处理器。
- 内存：1 GB，最好2 GB内存。
- 硬盘：40 GB以上，7 200转的SATA或IDE硬盘，具有15 GB空余空间。
- 显卡：具有128 MB以上显存，支持DirectX（对Aero至关重要）显卡。
- 光驱：DVD-ROM光驱。
- 其他：声卡。

（2）安装方式

- 启动电脑后，进入Windows Vista安装目录，启动Setup程序安装。

- 用带有自动启动功能的 Windows Vista 光盘启动系统后，自动选择安装程序安装。
- 在当前系统，如 Windows XP 下运行 Windows Vista 光盘中的安装程序升级安装。

（3）设置 BIOS 参数

- 禁止反病毒功能，将“BIOS FEATURES SETUP”中的“Virus Warning”选项设为“Disabled”。
- 关闭电源管理功能，将“POWER MANAGEMENT SETUP”中的“Power Management”选项设为“Disabled”，防止在安装过程中产生电源保护，这样会中断安装程序。
- 如果用光盘安装，应将“BIOS FEATURES SETUP”中的“Boot Sequence”选项设置为“DVD-ROM”。

2. 安装 Windows Vista

操作步骤如下。

（1）将 Windows Vista 系统盘放入光驱，进入 Windows Vista 安装程序。

（2）加载安装程序后，显示安装向导的第 1 步，如图 13-22 所示。

（3）保留默认设置，单击“下一步”按钮，显示安装向导的第 2 步，如图 13-23 所示。

图 13-22　安装向导的第 1 步

图 13-23　安装向导第 2 步

（4）单击“现在安装”按钮，打开“获取安装的重要更新”对话框，如图 13-24 所示。

（5）选择“联机以获取最新安装更新（推荐）”超链，则可从微软网站上获取安全更新和硬件驱动程序。经过系统下载更新程序后，显示“键入产品密钥进行激活”对话框，如图 13-25 所示。

（6）输入正确的密钥，选中“联机时自动激活 Windows”复选框。单击“下一步”按钮，打开“选择要安装的操作系统”对话框，如图 13-26 所示。

（7）选择“Windows Vista BUSINESS（企业版）”选项，单击“下一步”按钮，打开“请阅读许可条款”对话框，如图 13-27 所示。

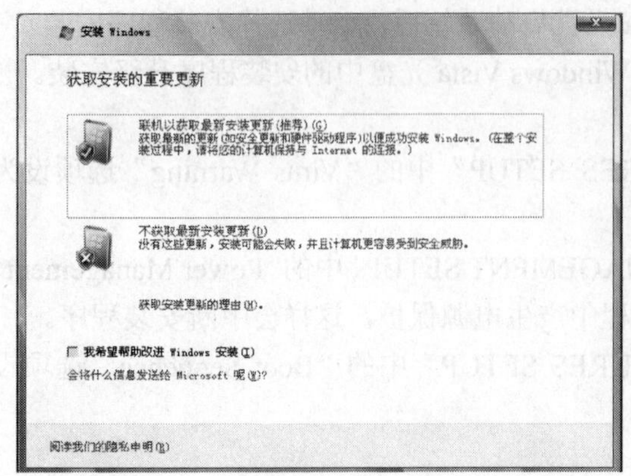

图 13-24 “获取安装的重要更新”对话框

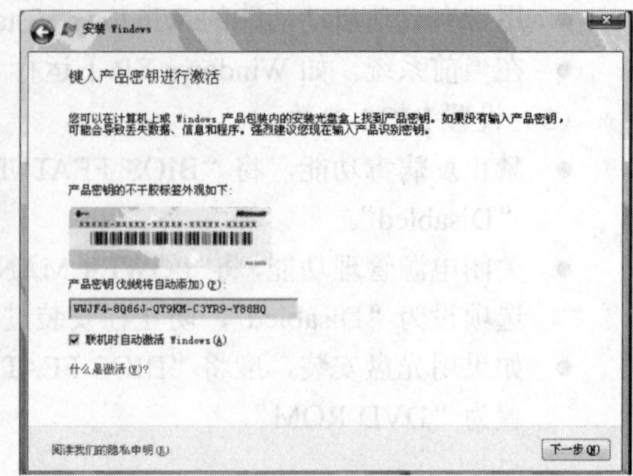

图 13-25 “键入产品密钥进行激活”对话框

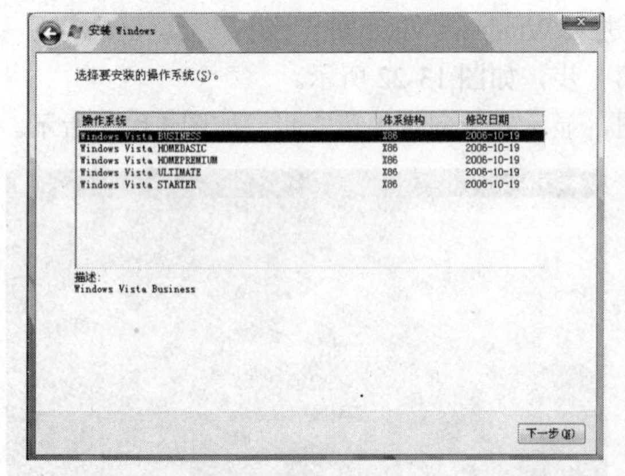

图 13-26 “选择要安装的操作系统”对话框

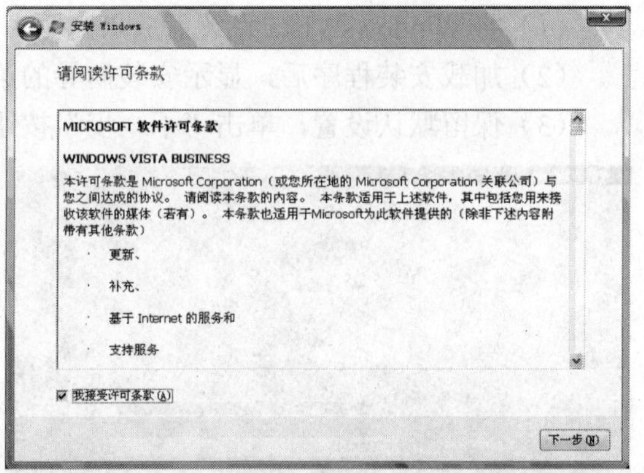

图 13-27 “请阅读许可条款”对话框

（8）选择“我接受许可条款”复选框，单击“下一步”按钮，打开“您想将 Windows 安装在何处”对话框，如图 13-28 所示。

（9）选择“磁盘 0 分区 1”，单击“下一步”按钮，显示提示框，如图 13-29 所示。

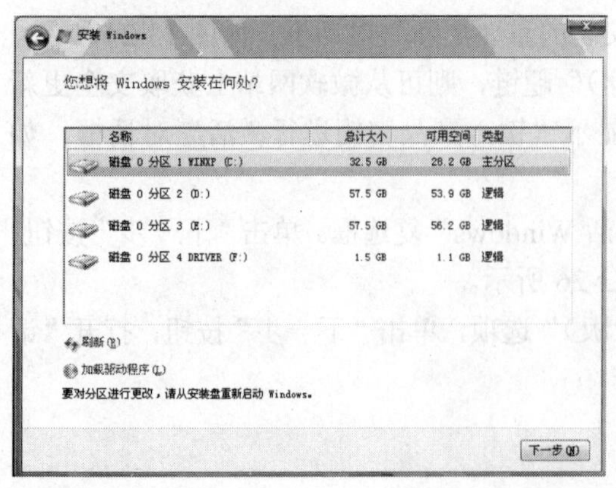

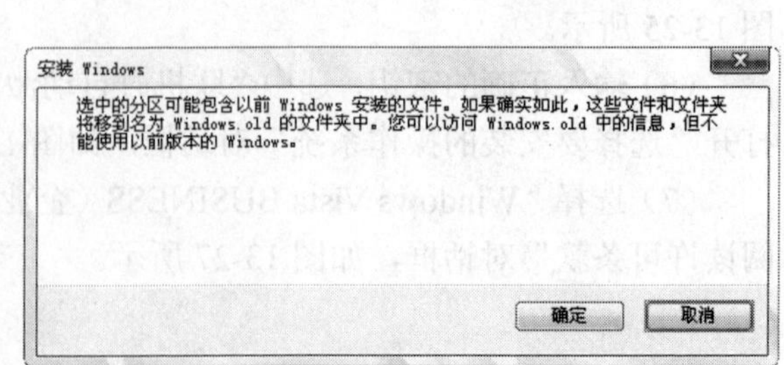

图 13-28 “您想将 Windows 安装在何处”对话框

图 13-29 提示框

（10）单击“确定”按钮，显示如图 13-30 所示的“正在安装 Windows…”提示框，开始自动安装。

在安装过程中不需要用户干预，电脑会多次重新启动，经过复制 Windows 文件、展开文件及安装功能安装更新等几个阶段。

（11）经过一段时间，打开“选择一个用户名和图片”对话框，如图 13-31 所示。

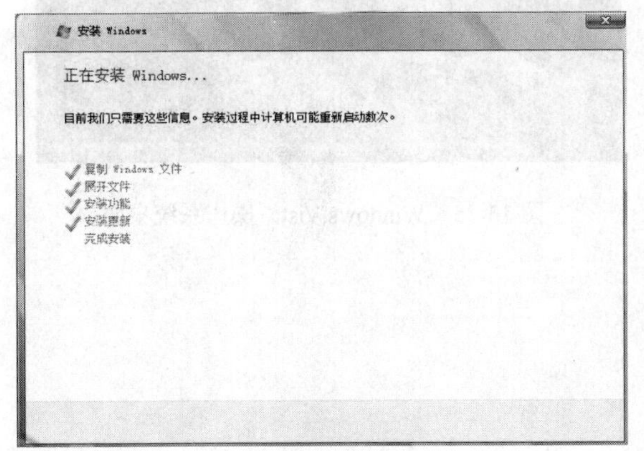

图 13-30　“正在安装 Windows…”提示框

图 13-31　“选择一个用户名和图片”对话框

（12）输入用户名和口令并选择图片，单击“下一步”按钮，打开“帮助自动保护 Windows”对话框，如图 13-32 所示。

（13）单击“使用推荐设置（R）”按钮，打开“复查时间和日期设置”对话框，如图 13-33 所示。

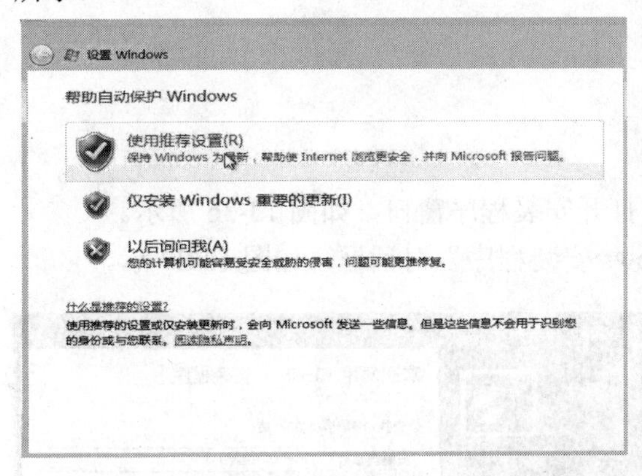

图 13-32　“帮助自动保护 Windows”对话框

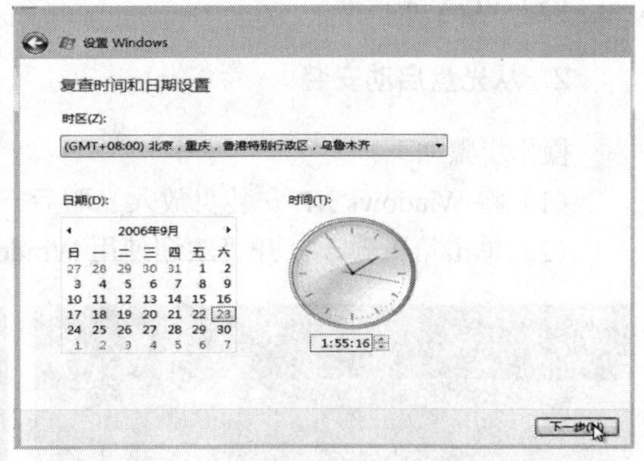

图 13-33　“复查时间和日期设置”对话框

（14）设置日期和时间，也可以安装后在控制面板中设置。

（15）单击“下一步”按钮，打开“请选择计算机当前的位置”对话框，根据实际情况选择“住宅”、“工作”或“公共场所”。

（16）单击“下一步”按钮，打开“非常感谢”对话框，如图 13-34 所示。

（17）单击“开始”按钮，打开“登录”对话框。输入前面设置的口令，单击“登录”按钮，进入 Windows Vista 操作系统桌面，如图 13-35 所示。

图 13-34 “非常感谢”对话框

图 13-35 Windows Vista 操作系统桌面

13.2.2 安装 Windows XP

1. 最低硬件要求

运行环境的最低要求如下。

（1）Pentium 233 MHz 以上的 CPU。

（2）64 MB 内存空间，建议使用 128 MB 的内存。

（3）1.5 GB 以上的硬盘空间。

（4）8 速 CD-ROM 驱动器。

（5）VGA 显示器。

2. 从光盘启动安装

操作步骤如下：

（1）将 Windows XP 安装盘放入光驱后，打开安装程序窗口，如图 13-36 所示。

（2）单击第 1 项，打开“欢迎使用 Windows 安装程序”对话框，如图 13-37 示。

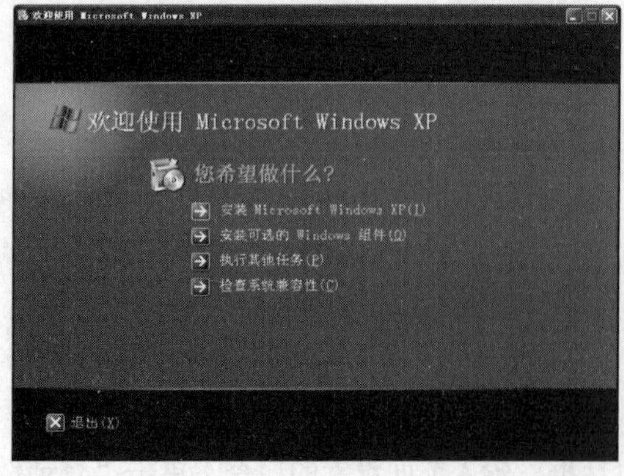

图 13-36 打开安装程序窗口

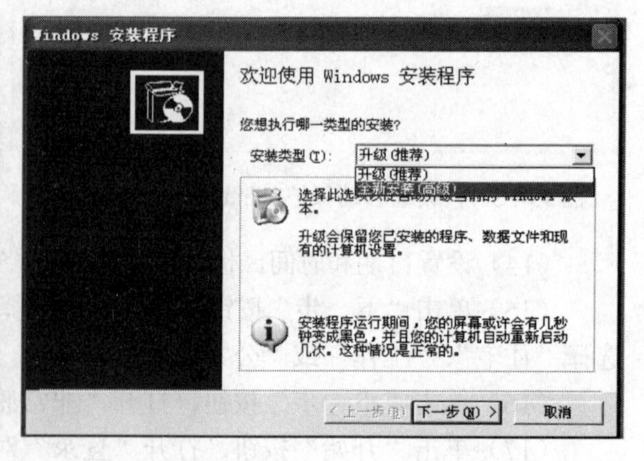

图 13-37 “欢迎使用 Windows 安装程序”对话框

（3）选择“升级”或“全新安装”选项，单击“下一步”按钮，显示“许可协议”对话框，如图 13-38 所示。

（4）选中“我接受这个协议”单选按钮，单击“下一步”按钮，显示“您的产品密钥”对话框，如图 13-39 所示。

图 13-38　“许可协议” 对话框

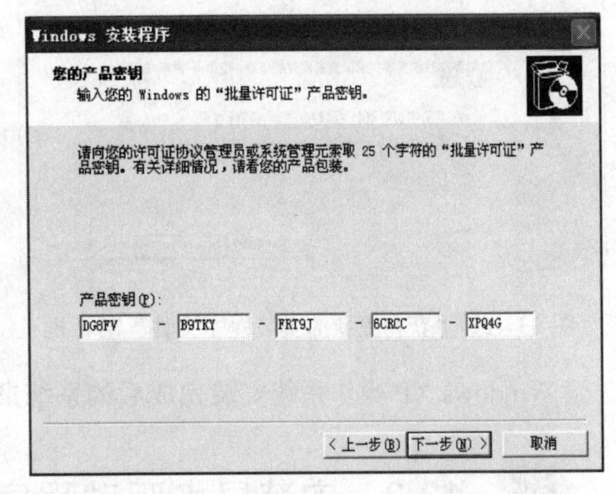

图 13-39　“您的产品密钥”对话框

（5）输入产品密钥，单击“下一步”按钮，显示“安装选项”对话框，如图 13-40 所示。

（6）在“请选择您要使用的主要语言和区域”下拉列表框中选择“中文（中国）”选项，单击“下一步”按钮，显示“升级到 Windows XP NTFS 文件系统”对话框，如图 13-41 所示。如果采用 NTFS 格式，系统会跳过这一步。

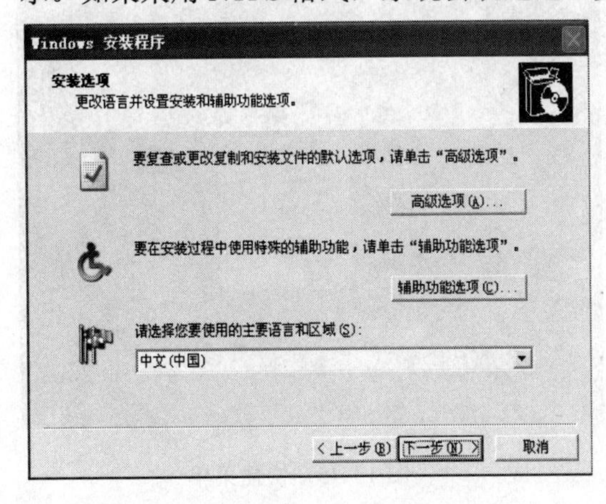

图 13-40　“安装选项”对话框

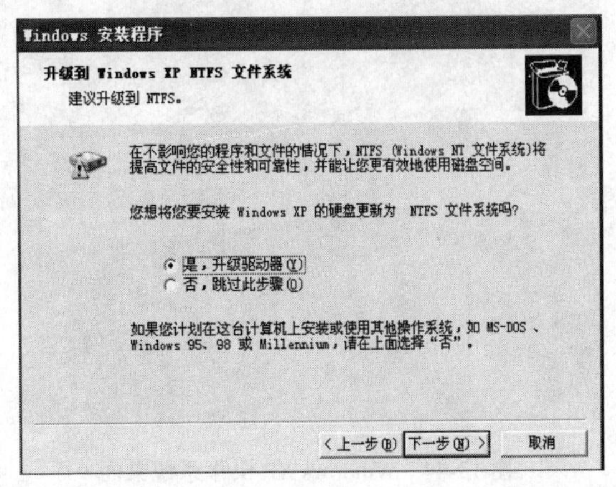

图 13-41　“升级到 Windows XP NTFS 文件系统”对话框

（7）单击“下一步”按钮，显示“获得更新的安装程序文件”对话框，如图 13-42 所示。

（8）单击“下一步”按钮，显示“复制安装文件” 对话框，如图 13-43 所示，这一步将安装文件复制到硬盘的一个临时文件夹中。

下面经过输入计算机名和系统管理员口令等几个步骤后即可完成安装的全过程。

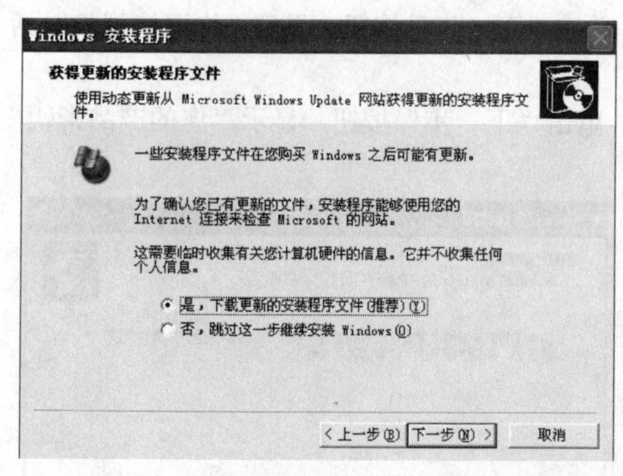

图 13-42　“获得更新的安装程序文件”对话框

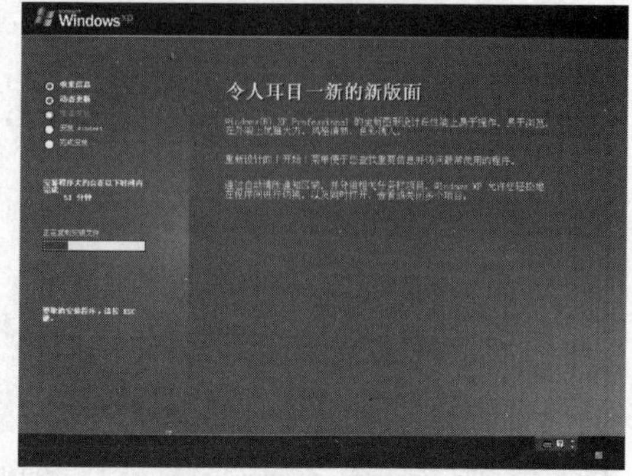

图 13-43　“复制安装文件”对话框

Windows XP 操作系统安装完成后的系统桌面如图 13-44 所示。

13.3　安装显卡驱动程序

安装 Windows 操作系统后，必须为显卡安装驱动程序，操作步骤如下：

（1）在屏幕上右击，显示快捷菜单，如图 13-45 所示。

图 13-44　Windows XP 操作系统桌面

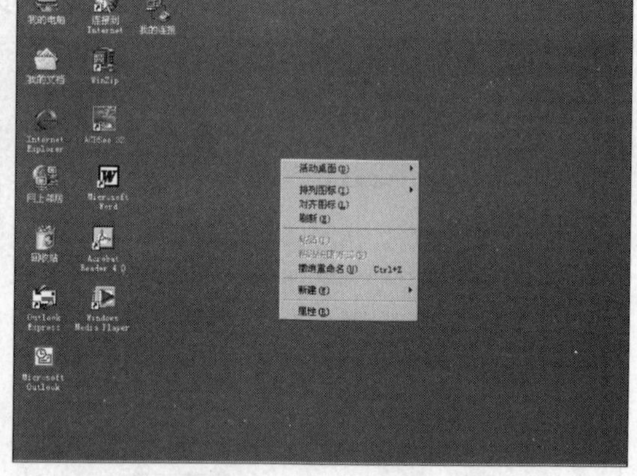

图 13-45　快捷菜单

（2）单击“属性”选项，打开“显示 属性”对话框，如图 13-46 所示。

（3）打开“设置”选项卡，如图 13-47 所示。

（4）单击“高级”按钮，打开显卡的属性对话框，如图 13-48 所示。

（5）在其中共有 5 个选项卡，分别用于设置显卡和显示器等相关属性。打开“适配器”选项卡，显示当前电脑安装的适配器的类型及其基本信息，如图 13-49 所示。

（6）单击“更改”按钮，打开“更新设备驱动程序向导”对话框，如图 13-50 所示。

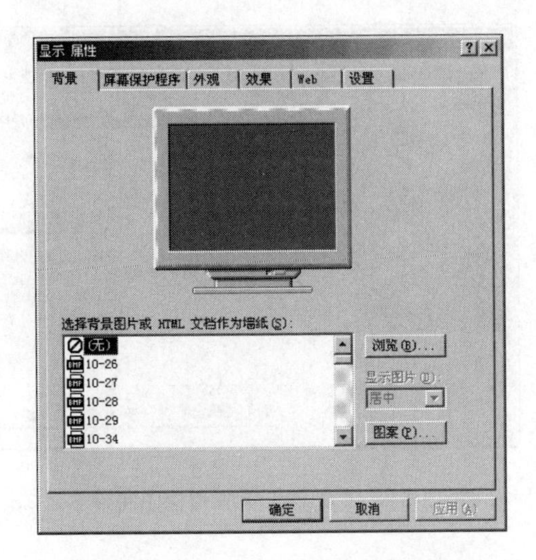

图 13-46 “显示 属性”对话框

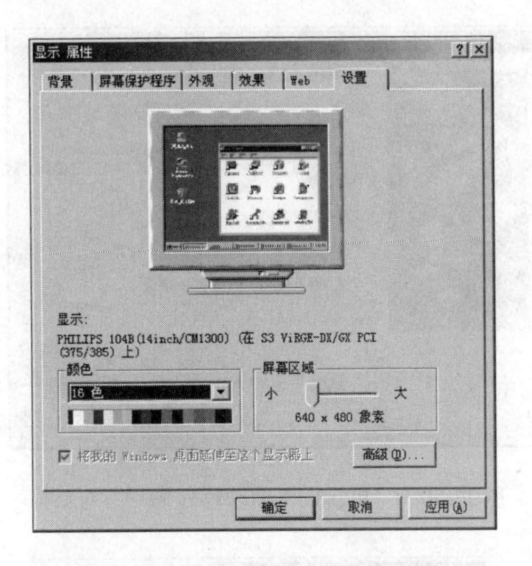

图 13-47 “设置”选项卡

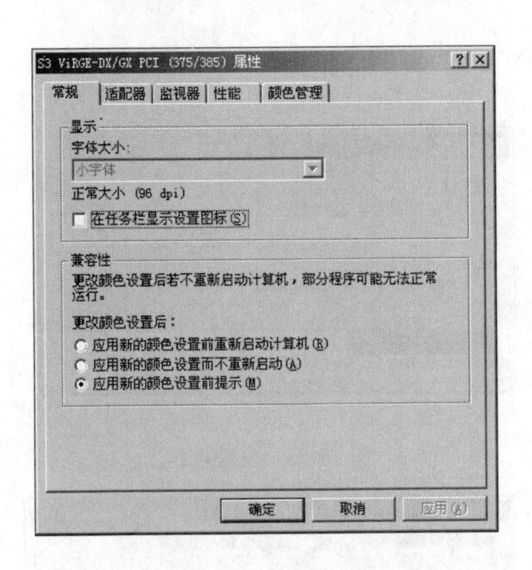

图 13-48 显卡的属性对话框

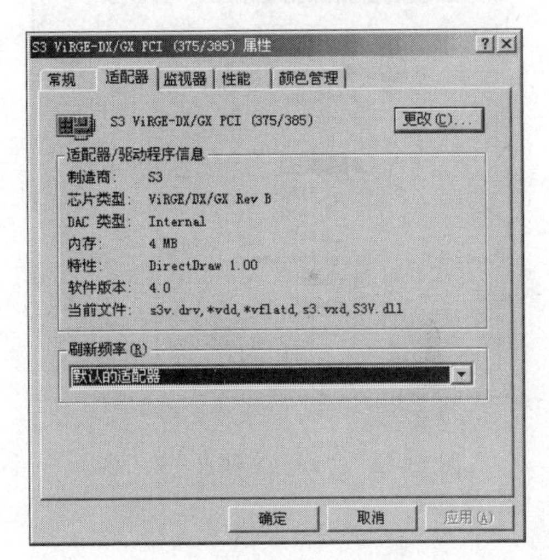

图 13-49 “适配器”选项卡

（7）如果选中“自动搜索更好的驱动程序”单选按钮，系统会在自身的驱动程序库中查找合适的驱动程序。选中“指定驱动程序的位置”单选按钮，单击“下一步”按钮，打开“更新设备驱动程序向导”之二，如图 13-51 所示。

（8）选中“指定位置”复选框，单击“浏览”按钮，打开“浏览文件夹”对话框，如图 13-52 所示。

（9）选择显卡驱动程序所在的路径，然后单击“确定”按钮。系统开始安装该显卡的驱动程序，安装过程如图 13-53 所示。

（10）复制文件后显示安装完成对话框，如图 13-54 所示。

（11）单击“完成”按钮，返回“显示 属性”对话框。打开“设置”选项卡，如图 13-55 所示。

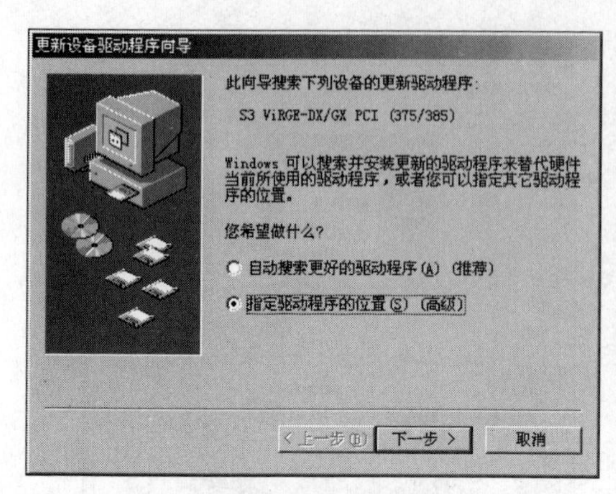

图 13-50 “更新设备驱动程序向导”对话框

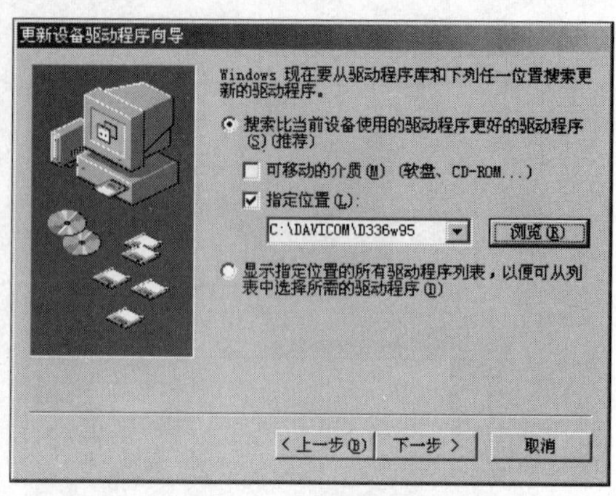

图 13-51 “更新设备驱动程序向导”之二

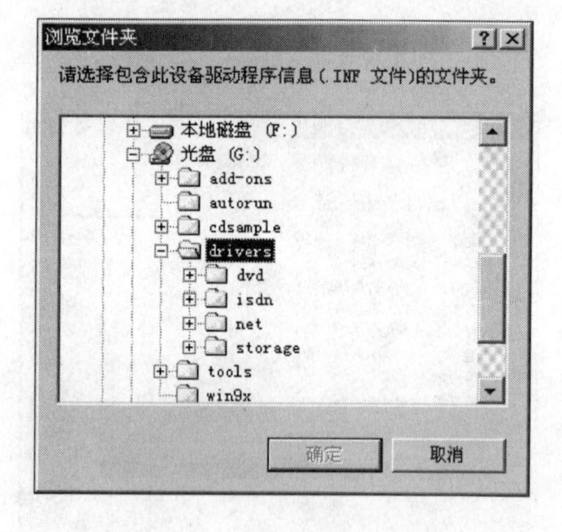

图 13-52 “浏览文件夹”对话框

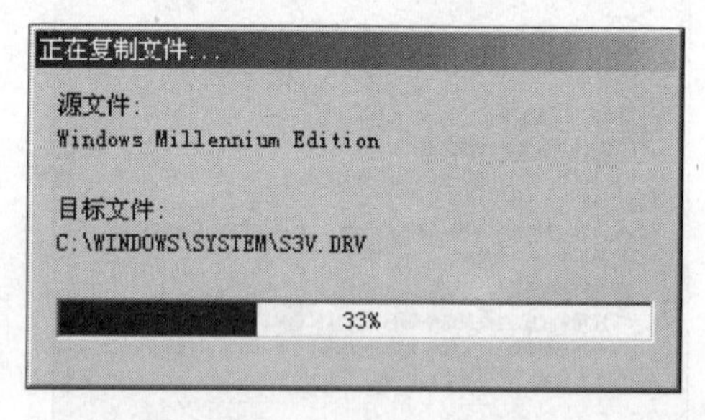

图 13-53 安装过程

图 13-54 安装完成对话框

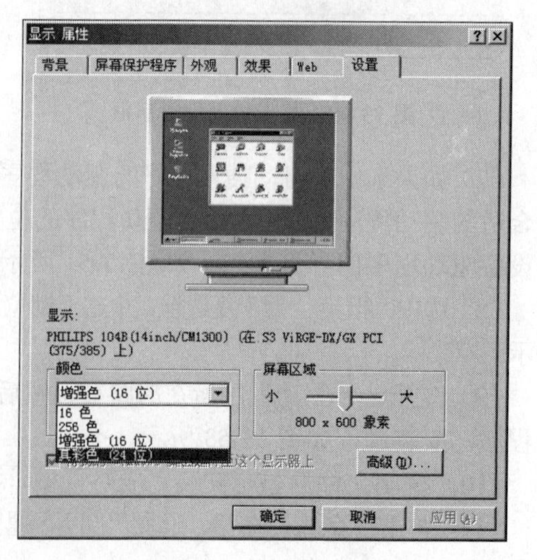

图 13-55 “设置”选项卡

该显卡的颜色可选择为增强色（16 位）或者真彩色（24 位）等多种方式，显示分辨率可设置为 800×600 等。

（12）单“确定”按钮。

13.4　安装主板驱动程序

为主板安装驱动程序的主要目的是驱动主板的南桥和北桥芯片，不同主板的驱动程序的功能和安装方法稍有差别。下面以技嘉 GA-6VX7-4X 主板为例，操作步骤如下。

（1）将驱动光盘放入光盘驱动器，显示如图 13-56 所示的安装程序主窗口。

（2）选择“VIA 4in1 Service Pack Driver”（VIA 4 合 1 组合芯片驱动程序）选项，启动 SETUP 程序向导，如图 13-57 所示。

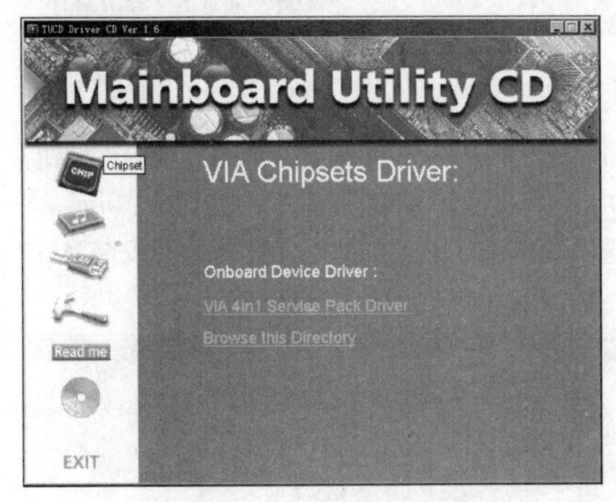

图 13-56　安装程序主窗口

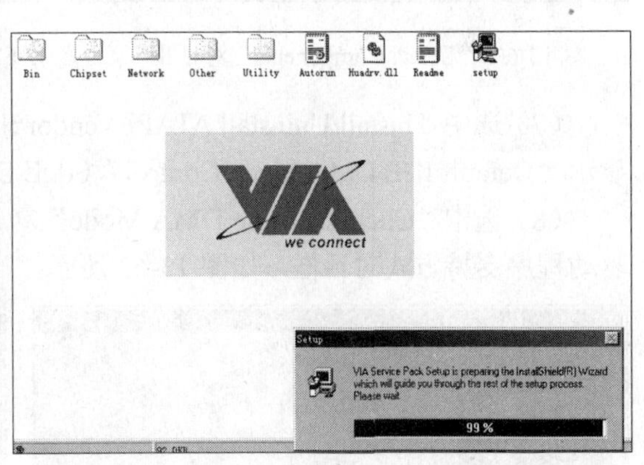

图 13-57　SETUP 程序向导

（3）显示“Welcome”对话框，如图 13-58 所示。

（4）单击“Next”按钮，显示“VIA Service Pack 1 README”对话框，如图 13-59 所示。

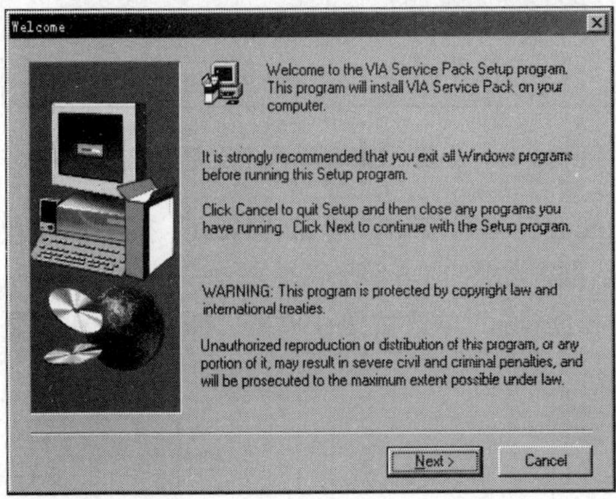

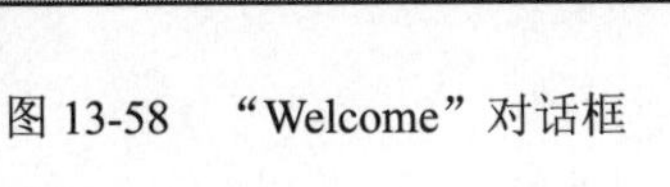

图 13-58　“Welcome”对话框

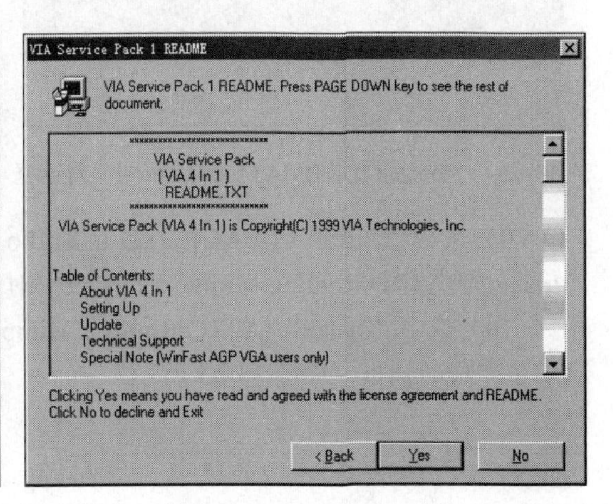

图 13-59　“VIA Service Pack 1 README”对话框

（5）单击“Yes”按钮，显示“Select Components”对话框，如图 13-60 所示。

（6）单击“Next”按钮，显示“Install/Uninstall ATAPI Vendor Support Driver”对话框，如图 13-61 所示。

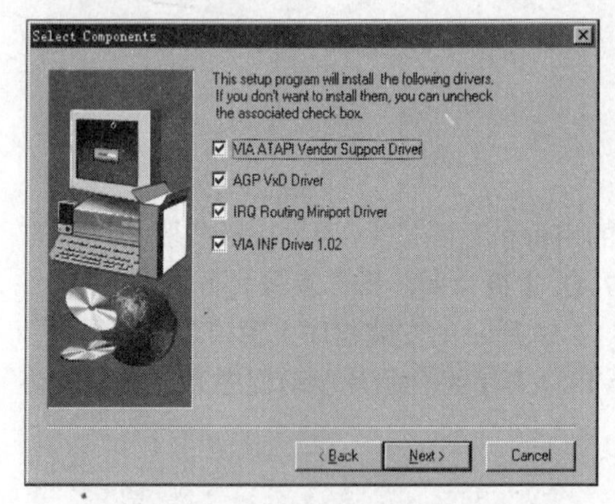

图 13-60 “Select Components”对话框

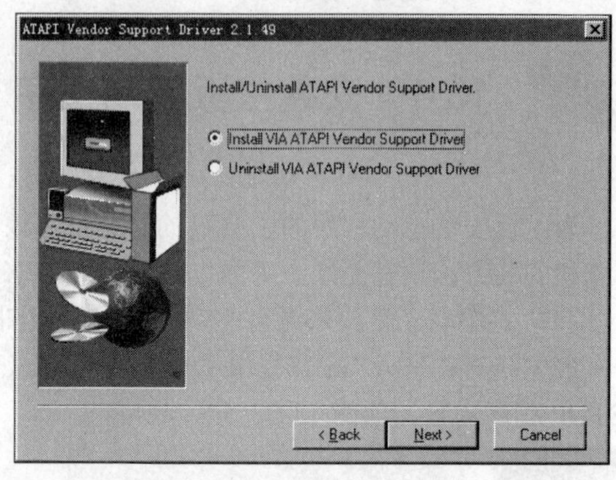

图 13-61 “Install/Uninstall ATAPI Vendor Support Driver”对话框

（7）选中“Install/Uninstall ATAPI Vendor Support Driver”单选按钮，单击“Next”按钮，显示“Default IDE DMA Mode Control”（IDE DMA 方式控制）对话框，如图 13-62 所示。

（8）选中“Click to enable DMA Mode”复选框，单击“Next”按钮，打开选择安装 AGP 驱动程序支持方式对话框，如图 13-63 所示。

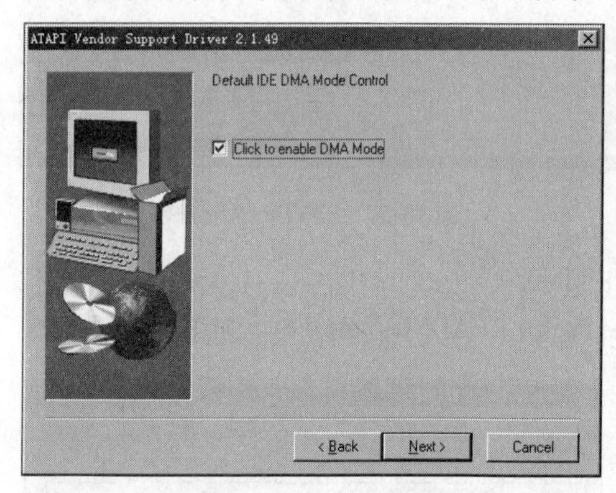

图 13-62 “Default IDE DMA Mode Control”对话框

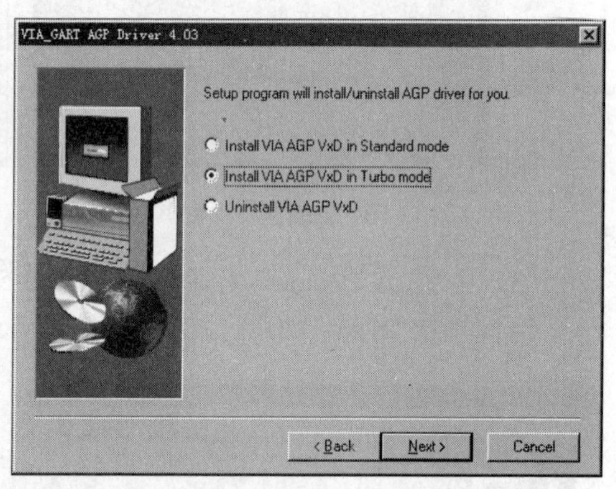

图 13-63 安装 AGP 驱动程序支持方式对话框

（9）选中“Install VIA AGP VxD in Turbo mode”单选按钮，单击“Next”按钮，打开“Install VIA IRQ Routing Miniport Driver”对话框，如图 13-64 所示。

（10）选中“Install VIA IRQ Routing Miniport Driver”单选按钮，单击“Next”按钮，显示安装完成对话框，如图 13-65 所示。

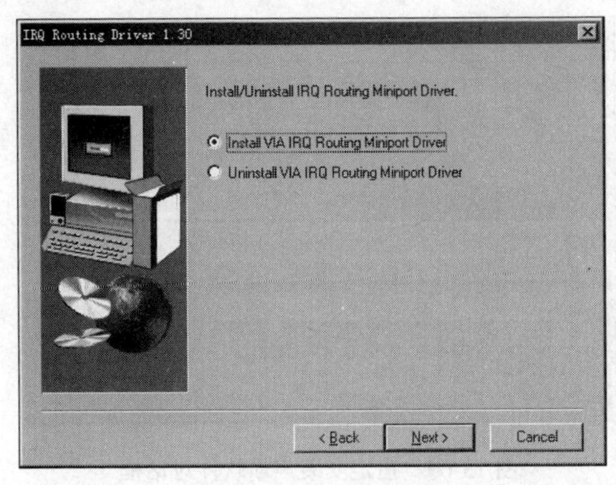

图 13-64　“Install VIA IRQ Routing Miniport Driver”对话框

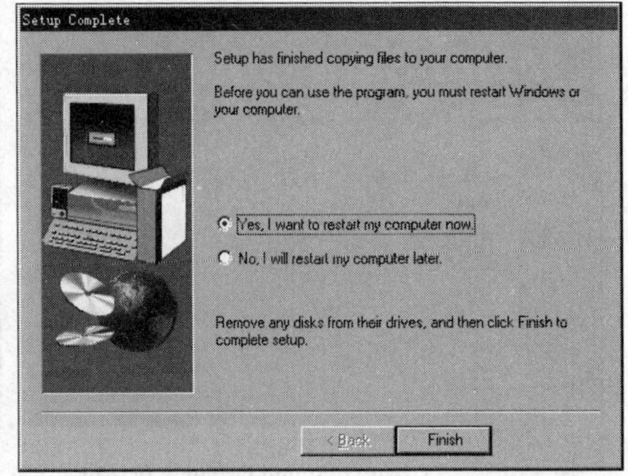

图 13-65　安装完成对话框

（11）选中“Yes，I want to restart my computer now”单选按钮，单击“Finish”按钮，系统将重新启动。在启动过程中显示多个“添加新硬件向导”对话框，如图 13-66 所示。

（12）单击“下一步”按钮。

13.5　安装声卡驱动程序

由于技嘉 GA-6VX7-4X 主板上集成了创通 CT5880 声卡，所以下面以该声卡为例，安装的操作步骤如下。

（1）将驱动程序光盘放入光盘驱动器，光盘自动启动。显示安装程序的主窗口，选择“Audio”选项，启动安装程序，如图 13-67 所示。

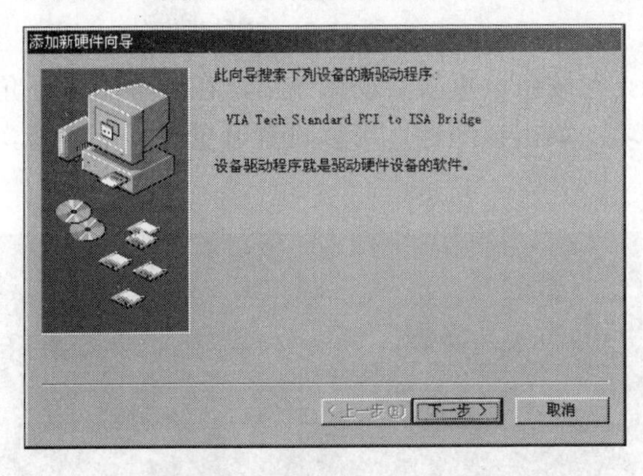

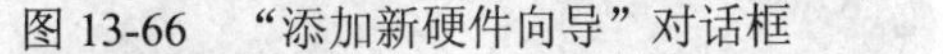

图 13-66　“添加新硬件向导”对话框

图 13-67　选择“Audio”选项

显示“Creative Sound Driver”（创通声卡驱动程序）对话框，如图 13-68 所示。

（2）单击“Creative CT5880 Sound Driver”超链，显示指定安装声霸软件对话框，如图 13-69 所示。

图 13-68 “Creative Sound Driver”对话框

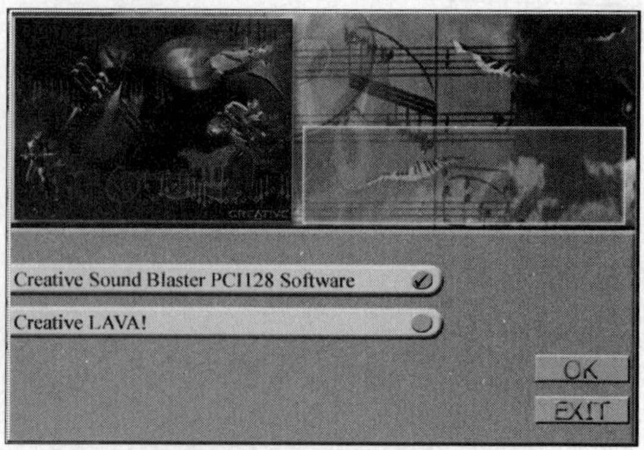

图 13-69 指定安装声霸软件对话框

（3）单击“OK”按钮，显示 “Setup Options”对话框，如图 13-70 所示。

（4）单击“Full Installation”按钮，选择全部安装。然后单击“Next”按钮，显示安装进度，如图 13-71 所示。系统安装完毕，显示“Restart Windows”对话框，如图 13-72 所示。

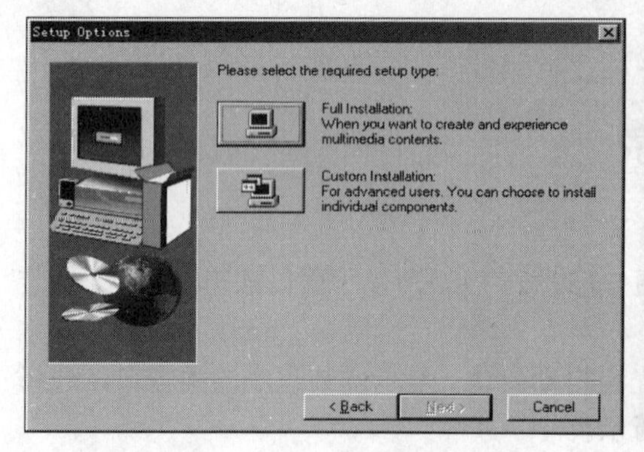

图 13-70 “Setup Options”对话框

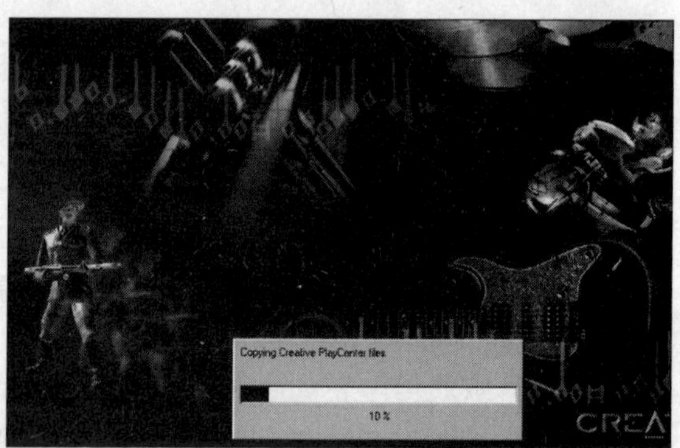

图 13-71 安装进度

（5）选择第 1 个单选按钮，单击“Finish”按钮。重新启动系统后，在屏幕的右下角显示一个小喇叭图标，说明声卡已经安装成功。单击该图标，可以设置音量或屏蔽声音，如图 13-73 所示。

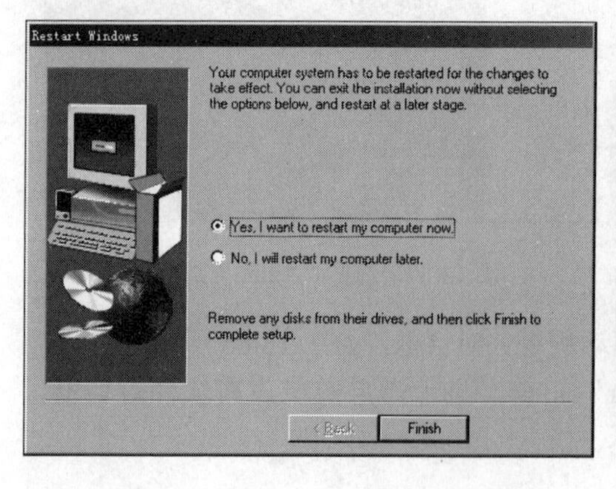

图 13-72 “Restart Windows”对话框

图 13-73 设置音量或屏蔽声音

（6）打开“控制面板”窗口，双击“系统”图标，显示“系统 属性”对话框。打开“设备管理器”选项卡，单击“声音、视频和游戏控制器”前面的“+”，显示系统安装的声卡，如图 13-74 所示。

（7）选中该声卡，单击“属性”按钮，打开其属性对话框，如图 13-75 所示。

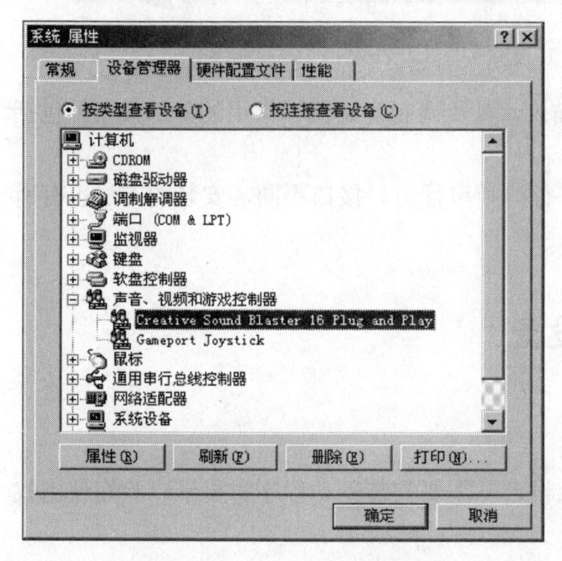

图 13-74　系统安装的声卡

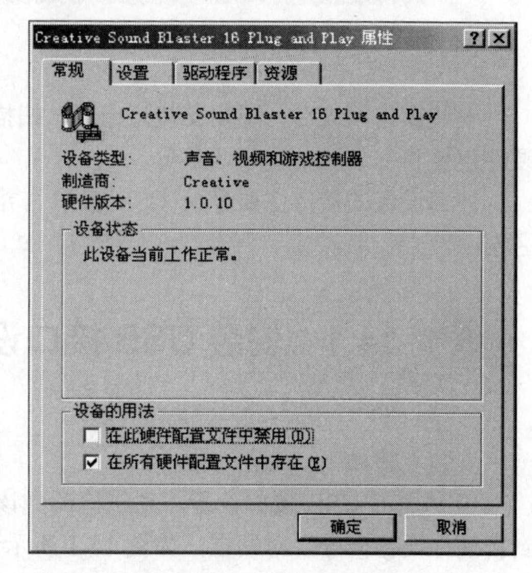

图 13-75　声卡的属性对话框

在其中共有 4 个选项卡，在“常规”选项卡中显示“此设备当前工作正常”。

（8）打开“驱动程序”选项卡，如图 13-76 所示。

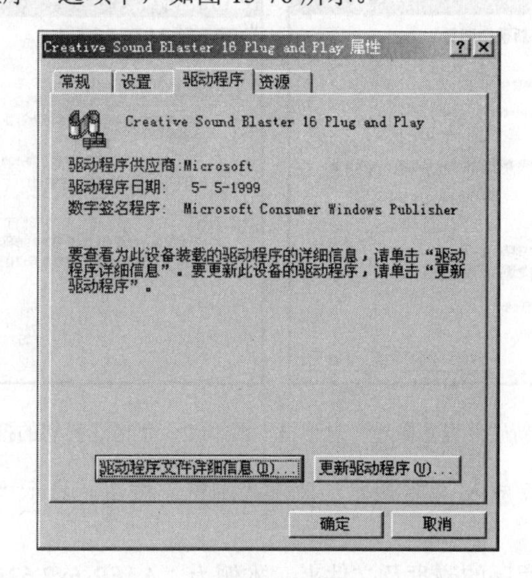

图 13-76　“驱动程序”选项卡

其中显示当前系统安装的驱动程序的基本信息。如果要查看更详细的信息，则单击“驱动程序文件详细信息”按钮；如果要升级更新的驱动程序，则单击“更新驱动程序”按钮。

第 14 章　安装常用外部设备

安装操作系统后，还要安装打印机、扫描仪，以及调制解调器等常用的外部设备，包括硬件连接和安装驱动程序两部分。

外部设备的接口主要分为 USB 接口、并行口和串行口。接口不同，安装的方法也有所区别。

14.1　安装 USB 接口设备

安装步骤如下。

（1）插上 USB 接口设备，系统检测到该设备。需要安装驱动程序将显示“欢迎使用找到新硬件设备向导”对话框，如图 14-1 所示。

（2）选中“从列表或指定位置安装”单选按钮，单击“下一步”按钮，显示如图 14-2 所示的“请选择您的搜索和安装选项”对话框，选择 “在搜索中包括这个位置”复选框。

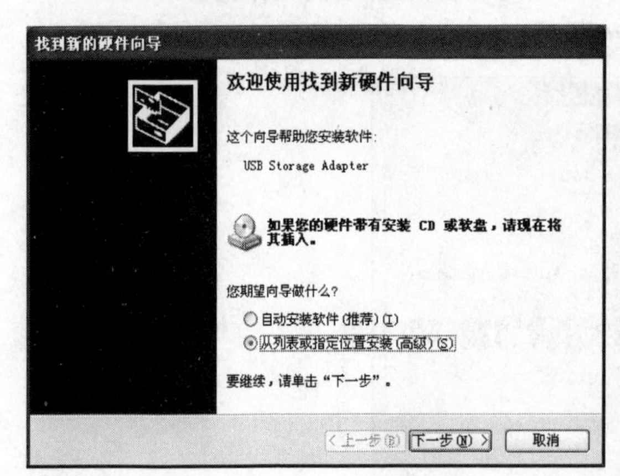

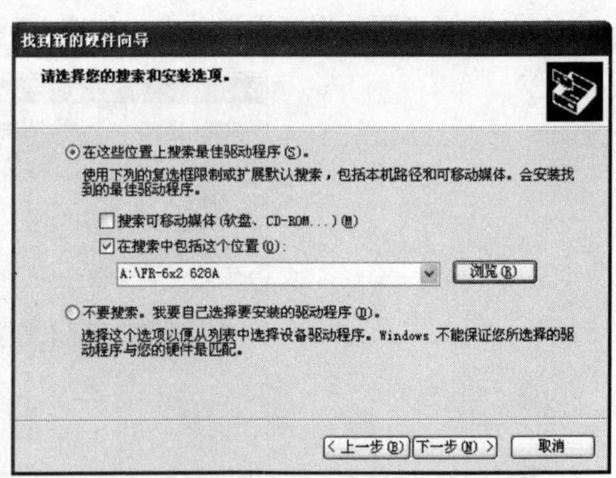

图 14-1　“欢迎使用找到新硬件设备向导”对话框　图 14-2　“请选择您的搜索和安装选项”对话框

（3）将驱动程序软盘放入 A 驱动器，单击“浏览”按钮，显示“浏览文件夹”对话框，如图 14-3 所示。

（4）打开含有驱动程序的磁盘及文件夹，本例为“A:\FR-6x2 628A”，如图 14-4 所示。

（5）单击“确定”按钮，在“在搜索中包含这个位置”下拉列表框中显示上面指定的文件夹，如图 14-5 所示。

（6）单击“下一步”按钮，显示“向导正在安装软件，请稍候”对话框，如图 14-6 所示。

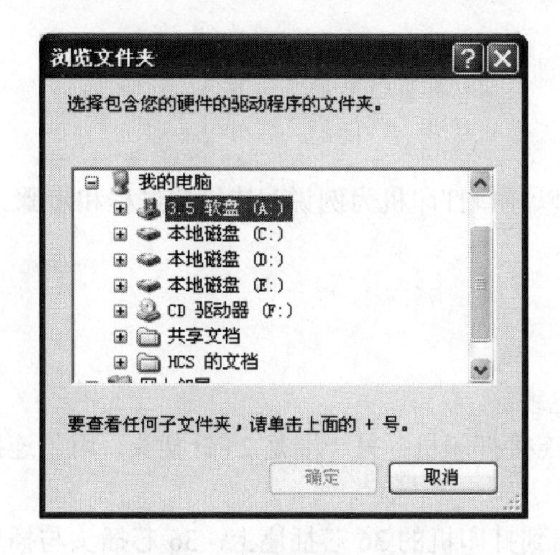

图 14-3　“浏览文件夹”对话框

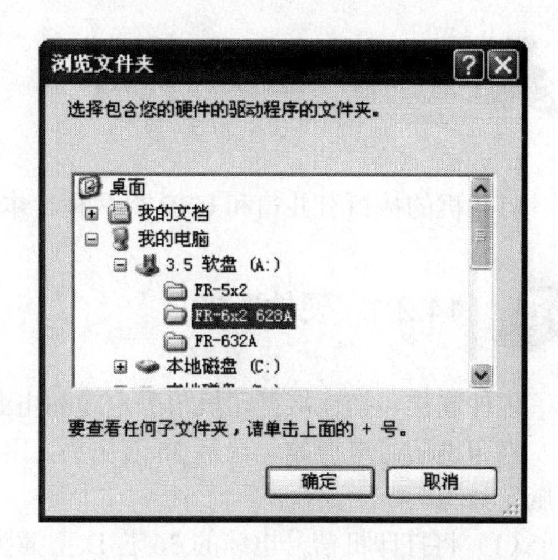

图 14-4　打开含有驱动程序的磁盘及文件夹

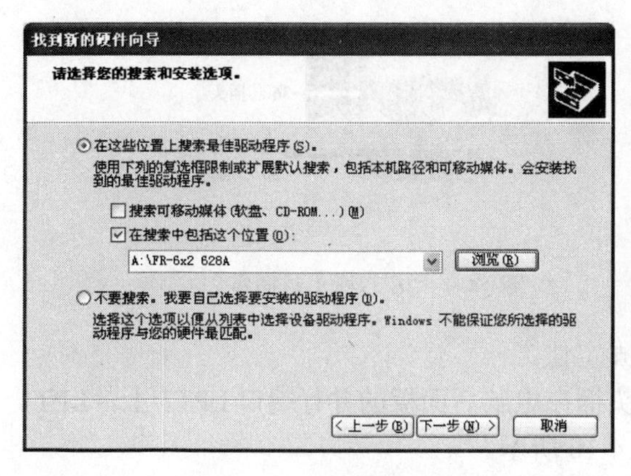

图 14-5　显示指定的文件夹

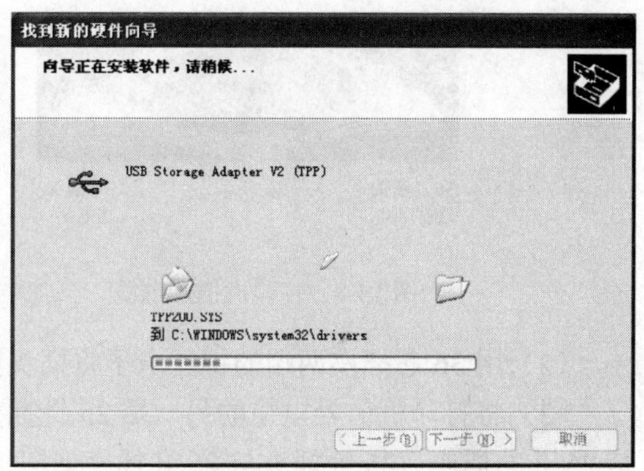

图 14-6　“向导正在安装软件，请稍候”对话框

（7）驱动程序安装完毕，显示如图 14-7 所示的“完成找到新硬件向导”对话框。

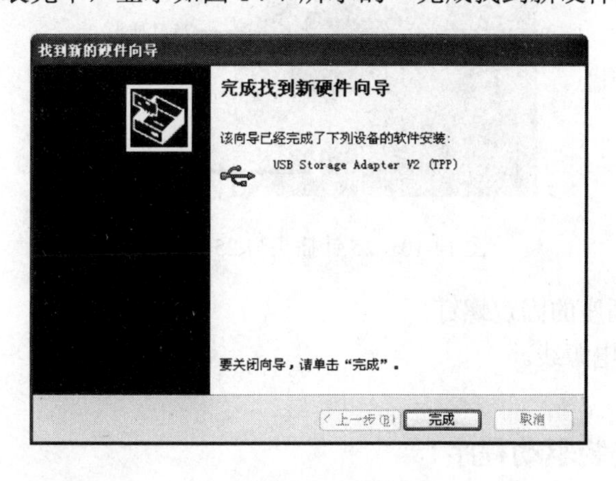

图 14-7　“完成找到新硬件向导”对话框

（8）单击“完成”按钮。

14.2 连接打印机

打印机的接口有并口和 USB 口两种，本节以并口打印机为例说明连接的过程和步骤。

14.2.1 硬件连接

硬件连接包括连接打印机信号电缆和电源电缆。

打印机信号电缆的一端是 36 芯插头，用于连接打印机；另一端是 25 针插头，用于连接电脑，如图 14-8 所示。

（1）将打印机信号电缆的 36 芯 D 型插头插到打印机的 36 芯插座上，36 芯插头与插座如图 14-9 所示。

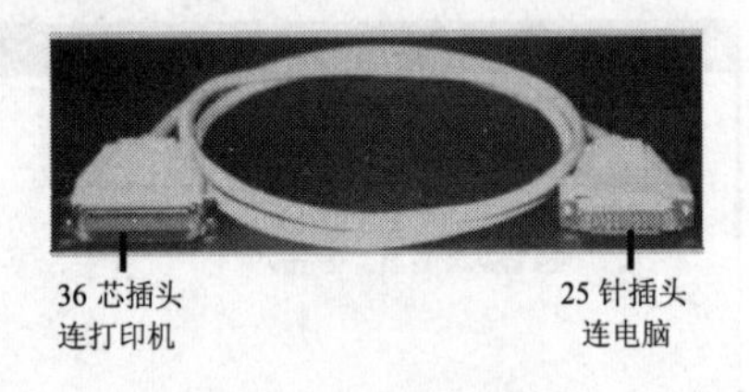

图 14-8 打印机信号电缆

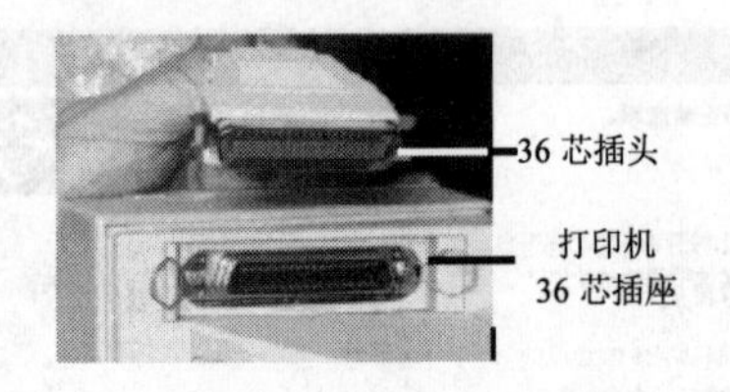

图 14-9 36 芯插头与插座

（2）用 36 芯插座两端的钢丝卡子将插头固定住。

（3）将打印机信号电缆的另一端 25 针插头插在电脑后面板的并行端口 LPT1 上，LPT1 是 25 孔的插座。25 针插头与 25 孔插座如图 14-10 所示。

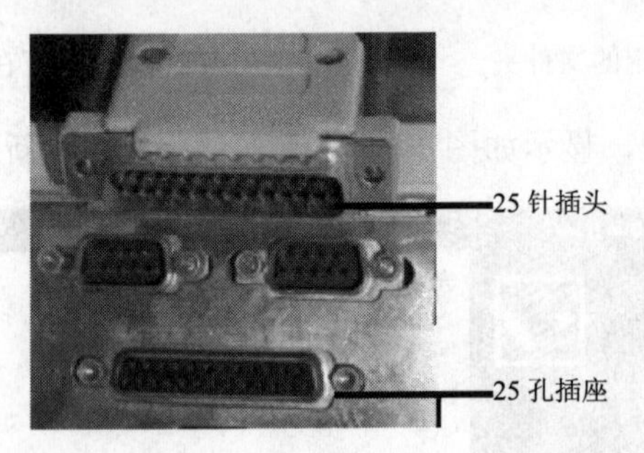

图 14-10 25 针插头与 25 孔插座

（4）拧紧 25 孔插座的固定螺钉。

（5）连接打印机电源线。

14.2.2 安装驱动程序

安装驱动程序的操作步骤如下。

（1）单击“开始”|“设置”|“打印机”命令，显示“打印机”窗口，如图 14-11 所示。

（2）单击“添加打印机”图标，显示“添加打印机向导”对话框，如图 14-12 所示。

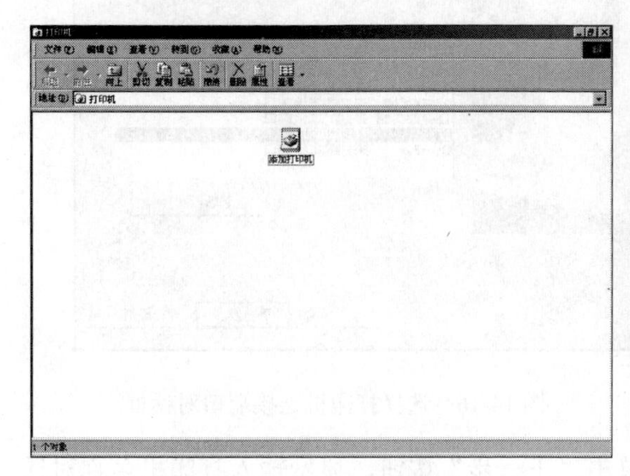

图 14-11　“打印机”窗口

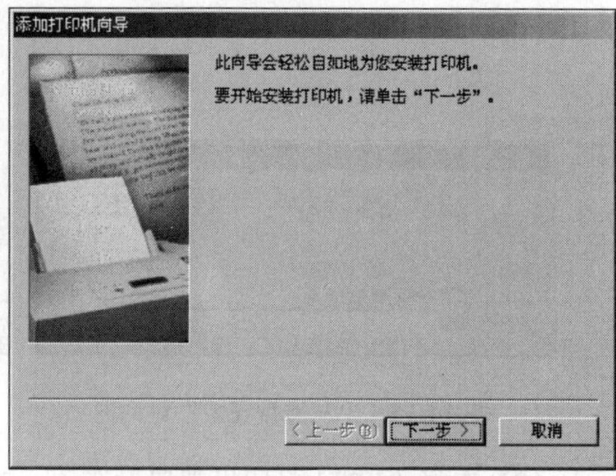

图 14-12　“添加打印机向导”对话框

（3）单击“下一步”按钮，显示要求选择连接方式对话框，如图 14-13 所示。只有在网络中使用的打印机才可能连接为“网络打印机”为用户共享。

（4）选中“本地打印机”单选按钮，单击“下一步”按钮，显示选择打印机制造厂商与型号对话框，如图 14-14 所示。

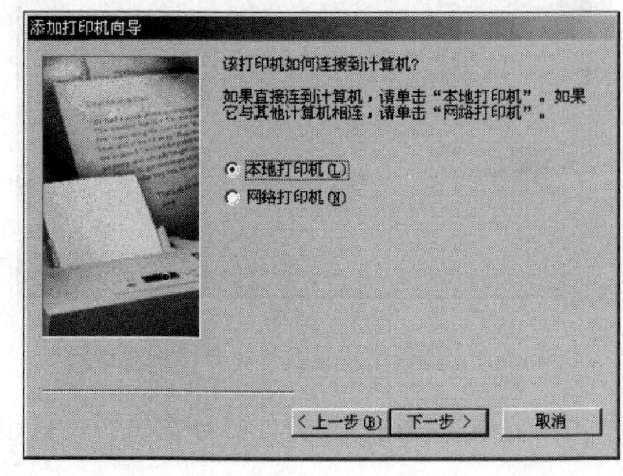

图 14-13　选择连接方式对话框

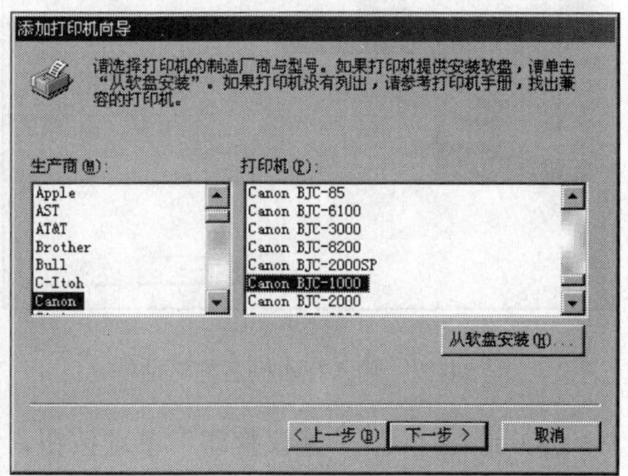

图 14-14　选择打印机制造厂商和型号对话框

（5）如果在“打印机”下拉列表框中没有相应的打印机驱动程序，则将打印机配套的驱动盘（软盘或光盘）插入相应的驱动器。然后单击“从软盘安装”按钮，显示“从磁盘安装”对话框，如图 14-15 所示。

（6）如果驱动程序在其他驱动器，应单击“浏览”按钮，选择正确的驱动程序路径。单击“确定”按钮，将从相应的磁盘安装打印机驱动程序。下面以 BJC-1000SP（佳能喷墨打印机）为例，说明后面的安装过程。

（7）在“生产商”下拉列表框中选择“Canon”选项，在“打印机”下拉列表框中选择“Canon BJC-1000”选项。单击“下一步”按钮，显示选择打印机连接端口对话框，如图 14-16 所示。

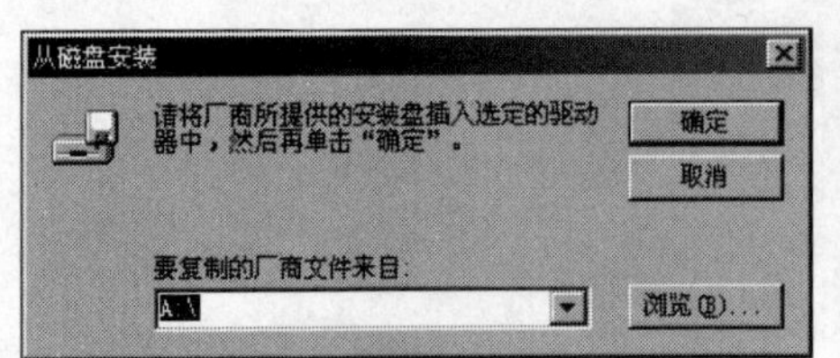

图 14-15 "从磁盘安装"对话框

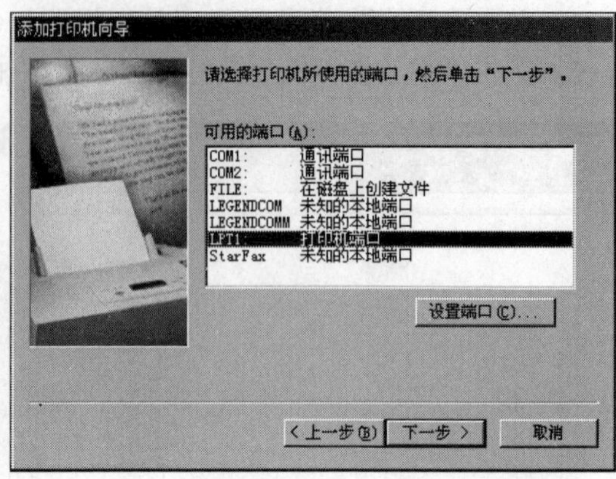

图 14-16 选择打印机连接端口对话框

（8）选择"LPT1:打印机端口"选项，单击"下一步"按钮，显示输入打印机名称对话框，如图 14-17 所示。打印机名称可以由用户任意命名，单击"下一步"按钮。系统开始复制文件。复制文件后显示询问用户是否打印测试页的对话框，如图 14-18 所示。

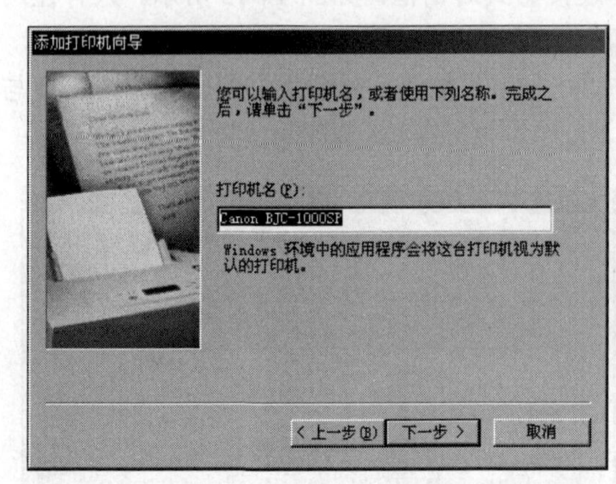

图 14-17 输入打印机名称对话框

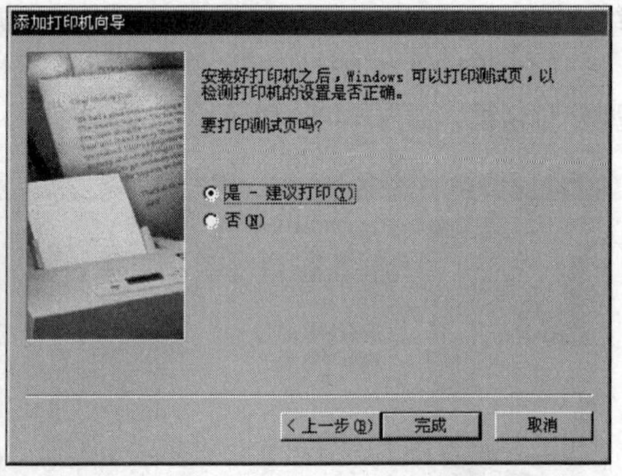

图 14-18 询问用户是否打印测试页对话框

（9）选中"是 - 建议打印"单选按钮，单击"完成"按钮即可开始打印测试页，打印过程如图 14-19 所示。

打印测试页后，系统将安装的打印机作为系统默认打印机。

14.2.3 设置属性

安装打印机后设置其属性，新式打印机提供了很多新的功能，操作步骤如下。

（1）打开"打印机"窗口，右击默认的打印机图标打开其快捷菜单，如图 14-20 所示。

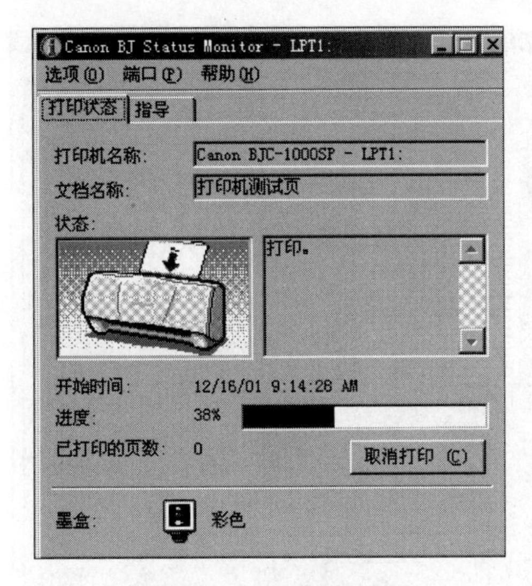

图 14-19　打印过程

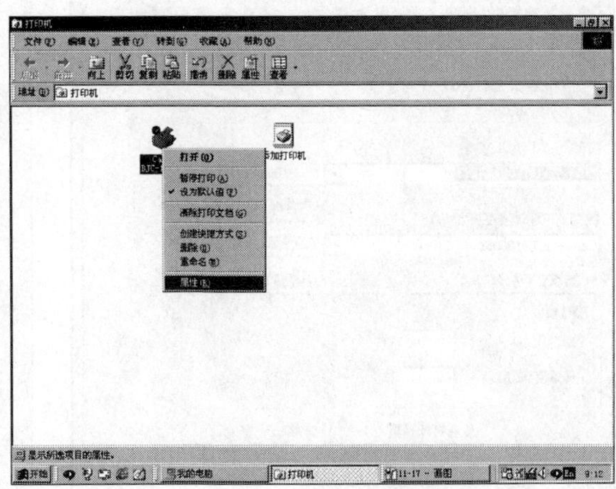

图 14-20　快捷菜单

（2）单击“属性”按钮，打开“Canon BJC-1000SP 属性”对话框，如图 14-21 所示。

（3）打开“主要”选项卡，如图 14-22 所示，在其中有打印模式、墨盒种类和介质类型等多种选项供用户选择。

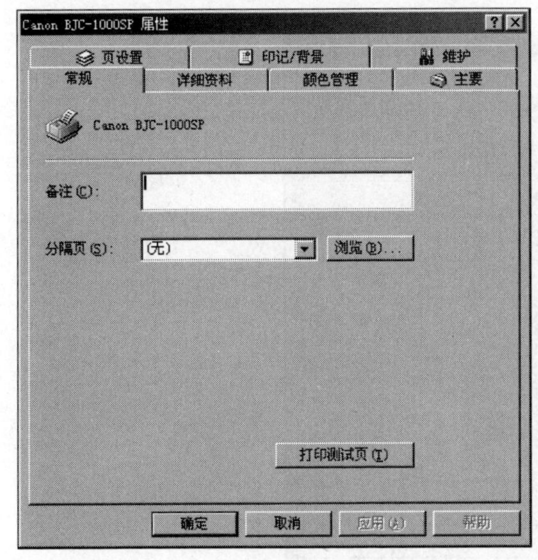

图 14-21　“Canon BJC-1000SP 属性”对话框

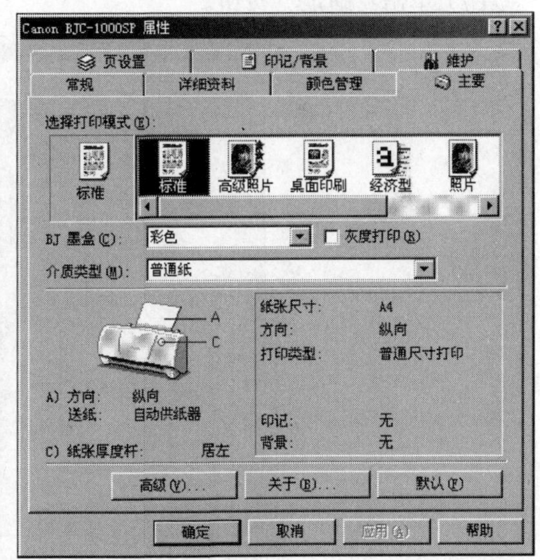

图 14-22　“主要”选项卡

（4）打开“详细资料”选项卡，如图 14-23 所示。在其中有添加或删除打印端口、升级新的驱动程序和捕获打印端口等多个选项，还可以设置后台打印。

（5）打开“页设置”选项卡，如图 14-24 所示，在其中可以设置打印纸的规格和后台打印的份数等。

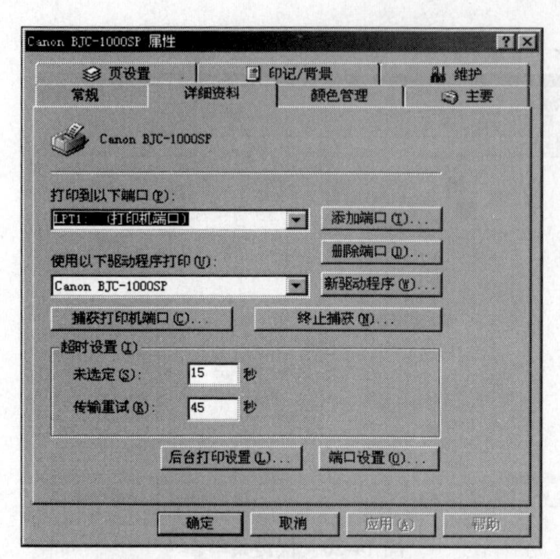

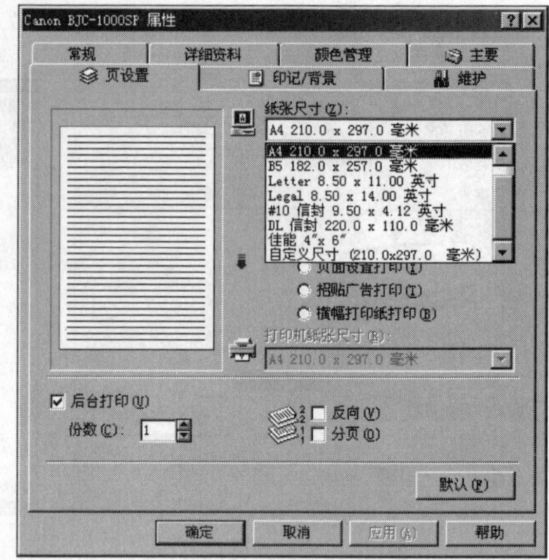

图 14-23　“详细资料”选项卡　　　　图 14-24　“页设置”选项卡

（6）打开“维护”选项卡，如图 14-25 所示。单击“清洗打印头”按钮，可以执行清洗打印头的操作；单击“测试打印”按钮可以按各种颜色打印出测试线条，检查打印效果。

（7）单击“确定”按钮。

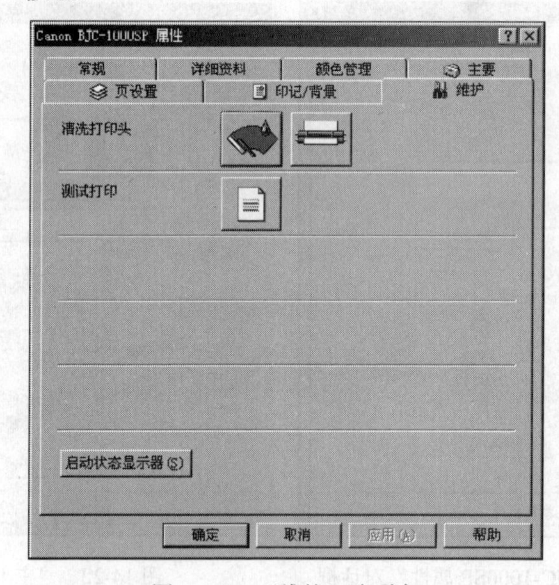

图 14-25　“维护”选项卡

14.3　安装扫描仪

本节介绍安装扫描仪及其驱动程序，以及文字识别软件的方法。

14.3.1　连接信号电缆

扫描仪的接口有 EPP、USB 和 SCSI 等接口，在电脑背后都有如图 14-26 所示的 EPP 和 USB 接口，通过信号电缆线连接即可。

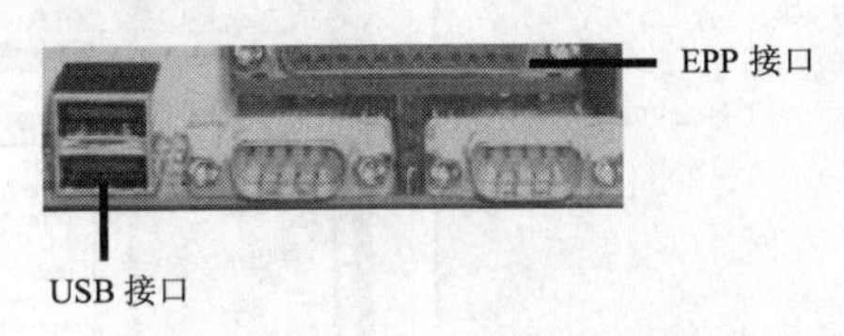

图 14-26　EPP 和 USB 接口

SCSI 接口的扫描仪需要 SCSI 接口卡的支持，要首先安装 SCSI 接口卡，然后安装扫描仪。

如果还需要连接打印机，则将打印机的信号电缆线连接到扫描仪背后的打印机并口上。使用打印机时必须首先为扫描仪加电。

14.3.2　安装驱动程序

下面以 Microtek 公司的 ScanWizard 型扫描仪为例，说明安装驱动程序的方法。

（1）将扫描驱动程序光盘放入光驱，光盘自动运行，显示的安装程序主窗口如图 14-27 所示。

（2）选择“Install Microtek ScanWizard”选项，运行 SETUP 程序开始解压缩文件。

（3）解压缩文件后，显示“欢迎”对话框，如图 14-28 所示。

图 14-27　安装程序主窗口

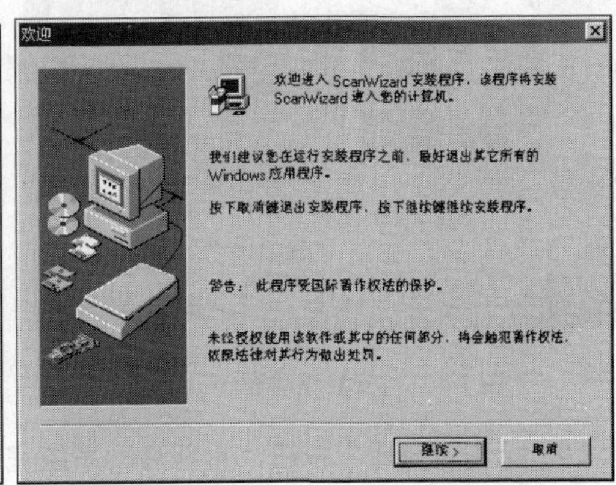

图 14-28　“欢迎”对话框

（4）单击“继续”按钮，显示“选择接口卡类型”对话框，如图 14-29 所示。说明如下。

- Adaptec SCSI Interface Card：标准 SCSI 接口卡。
- Parallel Printer Port Interface：并行打印机接口。
- Third party ASPI-compliant SCSI Interface Card：第三方厂商提供的 SCSI 卡。

根据需要选择正确的扫描仪接口，一般选择第 2 个单选按钮。

（5）单击“下一步”按钮，显示“选择安装文件夹”对话框，如图 14-30 所示。

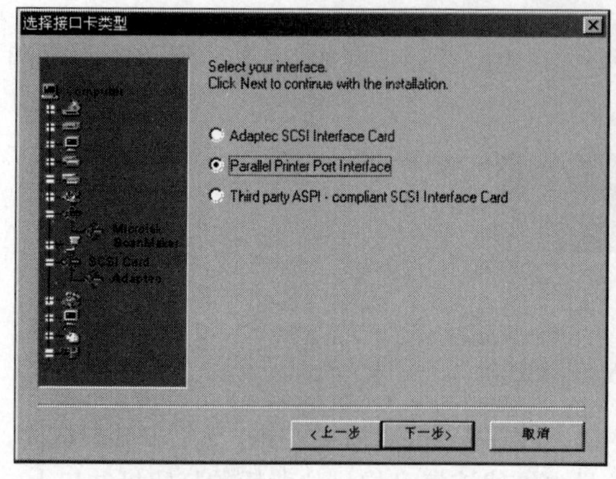

图 14-29　“选择接口卡类型”对话框

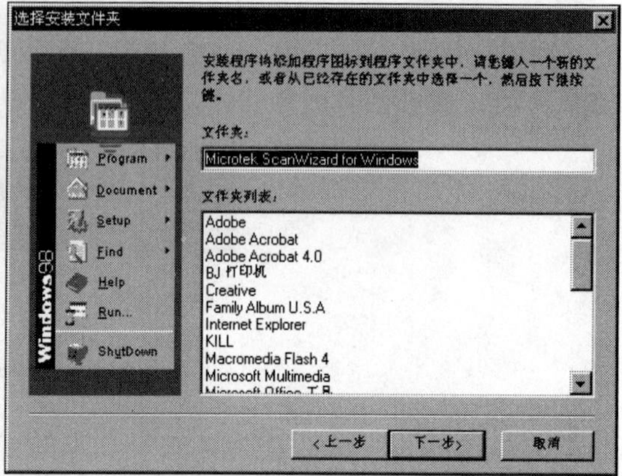

图 14-30　“选择安装文件夹”对话框

（6）使用系统默认文件夹或新建文件夹，单击“下一步”按钮开始安装驱动程序，如图 14-31 所示。

（7）安装驱动程序后，显示“Scan for Device”对话框。询问是否要测试该设备。

（8）单击“Yes”按钮，系统测试扫描仪。测试无误后，显示如图 14-32 所示的“Setup Complete”对话框，询问是否重新启动系统。

图 14-31　安装驱动程序

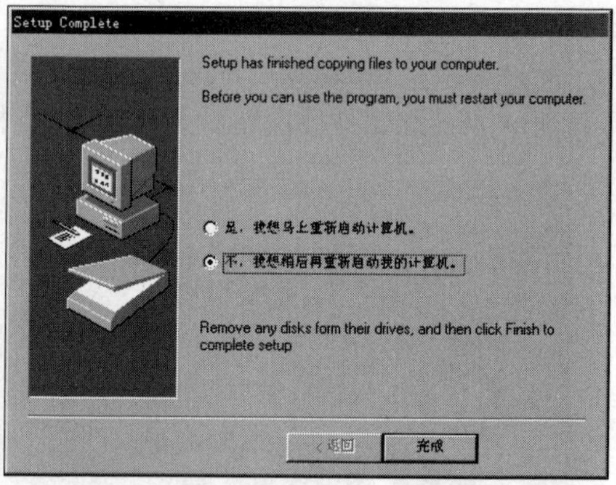

图 14-32　“Setup Complete”对话框

（9）单击“完成”按钮，重新启动系统完成扫描仪的安装。

14.3.3　扫描图像

扫描图像包括扫描照片、印刷品，以及一些实物，扫描图像需要使用 Photoshop 和 Windows 系统自带的映像等图像编辑软件。下面以 Photoshop 软件为例，简要说明扫描仪的使用方法。

（1）打开 Photoshop 软件，打开“文件”菜单，如图 14-33 所示。

（2）选择“输入”|“TVAIN_32”命令，打开扫描操作的主窗口，如图 14-34 所示。

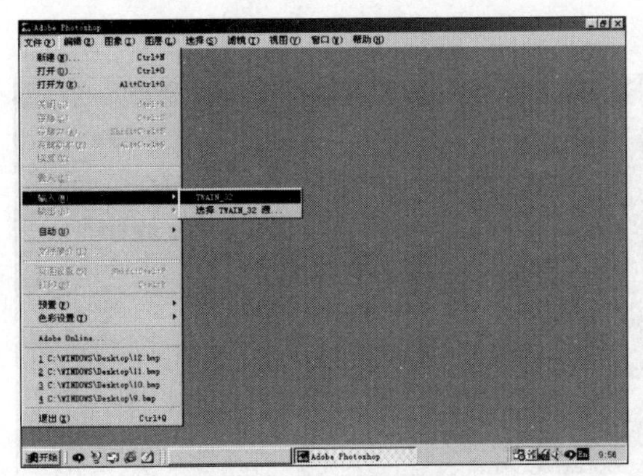

图 14-33　“文件”菜单

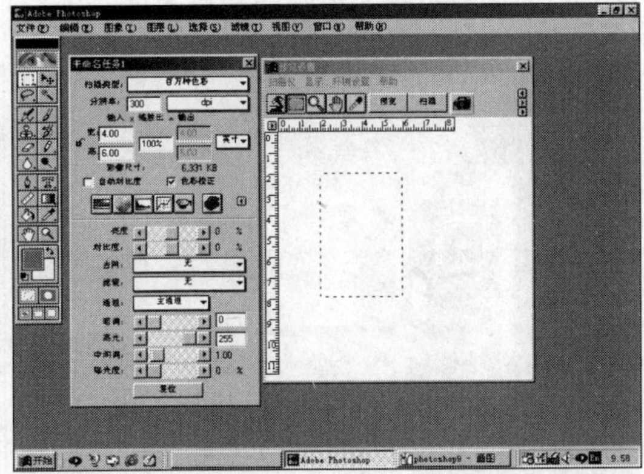

图 14-34　扫描操作主窗口

在左边的窗格中可以设置扫描类型、分辨率和输出图片尺寸等选项，扫描图像文件时，扫描类型应当选择为“百万种色彩”，分辨率设置为“100dpi”，其他选项采用系统默认值即可。在右边的窗格中执行扫描操作，扫描时首先单击“预览”按钮，然后在预览画面上划定扫描范围开始扫描。

14.3.4　安装文字识别软件

当前使用最普遍的文字识别软件是尚书五号 OCR 软件，该软件具有容易安装使用及识别率高等特点，下面以该软件为例，说明安装方法。

（1）将《尚书五号 OCR 软件》光盘放入光盘驱动器，打开“SH5.2”文件夹，如图 14-35 所示。

（2）单击“Setup”应用程序图标，打开安装程序向导窗口，如图 14-36 所示。此后显示欢迎窗口，如图 14-37 所示。

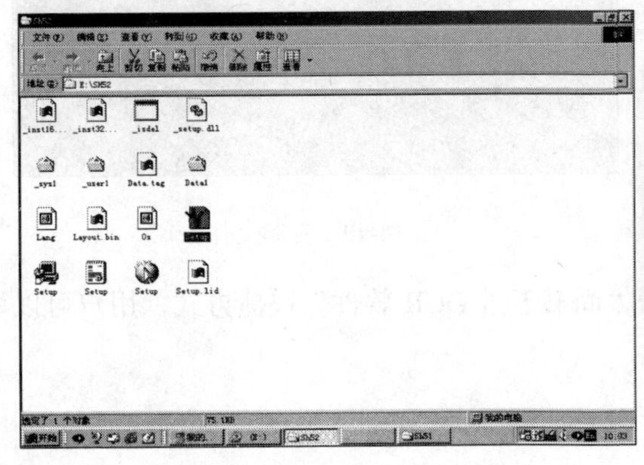

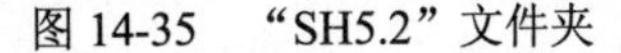

图 14-35　“SH5.2”文件夹

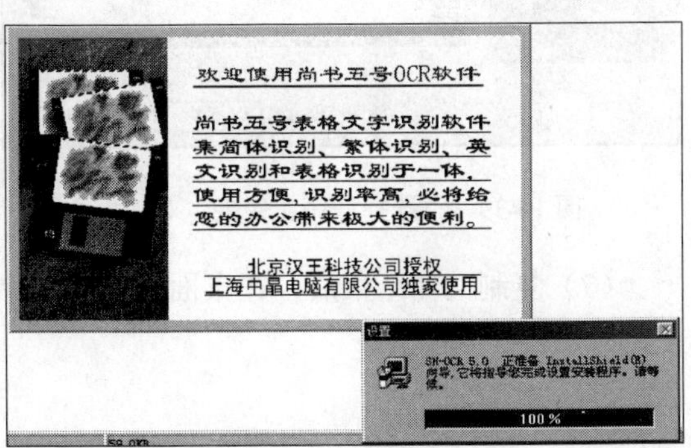

图 14-36　安装程序向导窗口

（3）单击“下一个”按钮，显示“用户信息”对话框。

（4）单击“下一个”按钮，显示如图 14-38 所示的“选择目标位置”对话框，安装程序将把扫描仪的系统文件添加到该文件夹中。

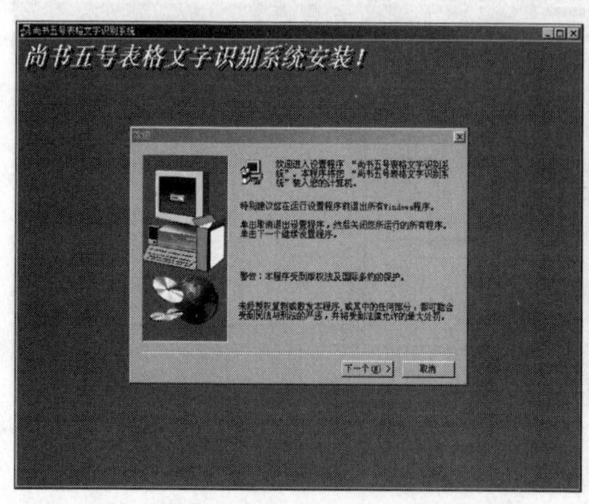

图 14-37　欢迎窗口

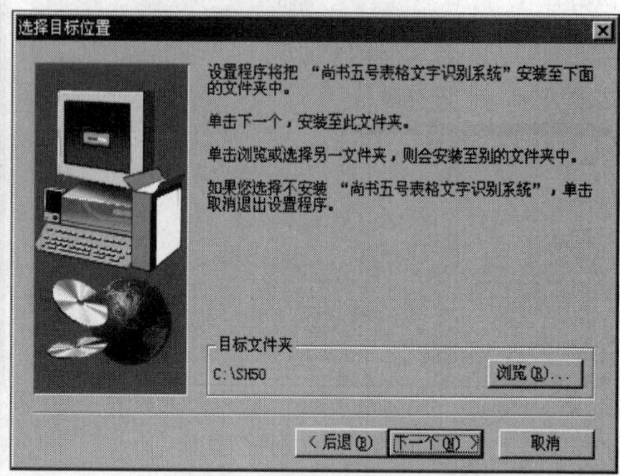

图 14-38　“选择目标位置”对话框

（5）采用系统默认的文件夹或重新创建一个文件夹后，单击“下一个”按钮，显示如图 14-39 所示的“选择程序文件夹”对话框，安装程序将把程序图标添加到所选的文件夹中。

（6）采用系统默认的文件夹或重建一个新文件夹后，单击“下一个”按钮，开始复制文件，如图 14-40 所示。

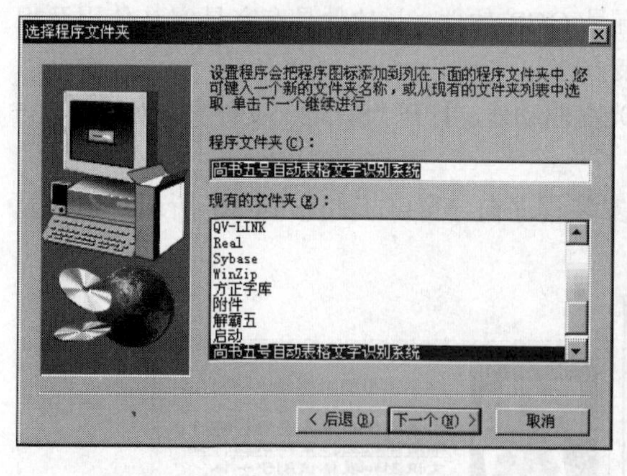

图 14-39　“选择程序文件夹”对话框

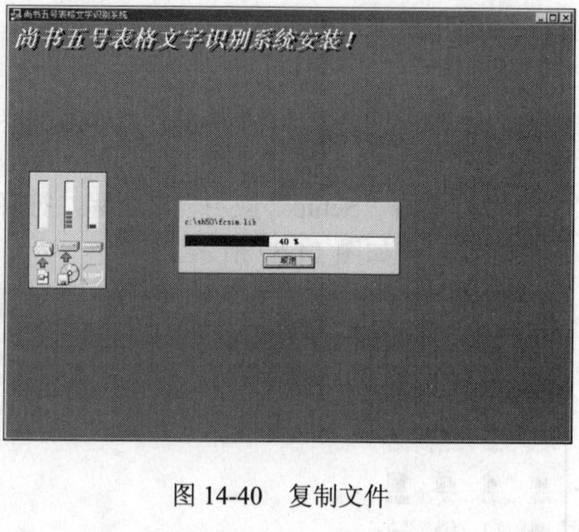

图 14-40　复制文件

（7）复制文件结束后，在桌面上生成一个“尚书五号 OCR 软件”快捷方式，用户可以使用该软件。

14.3.5　使用尚书五号 OCR 文字识别软件

尚书五号 OCR 文字识别软件的使用方法如下。

（1）单击尚书五号 OCR 软件快捷方式，打开其主窗口，如图 14-41 所示。

（2）单击“扫描”按钮，打开操作窗口，如图 14-42 所示。扫描文本文件时，扫描类型选择“黑白二值”，分辨率设置为“300 dpi”，其他选项采用系统默认值。单击“预览”按钮，然后在预览画面上划定扫描范围开始扫描。扫描后的窗口如图 14-43 所示。

（3）划定要进行文字识别的范围，单击“识别”按钮，将扫描的内容转换成文本信息，如图 14-44 所示。

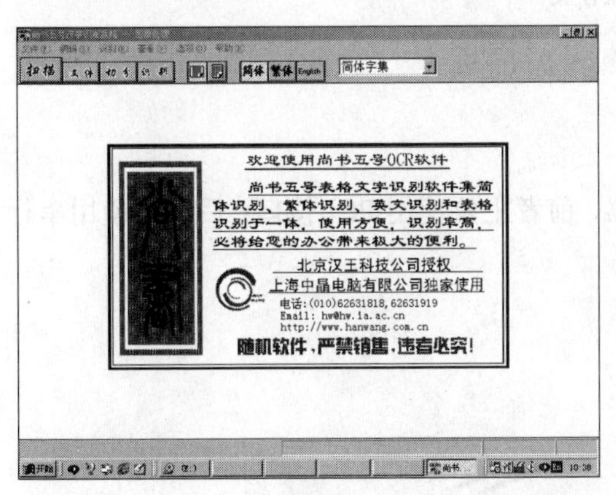

图 14-41　尚书五号 OCR 软件主窗口

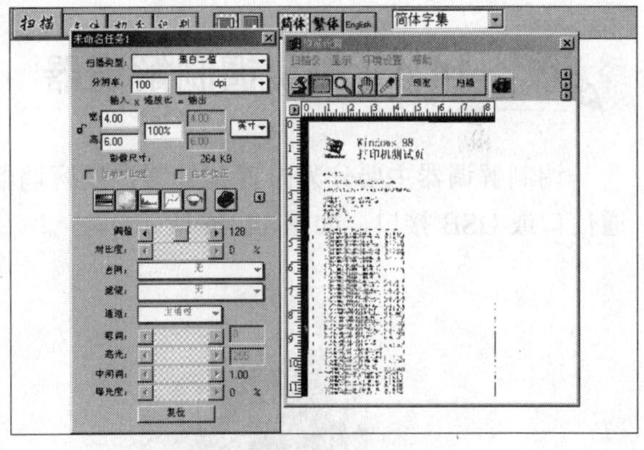

图 14-42　窗口

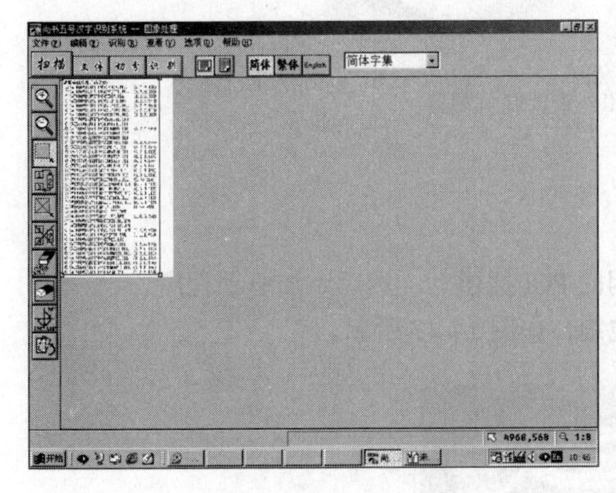

图 14-43　扫描后的窗口

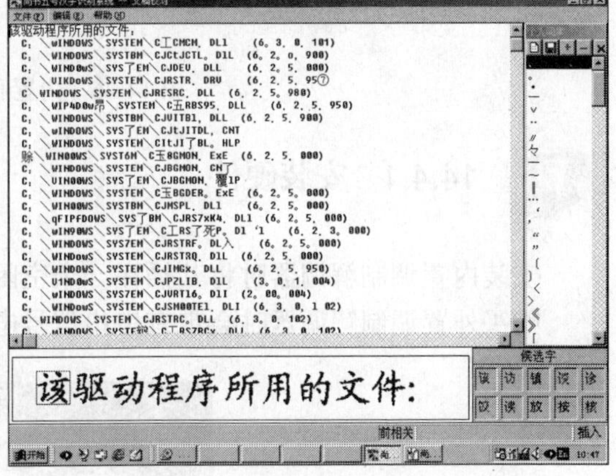

图 14-44　将扫描的内容转换成文本信息

（4）单击“文件”|“另存为”命令，将经过识别的文本保存在指定路径的文件夹中，如图 14-45 所示。

图 14-45　保存文件

14.4　安装调制解调器

调制解调器主要分为内置和外置调制解调器，前者主要使用 PCI 接口；后者则使用串行通信口或 USB 接口，如图 14-46 所示。

图 14-46　内置和外置调制解调器

14.4.1　安装硬件

安装内置调制解调器时将其插在一个空闲的 PCI 插槽上，然后添加驱动程序。

购买外置调制解调器时会带有串口信号电缆，如图 14-47 所示。

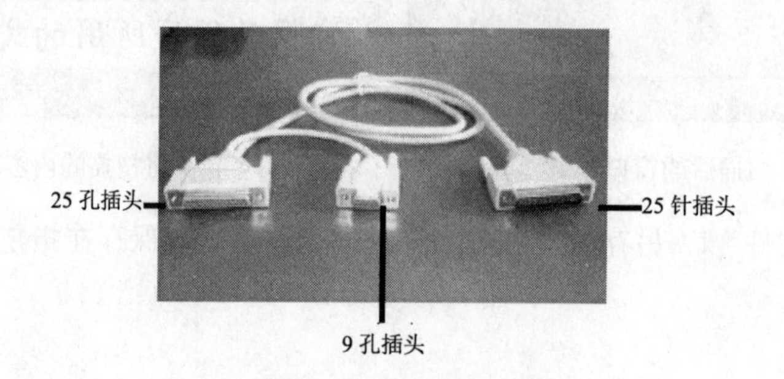

图 14-47　串口信号电缆

串口信号电缆用于连接调制解调器与电脑，连接时将 25 针插头连接到调制解调器的 25 孔插座，9 孔插头连接到主机串行口。以前的电脑都配有 25 针插座的串行通信口，所以信号电缆中还配备一个 25 孔插头。

连接的操作步骤如下。

（1）将串口信号电缆的 25 针插头插入调制解调器上的 25 孔插座中，并拧紧插头两端的螺丝，将插头固定紧。

（2）将串口信号电缆的 9 孔插头插入电脑的 9 针串口插座中，并拧紧插头两端的螺钉，将插头固定紧。

（3）将电话线插头从电话机上拔出，插入调制解调器后面的“Line”插口中。

（4）购买调制解调器时还有一条配套的电话连接线，将该线的一端插入电话机插口，另一端插入调制解调器的“Phone”插口。

（5）将电源适配器的直流输出插头插入 DC IN 插座，另一端插入电源插座。

（6）打开调制解调器的电源开关，标记为 MR（就绪）的指示灯亮，表明调制解调器安装成功。

14.4.2 安装驱动程序

如果 Windows 系统没有检测到调制解调器或者系统中没有提供相应的驱动程序，则必须手工安装，操作步骤如下。

（1）双击“控制面板”窗口中的“调制解调器”图标，打开如图 14-48 所示的“安装新的调制解调器”对话框。选中“不检测调制解调器，直接从列表中选取”复选框。

（2）单击“下一步”按钮，显示选择调制解调器的制造商和型号对话框，如图 14-49 所示。

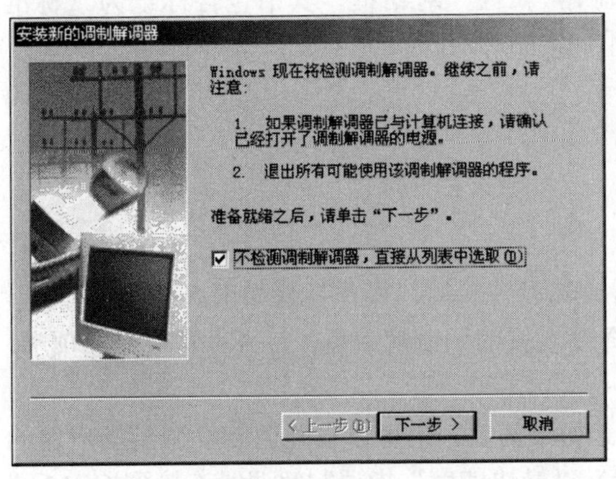

图 14-48　“安装新的调制解调器”对话框

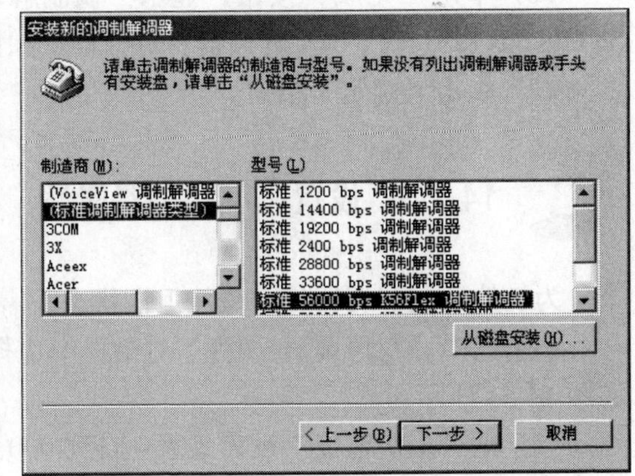

图 14-49　选择调制解调器的制造商和型号对话框

（3）选择正确的调制解调器的制造商和型号，单击“下一步”按钮。

如果在此步骤中没有发现所使用的调制解调器型号，则将调制解调器驱动盘插入软驱或光驱中。然后单击“从磁盘安装”按钮，打开“从磁盘安装”对话框，如图 14-50 所示。

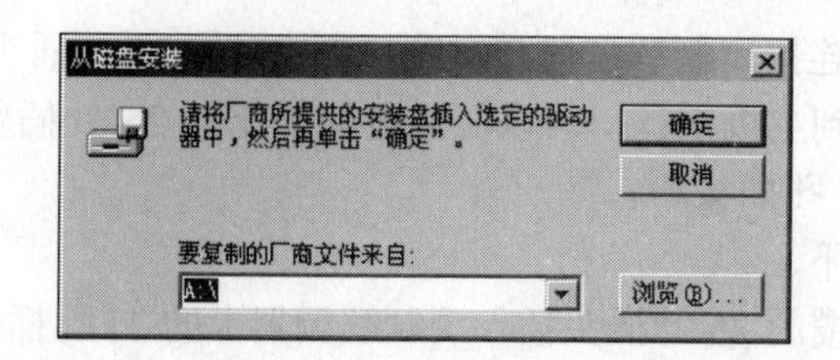

图 14-50　“从磁盘安装”对话框

选择驱动程序所在的正确路径后按照如下步骤安装。

（4）单击“下一步”按钮，显示选择调制解调器所用端口对话框，如图 14-51 所示。

（5）选择调制解调器所安装的端口后，单击“下一步”按钮，开始安装调制解调器的驱动程序。安装完成后，显示如图 14-52 所示的“已成功安装调制解调器”对话框。

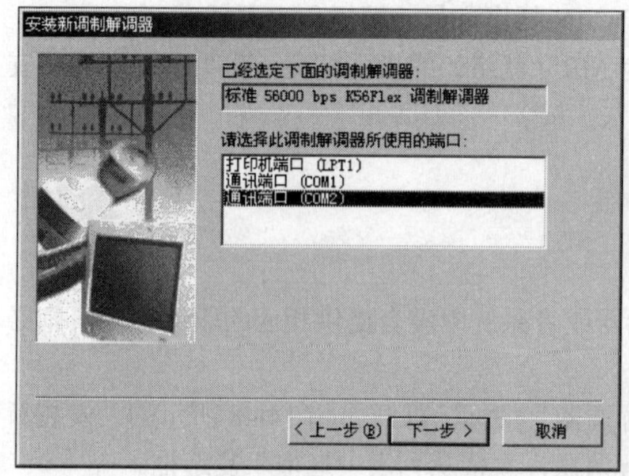

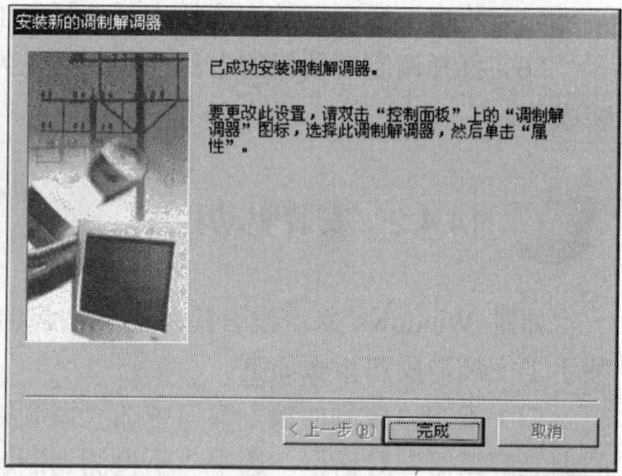

图 14-51　选择调制解调器所用端口对话框　　图 14-52　“已成功安装调制解调器”对话框

（6）单击“完成”按钮，显示“调制解调器 属性”对话框，其中包含标记为“标准 56 000 bps K56 Flex 调制解调器”对话框，如图 14-53 所示。

（7）单击“确定”按钮。

14.4.3　设置调制解调器属性

为了使调制解调器处于最佳工作状态，需要其设置属性，操作步骤如下。

（1）在“调制解调器 属性”对话框中选择要设置的调制解调器，打开“常规”选项卡，如图 14-54 所示。

（2）把“最快速度”设为最大（115 200）。如果需要，也可以设置调制解调器扬声器的音量（并非所有的调制解调器均具有此项功能）。“最快速度”指调制解调器连接到 COM 端口的最大速度，非传输速度。注意不能选中“仅以该速度连接”复选框，因为调制解调器可能无法达到“最快速度”。

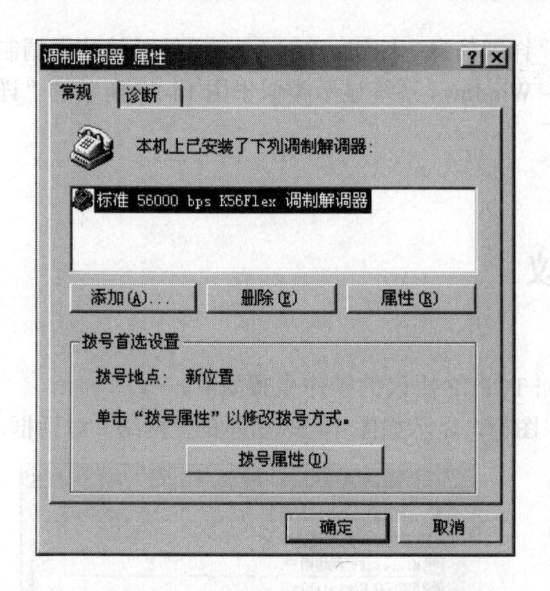

图 14-53　“调制解调器 属性”对话框

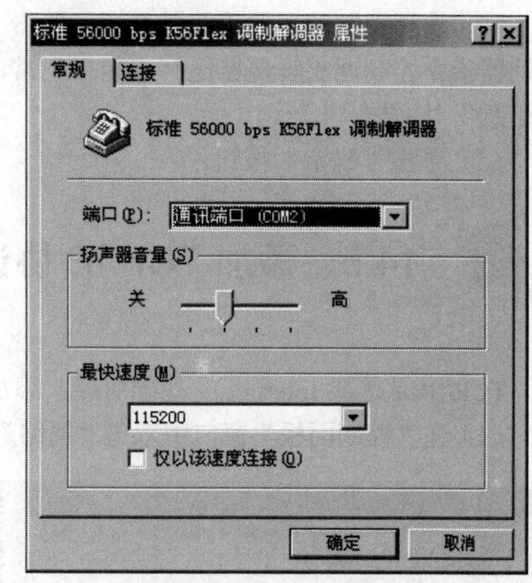

图 14-54　“常规”选项卡

（3）单击“拨号属性”按钮，打开如图 14-55 所示的“拨号属性”对话框。其中“我的位置”可随意填写，“国家（地区）”选择为“中国”，“区号”填写所在地的长途区号（如北京为 010）。“拨号方式”一般选择“音频”，其他选项可使用默认设置。

（4）单击“确定”按钮。

14.4.4　诊断调制解调器

诊断调制解调器、驱动程序和参数设置是否正常的操作步骤如下。

（1）在“调制解调器 属性”对话框中打开“诊断”选项卡，如图 14-56 所示。

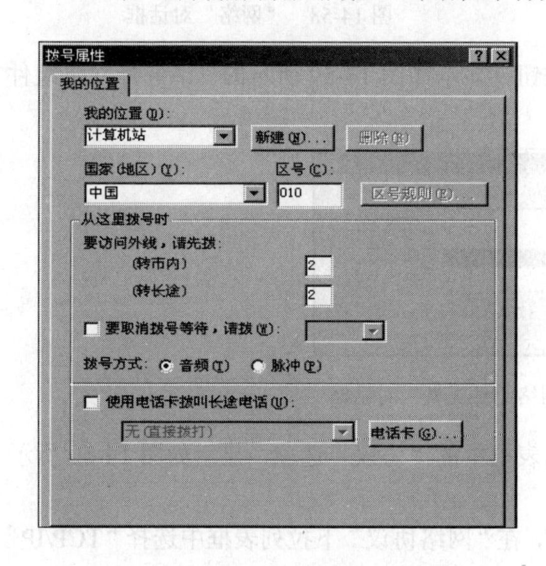

图 14-55　“拨号属性”对话框

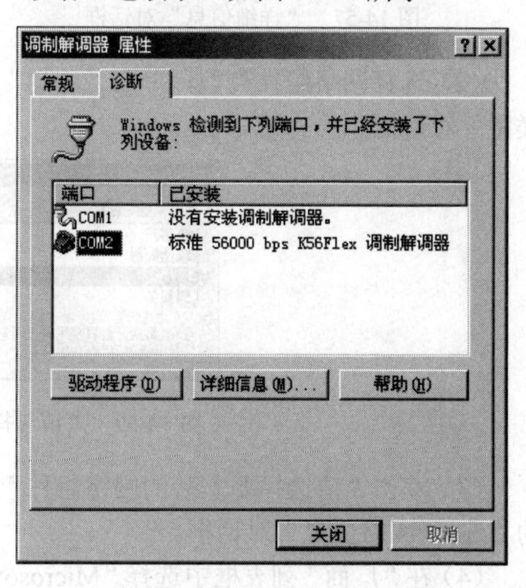

图 14-56　“诊断”选项卡

（2）选择调制解调器连接的端口，单击“详细信息”按钮，Windows系统开始使用调制解调器指令控制调制解调器运行。如果正常，Windows系统显示类似于图14-57所示的“详细信息”对话框。

（3）单击“确定”按钮。

14.5 添加TCP/IP协议

TCP/IP是连接Internet的基础协议，添加TCP/IP协议的操作步骤如下。

（1）在“控制面板”窗口中双击“网络”图标，显示如图14-58所示的“网络”对话框。

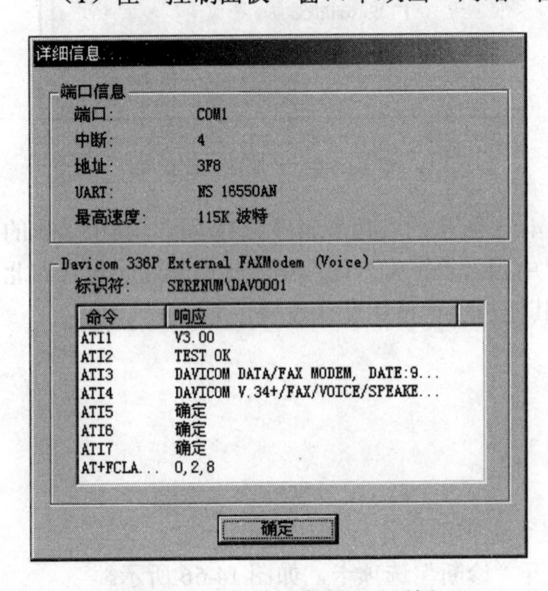

图14-57 “详细信息”对话框

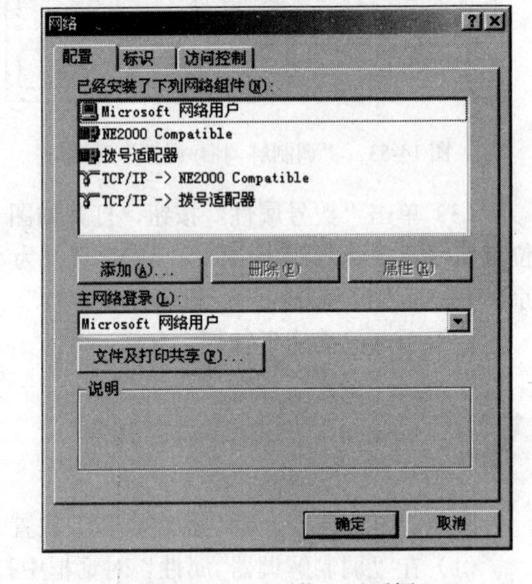

图14-58 “网络”对话框

（2）选择网络组件类型，单击“添加”按钮，显示如图14-59所示的“请选择网络组件类型”对话框。

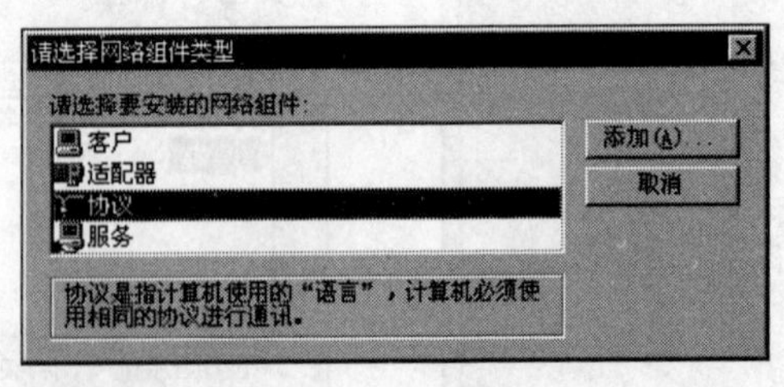

图14-59 “请选择网络组件类型”对话框

（3）双击“请选择要安装的网络组件”列表框中的“协议”选项，显示如图14-60所示的“选择 网络协议”对话框。

（4）在“厂商”列表框中选择“Microsoft”，在“网络协议”下拉列表框中选择“TCP/IP”选项，然后单击“确定”按钮。Windows系统可能要求插入其安装光盘，之后将“TCP/IP”

协议安装到电脑中。

（5）在“请选择网络组件类型”对话框中双击“适配器”选项，显示如图 14-61 所示的“选择 网络适配器”对话框。

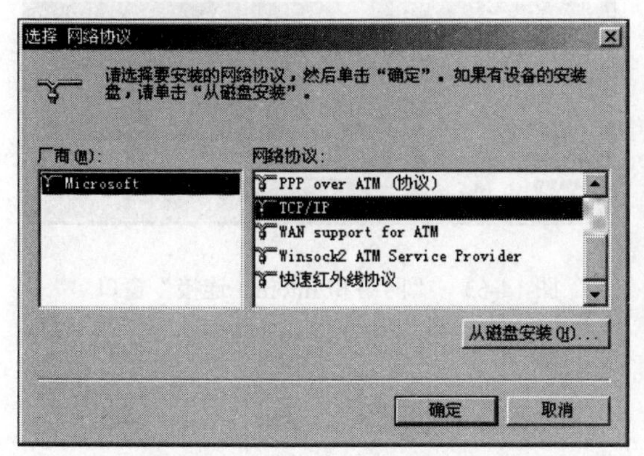

图 14-60　“选择 网络协议”对话框

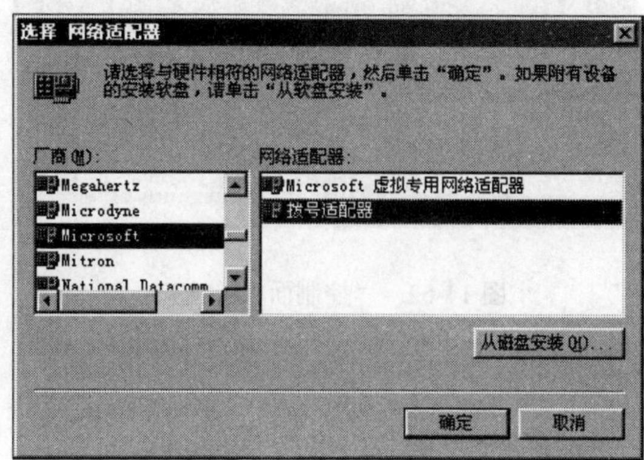

图 14-61　“选择 网络适配器”对话框

（6）选择“厂商”下拉列表框中的“Microsoft”选项和“网络适配器”下拉列表框中的“拨号适配器”选项。此时可能提示插入 Windows Me/98 安装光盘，之后则将“拨号适配器”驱动程序安装在电脑中。

（7）单击“确定”按钮，返回到“网络”对话框。如果上述安装正确，其中将包含“TCP/IP”和“拨号适配器”两个新的组件。

14.6　连接 Internet

首先做好以下准备工作。

（1）电话、电脑和调制解调器。

（2）上网账号。

（3）浏览器软件（IE），如 Microsoft Internet Explorer 6.0。

下面以 Windows XP 为例，说明连接 Internet 的操作步骤。

（1）打开“控制面板”窗口，如图 14-62 所示。

（2）单击“网络和 Internet 连接”图标，打开如图 14-63 所示的“网络和 Internet 连接”窗口。

（3）单击“设置或更改您的 Internet 连接”选项，打开“Internet 属性”对话框，打开如图 14-64 所示的“连接”选项卡。

（4）单击“建立连接”按钮，打开“新建连接向导”对话框，如图 14-65 所示。

（5）单击“下一步”按钮，打开如图 14-66 所示的“网络连接类型”对话框，选中“连接到 Internet”单选按钮。

（6）单击“下一步”按钮，显示“准备好”对话框，如图 14-67 所示。

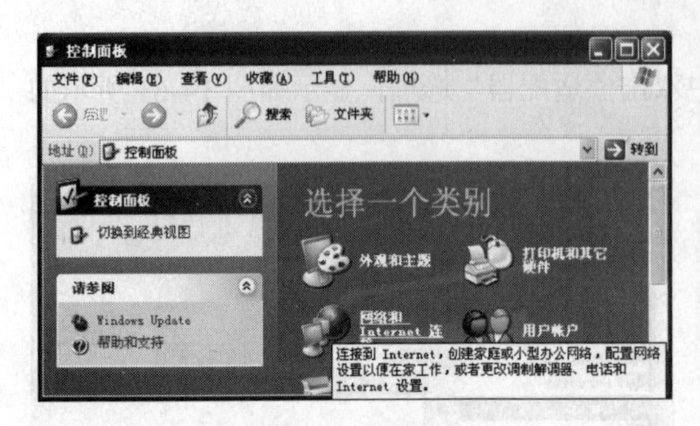

图 14-62 “控制面板”窗口

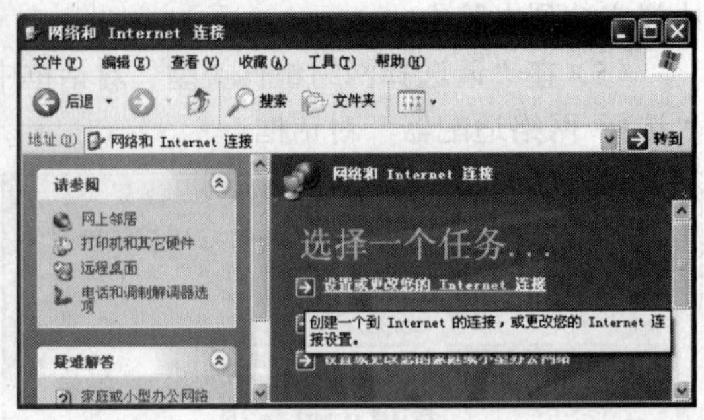

图 14-63 “网络和 Internet 连接”窗口

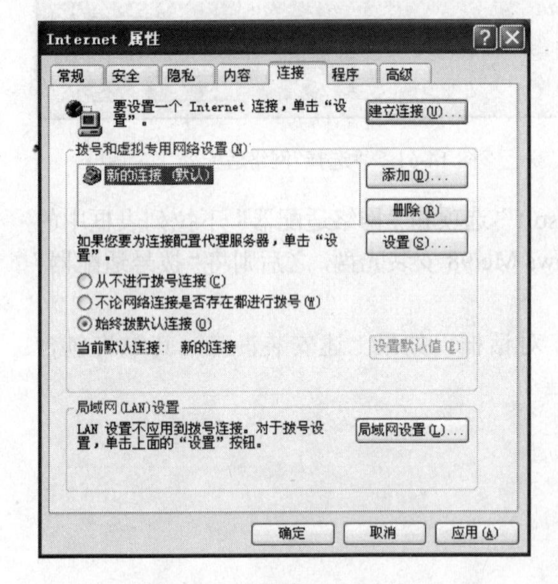

图 14-64 “连接”选项卡

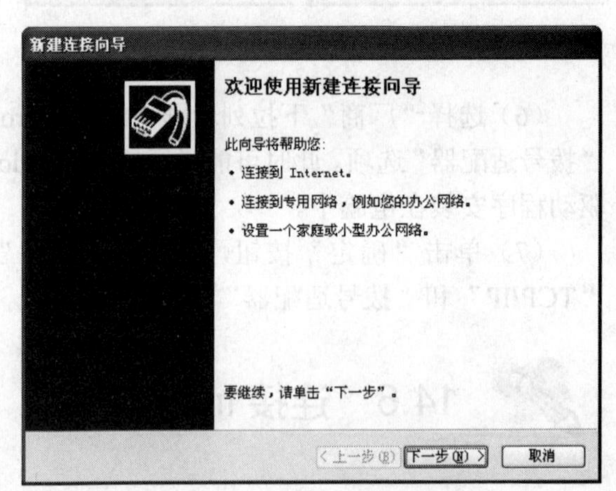

图 14-65 “新建连接向导”对话框

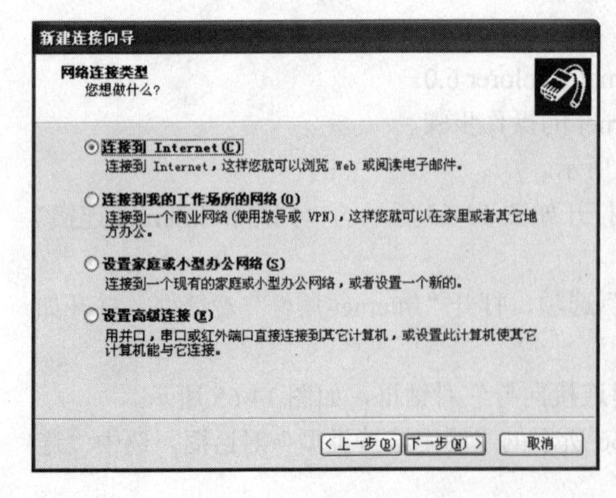

图 14-66 “网络连接类型”对话框

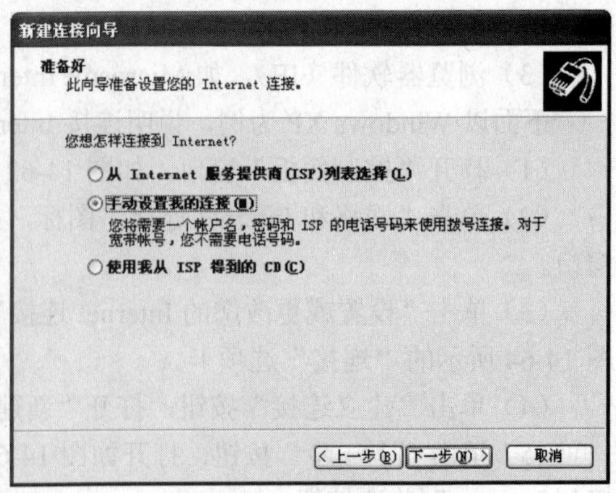

图 14-67 “准备好”对话框

（7）选择“手动设置我的连接”单选按钮，单击“下一步”按钮，显示如图 14-68 所示的“Internet 连接”对话框。

（8）如果选择第 1 个单选按钮，则使用拨号调制解调器连接，使用 ADSL 宽带上网应选择第 2 个单选按钮。单击“下一步”按钮，显示如图 14-69 所示的“连接名”对话框，输入“快速连接”。

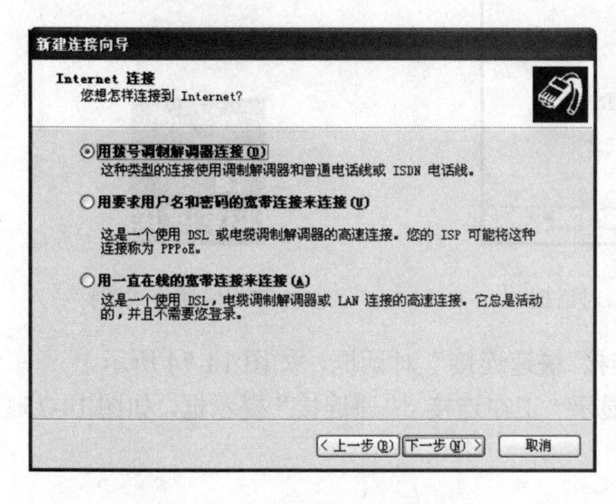

图 14-68　“Internet 连接”对话框

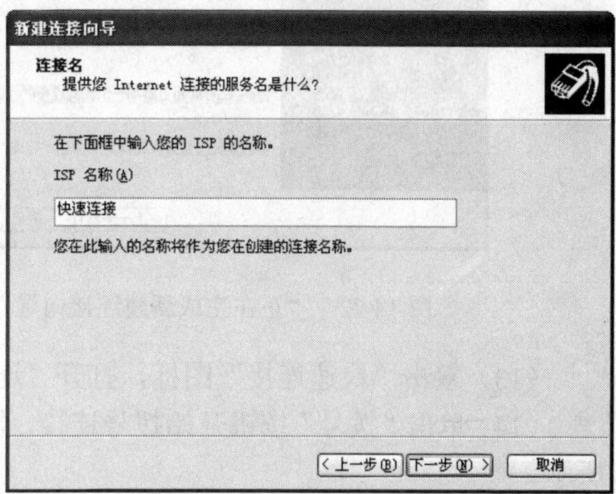

图 14-69　“连接名”对话框

（9）输入“快速连接”，单击“下一步”按钮，显示如图 14-70 所示的“要拨的电话号码”对话框。

（10）输入 ISP 的电话号码，单击“下一步”按钮，打开如图 14-71 所示的“Internet 账户信息”对话框。

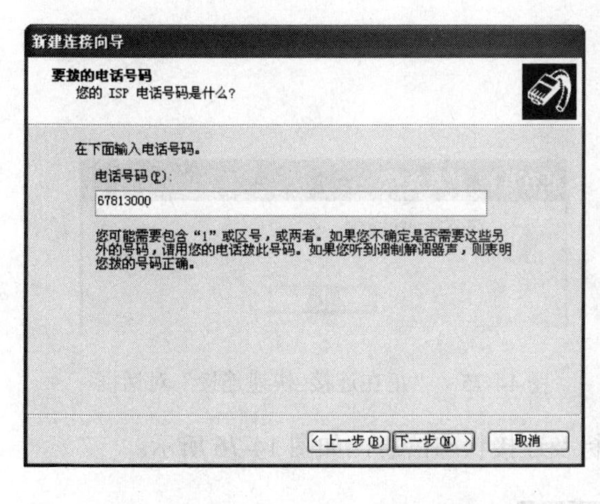

图 14-70　“要拨的电话号码”对话框

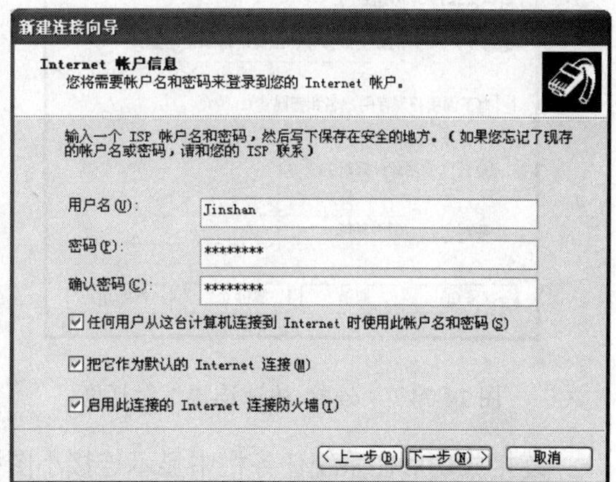

图 14-71　“Internet 账户信息”对话框

（11）输入 ISP 认定的用户名和密码，单击“下一步”按钮，打开“正在完成新建连接向导”对话框，如图 14-72 所示。

（12）单击“完成”按钮，在桌面上建立一个连接快捷方式图标，如图 14-73 所示。

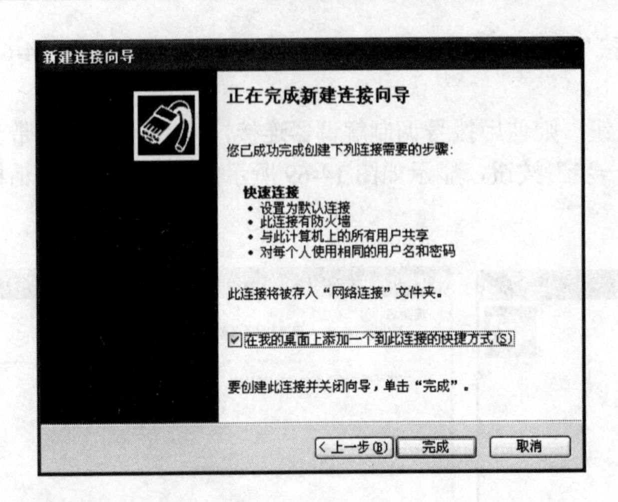

图 14-72 “正在完成新建连接向导”对话框

图 14-73 快捷方式图标

（13）双击“快速连接”图标，打开“连接 快速连接”对话框，如图 14-74 所示。

（14）单击“拨号”按钮开始拨号连接，显示“正在连接 快速连接”提示框，如图 14-75 所示。

图 14-74 “连接 快速连接”对话框

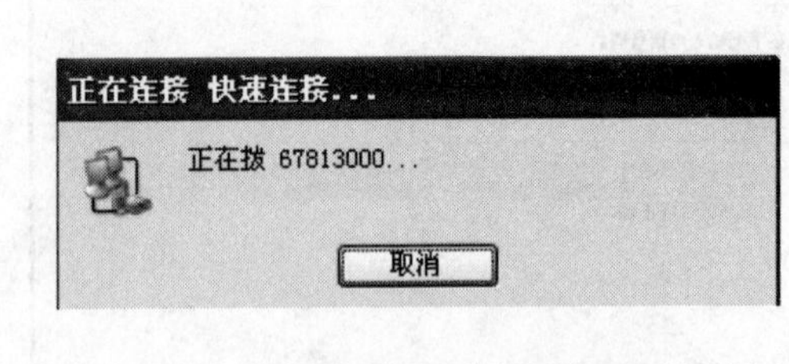

图 14-75 “正在连接 快速连接”对话框

连接成功后在系统任务栏中显示连接小图标及连接状态信息，如图 14-76 所示。

图 14-76 连接小图标及连接状态信息

在与 ISP 通信时，小图标闪烁，双击该图标从中可进一步了解连接状态。

注意　小图标的存在（无论是否闪亮）表示正在占用电话线路和享受 ISP 服务，即用户处于付费状态。

单击任务栏中的 IE 图标或双击桌面上的 IE 图标，或单击“开始”|“程序”|“Internet Explorer”|“Internet Explorer”命令打开 IE 窗口，显示 IE 的默认主页。

第三部分

维　护　篇

第 15 章　正确使用与维护电脑

电脑是一种容易发生故障的设备，如果使用方法得当，注意日常维护，就会减少故障的发生。从而延长其使用寿命，因此正确地使用电脑并做好日常维护十分重要。

15.1　环境要求

一般的办公环境和家庭都能满足电脑对使用环境的要求，如下环境条件是最基本的。

（1）清洁

电脑应放置在室内清洁的环境，因灰尘会污染电脑键盘、磁盘、显示器和主机电路板等重要部件，以至造成重大故障。

（2）通风

电脑在工作时，电源、CPU 及显卡等部件会散发大量的热量。若散热不好，室内温度过高，长期使用会使电脑寿命降低，所以应注意室内的通风。

（3）温度和相对湿度

在炎热夏季，放置电脑的室内应配空调设备，温度应保持在 10℃~35℃之间，相对湿度应保持在 30%~80%之间。

（4）交流电压

交流电压应为 220 V±10%，频率为 50 Hz±5%。若波动范围超出，会影响电脑的正常工作。

电脑不能与复印机、电冰箱和空调机等设备共用一个电源插座。

有条件的家庭或办公室，应加 UPS。这样在突然断电时可保护电脑数据，而且一般 UPS 都具有稳压功能。

（5）接地

电脑的供电电源必须要有良好的接地系统作为安全保证，三相电源插座左边为“零”线，右边为“火”线，上边为“地”线。

15.2　正确使用电脑

15.2.1　注意事项

正确使用电脑的注意事项如下。

（1）任何情况下都不允许带电插拔电缆或机箱内的部件。

（2）开机时先开外设，后开主机；关机时顺序相反。

（3）使用键盘应轻击按键，不可用力过猛。

（4）严防电脑病毒，不使用不明真相的软件。

（5）将BIOS设置为从C盘启动系统。

（6）备份重要的文件。

（7）定期用杀病毒软件查杀电脑病毒。

（8）不得在电脑旁吸烟、喝水或吃东西。

15.2.2　保护光盘

为了延长光盘的使用寿命，应注意以下事项。

（1）光盘不能够弯折，还要避免用尖硬的物品划伤磁盘。

（2）不要将任何污物溅到光盘上。

（3）应将光盘保存在盒内，并放置在一个清洁的环境中。

（4）保持光盘清洁。用手拿光盘时，一定要注意手指不要接触光盘的信息面。

15.2.3　防止静电

静电是电脑使用的大敌，防止电脑受静电损坏的措施如下。

（1）室内不铺化纤地毯，应铺防静电地毯。

（2）保持室内的湿度。

（3）从室外进入室内时应双手摸一下室内金属物，如暖气管和铁皮柜等，放掉身上静电后操作电脑。

（4）不要随便用手触摸电脑内部的元器件，因为CMOS电路的防静电能力很差。

15.3　维护电脑

15.3.1　维护的必要性

电脑在使用一段时间后，经常会发生死机、驱动器不读盘，以及鼠标和键盘不能正常工作等现象，主要原因如下。

（1）由于CPU等部件散热量很大，沾染了灰尘后不利于散热，从而导致这些部件因温度急剧升高而不能正常工作。

（2）主机机箱背面的并行口、串行口和声卡等插口的接头处沾染大量灰尘后致使接触不良。

（3）CPU与电源的散热风扇上的灰尘过多，使散热效果大大降低，严重时会烧坏主板

和CPU。

（4）键盘按键的触点及鼠标内部的滚轴上沾染的灰尘会导致其敏度下降。

（5）显示器表面沾染的灰尘，使其的亮度降低，显示的内容模糊不清。

（6）磁盘驱动器的磁头和光驱的激光头沾染灰尘而影响正常的读写操作。

（7）打印机由于长期工作会发生磨损，如果在打印头的滑杆上未及时上润滑油，会影响打印效果。

15.3.2 一般性维护

1. 清洁主机部分

清洁时轻轻地用毛刷刷去板卡表面的灰尘，然后用吸尘器吸一遍，将灰尘吸干净。

2. 清洁散热风扇

拆下CPU散热风扇，如果是SLOT架构，则连同CPU拆下。

（1）清除灰尘

用刷子顺着风扇马达轴心边转边刷，同时清刷散热片。

（2）加油

小心揭开风扇后面的不干胶标签，不要撕破。在转轴上滴几滴缝纫机油或其他润滑油，然后将厂商标签粘贴好。

（3）清除油垢

如果加油后风扇转动时还有响声，则用尖嘴钳拆下风扇转子上的锁片（像一个圆环，中间有一个小缺口）。然后拆下风扇的转子用镊子缠一团脱脂棉，蘸一点无水酒精小心地擦去上面的污垢。注意不要把电刷弄斜、弄歪并弄断，清理干净后安装好。

3. 清洁光驱

清洁光驱使用清洁光盘，这是一张特殊的盘片，另外还配备清洁剂。

将清洁光盘放入光驱后，在Windows系统下，选择“开始”|“程序”|“附件”|“娱乐”|“CD播放器”命令，打开“CD播放器”窗口，如图15-1所示。

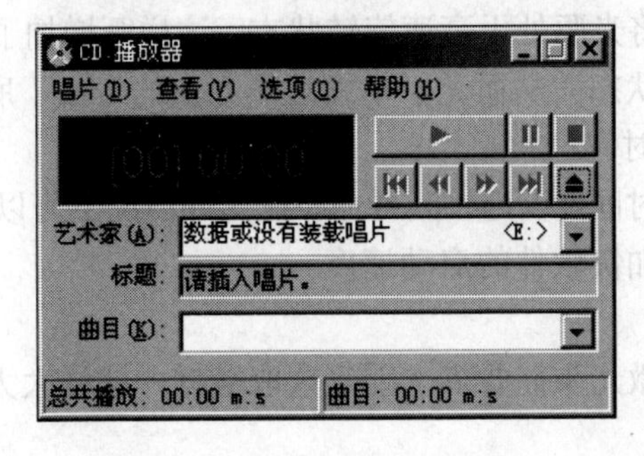

图15-1 “CD播放器”窗口

切换不同声道操作，全面清洁光驱。

4．清洁鼠标

清洁外壳时，用软纱布蘸少许的清洁液或无水酒精擦拭其；清洁内部时，拆下橡胶滚，用无水酒精擦拭橡胶球和内部滚轮，清洁后装好。

5．清洁键盘

首先将键盘倒过来，使有键的面向下。轻轻地敲打键盘背面，有些碎屑可以落下。然后将键盘翻过来，用吸尘器清除其中的灰尘。

必要时也可以拆下键盘四周的固定螺钉，打开键盘。用软纱布沾无水酒精或清洁剂清洗，晾干后装好。

6．清洁显示器

用软纱布蘸一点专用的清洁剂轻轻擦拭即可。

15.3.3　使用光驱的注意事项

使用光驱的注意事项如下。

（1）保持光驱及光盘清洁

光驱污染来自光盘的装入和退出过程，光盘是否清洁对光驱的寿命有直接影响，光盘在装入光驱前应检查是否清洁。使用后的光盘要妥善保管，防灰尘污染。

（2）定期清洁保养激光头

光驱使用一段时间之后激光头上会染上灰尘，导致读盘能力下降。具体表现为读盘速度减慢，显示屏画面出现马赛克或声音出现停顿。严重时可听到光驱频繁读取光盘的声音，所以要定期清洁光驱。

（3）保持光驱水平放置

在电脑使用过程中，光驱要保持水平放置。其原因是光盘在旋转时重心因不平衡而发生变化，轻微时可使读盘能力下降，严重时可能损坏激光头。

（4）关机前取盘

在光驱内放置光盘，将光驱处于高速旋转状态。这样既增加了激光头的工作时间，也使电机及传动部件处于磨损状态。从而无形中缩短了光驱的寿命，所以要在关机前取出光盘。

（5）减少光驱的工作时间

为了减少光驱的使用时间，以延长其寿命，在允许情况下可以把经常使用的光盘软件存放在硬盘中，这样还可以加快软件的启动速度。

（6）不用盗版光盘

盗版光盘的质量差，激光头需要多次重复读取数据，这样大大缩短了光驱的使用寿命。

（7）正确开关托盘

光驱前面板上有进/出仓按键，按键时不能用力过猛，以防按键失控。

（8）利用软件开关托盘

很多刻录软件和多媒体播放工具都提供开关托盘的功能，如在 Windows 中右击光盘盘符，显示的快捷菜单中有一个“弹出”命令可以弹出托盘。应尽量使用软件控制开关托盘，这样可减少光驱进/出仓按键发生故障。

15.3.4 刻录机使用常识

刻录光盘时使用不当会经常发生“烧盘”现象，要提高刻录的成功率，应注意如下问题。

（1）电脑的档次要高一些，并且性能稳定。刻录机的缓存尽可能大一些，并且应是名牌产品。

（2）关闭无关的硬件设备，如连接局域网的网卡。以防在光盘刻录过程中有其他电脑来访问主机，而导致光盘刻录中断。

（3）关闭电脑的省电模式，由于在刻录过程中鼠标和键盘均没有输入信息，所以电脑会误认为系统处于闲置状态而导致突然供电停止，这对刻录是致命的打击。

（4）在刻录过程中尽量不要执行其他的应用程序，特别是一些后台工作的防毒软件。同时确保已关闭 Windows 9x 的计划任务和屏幕保护程序，使它们不会在刻录时突然运行。

（5）选择合适的刻录软件，一般最好使用刻录机附带的刻录软件，这样可以减少兼容的问题。另外，还要注意选用较新版本的软件，因为新版本漏洞较少，并能对硬件更好的支持。

（6）要注意刻录机的散热问题，不要长时间连续刻录光盘；否则很可能导致机件过热而使刻录失败。

（7）“金碟”、“绿碟”和“蓝碟”虽然无本质的区别，但不同的刻录机对不同的碟片兼容性可能不同，所以应尽量选用名牌产品。

（8）大多数情况下应选择最稳定的刻录方法，即将要刻录的数据在硬盘上做成一个 ISO 影像文件，然后刻盘。

15.4 磁盘维护工具

在使用电脑过程中，需要频繁地从硬盘存取和删除文件，因此产生一些无用的文件及硬盘碎片。并且由于误操作或电脑病毒的破坏，因而会使一些文件产生错误，所以必须每隔一定的时间清理硬盘。在 Windows 系统中有 3 个维护硬盘的工具软件，即磁盘清理程序、磁盘扫描程序和磁盘碎片整理程序，如图 15-2 所示。

15.4.1 清理硬盘

清理硬盘包括删除无用的文件、清空回收站及释放硬盘空间。

清理磁盘的操作步骤如下。

（1）选择“开始”|“程序”|“附件”|“系统工具”|“磁盘清理程序”命令，显示“选择驱动器”对话框，如图15-3所示。

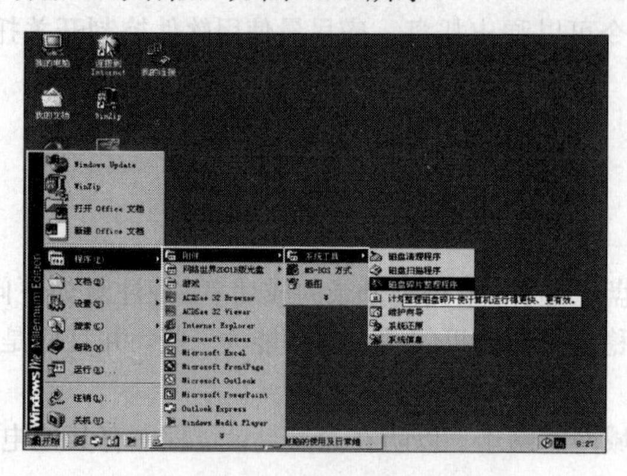

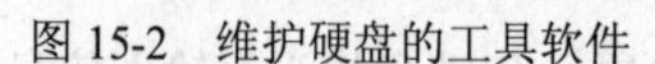
图15-2　维护硬盘的工具软件

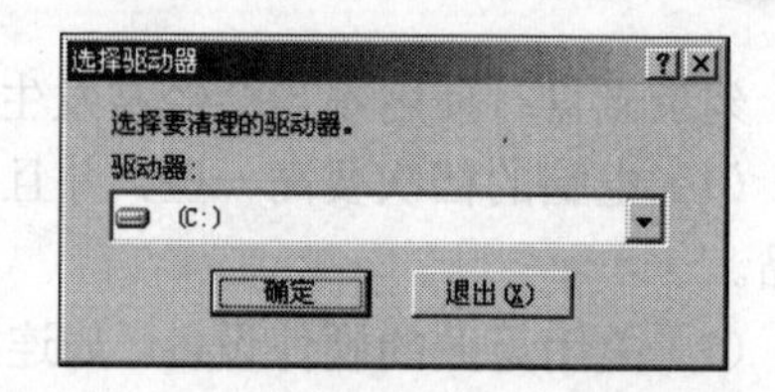

图15-3　“选择驱动器”对话框

（2）选择要清理的驱动器，单击“确定”按钮，显示“磁盘清理程序”对话框，如图15-4所示。

（3）选中要清理的选项，单击“确定”按钮，系统开始查找相应的文件，并将其删除。打开“磁盘清理程序”对话框中的“其他选项”选项卡，如图15-5所示。在其中可以选择清理“删除并不使用的Windows可选组件，可释放更多的磁盘空间”、“删除并不使用的程序，可释放更多的磁盘空间”和“通过减少‘系统还原’所使用存储文件的数量，可释放更多的磁盘空间”三个选项，达到释放更多的磁盘空间的目的。

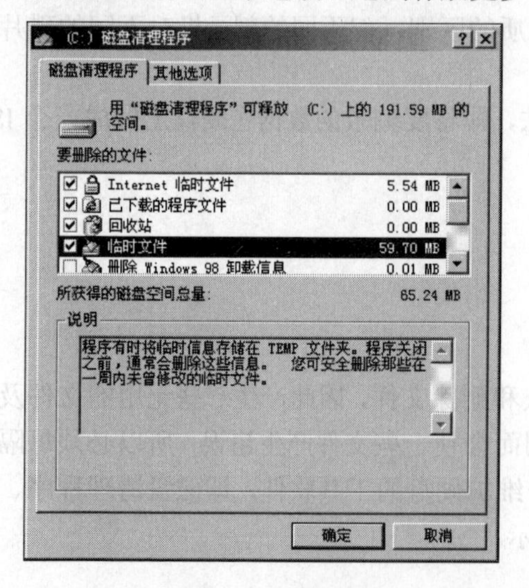

图15-4　“磁盘清理程序”对话框

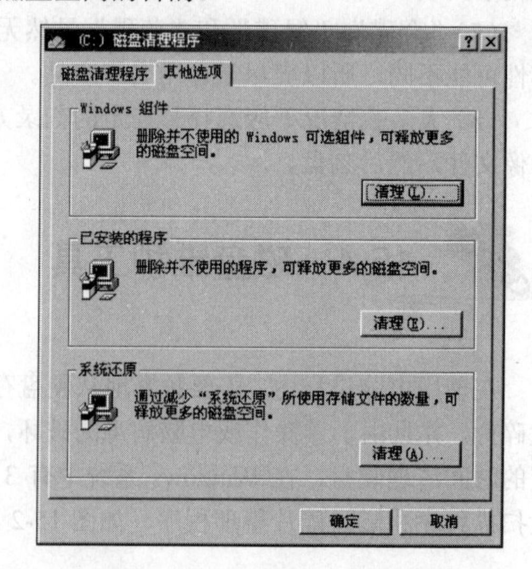

图15-5　“其他选项”选项卡

打开“回收站”窗口，如图15-6所示，在其中可以“还原”、“剪切”或“删除”其中的文件。

右击桌面上的“回收站”图标，弹出快捷菜单，如图15-7所示。单击其中的“清空回收站”命令，即可清空回收站，释放硬盘空间。

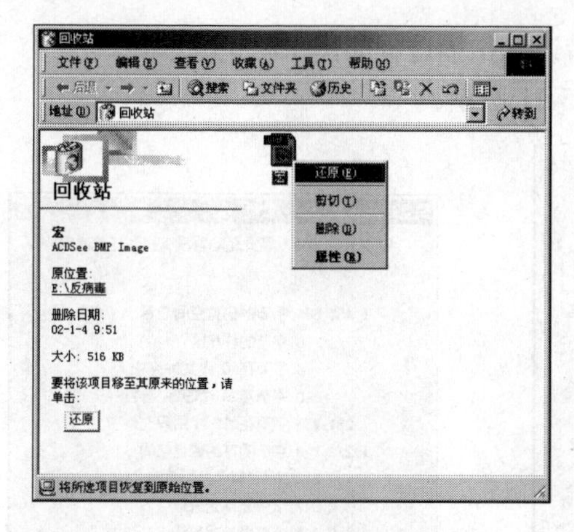

图 15-6　“回收站”窗口

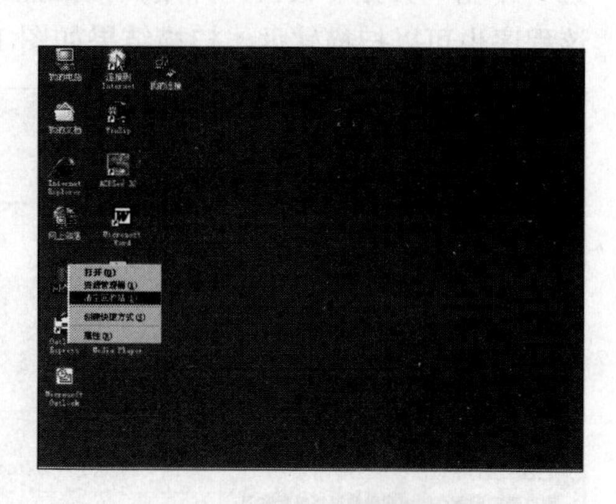

图 15-7　快捷菜单

15.4.2　扫描硬盘

在硬盘的读写过程中如果发生突然断电和重新启动系统等异常情况，或者硬盘被病毒感染，其中的文件系统就会受到损坏，通常称为“逻辑故障”。

当硬盘由于使用不当或长期磨损等原因，可能会造成部分磁介质损坏或控制电路等出现故障。从而造成硬盘不能使用，这类故障一般属于物理故障。

“磁盘扫描程序”工具软件可以修复逻辑故障并诊断备注故障，即标志出磁盘中的坏扇区，并将其中的数据移到正常扇区中。

（1）选择“开始”|“程序”“附件”|“系统工具”|“磁盘扫描程序”命令，显示“磁盘扫描程序”窗口，如图 15-8 所示。

（2）在“测试类型”选项组中选中“完全”单选按钮，则执行“标准”测试并扫描硬盘表面，检测有无错误。选中“自动修复错误”复选框，当检测到逻辑错误时，系统能够自动进行修复。单击“高级”按钮，显示“磁盘扫描高级选项”对话框，在其中可以设置有关文件。单击“选项”按钮，显示如图 15-9 所示的“表面扫描选项”对话框，在其中可以设置要检测的磁盘区域。

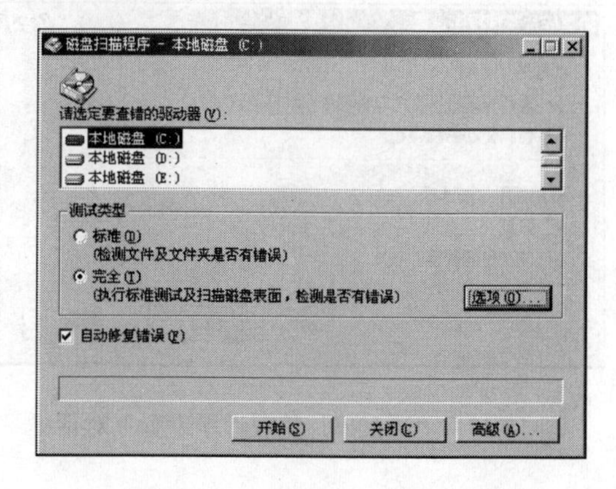

图 15-8　“磁盘扫描程序”窗口

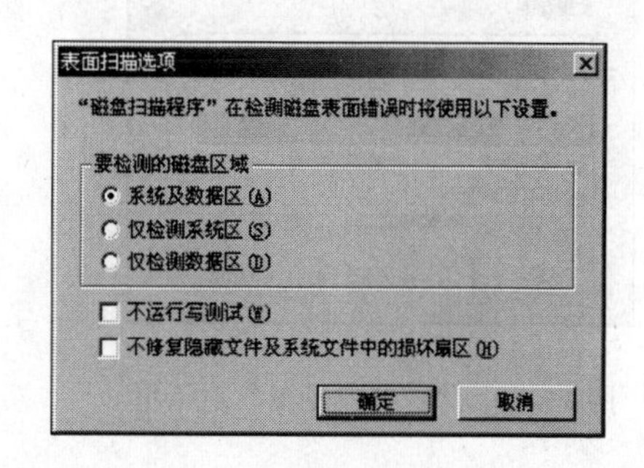

图 15-9　“表面扫描选项”对话框

（3）单击“开始”按钮，开始扫描磁盘错误，扫描过程如图15-10所示。

该程序也可以扫描软盘，扫描结果如图15-11所示。

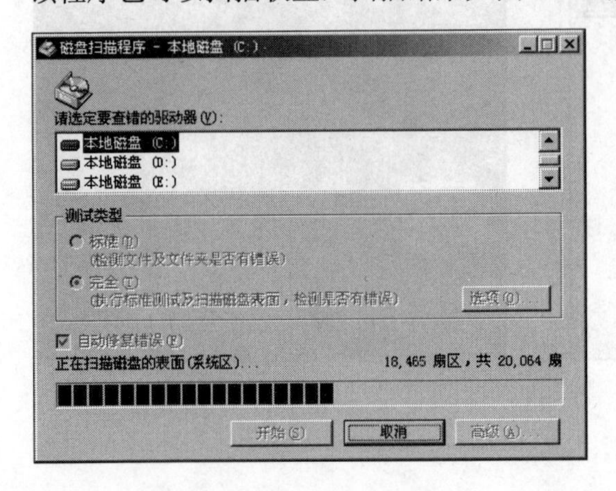

图15-10　扫描过程

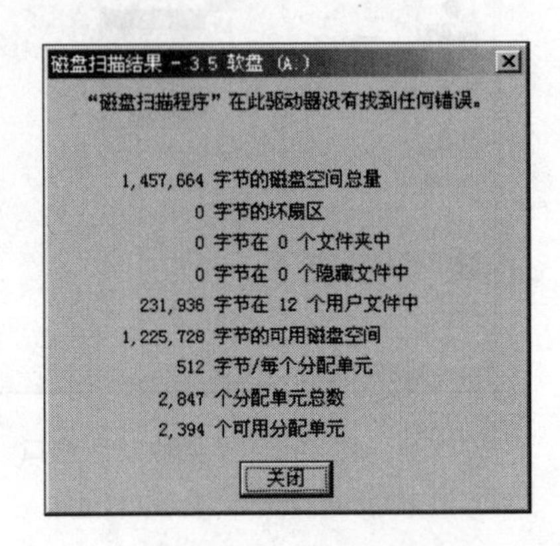

图15-11　扫描软盘结果

15.4.3　整理碎片

系统在运行过程中经常写入和删除文件，这样会造成硬盘空间中产生许多“碎片”。既造成硬盘空间的浪费，同时也会降低访问硬盘的速度。

用“磁盘扫描程序”检查硬盘并修复错误后，再用“磁盘碎片整理程序”整理硬盘可以使硬盘中的“碎片”减少到最低限度。

（1）选择“开始”|“程序”|“附件”|“系统工具”|“磁盘碎片整理程序”命令，显示“选择驱动器”对话框，如图15-12所示。

（2）在“要整理哪个驱动器”下拉列表框中要整理碎片的驱动器，单击“确定”按钮，开始整理。单击“设置”按钮，显示“磁盘碎片整理程序设置”对话框，如图15-13所示。在其中可以进行相关设置，如检查驱动器错误等。

（3）单击“显示详细信息”按钮，显示整理磁盘碎片的详细信息，如图15-14所示。

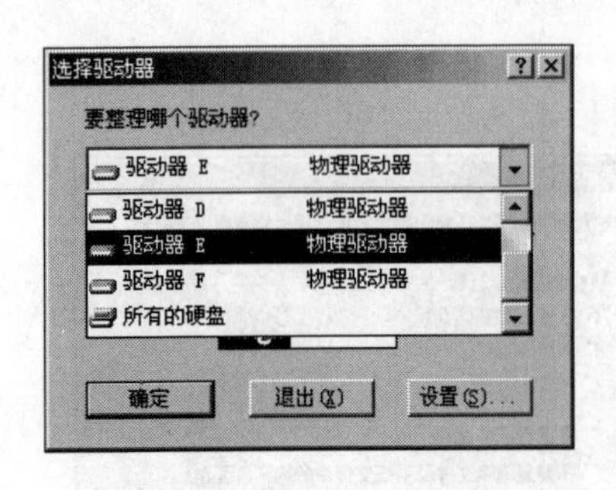

图15-12　“选择驱动器”对话框

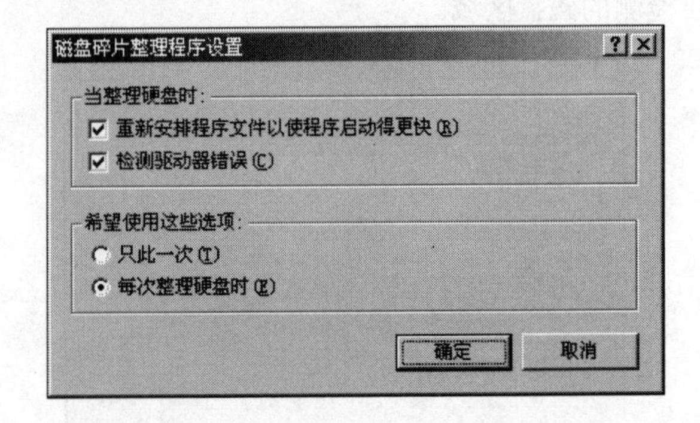

图15-13　“磁盘碎片整理程序设置”对话框

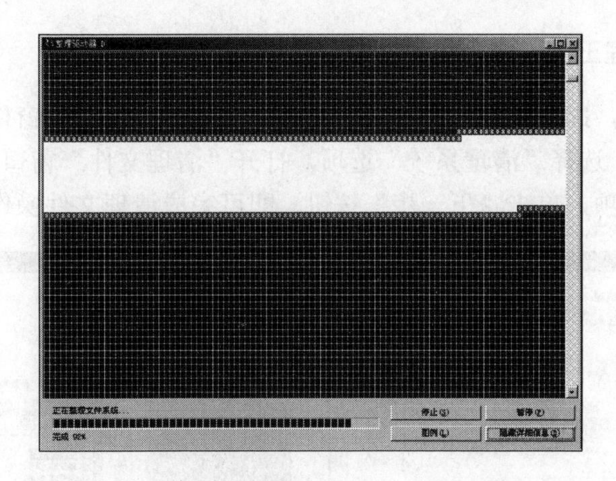

图 15-14　整理磁盘碎片的详细信息

15.5　常用维护工具软件

随着电脑操作系统的不断升级，维护工具软件也在不断更新，本节将介绍两个著名的维护工具软件。

15.5.1　超级兔子 2008

“超级兔子 2008”是一个运用非常广泛的工具软件，功能十分强大。其中的超级兔子魔法设置以操作方便简洁且界面友好而深受广大用户欢迎。作为一个完整的系统维护工具，它可以清理电脑中的大多数文件及注册表中的垃圾。同时还有强大的软件卸载功能，卸载时可以清理一个软件在电脑中的所有记录。

运行“超级兔子 2008”，其主窗口如图 15-15 所示。

图 15-15　“超级兔子 2008”的主窗口

1. 超级兔子清理王

选择“清除垃圾，卸载软件”选项，打开“超级兔子清理王”窗口，如图 15-16 所示。

（1）清理文件。选择“清理系统”选项，打开“清理文件”窗口，如图 15-17 所示。选中“完全清理”选项，单击“下一步”按钮，即可完成清理文件操作。

图 15-16 “超级兔子清理王”窗口

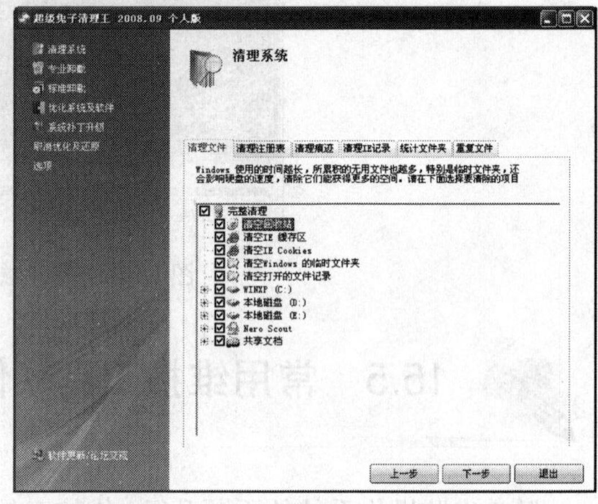

图 15-17 “清理文件”窗口

（2）清理注册表。注册表用于保存 Windows 系统的核心数据，随着时间推移，其中积累的无用数据也越多。将其清除可以更好地减小注册表的体积，加快系统的运行速度。实现该功能的“清理注册表”窗口，如图 15-18 所示。

（3）清理 IE 记录。实现选择性删除 IE 网址的“清理 IE 记录”窗口，如图 15-19 所示。

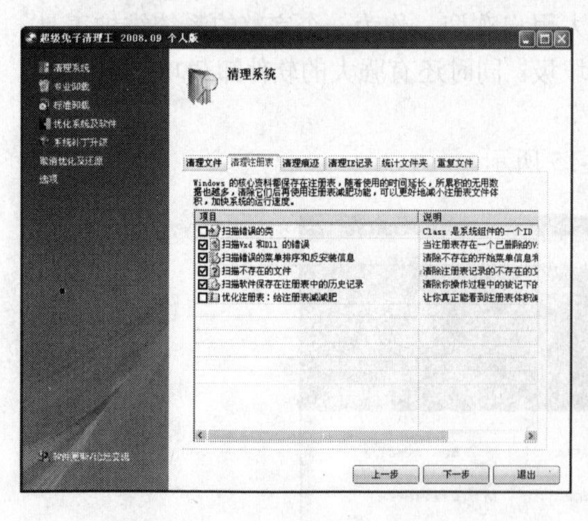

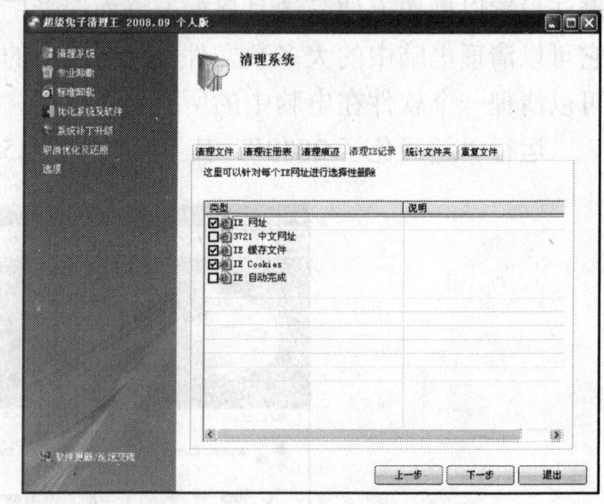

图 15-18 “清理注册表”窗口　　　图 15-19 “清理 IE 记录”窗口

（4）专业卸载。打开“专业卸载”窗口，如图 15-20 所示。选中希望卸载的软件，然后单击“下一步”按钮继续，即可完成软件卸载。

（5）优化系统及软件。打开“优化系统及软件”窗口，如图 15-21 所示。

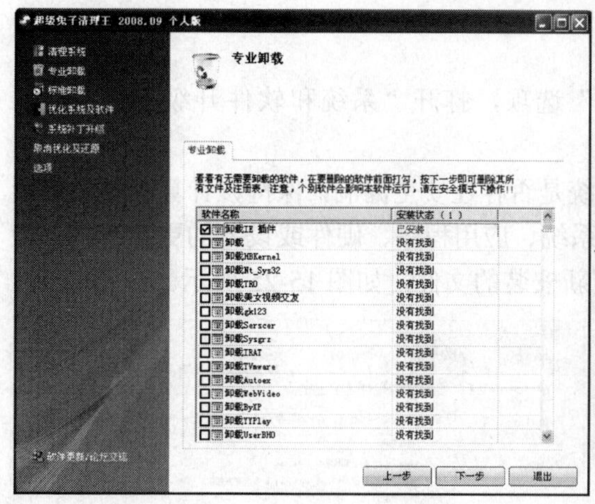

图 15-20　“专业卸载”窗口

15-21　“优化系统及软件”窗口

在“详细优化”选项卡中选择需要优化的选项，单击“下一步”按钮，开始进行优化。在“自动优化”选项卡中显示的需要优化选项。

2．超级兔子魔法设置

在主窗口选择“打造属于自己的系统”选项，打开“超级兔子魔法设置”窗口，如图 15-22 所示。

选择“启动程序”选项，打开“启动程序”窗口，如图 15-23 所示。

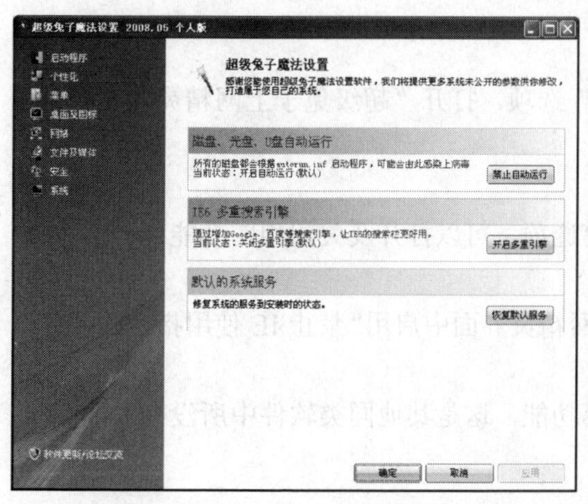

图 15-22　“超级兔子魔法设置”窗口

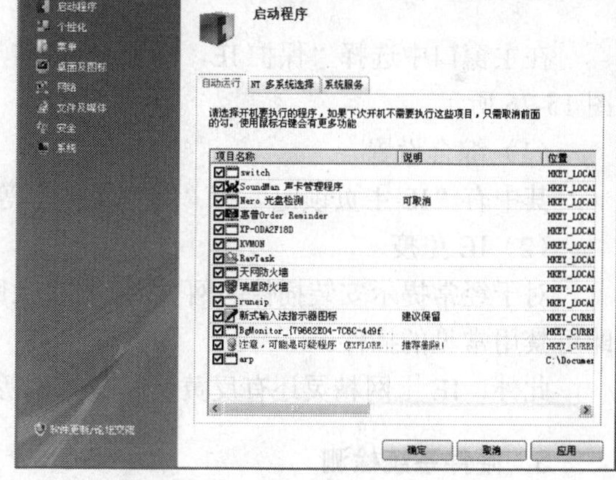

图 15-23　“启动程序”窗口

在列表框中可以看到所有开机时运行的程序，选中某个程序后便会显示其所在目录和启动参数。清除不必要的启动程序的复选框，可以禁止其开机时自动运行。

另外，在魔法设置中还有许多和系统相关的选项，如隐藏收藏夹、打造个性化右键菜单及修改输入法顺序等，通过实践读者可以自己熟悉这些功能。

3．下载安装补丁

在主窗口中选择“最快地下载安装补丁”选项，打开“系统和软件升级”窗口，如图15-24所示。

在其中通过“升级检测”可以检测操作系统是否存在安全漏洞，保持该计算机使用最新的程序，并且查看是否存在适用于Windows系统、应用程序、硬件或设备的更新程序。检测后，超级兔子工具软件显示系统存在需要更新安装的文件，如图15-25所示。

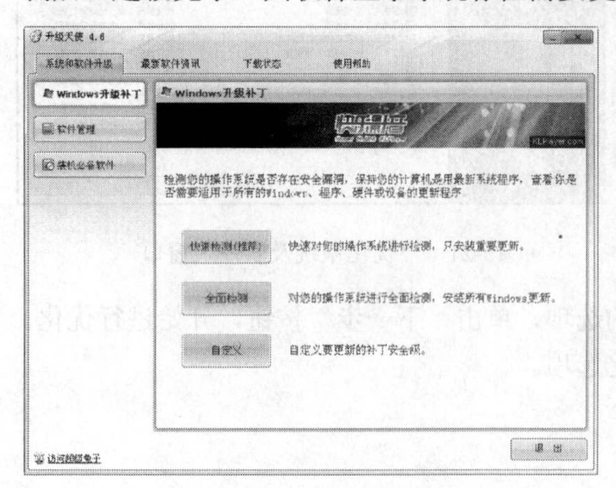

图15-24 “系统和软件升级”窗口

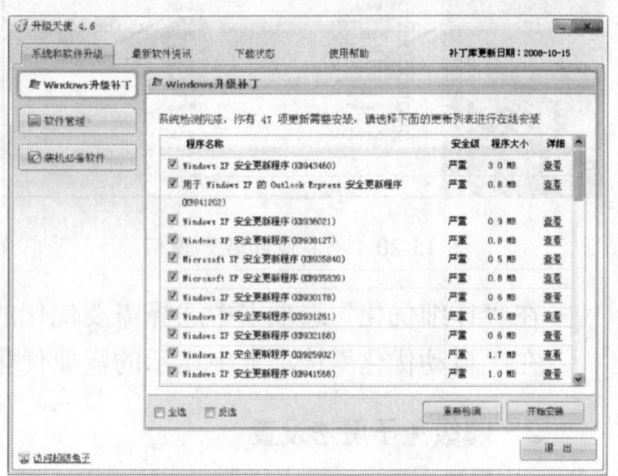

图15-25 需要更新安装的文件

单击“开始安装”按钮，即可完成系统更新操作。

4．超级兔子上网精灵

在主窗口中选择“保护IE，清除IE广告”选项，打开“超级兔子上网精灵”窗口，如图15-26所示。

（1）综合设置

其中有“IE主页锁定”和“综合保护”等选项，可以打开及关闭相应功能。

（2）IE免疫

对于经常提示安装插件的网页，只要在上网精灵界面中启用“禁止IE使用指定的插件”，即可禁用常见的插件。

此外，IE上网精灵还有反黄及屏蔽网站等功能，这是其他同类软件中所没有的。

5．硬件系统检测

在主窗口中选择“查看硬件，测试电脑速度”选项，打开“硬件天使”窗口，其中的“硬件信息”选项卡如图15-27所示。

其中显示系统内软件及硬件的信息，还能测试CPU及显卡的速度等。

使用超级兔子系统检测中的CPU速度测试超频后的系统稳定性，如果系统不稳定，在测试过程中就会报错。

超级兔子工具软件的功能非常强大，其功能需要读者进一步通过实践掌握。

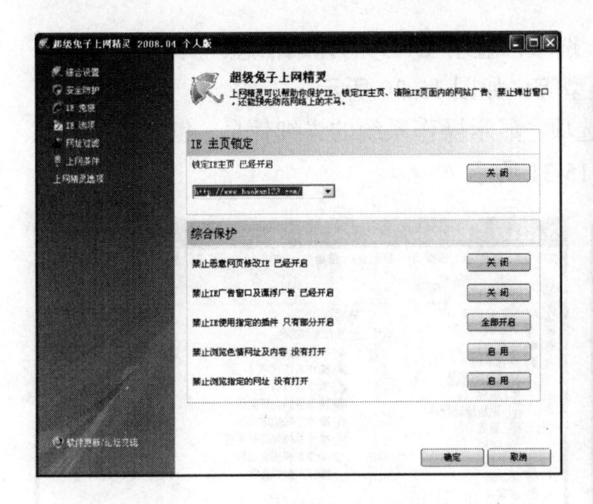

图 15-26　“超级兔子上网精灵”窗口

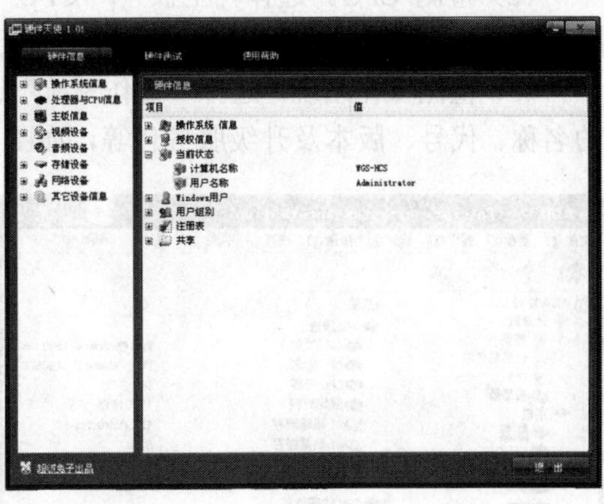

图 15-27　“硬件信息”选项卡

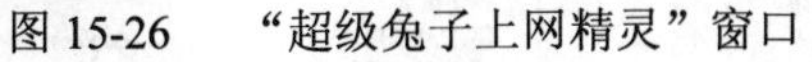

15.5.2　资源检测工具软件 AIDA32

AIDA32 是一个优秀的系统资源检测工具软件，可以检测电脑配置的详细信息。它支持 3 400 多种主板、360 种显卡、并口、串口，以及 USB 等 PNP 设备的检测。

该软件功能十分强大，在日常维护电脑时运行该软件，可以了解该电脑的系统、网络、硬件及软件的各项配置。当遇到系统硬件的驱动程序不正确时，首先运行该工具软件确定系统和硬件的配置。然后安装相应的驱动程序，可以快速地解决问题。

运行该软件，其主窗口如图 15-28 所示，在其中可以选择要检测的计算机、主板、操作系统及网络等选项。由于可以检测的项目非常多，操作又大致相同，所以下面只举几个例子说明。

（1）摘要信息。选择“计算机”|“摘要”选项，显示电脑的摘要信息，如图 15-29 所示。从图中可见，该电脑的操作系统、计算机名称、用户名，以及主板等信息一目了然。

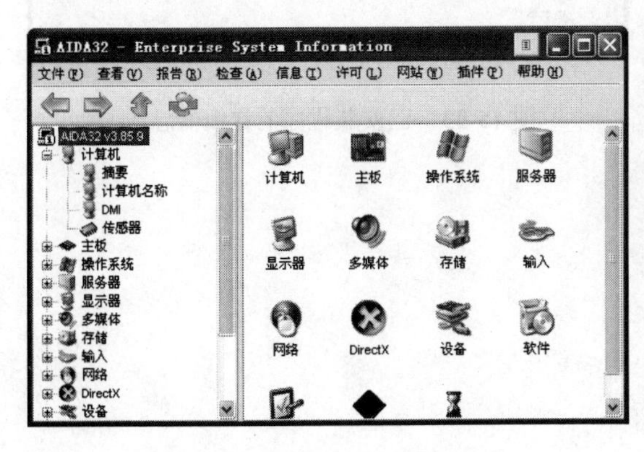

图 15-28　AIDA32 软件的主窗口

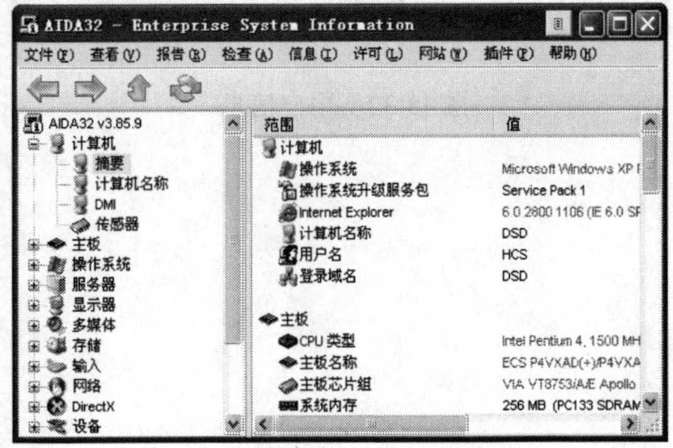

图 15-29　摘要信息

（2）检测 CPU。选择“主板”|“CPU”选项，显示 CPU 的详细信息。其中包括 CPU 类型、L1 数据缓存、原始时钟，以及封装类型等，如图 15-30 所示。

（3）检测操作系统。选择“操作系统”选项，显示操作系统的详细信息，包括操作系统的名称、代号、版本及升级服务包等，如图 15-31 所示。

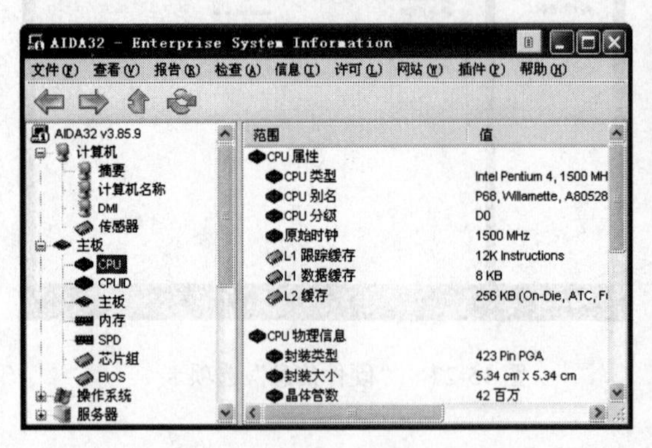

图 15-30　CPU 的详细信息

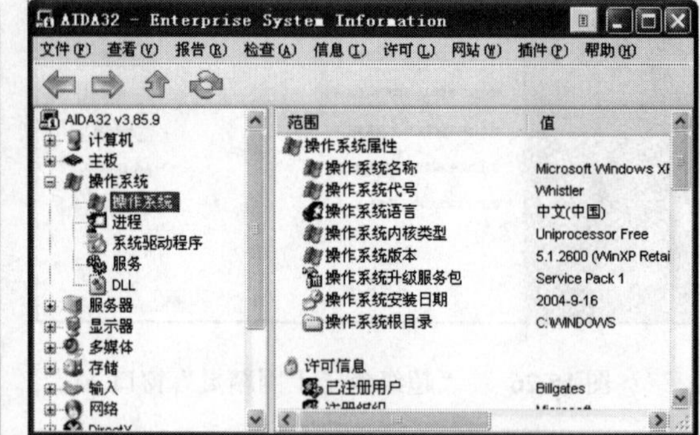

图 15-31　操作系统的详细信息

（4）用户信息。选择“服务器”|“用户”选项，显示所连接网络中的用户信息，包括管理员和普通用户等，如图 15-32 所示。

（5）检测已安装程序。选择“软件”|“已安装程序”选项，显示已安装程序的详细信息，如图 15-33 所示。

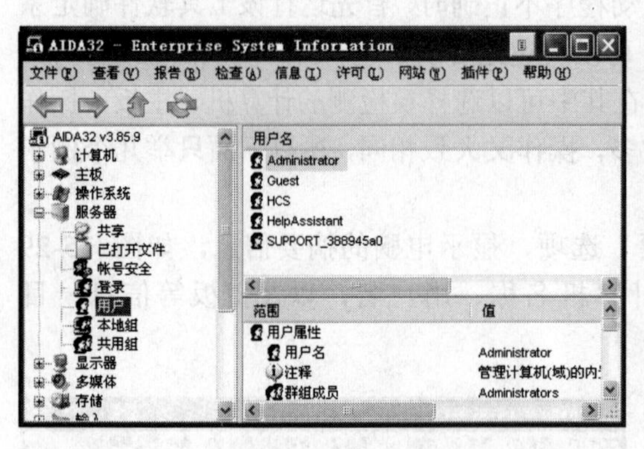

图 15-32　用户信息

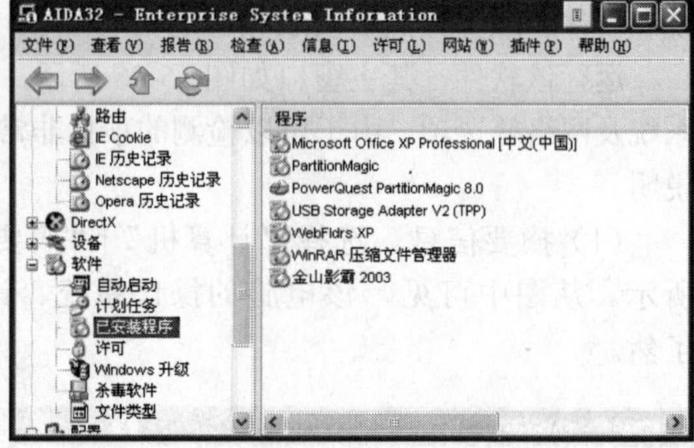

图 15-33　已安装程序的详细信息

第 16 章　常见故障及其排除

本章将介绍维修工具及仪表，以及各种常见故障及其排除方法。

16.1　准备工作

维修电脑时，除了需要有一定的电脑硬件、软件及系统的基础知识外，还必须准备足够的维修工具及常用仪表。

16.1.1　硬件工具

需准备的硬件工具如下。

（1）一般工具

一般工具包括电烙铁、镊子、钳子、磁力改锥、小手电筒、软驱和硬盘的数据线等。

（2）三用表

三用表是维修工作中最常用的仪表，可用于测量交、直流电压和电流、电阻、电容、三极管的放大倍数和二极管等。

三用表分为指针式和数字式两种，指针式三用表通过指针指示测量的电阻、电压或电流值，其特点是反应比较灵敏，并能显示电压和电流等参数的变化过程，可用于测量模拟器件；数字式三用表用液晶显示测量值，并根据液晶显示的数据位数表示测量误差，其特点是测量精度较高、结果直观、读数准确、重量轻，并且便于携带和使用。

大多数数字式三用表都有蜂鸣器挡，当将表置于该挡时，如果电路处于短路状态，蜂鸣器则发出响声，这样可以方便地判断电路的状态是短路或断路。此外，由于大多数数字式三用表都有内部保护电路，所以当使用不慎错用挡位时，可以防止烧坏表内元器件。使用三用表之前，一定要选择适当的量程；否则可能会打坏表或烧坏内部电路。另外在使用三用表前应首先校零，以求测量值的准确性。

16.1.2　软件工具

软件工具非常多，要根据电脑机型准备。一般情况下，必须准备表 16-1 中所示的软件工具。

表 16-1 软件工具

软件工具种类	软件工具名称
系统安装盘	Windows Vista Windows XP/2000 等操作系统盘
杀毒盘	至少有两种杀毒盘，如 Norton Antivirus、KV2009、瑞星 2008 及金山毒霸等
工具软件	Office 等办公软件、HD-Copy、DiskEdit、DiskMan、PQ Magic、Ghost 及 DM 等
测试工具	Qa-Plus、3D Mark 2008、Wincpuid 及各大硬盘厂商测试软件等
驱动大全	尽可能准备各种设备的驱动
加解密	偷天换日
数据恢复	EasyRecovery
综合软件	Norton 2004
其他软件	超级魔法兔子及 Windows 优化大师

16.2 常见故障分类

常见故障一般分为硬件故障和软件故障，还有一类故障被称为“假故障”，即由环境、清洁及设置等原因引起的不正常现象。

16.2.1 硬件故障

1. 故障类型

常见硬件故障又可分为如下 3 种类型。

（1）机械故障：如打印机的打印头部分、软盘驱动器和硬盘驱动器的机械部分等。

（2）电路故障：如主板、软驱和硬驱等电路芯片损坏、驱动能力下降、电阻开路和电容断路等。

（3）接触不良：主要是扩展槽与接口卡的接触部分，以及信号电缆插头与插座的接触部分。

（4）介质故障：主要是软盘及硬盘的磁道有划痕，光盘上有油污等。

2. 故障原因

（1）灰尘太多

由于长期使用电脑，在电路板上、光驱内、CPU 及电源的风扇内等处会积满灰尘，阻止元器件散热。使局部温度过高，烧坏元器件。

（2）温度过高

在炎热夏季电脑长期开机使用，如果环境温度超过 30°，那么机内的温度会达到 50° 以上，这样的高温很容易损坏器件。

（3）静电

电脑中的大部分芯片使用 CMOS 电路，由于环境静电太高，很容易损坏这些芯片。

（4）操作不当

当机器出现不正常现象时，用户带电乱动机器内部的连接电缆或带电插拔板卡而烧坏相关的部件。

3．检查流程

检查硬件故障的流程如图 16-1 所示。

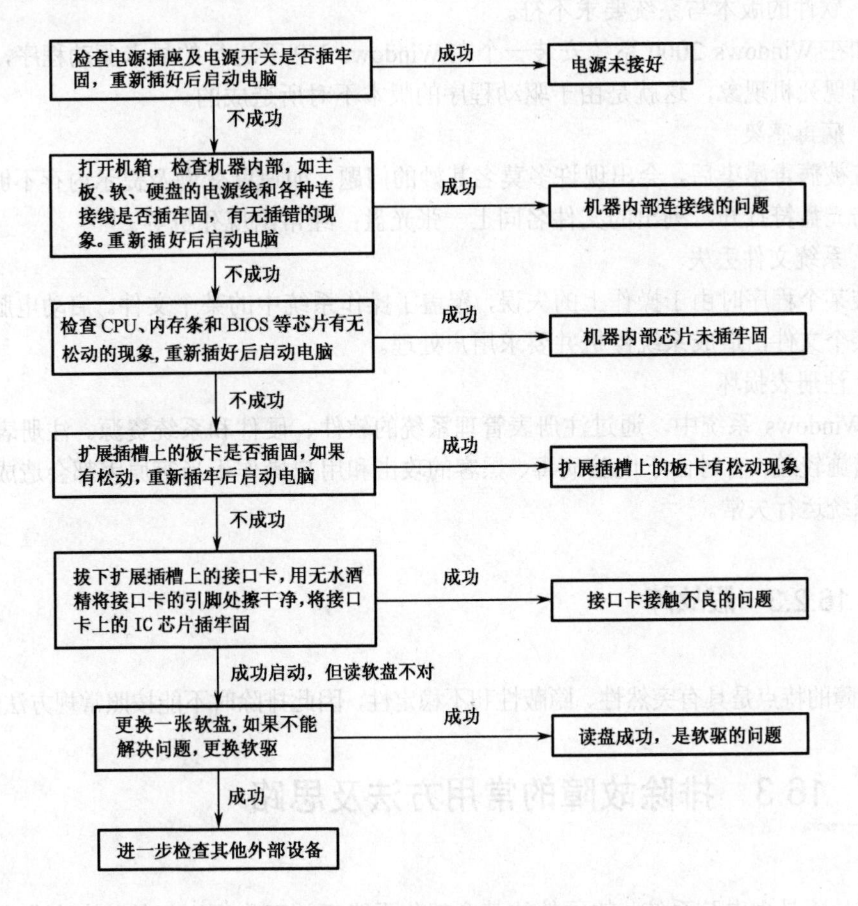

图 16-1 检查硬件故障的流程

16.2.2 软件故障

软件故障指软件安装不当、电脑病毒破坏、操作系统的版本不对和应用软件执行不正确等。

1．故障现象

常见软件故障的现象如下。

（1）死机：即在系统的启动或应用软件的执行过程中，软件停在某一处不动。既不接收键盘输入，也不返回操作系统，只有按电脑的Reset按钮或三键复位才能重新启动系统。

（2）运行过程中出现莫名其妙的结果，如屏幕显示乱码等。

（3）软件不能运行，提示如内存不够等信息。

（4）运行速度减慢。

2．产生原因

软件故障产生的原因可归结为如下几种。

（1）软件的版本与系统要求不符。

比如在Windows 2000系统安装一个在Windows XP下运行的显卡驱动程序，安装的过程就会出现死机现象，这就是由于驱动程序的版本不对所造成的。

（2）病毒感染

系统被病毒感染后，会出现许多莫名其妙的问题，如速度变慢及提示内存不够；更换光盘后双击光盘符打开，列出的文件名同上一张光盘；经常出现死机等。

（3）系统文件丢失

安装某个程序时由于操作上的失误，覆盖了操作系统中的某个文件。启动电脑时，会提示缺少某个文件，造成系统停机并要求用户处理。

（4）注册表损坏

在Windows系统中，通过注册表管理系统的软件、硬件和系统资源。注册表本身的安全保护措施较差，有时由于电脑病毒、黑客的攻击和用户操作不当等原因都会造成注册表损坏，使系统运行失常。

16.2.3 假故障

假故障的特点是具有突然性、隐蔽性和不稳定性，因此排除时不能按照常规方法解决问题。

16.3 排除故障的常用方法及思路

电脑故障是由电脑系统、软硬件的某个部分不能正常工作而引起的，快速准确地判断故障部位，找到故障原因是排除故障的关键一步。

16.3.1 常用方法

排除故障的常用方法如下。

（1）上电自检诊断法

上电自检诊断法使用诊断程序诊断有问题的部件，根据诊断结果分析和判断故障原因。

使用该方法的先决条件是电脑必须能够启动，并可运行操作系统和诊断程序。

如果电脑的某一部件发生故障，则在运行 BIOS 的上电自检程序时将显示错误信息或发出报警声。

（2）软件诊断法

针对电脑系统运行不稳定等故障，使用专用的软件测试，如 3D Mark 2008 及 PCTOOLS 等。经过这些软件反复测试生成的报告文件，可以容易地找到一些由于运行不稳定引起的故障。另外，通过检查操作系统的一些重要信息也可以排除一部分故障。

（3）硬件拔插法

硬件拔插法适用于排除一些接触不良故障，拔出主机内被怀疑有问题的部件。最好用无水酒精擦拭相互接触部位，再插回。然后接通电源，检查机器状态。如果故障消失，则可以认为故障存在于这一块板卡上；否则可根据故障现象及排除故障的流程继续拔插其他部件。该方法适合各种可插拔的板卡，而且也适用于带有插座的采用 PGA 封装的中大规模集成电路芯片。

（4）硬件替换法

硬件替换法是用相同功能的板卡或芯片替换被怀疑部件的方法，经过替换可以迅速地排除故障，这是维修中最常用的一种方法。

硬件替换法尤其适用于两台型号相同的电脑，若其中一台故障，则可以将两台功能相同的板卡相互交换；如果故障转移到没有问题的电脑上，说明就是刚才交换的板卡的故障；如果问题依然存在，应当将交换的板卡各自复原，再继续查找故障。

这种方法非常简单实用，尤其适合没有任何技术资料的情况，初学电脑维修的用户用其可以方便、快速并准确地找到故障位置。

交换法既适合于部件级之间的交换，如硬盘、光驱、显示器及打印机等，也适用于板卡级，如声卡、调制解调器卡，以及网卡等，还适用于芯片级，如内存条、CPU，以及 BIOS 芯片等。任何两个可拔插的相同型号的部件都可以交换，使用这种方法时必须具备可更换的类型相同的部件或板卡。

运用替换法排除故障时，应注意如下几个问题。

- 头脑清醒，条理清楚。万万不可带电操作，确认操作无误时方可再次加电；否则会造成人为故障。
- 要防止静电造成故障。
- 尽量使用同一种型号的部件对换，总之不能影响硬件环境；否则故障现象不同，不能说明问题。

（5）测量法

测量法是用三用表测量电路中关键观察点的电压，首要条件是熟悉电路或主要芯片的引脚（观察点）。比如 CPU 的某一引脚应当是主振荡频率的脉冲，某一引脚的电压应当是+5 V 等。只有心中有数，才能测量；否则即使测量到某点的电压也不知道对错，就失去了测量的意义。测量时最好手中有逻辑图，否则很难实施测量。测量法是专业维修人员分析与判断故障的主要方法之一。

16.3.2 听声音识别故障

硬件出现故障会有一些提示，如显示提示信息或发出多种告警声音，通过识别电脑中的异常声音也可排除一些故障。

打开电脑电源接通，开始自检和初始化。若电源工作正常，机箱上的电源指示灯长亮，可以听到电源风扇转动的声音和显示器发出轻微的“唰”声（这是显卡信号送给显示器的声音）。并且硬盘的指示灯开始闪烁，表示正在读写数据，键盘上的“Num Lock”、“Caps Lock”和“Scroll Lock”3 个指示灯亮一下后熄灭。

当电脑出现故障时，加电自检程序会从 PC 喇叭发出报警的“嘟”声，可以根据其不同声次来确定发生故障的部件。

Award BIOS（新版本已改称为“Phoenix-Award BIOS”）和 AMI BIOS 的响铃报警声代表的含义如表 16-2 和表 16-3 所示。

表 16-2　Award BIO 响铃报警声的含义

声　音	故 障 部 位
1 声短	系统正常启动
2 声短	常规错误，进入 CMOS Setup 程序重新设置不正确的选项
1 声长 1 声短	内存或主板出错，建议更换内存，或重新插内存条
1 声长 2 声短	显示错误，应检查显卡与显示器的连接是否接触不良
1 声长 3 声短	键盘控制器错误
1 声长 9 声短	主板 Flash RAM 或 EPROM 错误（BIOS 损坏）
不断长响	内存安装不正确或内存损坏
不停一直响	显示器和显卡未连接好
重复短响	电源有问题
高频率长响	CPU 过热报警

表 16-3　AMI BIOS 响铃报警声的含义

声　音	故 障 部 位
1 声短	内存刷新失败
2 声短	内存 ECC 校验错
3 声短	系统基本内存（第 1 个 64 KB）检查失败
4 声短	校验时钟出错
5 声短	CPU 出错
6 声短	键盘控制器错
7 声短	处理器意外中断错误
8 声短	显示缓存读/写失败
9 声短	ROM BIOS 检验错误
10 声短	CMOS 关机注册读/写出错
11 声短	Cache 存储错误
1 声长 3 声短	内存检测出错
1 声长 8 声短	显示测试错误（显示器或显卡）
高频率长响	CPU 过热报警（大部分新型主板均支持）

新版本 AMI BIOS 的 CMOS Setup 程序界面和响铃报警基本与 Award BIOS 一致。

如果电脑不能启动（屏幕无反应）且主板没有报警声，这时应分如下两种情况判断。

（1）电源指示灯不亮，风扇不转动

可以肯定是电脑未加电，应该检查机箱后面的电源插头和插座是否插紧。

（2）电源指示灯亮，风扇转动

此时系统由主板 BIOS 控制，在基本部件自检结束前主板不会发出报警声响，也不会显示任何错误提示。

检查主板上的 Flash ROM 芯片，在关闭电源后重新将其按紧，使其接触良好；检查主板 BIOS 芯片，有可能受病毒攻击或 BIOS 升级不成功；检查 CPU，可用替换法确定；检查内存条，在关闭电源后重新插紧使其接触良好或用替换法进一步证实其好坏；检查是否使用了非标准外频，如果使用 75 MHz、83 MHz 及 124 MHz 等非标准外频，质量较差的显卡或内存就可能通不过，应使用 66 MHz、100 MHz 及 133 MHz 等标准外频；检查主板电源是否正常供电；检查硬盘信号电缆线连接牢固。

最好首先查看主机面板的电脑喇叭线是否已正确连接到主板上，在机箱内部找到标有“Speaker”的 4 针插头。中间两根线空缺，两端分别是红黑两种颜色，然后插在主板上标示有“Speaker”或“Speak”或“SPK”字样的插针上。PC 喇叭从理论上是区分正负极的、红色插正极，黑色插负极，但实际上接反也可以发声。如果已正确连接 PC 喇叭连接线，但 PC 喇叭仍然没有任何声音，则可能是 CPU 或主板出现故障，用替换法检查。

16.3.3　排除故障思路

排除故障的整体思路是如下的“四先四后”。

（1）先易后难

许多电脑故障都是看起来复杂，但原因却非常简单。例如板卡接触不良或者某个设置有问题等，所以在排除电脑故障时，要遵循“先易后难”的思路。

（2）先假后真

举一个例子，一台纯平显示器的左下角显示的色彩不对。有时发红或变色，时重时轻。笔者经过仔细观察，发现电脑的主人使用磁化杯喝茶。将磁化杯移走，故障消失。其原因是磁化杯的磁场影响了显示器的正常显示，这就是典型的假故障。即由环境引起，不是电脑本身的问题。

所以在排除故障时，首先要考虑是否是假故障，这样可以达到事半功倍的效果。

（3）先软后硬

在排除故障时，首先要从软件方面着手，如检查相关系统的设置是否正确，以及是否感染了电脑病毒等。只有从软件方面不能解决问题时，再从硬件方面考虑。

（4）先外后内

在电脑出现无故重启等一些奇怪问题时，首先应该排除外设方面的故障，因为往往是这些设备引发的故障。不能解决问题时，再从电脑主机内部着手。

16.4 假故障与接触不良故障

16.4.1 排除电脑假故障

本节通过两个实例介绍排除电脑假故障的方法步骤。

1. 电压不稳引发电脑的故障

（1）故障现象

一台电脑白天工作正常，到晚间鼠标只能上下移动，其他方面一切正常。

（2）故障分析

- 按照“先易后难”和“先软后硬”的原则，首先怀疑是电脑病毒的原因。启动电脑，利用键盘启动杀毒软件对该台电脑进行杀毒，并没有发现任何病毒。
- 检查鼠标设置，没有发现任何问题。
- 分别检查鼠标和主板接口，没有发现任何问题。按照“先外后内”的原则，怀疑鼠标光电系统或连线损坏，用三用表测试均无问题。
- 该故障只在夜间出现，所以初步判断属于假故障。仔细观察周围环境，发现在电脑旁有一盏 60 W 的台灯，关闭台灯故障消失。这是由于鼠标的质量很差，按键缝隙较大。光线易射入其内部，因而导致失灵。白天未开台灯，所以能正常工作。

（3）排除方法

用一张黑色的纸剪成和鼠标上壳大小，贴在鼠标里面或更换一个质量好的名牌鼠标。

（4）总结

这是一个典型且属于环境类的假故障，如果按照常规的分析方法，则很难解决问题。

2. 设置不当引发的故障

（1）故障现象

一台电脑一直运行稳定，为了提高 Windows XP 的启动速度，在“我的电脑”|“设备管理器”|“IDE ATA/ATAPI 控制器”|“主要 IDE 通道”|“高级设置”|“设备类型”中将不存在的 IDE 设备，由“自动检测”改为“无”。该电脑经过上述一系列优化后，启动速度明显提高，并且非常稳定。

由于需要，电脑主人购买了一块希捷 160 GB 硬盘，并在商家完成了分区和格式化操作。将新硬盘的跳线设为从，并接好数据线和电源线。

启动电脑，进入 Windows XP 操作系统。打开“我的电脑”窗口，但此时只有 3 个硬盘的盘符，即原来硬盘的 3 个分区，Windows XP 操作系统不能识别新硬盘。

（2）故障分析

- 按照“先软后硬”的原则，首先用最新版本杀毒软件查杀病毒，没有发现任何病毒。

- 在“设备管理器”窗口中打开“磁盘驱动器”窗口，发现只有“ST 340016A”。这是原来的硬盘，而没有新的硬盘。展开“IDE ATA/ATAPI 控制器”，“主要 IDE 通道”和“次要 IDE 通道”，均提示设备正常。重新启动电脑，按 Del 键进入主板 BIOS 设置程序，两块硬盘均可正确识别。打开电脑主机箱，两个硬盘的连接线及跳线设置均正常，其他设备连接完好。检查硬盘数据线也没有发现任何问题，可以判断硬盘本身没有问题。
- 通过在主板 BIOS 中检测到硬盘，而进入 Windows XP 操作系统后却无法识别的现象，可以初步判断该问题应该与操作系统的某些设置有关。

如前所述，为了提高 Windows XP 的启动速度，已经将不存在的 IDE 设备由“自动检测”设置为“无”。添加新硬盘后，没有将此功能打开，所以造成进入操作系统后无法识别新硬盘的问题。

（3）故障排除

进入 Windows XP 操作系统，将“无”，改为“自动检测”，重新启动电脑后问题解决。

（4）总结

这是一个由系统设置引起的典型假故障，分析起来很复杂。不过只要认真的思考，并结合故障现象还是很容易解决的。

16.4.2　接触不良故障

一般用户最难解决的故障就是通过重装系统也无法解决或电脑无法启动的故障，这类故障大多是由接触不良引起的，硬件并没有损坏。

导致接触不良的故障原因很多，如插接口不规范或变形、插件的针脚变形或金手指氧化、机箱结构不合理、弹簧片变形、插接处松动或电脑内灰尘过多等。故障表现为系统无法正常启动，或莫名其妙地死机、重启及蓝屏等。

故障现象及其处理方法一般有以下几种。

（1）没有任何提示的无法启动，保证在电源正常的情况下拔掉不必要的硬件，仅留内存、显卡及 CPU。连接电源和显示器，进行最小化启动。如果能启动，则每次增加一个硬件部件后启动系统来确定故障的部件。

（2）有声音提示的无法启动，根据声音提示检查相应部件的接口和拔卡的金手指。

（3）根据显示信息的提示内容检查相应的部件。

- CMOS checksum error：检查 CMOS 电池弹簧片。
- Keyboard error：检查键盘接口。
- Floppy disk driver fail 检查软驱数据线。
- XXX hard disk fail：检查硬盘数据线。
- Error: Unable to Control A20 Line：检查内存插口和内存的金手指。

（4）电脑经常出现死机、重启及蓝屏等现象，在已经确认不是软件问题和硬件冲突的情况下，要进行全面检查。查看各接口是否插到位，并且接口处是否松动，重点是电源、内存、CPU、主板芯片、主板与机箱的连线，以及机箱按钮。

遇到接触不良的故障，首先就要清理灰尘。然后清理具体部位，比如用橡皮擦金手指、用软毛刷清理针脚、用镊子将错位的针脚复位，以及用钳子将变形的金属片复原等。

16.5 CPU 故障及其排除

由于 CPU 本身出现故障的概率非常小，所以大部分故障都是因为用户操作不当造成的。

16.5.1 常见故障现象及排除方法

1. 故障现象

（1）机器加电后只有电源灯亮，无其他任何反应。

（2）系统可以启动，屏幕有显示，但是却不能调入操作系统。

（3）在操作过程中系统运行不稳定或经常出现死机。

2. 排除方法

（1）关闭电脑电源，检查 CPU。

（2）CPU 冷却后，检查 CPU 的散热片和风扇。查看 CPU 风扇的电源线是否连接好，用手拨动风扇，查看旋转是否灵活。

（3）加电启动系统，查看 CPU 风扇运转是否正常。如果风扇不转或转动不灵活，则导致因 CPU 过热而使系统出现不正常现象。

（4）关闭电源，用手轻轻地压 CPU 芯片的四周，这样可以排除 CPU 接触不良的故障。

（5）卸下 CPU 芯片，观察引脚插针是否有弯曲。如果有弯曲，要用镊子轻轻地夹直弯曲的插针。

（6）观察引脚插针是否有锈蚀的现象，这种情况多发生在南方夏季潮湿多雨季节。可用酒精棉球擦干净插针，吹干后再插入 CPU 插座。

16.5.2 因设置错误或设备之间不匹配产生的故障

CPU 设置不当或设备之间不匹配产生的故障如下。

（1）电压设置不对

如果 CPU 的工作电压设置过高，则会使其过度发热而死机；电压太低也不能正常工作。

（2）频率设置不对

如果 CPU 的内外频率设置过高，会出现死机的现象；过低会使系统的运行速度太慢。这时应当按照说明书调整设置到为正确的值。

（3）与其他部件或设备不匹配

这种情况指 CPU 与主板芯片组、内存条速度及外部设备接口的速度不匹配，从而产生故障。排除方法是对照 CPU 和主板的说明书，严格按照要求配置其他部件或设备。

16.5.3　工作温度过高造成的故障

如果 CPU 工作时超过了本身所能承受的温度时，就会出现死机的现象，严重时将 CPU 及其周围的器件烧坏。

CPU 工作温度过高的原因如下。

（1）超频

超频即通过设置比 CPU 正常工作频率高的频率来提高其运行速度，如果散热不好，则会造成损坏 CPU 的严重后果。

（2）散热装置不良

散热装置不良会导致 CPU 工作不稳定，甚至烧毁。在选购 CPU 芯片时，一定要带有配套使用的散热片及风扇。

（3）主机的内部空间过小

主机内部空间小，没有充分的散热空间及排热风道同样会导致 CPU 的工作温度过高。

16.5.4　排除故障实例

例 1　CPU 针脚接触不良，导致系统无法启动

故障现象：一台 Athlon CPU 的电脑，不能启动系统，开始认定显卡故障。用替换法检查后，发现显卡无问题。进一步怀疑 CPU，拔下 CPU，仔细观察并无烧毁痕迹。但发现 CPU 的针脚均发黑、发绿，有氧化的痕迹和锈迹（CPU 的针脚为钢材料制造，外层镀金）。

解决方法：用牙刷清洁 CPU 针脚，系统启动正常。

故障分析：制冷片将芯片的表面温度降得过低导致结露点，使 CPU 长期工作在潮湿环境中。而裸露针脚在此环境中与空气中的氧气发生反应生成铜锈，从而造成接触不良。此外，一些劣质主板由于 CPU 插槽质量不好，也会造成接触不良。用户需要固定 CPU 和插槽的接触点，方可解决问题。

例 2　超频后造成电脑不能启动

故障现象：CPU 频率为 P4 4.36，超频后不能启动系统，无任何反应。

故障分析：CPU 频率的计算公式为：

CPU 的内频（实际运行频率）=外频（总线频率）×倍频系数

原来设置为 BusClock（总线频率），即 66 MHz，Multiplier（倍频系数）为 3.5。

CPU 的内频=66 MHz×3.5=231 MHz。

用户设置的倍频系数为 5，造成 CPU 的内频太高，因此系统不能启动。

解决方法如下。

（1）关机，拔掉220 V交流电源线。

（2）打开机箱，在主板上BIOS芯片旁边找到的清除CMOS的跳线开关，用短路开关将2脚和3脚短路。该跳线开关的定义如表16-4所示。

表16-4　CMOS跳线开关的定义

引　脚	定　义
1脚和2脚 短路	正常工作（默认）
2脚和3脚 短路	清除CMOS

（3）经过10秒钟后插上电源线后开机。

（4）重新设置有关参数。

16.6　主板常见故障及其排除

电脑通过主板将各个部件联系成一个有机的整体，因此主板是电脑稳定可靠运行的平台。如果主板出现严重故障，电脑将根本无法启动。

16.6.1　主板常见故障

1. 排除CMOS设置故障

（1）正确设置参数

当机器发生异常时，应首先考虑CMOS设置是否有误。如硬盘参数设置错误，就会出现读盘错或不能启动系统的故障。

在有些BIOS设置程序中，CPU的参数中有一个“Through Write”（过写）和一个“BackWrite”（回写）选项。若设置成回写，有些软件也会出错。

现在，CMOS设置程序的选项非常多，应该仔细对照说明书，清楚每个选项的确切含义。若无特殊要求，最好使用系统的默认值。

（2）更换CMOS电池

常见的CMOS供电电池有3种，即纽扣电池、焊接电池和芯片电池。更换CMOS电池时，最好选用与旧电池相同型号的电池。尤其是芯片电池，因为不同型号的芯片电池的引脚和参数定义不同。

如果更换新电池后，电脑又出现原来的故障，这时应当考虑主板上的相关电路有漏电问题，还应当注意主板上的清除CMOS电池跳线开关不可设置在“清除”的位置。

2. 接触不良故障

（1）CPU、内存条与主板插座处的接触不良。

（2）I/O接口卡与总线扩展槽处接触不良。

（3）鼠标和键盘插座处接触不良。

排除方法如下。

（1）吸除主机内各处的灰尘，然后用无水酒精擦干净，晾干或用风扇吹干。

（2）用酒精擦拭 I/O 接口卡的镀金引脚，然后小心插上并固定。

（3）如果怀疑 CPU 和内存条接触不良，应仔细观察是否有的插针弯曲。若有，则将其弄直。还要观察该插孔是否有异物，并设法排除。

（4）若是新机器，由于生产的 I/O 接口卡工艺不精，有时镀金脚与 I/O 槽的相应簧片对不准，要设法对准才能排除故障。

（5）由于接口卡经常插拔会发生部分簧片疲劳现象，因此应更换插槽。

16.6.2　故障原因

产生主板故障的原因大致分为如下几种。

（1）电脑运行环境差

电脑运行的环境太差，是主板出现故障的主要原因之一，如温度太高、通风过差、灰尘太多，以及室内空气干燥引起静电过高等原因。长期在这样的环境下使用电脑，主板上的元件性能会下降，也容易造成接触不良等故障。

（2）电源系统故障

如果市电不稳定，超过了电脑电源系统所允许的范围或者开关电源的质量过差，如+5 V 或+12 V 电压太高，长期使用也会损坏电路中的芯片。

（3）人为故障

在电脑运行过程中，如果碰掉了显示器或打印机等设备的信号线或电源线，也会造成主板上或设备相应的接口部件烧坏，有时会烧坏两端的接口部件。

如果在未关闭电源的情况下打开机箱，拔插板卡上的芯片或接插件，也会造成主板的相关部件烧坏。

16.6.3　排除常见故障的流程

主板主要 CPU 由芯片组、ROM BIOS、晶体振荡器、静态存储器、鼠标、键盘接口、硬盘接口、内存条插座、各种设置开关、各种总线插槽，以及 CMOS 及其电池等部件组成。

排除主板故障的流程如下。

（1）清除电脑病毒，电脑感染了病毒后，会表现出许多异常现象，只有保证系统没有受到病毒感染的情况下才能更准确地排除故障。

（2）检查系统的 CMOS 设置，如果设置有问题，会导致许多故障出现。

（3）拔掉所有的 I/O 接口卡，根据声响判断是否正常。然后逐一插回并观察现象，测量各直流电压或替换可疑部件。

16.6.4 实例分析

1．键盘接口故障

（1）现象

电脑启动后，有时可以正常工作，有时自检显示提示信息“Keyboard Interface Error”后死机。关机，重插键盘后可以正常工作。使用一段时间或偶尔碰一下键盘后，输入字符无反应。

（2）分析与排除

首先利用替换法更换一个键盘，故障依旧。仔细观察发现主板上键盘接口处的焊盘松动。主要原因是拔插键盘用力过大，或主板上的焊盘不牢固等原因而引起的。

拆下主板，用电烙铁重新焊好松动的焊盘。

2．硬盘控制器故障

（1）现象

系统开机加电自检，出现硬盘接口出错的提示信息。

（2）分析

- BIOS 的硬盘参数设置不对。
- 硬盘本身的 IDE 接口损坏。
- 硬盘后面的主和从开关设置有问题。
- 硬盘的信号电缆损坏。
- 主板上的 IDE 接口损坏。

（3）排除

进入 BIOS 设置程序，选择自动检测硬盘选项，但程序检测不到硬盘。

将硬盘连接到其他电脑上没有任何问题。

将光盘等 IDE 设备拆下来，IDE 接口上只连接一个硬盘。问题还是没有解决，排除了硬盘后面的主和从开关设置的问题。

更换一条 IDE 信号电缆，故障依旧，排除了信号电缆的问题。

将信号电缆连同硬盘连接到另一个 IDE 接口上，问题依旧，说明两个 IDE 接口均有问题。进一步推断是硬盘控制器坏，这是因为一个硬盘控制器驱动两个 IDE 接口，更换主板后电脑正常工作。

3．打印机并行口损坏

ATX 主板上还集成了打印机并行口，在使用过程中由于带电拔插打印机信号电缆线等原因，很容易引起该并行口损坏。

（1）现象

打印机不能联机打印，选择“开始”|“设置”|“打印机”选项，打开“打印机”窗口，

看不出问题。

（2）分析与排除

用替换法将打印机和信号电缆线交换到其他电脑上，证明没有问题。

删除“打印机“窗口中已经安装的打印机的图标，关闭电脑。连接打印机并打开电源，重新开机，让 Windows XP 系统自己查找新硬件，问题依旧。可以断定是打印机接口故障，更换主板后打印机工作正常。

16.7　内存故障及其排除

内存是电脑中最重要的部件之一，其作用是临时存储系统运行过程中的程序和数据。

16.7.1　常见故障现象

当内存发生故障时的现象如下。

（1）电脑无法启动，机器加电后，只有电源灯亮，无其他任何反应。

（2）电脑可以启动，有时在启动过程中死机，有时又可以通过。

（3）在电脑启动过程中系统检测到内存时，屏幕提示系统内存奇偶校验错后死机。

（4）系统启动后有时屏幕花屏或显示乱码。

（5）在运行一些大的图形软件时会提示内存不足的信息，而后死机。

16.7.2　故障原因

故障原因如下。

（1）由于电脑的使用环境过于潮湿，而引起内存条的镀金引脚锈蚀。

（2）由于长期使用，内存条上的元器件自然损坏。

（3）安装时，内存条与主板上的内存条插座未对准，致使插座接触不良。

（4）扩充内存条时，新加的内存条与原内存条型号及参数不一致，造成相互电气性能不匹配。

（5）内存条的速度与主板的速度不匹配。

（6）内存的电气性能不好，不符合主板的要求。尤其是一些品牌机对内存条的要求十分严格，必须使用其原装产品。

（7）内存条上的个别芯片性能不稳定，尤其是热稳定性差。在炎热的夏季会引起内存出错，造成系统死机。

（8）系统中内存容量不足引起系统运行速度太慢，有些大的程序不能运行。

（9）感染了电脑病毒，大多数电脑病毒都是驻留系统内存。即在操作系统调入内存之前先占用内存，这样就消耗了系统内存资源，使系统运行的速度变慢。并且在当运行其他程序时，提示系统内存不够。

16.7.3 排除故障流程

电脑加电后，系统无任何反应，只有电源灯亮，或在启动系统的过程中发现死机异常现象时，均可怀疑是内存故障。

排除内存故障的流程如图 16-2 所示。

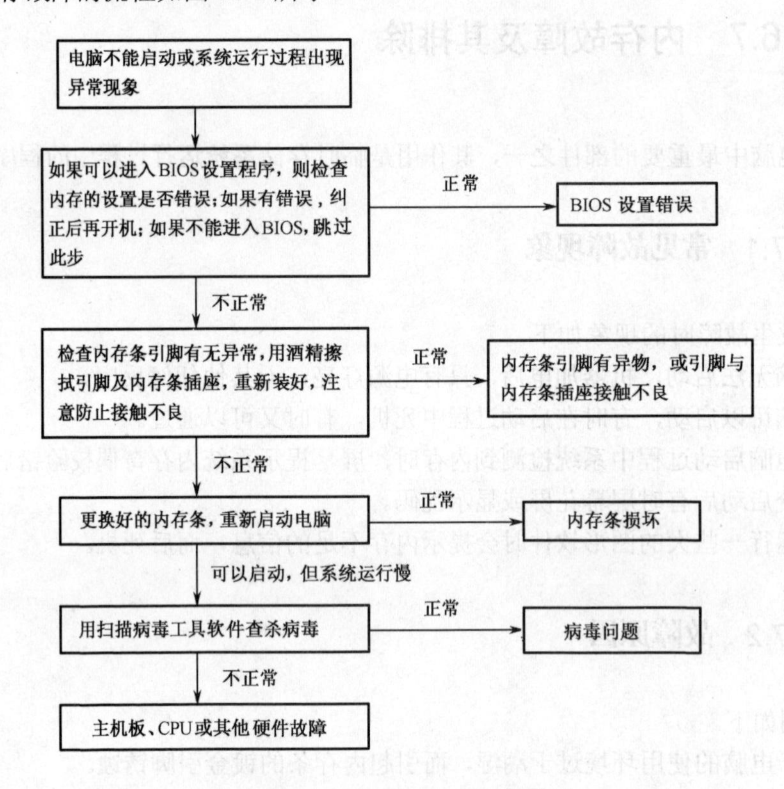

图 16-2 排除内存故障流程

16.7.4 排除故障的方法及步骤

排除内存常见故障的方法及步骤如下。

（1）检查 BIOS 中的内存参数设置

一般情况下，由于内存的设置比较复杂，其含义也比较难理解，所以采用系统的默认值。如果出现人为设置错误，则纠正；否则电脑不能正常运行。

（2）排除接触不良问题

当电脑出现不能正常运行、屏幕无显示、扬声器报警或死机等现象时，可能是内存条与主板中内存插槽接触不良。

- 打开机箱，检查内存条是否与插槽接触良好。检查内存条引脚是否有锈蚀等异常现象。

- 用无水酒精擦拭引脚及内存条插座，重新安装内存条后再启动系统，一般均可解决问题。

（3）排除内存条损坏

如果经过上述处理，仍然不能解决问题。应关机后更换一个好的内存条，安装后开机检查。

（4）电脑病毒

如果系统运行的速度明显减慢，应怀疑感染了电脑病毒，可用 KILL、KV 和瑞星等杀毒工具软件清除病毒。

（5）恢复 CMOS 中的参数

如果 CMOS 中的参数被修改，在清除电脑病毒后退出系统。启动电脑，进入 CMOS 设置，将有关内存的参数改为默认值。

（6）系统软故障

在 Windows 系统中如果打开的窗口过多、应用程序相关配置文件不合理和内存中驻留其他程序等原因，也会导致系统显示内存出错的提示信息，这是属于系统的软故障。解决的方法是尽量减少打开的窗口数目，调整配置文件。并且清除驻留内存的其他程序，或重新安装应用程序。

（7）内存不足

运行 Windows 应用程序时显示内存超出或内存不足的提示信息，这是一种常见的软件故障。

- 检查系统资源，如果系统资源占用太多，将引起内存不足的现象发生。这时应当关闭一些不用的应用程序，释放一部分系统资源。
- 检查 Windows 系统的剪贴板，清除或保存其中的内容。同时将桌面墙纸设为默认值，这样也可以释放一部分系统资源。
- 进入 Windows 系统的“Start Menu”（开始菜单）窗口，如图 16-3 所示，在其中删除一些不必要的文件。
- 打开系统的 Win.ini 文件，如图 16-4 所示。

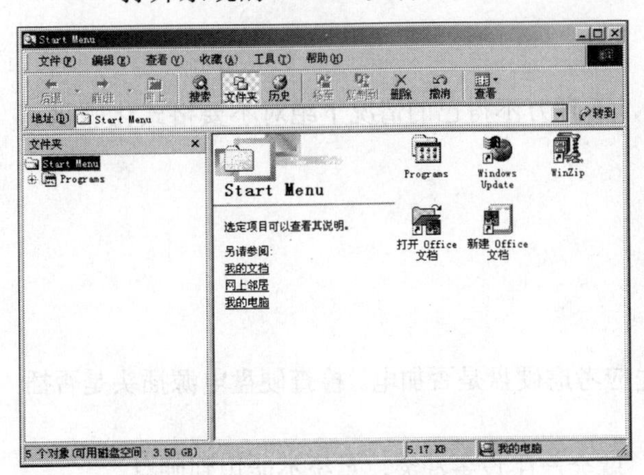

图 16-3　“Start Menu”窗口

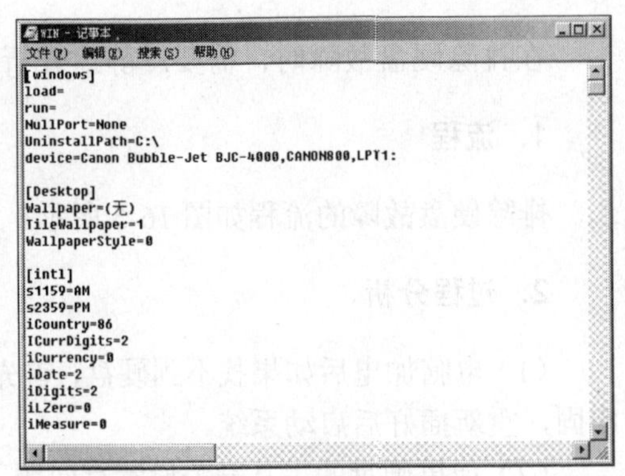

图 16-4　Win.ini 文件

为了节省系统内存资源，应当删除其中由Run和Load命令加载的无关的应用程序。

16.8 硬盘常见故障及其排除

本节将介绍硬盘的常见故障及其排除方法。

16.8.1 常见故障

硬盘的常见故障如下。

（1）电脑加电后找不到C盘（或D盘）。

（2）C盘不能引导操作系统。

（3）文件或数据丢失。

（4）工作不稳定。

16.8.2 故障原因

常见硬盘故障的主要原因如下。

（1）硬盘的主从开关设置错误。

（2）信号电缆线与插座等处接触不良。

（3）CMOS参数设置有误。

（4）病毒破坏了硬盘的主引导程序及分区信息表。

（5）硬盘的磁介质损坏，尤其是0道损坏。

（6）主板上的硬盘控制器损坏。

16.8.3 排除流程

在排除硬盘故障时，需要冷静地分析，不到万不得已的情况下绝对不要格式化硬盘。

1．流程

排除硬盘故障的流程如图16-5所示。

2．过程分析

（1）电脑加电后如果找不到硬盘，首先应考虑硬盘是否加电。检查硬盘电源插头是否插牢固，重新插好后启动系统。

（2）如果硬盘的主从开关设置有问题，就会产生设备冲突，系统不能识别硬盘。

（3）仔细检查主板上的IDE插槽和信号电缆线等处有无松动现象，重新插好后启动系统。

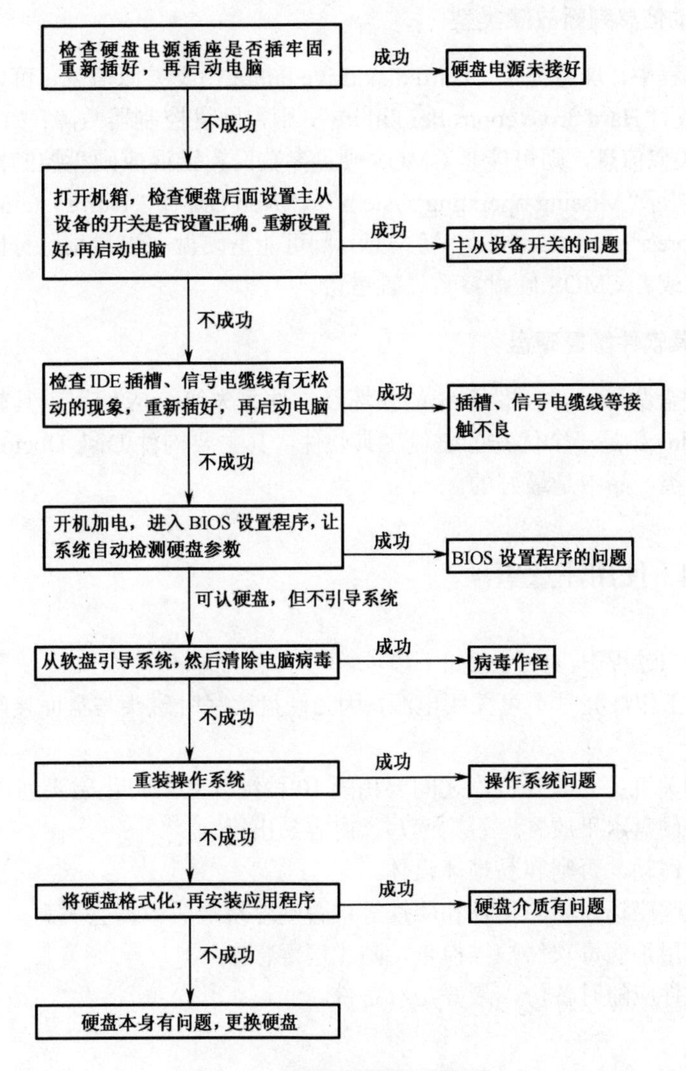

图 16-5　排除硬盘故障的流程

（4）进入 BIOS 设置程序，自动检测硬盘参数。

（5）如果系统可以识别硬盘，但还是不能从硬盘引导操作系统，应当怀疑硬盘是否感染了电脑病毒。首先用系统光盘启动电脑系统，在 DOS 系统环境下用多种杀毒软件查杀病毒。

（6）如果仍然无法从硬盘启动操作系统，可能是操作系统的文件损坏，应当重新安装操作系统。

（7）如果安装操作系统的过程中出错，可以采取从光盘或 U 盘启动系统的办法。然后进入 C 盘，备份重要数据文件后格式化硬盘。

（8）安装的操作系统仍不能正常运行，则用 FDISK 程序分区硬盘，用 Format 程序格式化硬盘。

通过以上几步，几乎所有的常见硬盘故障都可以修复。如果还是不能解决问题，则应当考虑是硬盘发生了物理损坏，此时只能更换一块新的硬盘。

3．根据启动信息判断故障类型

开机自检过程中，屏幕提示“Hard disk drive failure”或类似信息，可以判断为硬盘驱动器故障；如果提示“Hard drive controller failure”，则为硬盘控制器故障；如果提示“Hard disk not present”或类似信息，则可能是 CMOS 硬盘参数设置错误或硬盘控制器与硬盘驱动器连接不正确；如果提示“Missing operating system”或“Non OS”或“Non system disk or disk error, replace disk and press a key to reboot”等信息，则可能是硬盘主引导扇区分区表被破坏，操作系统未正确安装或者 CMOS 硬盘参数设置错误。

4．使用工具软件修复硬盘

对于其他硬盘故障，如文件系统的损坏及文件丢失等，应使用工具软件处理。Norton Utilities for Windows 是一个优秀的磁盘工具软件，其主要构件 Disk Doctor 的磁盘错误诊断及修复能力在同类产品中是最好的。

16.8.4 使用注意事项

在使用硬盘的过程中，应注意如下事项。

（1）硬盘的工作灯亮时不可关闭电源，因为硬盘读写时磁头与盘面接触，突然停电会划破磁头与盘面。

（2）不可刚关机又立即开机，之间要相隔 10 秒钟以上，防止磁头划伤硬盘盘面。

（3）最好将硬盘水平放置，否则读写盘时容易出错。

（4）要防止震动，否则容易损坏盘体。

（5）要远离强磁场，如磁化杯和磁铁等；否则容易造成数据丢失。

（6）经常要用杀病毒软件扫描检查，防止病毒感染。

（7）重要文件应随时备份，最好是双备份。

16.9 显示系统常见故障及其排除

显示系统包括显示器、显卡及其驱动程序。如果显示器的分辨率和色彩位数等技术指标太低，将严重影响输出的效果。显示器的分辨率和色彩位数与显卡有直接关系，如果显卡的相应技术指标达不到要求，将直接影响显示器的显示效果。显卡只有在相应的驱动程序的支持下，才能更好地发挥其最佳性能。

16.9.1 显示器的常见故障及其排除

显示器的常见故障及排除方法如下。

（1）显示器的亮度、对比度、水平位置、颜色，以及图形显示不正常

新式显示器的亮度、对比度、水平位置、垂直位置、屏幕的大小尺寸、梯形失真、枕形失

真及颜色等使用屏幕显示的菜单调整，只要认真阅读显示器的使用说明书，即可自己调整。

如果是老式的显示器，上述性能通过显示屏幕下面的调节旋钮调整，也很容易操作。

（2）屏幕显示的画面扭曲，不稳定，图形和颜色杂乱无章

CRT 显示器受到电磁影响后会使屏幕显示的画面不正常，出现某一边的画面扭曲变形或是变色。

排除方法是调整显示器的水平位置、垂直位置、图形失真及颜色菜单或旋钮，如果不能解决问题，则移动显示器到一个不容易受到周围电磁设备影响的位置，并细致地调整屏幕显示。然后查找显示器的周围是否有强磁设备，如磁化杯和喇叭等，移去这些设备即可解决问题。

（3）显示的画面不稳定，或缺少某种颜色

这种故障的原因是因为显示器与显卡之间的信号线插头、插座接触不良。显示器信号线插头是一个 15 针 D 型插头，连接在显卡的 15 孔 D 型插座上，如图 16-6 所示。

插入插头时稍有不慎，会使插针弯曲。如果该插针上的信号是行或者场同步信号，将引起屏幕显示不稳定；如果该插针上的信号是红、绿、蓝颜色信号，将引起屏幕显示的画面缺少相应的颜色。

处理的方法是用镊子或尖嘴钳轻轻地将弯曲的插针弄直。

16.9.2 显卡的常见故障及排除方法

显卡的常见故障及其排除方法如下。

1. 屏幕抖动

在 Windows 操作系统下显示的画面经常出现抖动现象，主要是因为刷新频率太低所致。

右击桌面，在弹出的快捷菜单中选择“属性”命令，显示 “显示属性”对话框。打开“设置”选项卡，单击“高级”按钮，打开显卡属性对话框中的“适配器”选项卡。在“刷新频率”下拉列表框中选择“优化”选项，如图 16-7 所示，然后单击“确定”按钮。

图 16-6　D 型插头和插座

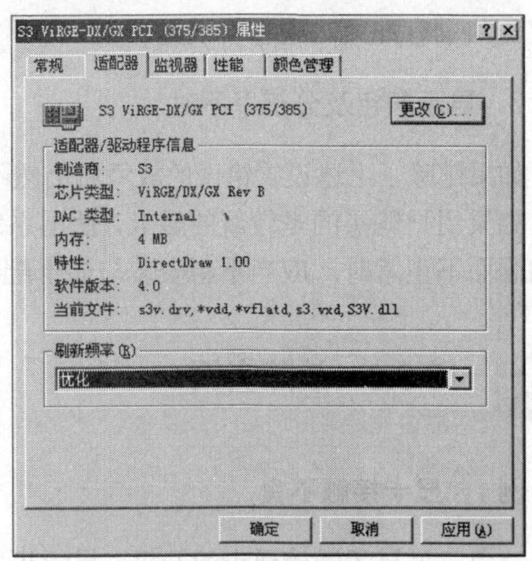

图 16-7　选择“优化”选项

2．显示分辨率只有16色

这种故障是由于显卡设置错误引起的，当显示的画面不正常时应当首先检查显卡的设置是否正确。

设置显卡的操作步骤如下。

（1）右击“我的电脑”图标，显示快捷菜单，选择“属性”命令。

（2）打开“系统 属性”对话框，打开“设备管理器”选项卡，如图16-8所示。

（3）如果显示适配器图标上没有黄色的叹号，说明该显卡工作正常；否则单击“显示适配器”前面的“+”号。选择显卡名称，显示其属性对话框。打开 “资源”选项卡，如图16-9所示。

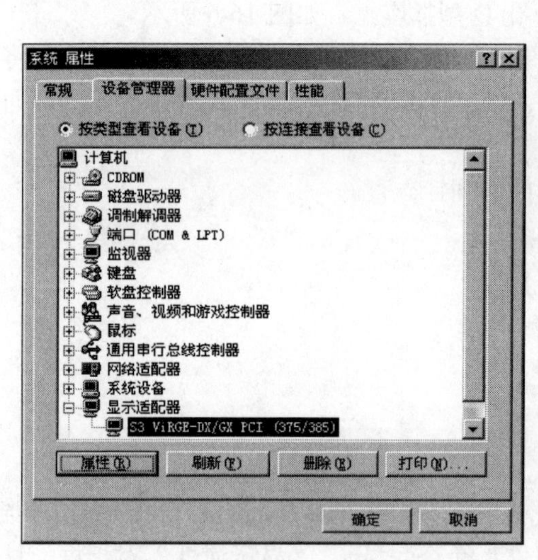

图16-8 “设备管理器”选项卡

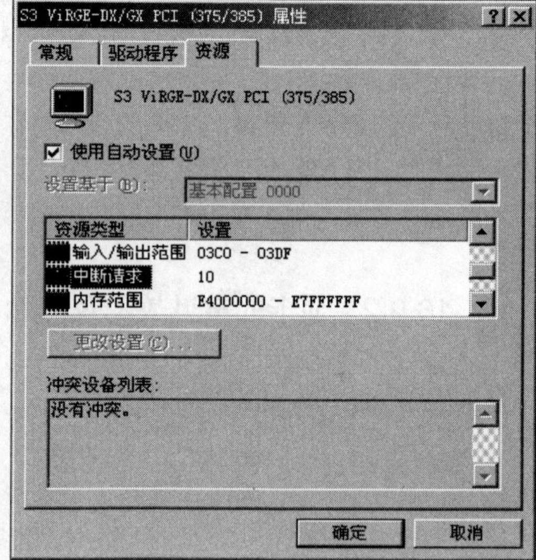

图16-9 “资源”选项卡

在其中可以查看显卡的“中断请求”和“输入/输出范围”等项设置与其他设备是否有冲突。如果有冲突，则重新设置。

3．显示颜色及分辨率不对

如果排除了上述设置错误的故障后仍然不能解决问题，一般情况下属于驱动程序不配套。

如果用户购买的是较新的显卡，使用系统的驱动程序就不能充分发挥其性能。当出现显示的画面不正常时，应当重新安装与显卡配套的驱动程序。

16.9.3 故障实例

例1 显卡接触不良

一台三星显示器接通电源开机，显示正常。片刻屏幕开始明显抖动，不到一分钟恢复正

常。估计是屏幕刷新率太低，检查刷新率已经调整到 85 Hz，所以排除这个问题。在显示器周围也没有电磁干扰。把显示器连接到另一台电脑上，运行几个小时的游戏显示正常。

由此确定显卡有问题，更新显卡驱动程序。重启后故障依旧，有可能是显卡与主板接触的问题。

拔下显卡，观察到金手指已被氧化。用橡皮擦拭金手指，安装后接通电源，开机恢复正常。

例 2　显卡风扇损坏导致系统不稳定

一台电脑经常出现“非法操作”，多次查杀病毒无效。重装系统，在文件复制到 80%时安装程序弹出警告找不到“*.dll”文件。将安装程序复制到硬盘，改用硬盘直接安装。又出现了老问题，只不过是找不到其他文件。

打开机箱仔细观察，发现显卡风扇的转速好像比正常情况慢，怀疑是风扇老化的原因。因为显卡的芯片是 GeForce 系列，发热比较大，加上散热不畅导致了系统不稳。

更换一个显卡专用风扇，开机重装 Windows XP 系统，一切恢复正常。由于显卡芯片发热量很大，风扇引起的散热问题也开始普遍出现，所以在系统工作不稳定时也要考虑到显卡的散热问题。

16.10　光驱常见故障及其排除

本节介绍光驱的常见故障及其排除方法。

16.10.1　不能识别光驱

不能识别光驱主要有如下几种情况。

（1）主从开关设置问题，如果设置有误，系统将不能识别光驱，并影响连接在同一条信号线上的另一台 IDE 接口设备。

（2）信号线和主板上的 IDE 接口插座之间，以及信号线与光驱后面插座之间的接触不良。

（3）在 Windows 2000 及以下版本中，如果未安装驱动程序，则光驱不能正常工作。

16.10.2　不能读取数据

光驱不能读取光盘中的数据主要有如下几种情况。

（1）光盘问题

光盘的质量太差，光驱不能读取其中的数据。

（2）激光头脏

如果激光头沾染了灰尘，就会阻碍光驱读取数据。处理方法是打开光驱的机壳，用镜头纸蘸一些无水酒精或清洗剂清洗激光头，一般情况下都可解决问题。

（3）机械或电路损坏

更换一台好的光驱，如果正常，说明是原来光驱的机械或电路部件损坏。

16.10.3 清洗光盘的方法

用温水加一点清洁剂（洗衣粉或肥皂也可），用手轻轻清光盘。然后用清水冲干净，晾干或用风扇吹干即可。

16.11 鼠标和键盘故障及其排除

本节将介绍鼠标和键盘的常见故障及其排除方法。

16.11.1 常见鼠标故障及其排除方法

（1）鼠标失灵

机械式鼠标在长期使用的过程中，橡胶球和传动轴上会沾染灰尘，使传动轴转动困难。这样光栅盘就不能转动，致使鼠标失灵。

打开鼠标底盖，取出小球。用酒精棉球清除滚动球和两个传动轴表面的污物，重新装好即可恢复其功能。

当光电鼠标失灵时，用酒精棉球清除发光二极管和光敏三极管上的灰尘，可恢复正常功能。

（2）系统不能识别鼠标

系统不能识别鼠标指在移动、单击、双击或右击时屏幕上无反应，原因一般是鼠标接口故障或是鼠标本身的问题。将鼠标连接到其他电脑，如果操作鼠标仍无效，说明是鼠标的控制电路故障；如果正常，说明是电脑的鼠标接口有问题。

16.11.2 常见键盘故障及其排除方法

操作键盘时屏幕上无任何反应，可能的原因如下。

（1）键盘插头与主板的键盘插座接触不良。

（2）键盘内部电路损坏使得键盘插头没有有效的信号。

（3）主板上的键盘接口电路损坏。

排除方法如下。

（1）关机后拔下键盘，重新插入。再开机，这样可以排除插头与插座接触不良的故障。

（2）将键盘连接到其他电脑上，如果故障依旧，说明是键盘的问题；如果键盘可以正常工作，说明是主板上键盘接口的问题。

16.11.3　使用鼠标和键盘的注意事项

使用鼠标和键盘的注意事项如下。

（1）要经常清洁键盘，在除尘时，不能用水冲洗以免使电路短路，损坏元器件。

（2）不能用力击打键盘，以免损坏。

（3）电脑有两个 PS/2 接口用于连接鼠标和键盘，绝对不能插反；否则键盘和鼠标都不能使用，连接时可以通过接口的颜色识别。

（4）使用鼠标时尽量避免太大的振动或强拉导线，因为这样极易造成断线或鼠标接口松动，严重时会烧毁接口电路。

（5）为鼠标配备一个鼠标垫，保持其清洁，还可以保护鼠标免受大的振动。

16.11.4　排除键盘故障实例

启动电脑系统时，显示提示信息“Keyboard Error Press F1 to Resume”，按 F1 键没有任何反应。

首先应当区分是键盘本身的故障，还是其接口故障。更换键盘后工作正常，说明是键盘本身有故障。

打开键盘的后盖，将键盘连接到电脑的键盘接口上。用三用表检查 4 条信号线的引脚电平，结果为 VCC 引脚为+5 V 高电平，GND 引脚为低电平，DATA 引脚为高电平。而 KBLCK 引脚为低电平。在正常情况下，该引脚应为高电平。

关闭电脑电源取下键盘，用三用表测量 KBLCK 信号电缆线的两端发现 KBLCK 信号线内部不通。更换键盘电缆后，一切正常。

16.12　声卡与音箱常见故障及其排除

声卡与音箱发生的最常见故障是无声，其原因及处理方法如下。

1. 系统默认的声音输出为“静音”状态

右击屏幕右下角的小喇叭图标，弹出快捷菜单。单击“打开音量控制”选项，显示“音量控制”窗口，如图 16-10 所示。其中有调节音量的滑块，下方有“全部静音”复选框。清除该复选框，即可正常发音。

2. 声卡与其他卡有冲突

调整 PNP 卡所使用的系统资源，主要是中断号和 DMA 通道号等资源，使插卡之间互不冲突。有时在系统的“设备管理器”窗口中未显示冲突标志（黄色的惊叹号），但声卡仍然不发声。即仍然存在冲突，只是系统没有检测出来。

3．音频线断线

如果是一个声道无声，则应检查声卡到音箱的音频线是否断线。

4．播放CD无声

（1）缺少音频线

用Windows系统的CD播放器放CD时，如果无声音，但CD播放器工作正常，一般的原因是缺少音频线。使用一条4芯音频线连接CD-ROM的模拟音频输出插座和声卡上的CD-In插座即可，此线是购买CD-ROM驱动器的附件。

（2）音频线接错位置

光驱输出口共有4条线，左右两线为信号线（L、R），中间两线为地线（G、G）。可以从音频线的颜色上检查对应的接口，此时可能是声卡上的接口与音频线位置接错，调换线的位置即可恢复正常。

5．无法播放WAV

在“控制面板”窗口中打开“声音及多媒体 属性”对话框，打开“设备”选项卡。在“多媒体设备”下拉列表中只保留其中一个音频设备，如图16-11所示。

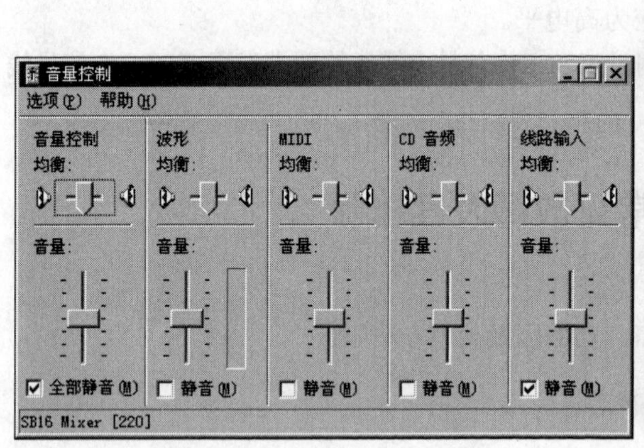

图16-10 “音量控制”窗口

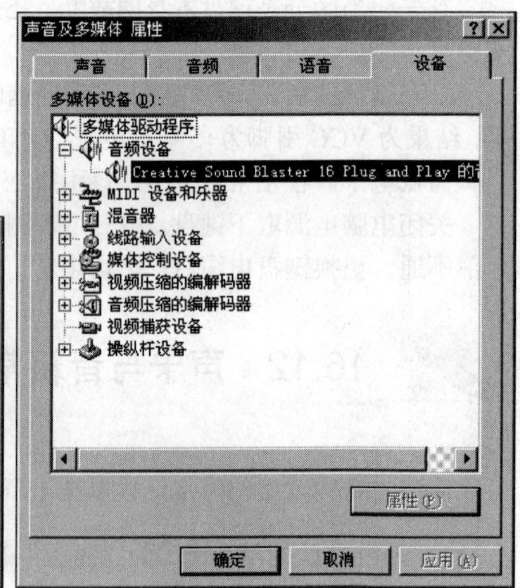

图16-11 只保留一个音频设备

6．声卡噪音过大

（1）插卡与总线插槽接触不良，或者声卡没有与主板扩展槽紧密结合，通过目测可见声卡金手指与扩展槽簧片有错位现象。这种现象在ISA卡或PCI卡上常见，将声卡插正即可解决问题。

（2）有源音箱输入端错接在声卡的Speaker（喇叭）输出端，正常应接在Line-Out（线

路输出）端。这样输出的信号没有经过声卡上的放大，噪声要小得多。

有的声卡只有一个输出端，通过卡上的跳线决定输出端是“Line-Out”还是“Speaker”。默认为“Speaker”，应通过声卡跳线进行调整。

（3）声卡驱动程序的版本不符，最好使用购买声卡时配套的声卡驱动程序。如果已经安装了 Windows 系统自带的驱动程序，需要改装配套的声卡驱动程序，步骤如下。

- 在“控制面板”窗口中双击“系统”图标，显示“系统属性”对话框。
- 打开“设备管理器”选项卡，展开“声音、视频和游戏控制器”中的设备。
- 选中一种设备，如“Creative Sound Blaster PCI128”选项，如图 16-12 所示。
- 单击“属性”按钮，打开相应的属性对话框。
- 选择“驱动程序”选项，单击“更改驱动程序”按钮，显示“从磁盘安装”对话框。
- 单击“浏览”按钮，选择声卡附带的软盘或光盘中的驱动程序，单击“确定”按钮重新安装。
- 按照同样方法重装有问题设备的驱动程序。

7．无法正常录音

一台电脑使用麦克风作为录音设备，但发现无论使用 Windows 自带的录音机，还是其他相关的录音软件都无法录制 WAV 或其他格式的音频文件。麦克风正常，因为已经在其他电脑上测试。后来怀疑声卡出了问题，因为有些设置的选项为“不可用”。

排除方法如下。

（1）在“控制面板”窗口中双击“声音及多媒体”图标，显示“声音及多媒体 属性”对话框。

（2）打开“设备”选项卡，如图 16-13 所示。

图 16-12　“Creative Sound Blaster PCI128”选项

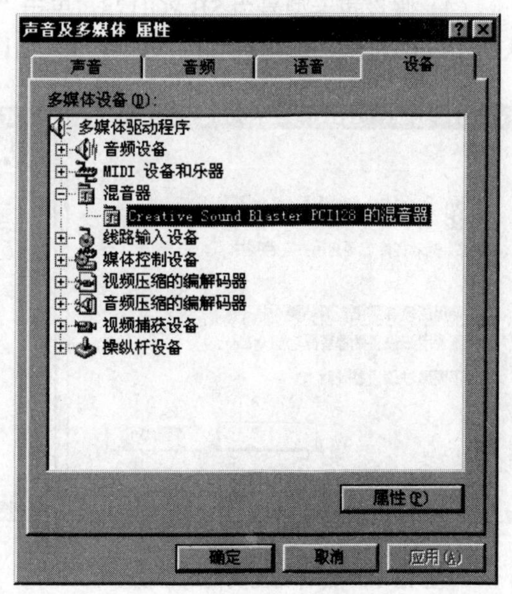

图 16-13　“设备”选项卡

（3）选择“混音器”选项中的具体设备，如“Creative Sound Blaster PCI128 的混音器”选项。

（4）单击“属性”按钮，显示混音器的属性对话框，如图 16-14 所示。

（5）选中“使用该设备的混音器功能”单选按钮。

（6）单击“确定”按钮。

（7）以同样方法将“线路输入设备”的属性设置为“使用该设备的线路输入功能”。

如果“声音及多媒体 属性”对话框中“音频”选项卡中的“录音”设备选项是灰色，则应下载安装新版本的声卡驱动程序，这样即可解决问题。

8．系统无法识别声卡

一块新的声卡插在电脑中系统无法识别，而驱动程序显示为正常，系统未提示找到新硬件。

此类故障是由于以前安装了不正确的驱动程序，或者是系统中的 config.sys、Autoexec.bat 和 dosstart.bat 文件中已经运行了某个声卡的驱动程序。解决方法是删除这 3 个文件中的声卡驱动程序。如果还是无法安装新的声卡驱动程序，则需要修改注册表。在修改前应将其导出作为备份。如果出现问题，可以导入该备份文件，恢复为原始状态。

排除方法如下。

（1）单击“开始”|“运行”选项，显示“运行”对话框。输入“regedit”，按回车键打开“注册表编辑器”窗口。

（2）单击“注册表”|“导出注册表文件”命令，打开“导出注册表文件”对话框。

（3）指定保存注册表文件的路径和文件名，单击“保存”按钮保存注册表文件，返回“注册表编辑器”窗口。

（4）假设声卡型号为 SB PCI128，单击“编辑”|“查找”选项。在查找目标文本框中输入“SB PCI128”，删除找到的匹配字节，如图 16-15 所示。

图 16-14　混音器的属性对话框

图 16-15　查找“SB PCI128”

（5）按 F3 键，继续“查找下一个”匹配字节，依次将找到的匹配字节删除即可。

排除这种故障也可以采用另一种方法，即将声卡插入另外一个插槽。然后系统自动查找新设备，安装其驱动程序即可解决问题。虽然这种方法比较简便，但是解决故障还是遵循“先软件后硬件”的原则为宜。在修改注册表之前最好先将注册表导出作为备份，以防万一。

排除电脑故障的关键问题是要了解电脑各部分的工作原理，只有经过大量的实践才能掌握一定的技巧。

第四部分

安　全　篇

第 17 章 反病毒技术

电脑病毒（Computer Virus，简称“病毒”）指那些能够通过修改程序并把自身包括在内，即“传染”其他程序的程序。

病毒程序能够破坏电脑的软硬件资源，影响电脑系统的正常工作。之所以称这种特殊的程序为电脑病毒，主要是因为它有与生物病毒类似的特点，能够在电脑系统中寄生、繁殖和发作。

当前病毒还十分猖獗，一些原有的病毒，如宏病毒、“冲击波”、“震荡波”及新欢乐时光等不时地发作。一些新的病毒，如“U 盘病毒”、“灰鸽子木马”及“ARP 病毒”等也时常破坏用户的电脑系统。

17.1 病毒分类

到目前为止，还没有一个统一的分类病毒标准。

1. 按传染对象分类

（1）引导型病毒

引导型病毒隐藏在软盘或硬盘的引导扇区中，替代或覆盖正确的引导区程序，这种病毒大部分是 DOS 时代的病毒。因为感染的是引导扇区，所以造成的损失比较大，一般来说会造成系统无法正常启动。多数杀毒软件都能查杀这类病毒，如 KV300、KILL 和毒霸等。

（2）内存型病毒

内存型病毒运行时进入计算机内存，并通过感染文件传播。这种病毒由于在每次文件读写时活动，所以很容易被发现，但其传播速度很快。

（3）文件型病毒

早期的文件型病毒一般是感染以.exe 及.com 等为扩展名的可执行文件，当执行某个可执行文件时病毒程序就会被激活。当前也有一些病毒感染以.dll、.ovl 和.sys 等为扩展名的文件，因为这些文件通常是某个程序的配置或链接文件，所以执行这个程序时病毒也就自动被加载。加载方法是通过将病毒代码整段落或分散插入到这些文件的空白字节中，如 CIH 病毒就是把自身拆分成 9 段嵌入到 PE 结构的可执行文件中。通常感染后文件的字节数并不增加，这是其隐蔽性的一面。

（4）网络型病毒

这种病毒感染的对象不再局限于单一的模式和单一的可执行文件，而是更加综合并更加隐蔽。现在一些网络型病毒几乎可以感染所有的 Office 文件，其攻击方式也从原始的删除或修改文件到加密文件并窃取用户有用信息等。传播的途径也发生了质的变化，不再局限于磁盘，而是通过更加隐蔽的网络传播。

（5）复合型病毒

“复合型病毒”同时具备“引导型”和“文件型”病毒的某些特点，它们既可以感染磁盘的引导扇区，也可以感染某些类型的可执行文件。如果没有全面彻底地清除这种病毒其残留部分，则其会自我恢复，并且再次感染引导扇区和可执行文件。所以查杀这类病毒的难度极大，所用的杀毒软件要同时具备查杀两类病毒的功能，并且要反复查杀。

2．按病毒本身的特性分类

（1）系统病毒

系统病毒感染操作系统的可执行文件，它们一般是驻留内存中并改写文件。

（2）蠕虫病毒

蠕虫病毒一般是通过网络大量繁殖或传播的网络型病毒，以消耗系统资源为目的。

（3）黑客病毒

黑客病毒用来攻击网络上其他电脑的工作程序，近年来才将其列为病毒。

（4）木马病毒

通过网络利用系统资源漏洞非法入侵其他电脑，并通过远程控制非法获取用户信息的病毒，这种病毒采用客户端/服务器程序的方式入侵上网的电脑。

（5）脚本病毒

脚本病毒是利用系统脚本编程语言编写的病毒程序代码，其中包含感染 Office 系列文件的宏病毒及感染网页的网页病毒等。

17.2 病毒的特点

17.2.1 病毒的运行

电脑病毒的运行可分为如下阶段。

（1）引导阶段

在引导阶段，电脑病毒程序被执行并开始活动。电脑病毒势必要附着（寄生）在其他可执行程序（即宿主程序）上，以便在宿主程序被执行时附带执行电脑病毒自身的代码。需要驻留内存的病毒在引导时会将病毒主体程序引导到内存的适当位置，并设置必要的参数，然后隐藏起来。

（2）传染阶段

电脑病毒的传染方式基本上可分为两大类，一是立即传染，即病毒在被执行开始。宿主程序执行前立即感染磁盘中的其他文件，然后执行宿主程序；二是驻留内存并伺机传染，内存中的病毒检查当前系统环境，在执行一个程序或“DIR”等操作命令时，传染磁盘中的其他文件。驻留在系统内存中的病毒程序在宿主程序运行结束后仍可活动，直至关闭电脑。

（3）发作阶段

电脑病毒经过潜伏期后，在触发条件成熟时即可在系统中发作。进而大规模地传染其目标，并表现出各种症状。电脑病毒在发作时会有不同的表现形式，早期的病毒表现形式比较明显。而现代的病毒一般都比较隐蔽，有的没有任何表现形式。

17.2.2 病毒的主要特点

病毒的主要特点如下。

（1）寄生性

电脑病毒是一种人为编写的程序，电脑系统中凡是可以存放电脑程序的地方，都有可能寄生电脑病毒。病毒通常寄生在磁盘启动区、可执行程序，以及Office系统的文档文件中，其程序代码只有在内存中执行时才能被激活。

（2）潜伏性

病毒为了达到破坏的目的，通常都具有潜伏性。它可以潜伏在合法文件中达几个月，甚至几年不被人们发现，而且还不断地感染电脑系统。潜伏的时间越长，对电脑的破坏性也就越大。

（3）变异性

电脑病毒的变异性主要体现在两个方面，一是有些病毒本身在传染过程中会通过一套变换机制，产生出许多与源代码不同的病毒；二是有些恶作剧者人为地修改病毒程序的源代码。这两种结果是产生出不同于原病毒代码的病毒，即“变种病毒”。

现在，很多新病毒都不再使用汇编语言，而是使用高级程序设计语言编写。例如，“爱虫”是脚本语言病毒，“美丽杀”是宏病毒。它们容易编写，并且很容易被修改生成很多病毒变种，如“爱虫”病毒在十几天中就出现了30个变种。“美丽杀”病毒也生成了多个变种，并且此后很多宏病毒都是使用了“美丽杀”的传染机理。这些变种的主要传染和破坏的机理与母本病毒一致，只是某些代码做了修改。

（4）隐蔽性

新一代病毒更加隐蔽，主题会随用户传播而改变，而且许多病毒还会将自己伪装成常用的程序。或者将病毒代码写入文件内部，而文件长度不发生任何改变，使用户不会产生怀疑。例如，猖狂一时的“欢乐 99”病毒本身虽是附件，却呈现为卡通的样子迷惑用户。现在新的病毒可以将自身写入JPG等图片中，用户一旦打开图片，它就会运行某些程序将用户的硬盘格式化，而且以后无法恢复。还有“矩阵”（matrix）等病毒会自动隐藏、变形，甚至阻止受害用户访问反病毒网站，并且阻止用户下载经过更新及升级后的杀毒软件或发布病毒警告消息。

（5）传播迅速

当前流行的大多数计算机病毒都通过网络传播，这些病毒程序代码夹在电子邮件的附件中。当打开邮件单击附件时，病毒程序便开始执行并迅速传染。它们还能搜索计算机用户的邮件通信地址，继续通过网络进行传播，所以传播速度极快。由于病毒主要通过网络传播，因此一种新病毒出现后，可以迅速通过互联网传播到世界各地。

（6）综合性

随着网络技术的普及和发展，病毒的编写技术也在不断地提高。过去病毒最大的特点是能够复制自身给其他程序，现在则具有了蠕虫的特点，可以利用网络传播。有些病毒还具有了黑客程序的功能，一旦侵入计算机系统后病毒控制者可以从中窃取信息，并远程控制这些系统。呈现出计算机病毒功能的多样化，因而更具有危害性。

17.2.3 系统感染病毒后系统的主要症状

被电脑病毒感染的系统主要症状如下。

（1）电脑系统运行速度降低。

（2）可用内存空间减少。运行程序时系统提示内存空间不够。

（3）出现无故死机的现象。

（4）系统无故不能识别光盘驱动器。

（5）磁盘中多出了用户不能识别的文件。

（6）硬盘不能正常引导系统。

（7）磁盘中文件的内容被无故修改。

17.3 U 盘病毒

现在利用 U 盘来传播病毒已经是黑客最常用的手段。

17.3.1 定义、传播方式及过程

1．定义

U 盘病毒特指通过移动存储设备传播的一类病毒。

2．传播方式

（1）通过 Autorun.inf 文件传播，这是目前 U 盘病毒最普遍的传播方式。

（2）伪装成其他文件，病毒程序隐藏 U 盘中的所有文件夹，并把自身复制成与原文件夹名称相同并具有文件夹图标的文件。当用户打开该文件夹时，病毒程序会执行自身并且打开自己隐藏的文件夹。

（3）通过可执行文件传播，这是一种很老的病毒传播手段。

3．传播过程

病毒程序首先将自身写入 U 盘，然后更改 Autorun.inf 文件的内容，该文件记录用户选择

指定的程序打开U盘。如果指向病毒程序，则Windows系统就会运行该程序，触发病毒。一般情况下，病毒程序会检测插入的U盘，并执行上述操作。从而导致产生一个新的U盘病毒，并且迅速感染硬盘。

17.3.2 特征

1. 自动运行

“自动运行”指利用系统的配置文件按照用户的操作习惯使病毒文件自动加载到电脑的内存中，然后自动启动运行。一般情况下，用户通过双击U盘的盘符打开U盘，此时U盘病毒即自动运行。

2. 隐藏性

（1）伪装成系统文件

一般情况下，系统文件是用户看不见的。病毒程序将自身伪装成系统文件，这样就达到了隐藏的目的。

（2）隐藏于系统文件夹中

系统文件夹具有一定的迷惑性，例如，病毒首先删除系统的“回收站”。然后将隐藏自身的文件夹命名为“回收站”并隐藏其中，就不会轻易被用户发现。

（3）伪装成其他文件的图标

有些U盘病毒将自身的图标伪装成其他文件的图标，因为在默认的情况下不显示文件名的后缀，所以会导致用户将病毒文件误认为是正常文件。当用户双击打开该文件时，即可使其传播。

在上述3种隐藏方式中，有的U盘病毒同时利用其中的2种或3种。使其迷惑性更大，感染病毒的概率也更高。

17.3.3 工作原理

U盘病毒传播方式的关键就是运行Autorun.inf文件，该文件本身是系统自动运行的一个配置文件，用于控制双击驱动器时的自动播放选项。它保存在Windows系统根目录下的一个系统文件，在Windows 98/2000中需要光盘及U盘插入后自动运行，则要通过这个文件。它是一个隐藏的系统文件，其中包含一些简单的命令。告诉系统这个新插入的光盘、移动存储设备或硬件应当自动启动哪个程序，也可以告诉系统其盘符图标改成某个路径下的图标。

Autorun.inf文件的格式如下：

```
[AutoRun]
open=abc.exe
shellexecute=abc.exe
```

```
shell\Auto\command=abc.exe
```

其中 abc.exe 为要执行的程序。

一般情况下，由于 Windows 系统中的自动播放功能是默认设置，所以只要在 U 盘的根目录下建立一个 Autorun.inf 文件和某些特定的执行程序。并把执行程序的路径和名字写到 Autorun.inf 文件中，就可以在 U 盘插入系统后自动运行该执行程序。当这个执行程序是病毒时，即可使其迅速传播。

为了说明上述原理，下面编辑一个具体的 Autorun.inf 文件。

（1）选择一个 U 盘，将其插入到电脑的 USB 口中。

（2）双击打开该 U 盘，其中没有文件。复制一个可执行文件 Start.exe，目的是模仿黑客的木马。

（3）打开记事本程序，编辑一个文本文件，内容如图 17-1 所示。其中的[AutoRun]表示 Autorun，即自动运行；Icon=start.exe,0 定义 U 盘的图标，此处使用 Start.exe 文件的图标定义；Shellexecute= Start.exe 表示自动执行的文件是 Start.exe；She11\打开\Command= Start.exe，该命令表示当右击 U 盘弹出快捷菜单时，会增加一个“打开”选项。用户也可以修改，如希望在右击 U 盘快捷菜单中出现“Auto”选项，即可将字符串“打开”换成“Auto”。

（4）单击“文件”|“另存为”命令，打开如图 17-2 所示的“另存为”对话框。在“保存类型”下拉列表框中选择“所有文件”选项，在“文件名”下拉列表框中输入“Autorun.inf”。单击“保存”按钮，将该文件保存在 U 盘中。

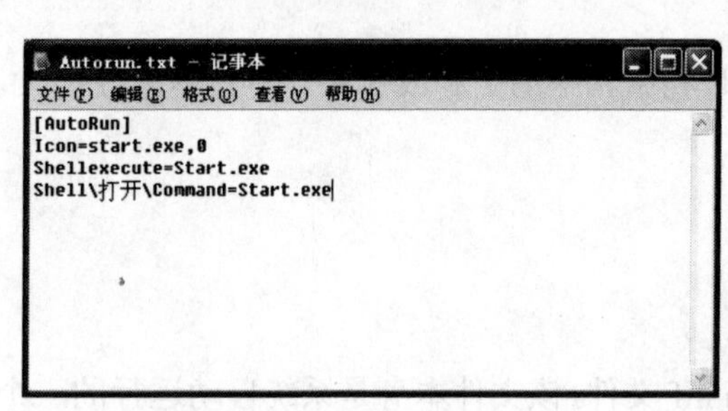
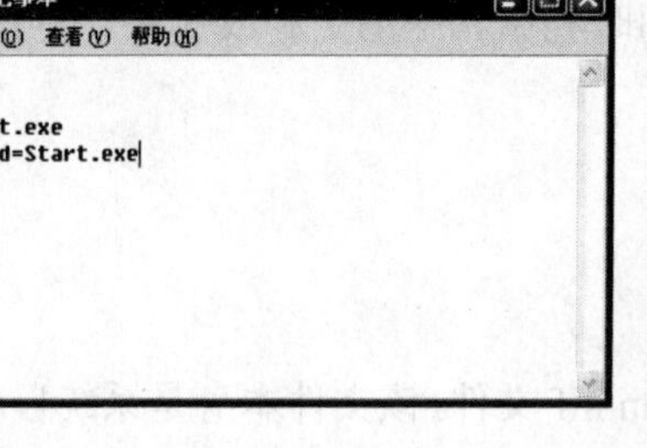

图 17-1　文本文件的内容

图 17-2　“另存为”对话框

（5）打开 U 盘，其中的 Autorun.inf 文件即为 Autorun 的配置文件，Start.exe 文件为模仿 U 盘病毒的可执行文件，如图 17-3 所示。

（6）关闭后取出 U 盘，再将 U 盘插入 USB 口。可以看到，U 盘 KINGSTON（H:）的图标变为 Start.exe 文件的图标，如图 17-4 所示。

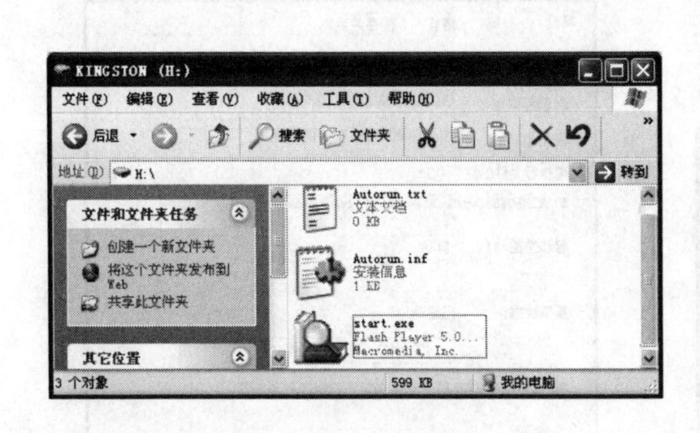

图 17-3 U 盘中的可执行文件

图 17-4 U 盘图标变为 Start.exe 文件的图标

（7）双击 U 盘图标，自动运行 Start.exe 文件，显示的画面如图 17-5 所示。

（8）右击 U 盘（H:）盘符，在快捷菜单中多了“自动播放”和“打开”选项，如图 17-6 所示。

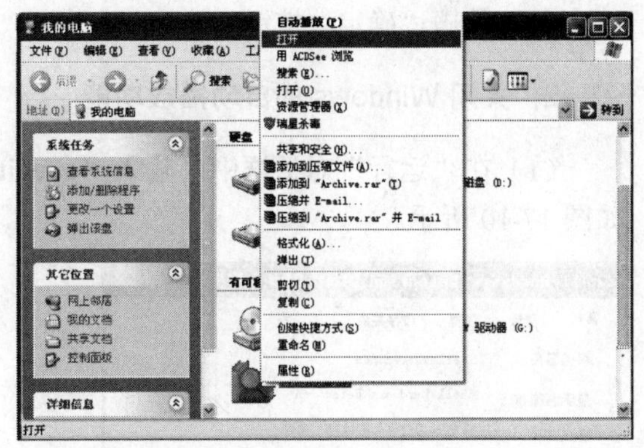

图 17-5 “金山词霸 2003”

图 17-6 “自动播放”和“打开”选项

17.3.4 预防

预防 U 盘病毒的主要措施即阻止其自动运行，可以采用以下几种方法。

1. 关闭“Shell Hardware Detection”服务

关闭这项服务后，插入光盘或 U 盘时系统将不再扫描其中的内容并运行 Autorun.inf 文件中配置的文件。

（1）单击“开始”|“运行”命令，打开“运行”对话框。输入“services.msc”，按回车键打开如图 17-7 所示的“服务”窗口。

（2）右击右窗格中的“Shell Hardware Detection”选项，在弹出的快捷菜单中单击“属性”命令。打开“Shell Hardware Detection 的属性”对话框，如图 17-8 所示。

（3）单击“停止”按钮，在“启动类型”下拉列表框中选择“已禁用”选项，如图 17-9 所示。

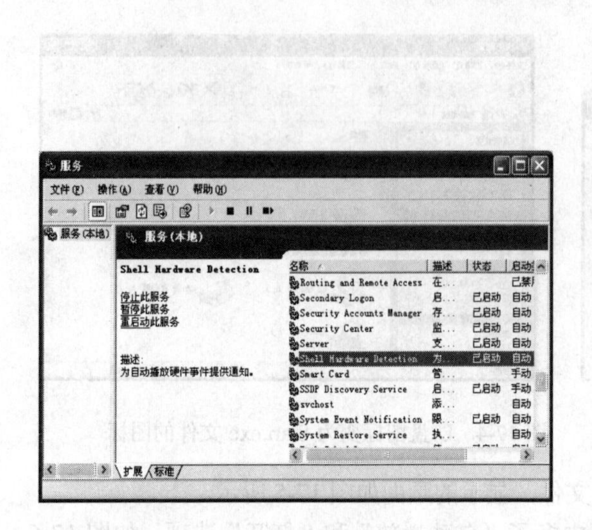

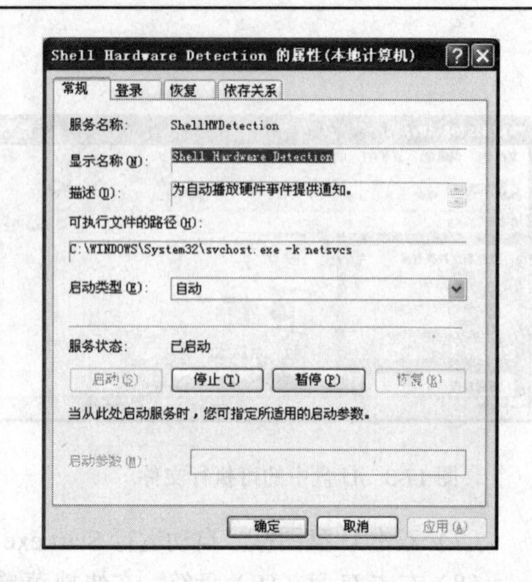

图 17-7 “服务”窗口　　图 17-8 “Shell Hardware Detection 的属性”对话框

（4）单击“确定”按钮。

2．关闭 Windows 的自动播放功能

（1）在“运行”对话框中，输入“gpedit.msc”命令。按回车键打开“组策略”窗口，如图 17-10 所示。

图 17-9 选择“已禁用”选项 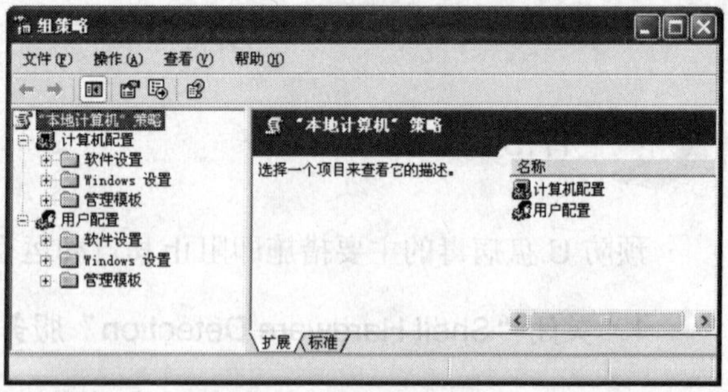　　图 17-10 “组策略”窗口

（2）选择“计算机配置”|“管理模板”|“系统”|“关闭自动播放”选项，如图 17-11 所示。

（3）双击“关闭自动播放”选项，打开“关闭自动播放 属性”对话框，如图 17-12 所示。

（4）在“设置”选项卡中，选中“已启用”单选按钮，在“关闭自动播放”下拉列表框中选择“所有驱动器”选项。

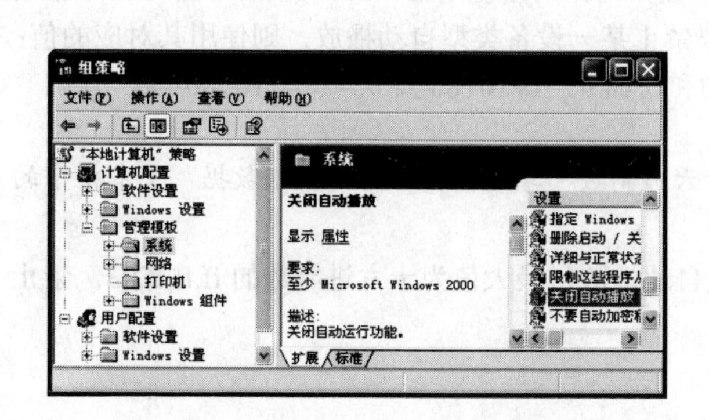

图 17-11　“关闭自动播放”选项

图 17-12　“关闭自动播放 属性”对话框

（5）单击“确定”按钮。

3. 修改注册表，禁止自动播放

（1）在“运行”对话框中输入“regedit.exe”命令，单击“确定”按钮，打开“注册表编辑器”窗口，如图 17-13 所示。

（2）选择[HKEY_CURRENT_USER/Software/Microsoft/Windows/CurrentVersion/Policies/Expolrer]注册表项，如图 17-14 所示。

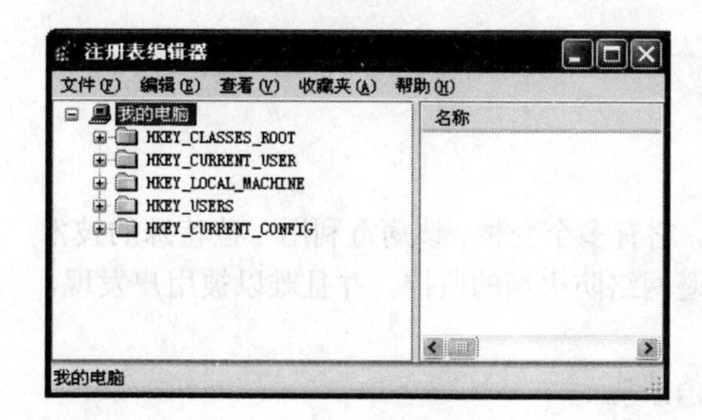

图 17-13　“注册表编辑器”窗口

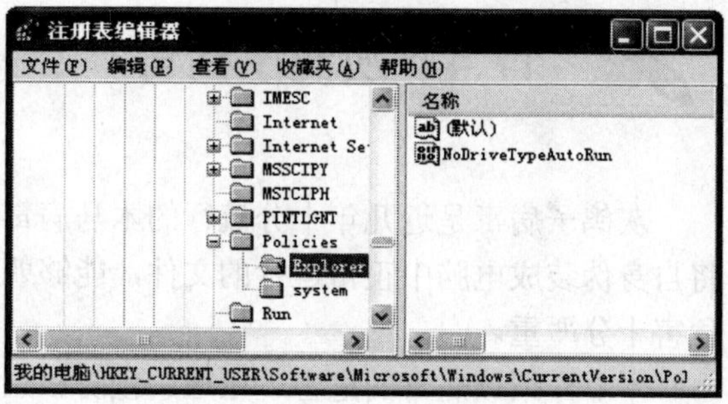

图 17-14　选择注册表项

（3）双击右窗格中的“NoDriveTypeAutoRun”数值名，打开“编辑 DWORD 值”对话框，如图 17-15 所示。

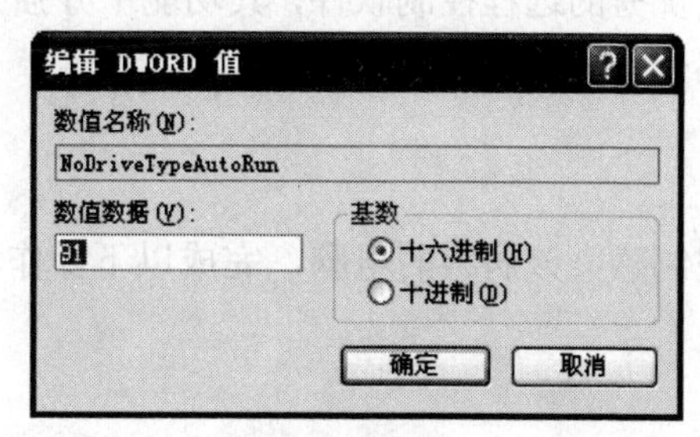

图 17-15　“编辑 DWORD 值”对话框

“数值数据”文框中数值的含义如下：

1：未知类型，4：可移动磁盘，8：硬盘，10：网络驱动器，20：光驱，40：RAM 驱动器，80：未知类型，FF：所有类型。若要禁止某一设备类型自动播放，则使用其对应的值；若要禁止多种设备类型，则使用其数值的和，如 91=1+10+80 及 95=1+4+10+80 等。

在“基数”选项组中选择了“十六进制数”单选按钮，故“数值数据”文本框中的数为十六进制数。

“NoDriveAutoRun”按盘符指定禁止自动播放，最大值为十六进制数的 ff,ff,ff,03，禁止所有盘自动播放。

4．预防技巧

（1）右击 U 盘的盘符，弹出快捷菜单。其中有“自动播放”命令说明 U 盘上存在 Autorun.inf 文件，可能已经感染 U 盘病毒，应当杀毒后使用。

（2）右击 U 盘的盘符，在弹出快捷菜单中单击“打开”命令，打开 U 盘，可以避免运行其中的 Autorun.inf 文件。

（3）在 U 盘没有感染病毒时，在其根目录下建立一个 Autorun.inf 文件并将其属性改为“只读”。这样可以避免 U 盘病毒感染，但可能会导致打开 U 盘的速度变慢。

（4）尽量避免在公共场合使用 U 盘，以阻止感染病毒。

（5）使用他人的 U 盘之前，一定要使用杀毒软件杀毒。

17.4　灰鸽子病毒

灰鸽子病毒是近几年十分流行的木马病毒，它有多个变种。该病毒利用一些特殊的技术将自身伪装成电脑中正常运行的文件，能够躲避网络防火墙的监控。并且难以被用户发现，危害十分严重。

本节介绍该病毒的危害、原理、预防和查杀技巧。

17.4.1　危害

灰鸽子程序原本是一款优秀的远程控制软件，其功能十分强大。但黑客用其从事一些非法活动，从而演变成为灰鸽子木马病毒。

1．危害

灰鸽子病毒可以远程控制感染该病毒的电脑，完成以下操作。

（1）编辑修改注册表。

（2）上传、下载文件。

（3）查看用户电脑的系统信息、进程和服务。

（4）监视用户的操作窗口，记录键盘操作，并修改“共享”等。
（5）开启代理服务器，执行命令行操作。
（6）监视远程屏幕，控制远程语音和视频设备，并关闭或重启电脑等。

2．特性

（1）隐蔽性
该病毒具有极强的隐蔽性，一般用户不会发现其存在。病毒的相关文件名由控制者定制，并不固定在 Windows 系统的任务管理器中无法查找。
（2）可控性
电脑感染灰鸽子病毒后会被黑客远程控制，从而盗取用户的银行账号、QQ 号码、游戏账号，并可控制摄像头自动拍照。
（3）自动销毁
黑客达到目的后可以将该病毒从用户的电脑中卸载，使其不留痕迹，从而销毁证据。

3．传播途径

（1）网页传播
黑客将病毒程序植入到网页中，当用户浏览该网页时电脑就会被灰鸽子病毒感染。
（2）聊天工具传播
用户使用聊天工具远程对话时，即可传播携带灰鸽子病毒的网页和文件。
（3）电子邮件传播
灰鸽子病毒可以隐含在电子邮件的附件中，当用户打开附件时，即传播灰鸽子病毒。

4．非法软件传播

黑客将灰鸽子病毒捆绑在各种非法软件中，当用户下载、解压和安装这些软件时也就传播了该病毒。

17.4.2　原理及预防

1．工作原理

灰鸽子木马病毒分为客户端和服务端，黑客操纵客户端配置生成一个服务端程序，默认为 G_Server.exe。该程序运行后将自身复制到用户电脑的系统目录下，然后从体内释放 G_Server.dll 和 G_Server_Hook.dll 文件到 Windows 目录下。3 个文件相互配合组成了灰鸽子病毒的服务端文件组，有些灰鸽子病毒还会增加一个名为“G_ServerKey.dll”的文件用于记录用户的键盘操作。

注意，G_Server.exe 文件名不是黑客设置的，如设置服务端文件名为“HGZ.exe”时生成的文件就是 HGZ.exe、HGZ.dll 和 HGZ_Hook.dll。

在 Windows 目录下的 G_Server.exe 文件将自身注册成“服务”，每次开机即可自动运行，运行后启动 G_Server.dll 和 G_Server_Hook.dll 并自动退出。此后 G_Server.dll 文件实现后门功能，与控制端（客户端）通信；G_Server_Hook.dll 文件则通过拦截 API 调用来隐藏病毒文件。因此用户的电脑中毒后，根本看不到病毒文件和病毒注册的服务项。随着灰鸽子服务端文件的设置不同，G_Server_Hook.dll 附在 Explorer.exe 或其他程序的进程中。

2. 预防措施

（1）及时打补丁

操作系统存在许多漏洞，为病毒的传播打开了方便之门。用户可以扫描并修复可以用系统的“Windows Update”组件为系统升级打补丁，也可以使用第三方工具软件检查操作系统漏洞，这些工具软件有金山毒霸、瑞星、360 安全卫士，以及 QQ 医生等。

（2）及时升级杀毒软件

当前国内的优秀杀毒软件都能识别灰鸽子病毒，但由于灰鸽子的变种多，变异的速度快，所以及时升级杀毒软件十分必要。

（3）禁止下载或接收不安全的软件

使用迅雷等软件搜索时，对于一些不安全的软件会有告警提示，应禁止下载这些软件。

17.4.3 查杀

1. 专杀工具

灰鸽子专杀工具可以从网上下载，一般都是免费的工具软件，著名的有瑞星灰鸽子病毒专杀工具、金山毒霸“灰鸽子”木马专杀工具，以及江民灰鸽子后门专杀工具等。金山毒霸“灰鸽子”木马专杀工具扫描病毒时的窗口如图 17-16 所示。

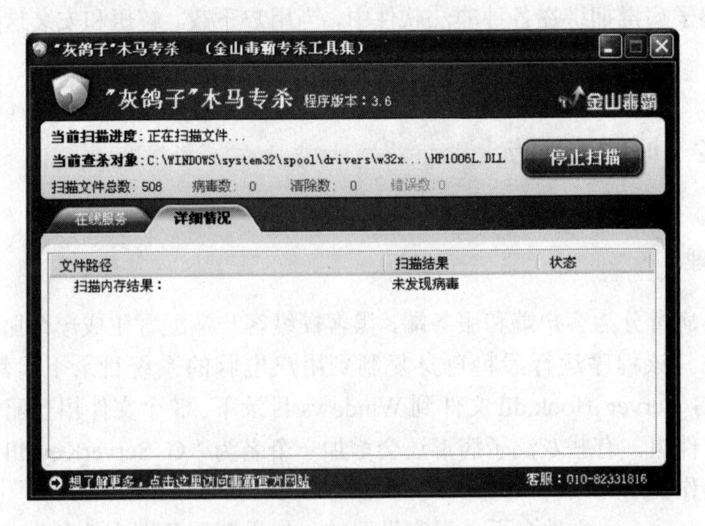

图 17-16 金山毒霸“灰鸽子”木马专杀工具扫描病毒时的窗口

2．查找病毒

（1）启动系统，在系统进入 Windows 启动界面前按 F8 键（或者在启动时按住 Ctrl 键不放），在出现的启动选项菜单中选择“安全模式”选项。

（2）打开“我的电脑”窗口，单击“工具”|“文件夹选项”命令，显示如图 17-17 所示的“文件夹选项”对话框。

（3）打开“查看”选项卡，清除“隐藏受保护的操作系统文件（推荐）”复选框，选择“隐藏文件和文件夹”选项组中的“显示所有文件和文件夹”单选按钮，如图 17-18 所示。

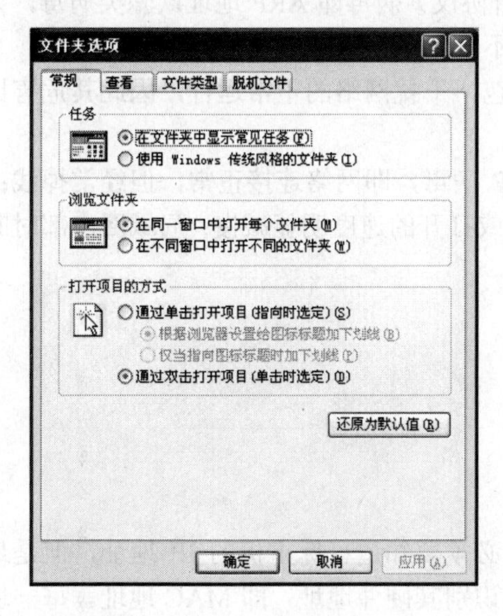

图 17-17　“文件夹选项”对话框

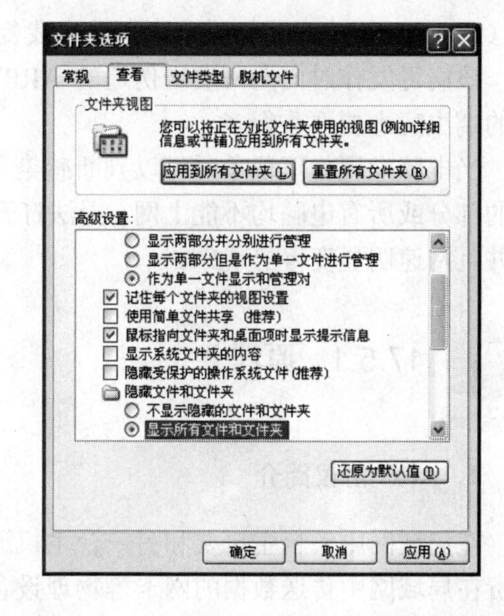

图 17-18　“显示所有文件和文件夹”单选按钮

（4）单击“确定”按钮。

（5）打开 Windows 系统的“搜索文件或文件夹”对话框，在“要搜索的文件或文件夹名为：”文本框中输入“_hook.dll”，在“搜索范围”下拉列表框中选择 Windows 的安装目录（默认 Windows 98/XP 为 C:\windows，Windows 2000/NT 为 C:\Winnt）。

（6）经过搜索，在 Windows 目录（不包含子目录）下发现了一个名为“Game_Hook.dll”的文件。

（7）在操作系统的安装目录下找到 Game.exe、Game.dll 和 GameKey.dll 文件。

3．手动清除

为防止误操作，清除前一定要备份重要数据。

（1）清除灰鸽子的服务

- 打开“注册表编辑器”窗口。
- 选择“HKEY_LOCAL_MACHINE\SYSTEM\CurrentControlSet\Services”注册表项。
- 单击“编辑”|“查找”|“查找目标”命令，输入“G_Server.exe”。单击“确定”按钮，找到灰鸽子的服务项。
- 删除 G_Server 注册表项，关闭“注册表编辑器”窗口。

（2）删除灰鸽子程序文件

在安全模式下删除 Windows 目录下的 G_Server.exe、G_Server.dll、G_Server_Hook.dll 以及 G_Serverkey.dll 文件，然后重新启动系统即可。

17.5 ARP 病毒

ARP（Address Resolution Protocol，地址解析协议）病毒即 ARP 地址欺骗类病毒，为木马（Trojan）类病毒。该类病毒不能自我复制，不具备主动传播的特性。

该病毒发作时向全网发送伪造的 ARP 数据包，干扰网络的正常运行，因此其危害比一般的蠕虫病毒要严重得多。

当电脑发现如下现象时可以判断感染了 ARP 病毒，即网络连接正常，但经常掉线；内网的部分或所有电脑均不能上网；无法打开网页或打开的速度明显减慢；局域网内部时断时续并且网速明显变慢等现象。

17.5.1 原理

1. ARP 协议简介

在局域网中一台主机要和另一台主机通信时必须要知道目标主机的 IP 地址，但是最终负责在局域网中传送数据的网卡等物理设备只能识别其硬件地址，即 MAC 地址。每一块网卡都有其全球唯一的 MAC 地址，网卡之间发送数据，只能根据对方网卡的 MAC 地址。

“地址解析”就是主机在发送数据包前将目标主机 IP 地址转换成其 MAC 地址的过程，ARP 协议的基本功能就是通过目标主机的 IP 地址查询目标设备的 MAC 地址，以保证通信的正常进行。

2. ARP 欺骗过程

例如在一个办公室中有 3 台电脑，通过交换机连接在一起组成小型局域网。其中第 1 台电脑为电脑 A，代表 ARP 攻击方；第 2 台电脑为电脑 S，代表数据源主机，即发送数据的电脑；第 3 台电脑为电脑 D，代表目的主机，即接收数据的电脑。这 3 台电脑的 IP 地址分别为 192.168.0.2、192.168.0.4 和 192.168.0.6，MAC 地址分别为 MAC_A、MAC_S 和 MAC_D。其网络拓扑结构如图 17-19 所示。

（1）正常发送数据包的过程

- 电脑 S 要为电脑 D 发送数据，但不知道其 MAC 地址。为此要查询自身的 ARP 缓存表，查看是否有 192.168.0.6 这台电脑的 MAC 地址。如果有，则将该 MAC 地址封装在数据包的外面，直接发送数据包出即可。

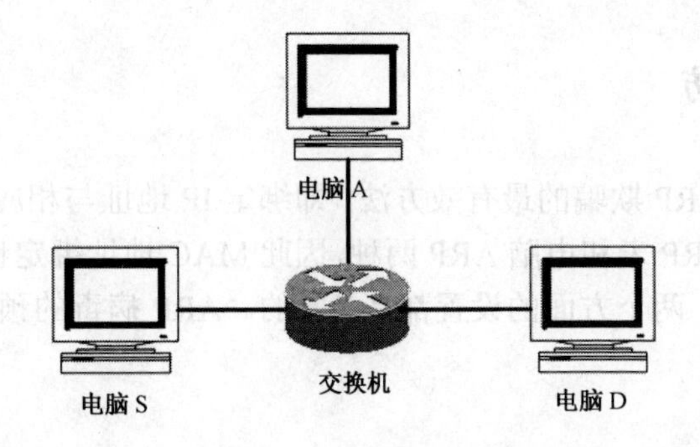

图 17-19　网络拓扑结构

- 如果 ARP 缓存表中没有电脑 D 的 MAC 地址，电脑 S 就向局域网内发送一个 ARP 广播包，询问“我的主机的 IP 地址是 192.168.0.4，硬件 MAC 地址是 MAC_S，我想知道 IP 地址为 192.168.0.6 的主机的 MAC 地址是多少？”。
- 网络中的所有电脑都会接收到该 ARP 广播包，电脑 A 看到要查询的 IP 地址不是自己的，丢弃该数据包。而电脑 D 则发送一条回答电脑 S 的响应报文“我的 IP 地址是 192.168.0.6，我的网卡 MAC 地址是 MAC_D”。
- 电脑 S 已经知道了电脑 D 的 MAC 地址为“MAC_D”，立即将其封装在要发送的数据包中，与数据包一起发送。
- 电脑 S 接收到电脑 D 发送的回答信息后，动态更新本机的 ARP 缓存表，添加 192.168.0.6-MAC_D 这一条记录。

（2）实施 ARP 欺骗过程

- 在上述发送数据的过程中，当电脑 S 向局域网询问“我想知道 IP 地址为 192.168.0.6 的主机的 MAC 地址是多少？”时，电脑 D 回应了自己的正确 MAC 地址，但是此时电脑 A 也回答了一条欺骗信息“我的 IP 地址是 192.168.0.6，我的 MAC 地址是 MAC_A”。
- 由于电脑 A 不停地发送这样的应答数据包，本来电脑中的 ARP 缓存表中已经保存了正确的记录 192.168.0.6－MAC_D。这时电脑 S 并不知道电脑 A 发送的数据包是伪造的，导致其重新动态更新自身的 ARP 缓存表，即正确的记录改变为 192.168.0.6－MAC_A。
- 很显然，这将导致以后凡是电脑 S 要发送给电脑 D 的数据，都会发送给电脑 A。

（3）冒充网关

如果电脑 A 不是冒充电脑 D，而是冒充网关，后果会更加严重。一个局域网中的电脑要连接互联网都要经过局域网中的网关（一般是路由器），网关的 IP 地址一般为 192.168.0.1。如果电脑 A 向局域网反复地发送 ARP 欺骗广播：“我的 IP 地址是 192.168.0.1，我的 MAC 地址是 MAC_A”。这时局域网中的其他电脑并没有察觉，因为局域网通信的前提条件是信任任何电脑发送的 ARP 广播包。这样局域网中的其他电脑都会更新自身的 ARP 缓存表，记录下 192.168.0.1－MAC_A 这条记录。这样它们通过网关发送给互联网其他电脑的数据都会这台电脑中截获，即电脑 A 可以监听整个局域网发送给互联网的数据包，这是非常严重的事件。

17.5.2 预防

ARP 绑定是防止 ARP 欺骗的最有效方法，即绑定 IP 地址与相应的 MAC 地址。ARP 欺骗形式有欺骗路由器 ARP 表和电脑 ARP 两种，因此 MAC 地址绑定也分为路由器 ARP 表和电脑上 ARP 表的绑定，两个方面的设置都是必需的。ARP 病毒的预防可以分为软件方法和手工方法。

1. 软件方法

瑞星个人防火墙 2008 版针对 ARP 病毒增加了 ARP 欺骗防御功能，通过设置 ARP 规则可以保护计算机的正常通信，步骤如下。

（1）在“详细设置”对话框中选择“ARP 欺骗防御”选项，在右窗格中显示相关的设置选项，如图 17-20 所示。

（2）选中“启用 ARP 欺骗防御”复选框，防火墙会自动搜索局域网中每台电脑的 IP 和 MAC 地址对照表（ARP 缓存表）。发现地址有冲突时，会自动弹出“ARP 欺骗”对话框，如图 17-21 所示。单击“添加到 ARP 静态表中”链接，会将发生冲突的地址信息添加到 ARP 静态表中。

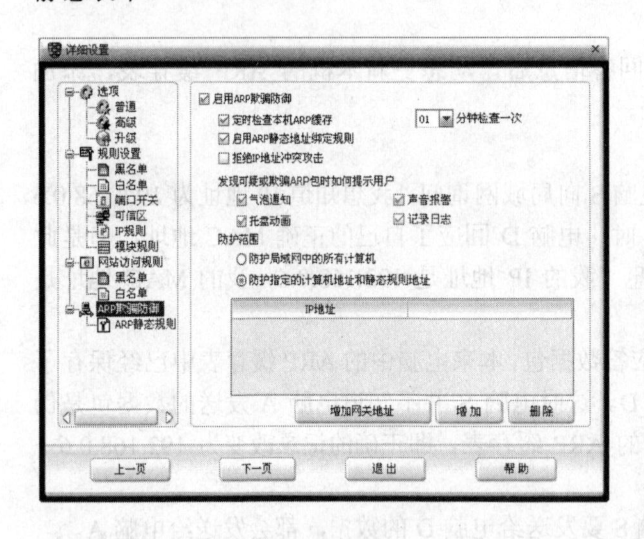

图 17-20 “ARP 欺骗防御”选项

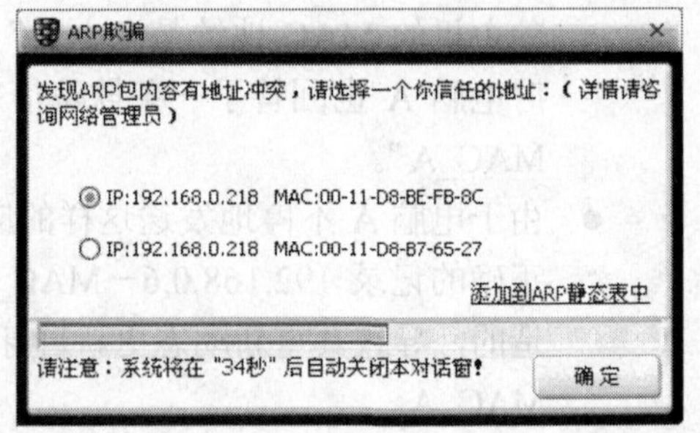

图 17-21 “ARP 欺骗”对话框

（3）单击“ARP 静态规则”选项，显示“ARP 静态规则”界面，如图 17-22 所示。网络管理员可以通过添加 ARP 静态规则来维护网络中的电脑的 IP 和 MAC 地址对照表，这样即可随时发现冒充他人 IP 地址的计算机。

（4）单击“增加”按钮，显示如图 17-23 所示的“ARP 静态规则”对话框。在“名称”和“IP 地址”文本框中输入电脑的名称和 IP 地址，然后单击“自动获取”链接即可获得该电脑的 MAC 地址。

经过以上设置后，若发现 ARP 欺骗，瑞星防火墙会发出告警。

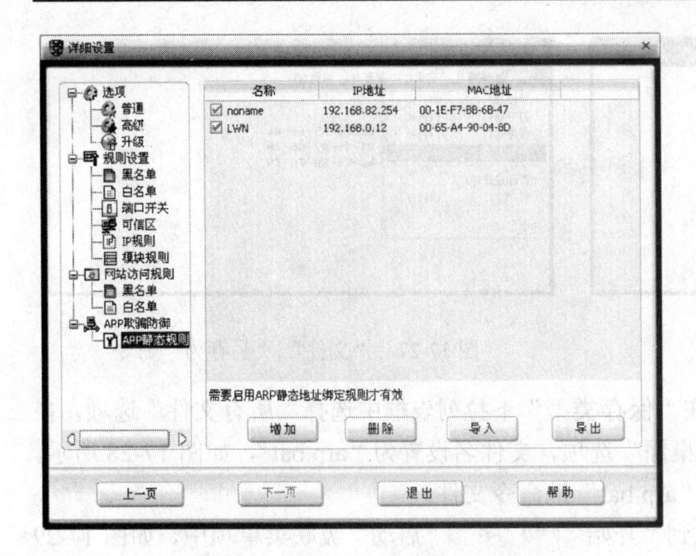

图 17-22　“ARP 静态规则”界面

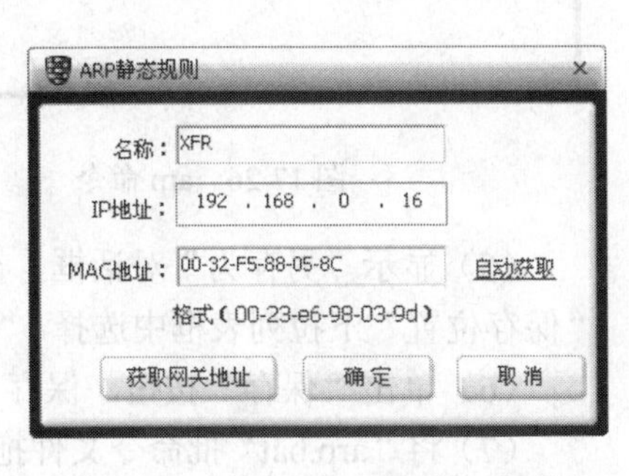

图 17-23　“ARP 静态规则”对话框

2. 手动方法

（1）在“运行”对话框中输入“cmd”命令，如图 17-24 所示。

（2）单击“确定”按钮，在命令提示符窗口中输入命令 ipconfig/all。打开显示该主机网卡的“Physical Address”（物理地址）窗口，如图 17-25 所示。其中的“Physical Address”为网卡的 MAC 地址，本例为 00-48-54-3A-7A-75；“IP Address”为本机的 IP 地址，本例为 192.168.0.7。按照上述方法，分别获取局域网内所有主机的 MAC 地址和 IP 地址。

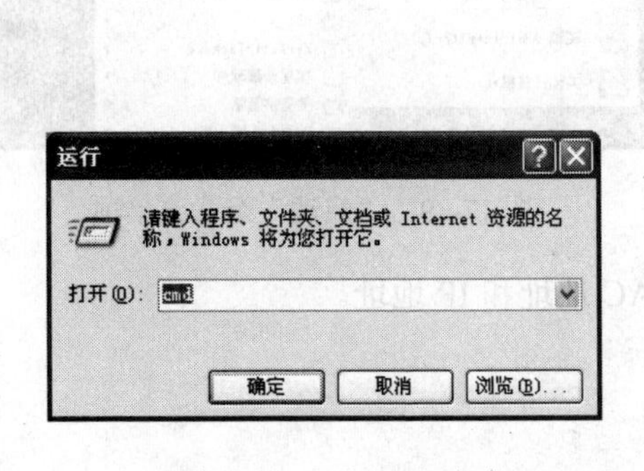

图 17-24　“cmd”命令

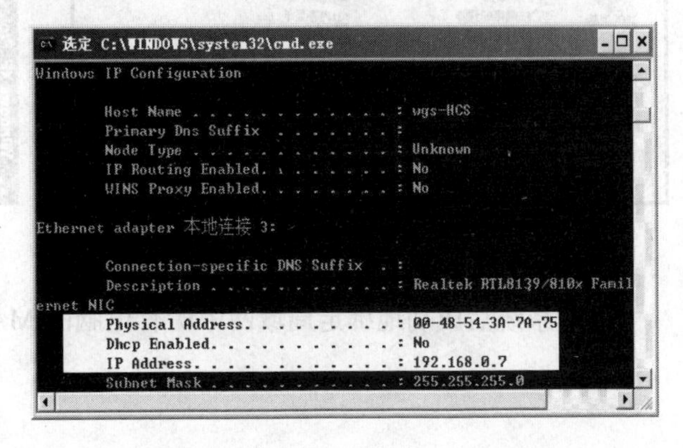

图 17-25　“Physical Address”窗口

（3）创建一个记事本文件，在其中输入 arp 命令，如图 17-26 所示。使 IP 地址“192.168.0.1”解析为 MAC 地址“00-02-03-A5-67-88”的静态 ARP 缓存项，并且添加到 ARP 缓存表中。

（4）添加局域网内所有主机的 MAC 地址和 IP 地址，然后单击“文件”|“另存为”命令，如图 17-27 所示。

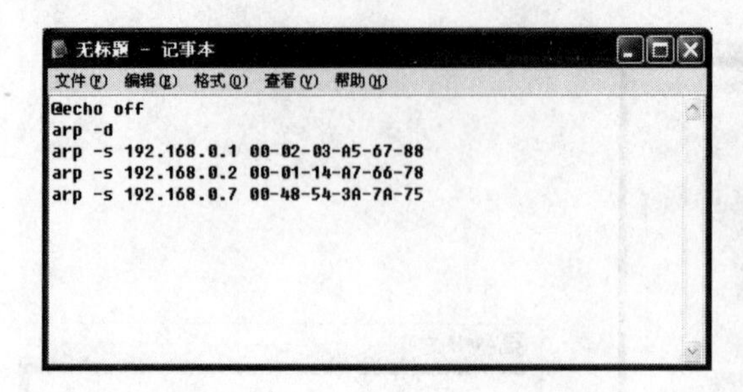

图 17-26　arp 命令

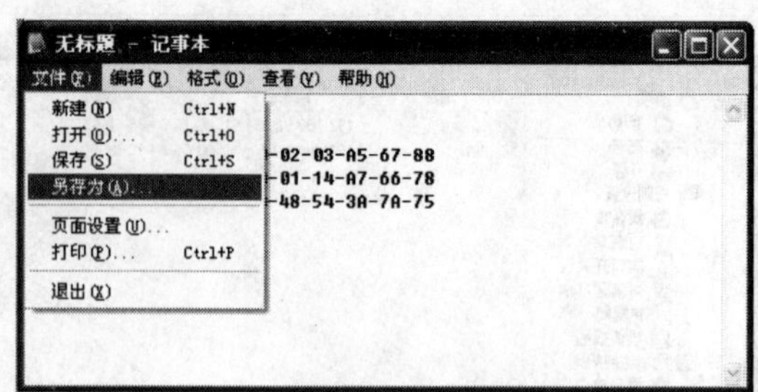

图 17-27　“文件”|“另存为”命令

（5）显示“另存为”对话框，在“保存类型”下拉列表框中选择“所有文件”选项，在“保存位置”下拉列表框中选择 “桌面”选项，文件名设置为“arp.bat”，如图 17-28 所示。

（6）单击“保存”按钮，保存“arp.bat”批命令文件。

（7）将“arp.bat”批命令文件拖到“开始”|“程序”|“启动”级联菜单项中，如图 17-29 所示。

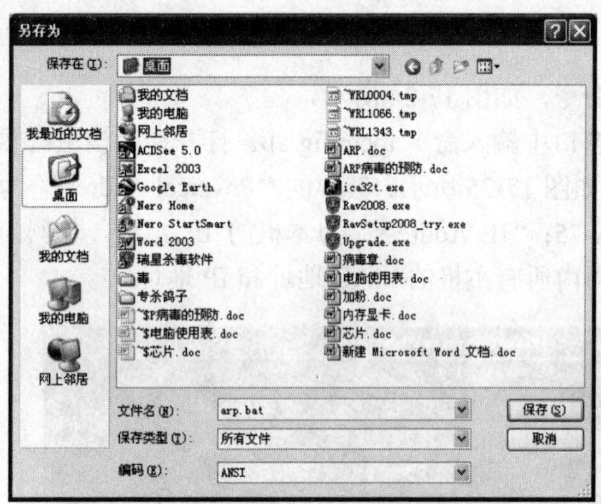

图 17-28　文件名设置为“arp.bat”

图 17-29　“启动”级联菜单项

重启系统后成功地绑定局域网中所有电脑的 MAC 地址和 IP 地址。

第 18 章　使用反病毒工具软件

本章介绍国内的 4 种优秀的反病毒工具软件。

优秀的反病毒软件的必备条件如下。

（1）能实现智能升级

能够自动探测版本、监测升级文件是否更新、自动查找网络，并自动升级。

（2）具有实时监测功能

实时监测功能包括“防火墙功能”和“病毒实时监测”功能，前者用于防范黑客入侵，时刻监视来自局域网内部和互联网上黑客的非法扫描。以阻止黑客、木马程序和恶意代码入侵，并监视上网安全；后者用于防范病毒入侵，实时防范来自软盘、光盘、局域网和互联网中的已知病毒。

（3）杀毒能力强

目前，几乎每天都有新的病毒出现。比较活跃的病毒有数万种，所以要求反病毒软件的杀毒能力强，并且要求在杀毒的过程中漏杀率和误杀率很低；否则会出现因为不能清除病毒或应用程序在杀毒过程中被破坏而不能使用的现象。

优秀的反病毒软件应当能够查杀国际流行的各种病毒，其中包括 DOS 病毒、Windows 病毒、宏病毒、网络蠕虫病毒、黑客工具、木马程序、网络炸弹、恶意代码和网页病毒等。

强大的杀毒能力还包括可扫描出压缩文件中的病毒，并清除系统文件中的病毒等。

18.1　卡巴斯基反病毒软件 2009

卡巴斯基反病毒软件是优秀的反病毒软件之一，卡巴斯基反病毒软件 2009 是其系列产品的最新版。该软件实时监控文件、网页、邮件和聊天工具中的恶意代码，保护无线上网和 VPN 连接。它可以扫描操作系统和已安装程序的漏洞，保护用户机密数据，并具有主动防御、双向防火墙和应用程序过滤 3 大特点。

18.1.1　手动查杀病毒

手动查杀病毒的操作步骤如下。

（1）双击任务栏中的“卡巴斯基反病毒软件”图标，显示“卡巴斯基反病毒软件 2009”窗口，如图 18-1 所示。

（2）单击“扫描”超链接，在右窗格中选择要扫描的目标（磁盘或文件夹，例如 D 盘），如图 18-2 所示。

图 18-1 “卡巴斯基反病毒软件 2009”窗口

图 18-2 选择要扫描的目标

（3）单击“开始扫描”超链接，开始扫描病毒。在窗口的下方显示扫描的进程，如图 18-3 所示。

（4）扫描完成时单击“已检测的威胁”按钮，打开如图 18-4 所示的“检测到威胁”窗口，其中显示已检测到的病毒信息。

图 18-3 窗口下方显示扫描的进程

图 18-4 “检测到威胁”窗口

（5）单击“清除所有”超链接，弹出“警报”对话框，如图 18-5 所示。

（6）选中“应用到全部对象”选项，单击“删除”超链接，完成后在“已检测的威胁”选项卡中选择“所有检测到的恶意程序”选项。如果病毒已被删除，则在病毒名的前面显示“已删除”；否则显示“已检测”的提示信息，处理结果如图 18-6 所示。

（7）单击“关闭”按钮，返回主窗口。

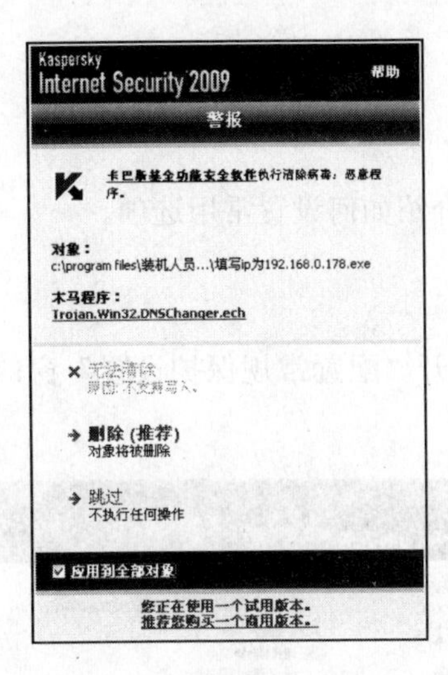

图 18-5　“警报”对话框

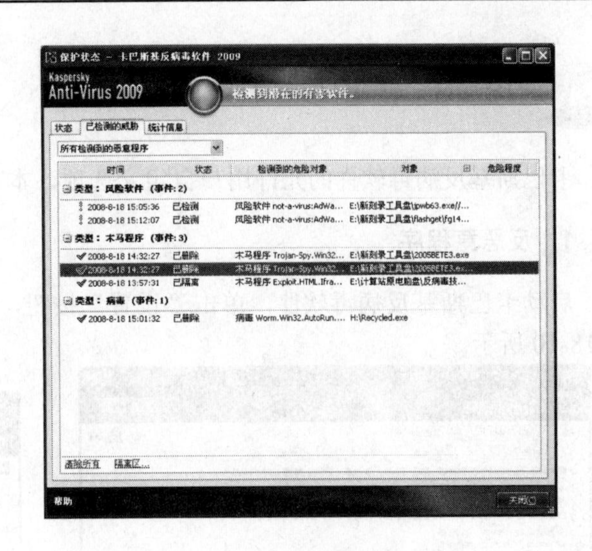

图 18-6　处理结果

18.1.2　右击查杀病毒

操作步骤如下：

（1）右击选中的目标，弹出快捷菜单，如图 18-7 所示。

（2）单击“扫描病毒”命令，显示“正在扫描”病毒窗口。

（3）扫描完成后，显示扫描结果信息，如图 18-8 所示。

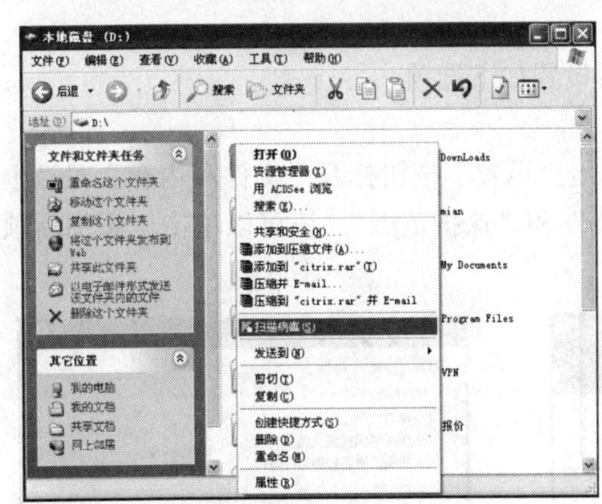

图 18-7　快捷菜单

图 18-8　扫描结果信息

（4）单击“详细信息”超链接，打开“报告”窗口。其中显示扫描结果的详细信息，如图 18-9 所示。

（5）单击“关闭”按钮，返回主窗口。

18.1.3 自定义选项

卡巴斯基反病毒软件的允许用户自定义选项，本节介绍如何设置常用选项。

1．反恶意程序

启动卡巴斯基反病毒软件，单击“设置”按钮，打开“配置常规保护设置”窗口，如图18-10所示。

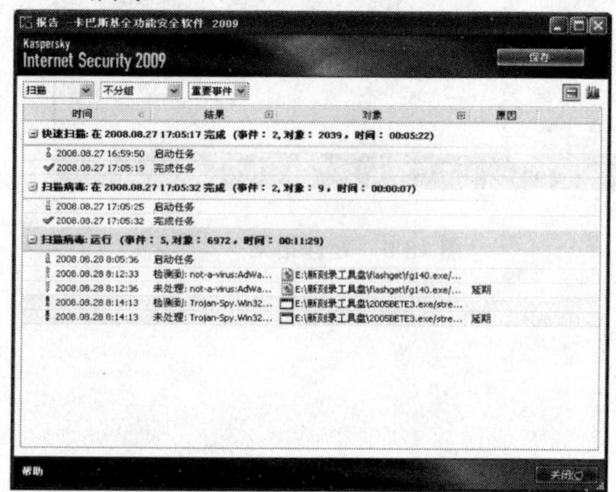

图18-9 “报告”窗口

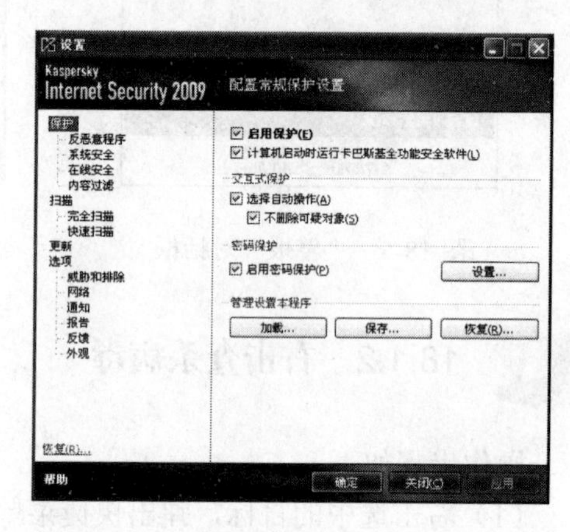

图18-10 “配置常规保护设置”窗口

选择“保护”选项下的“反恶意程序”选项，打开“配置防御恶意程序”窗口，如图18-11所示。

选中“启用反恶意程序”复选框，然后设置如下选项。

（1）文件和内存

选中“启用文件和内存保护”选项，单击“设置”按钮打开“文件和内存”对话框，如图18-12所示。在其中可以设置“文件类型”和“保护范围”，还可以单击“添加新项目”超链接添加新的保护选项。

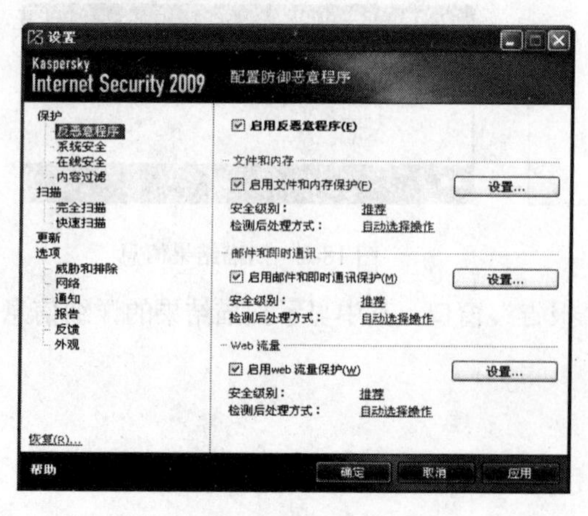

图18-11 “配置防御恶意程序”窗口

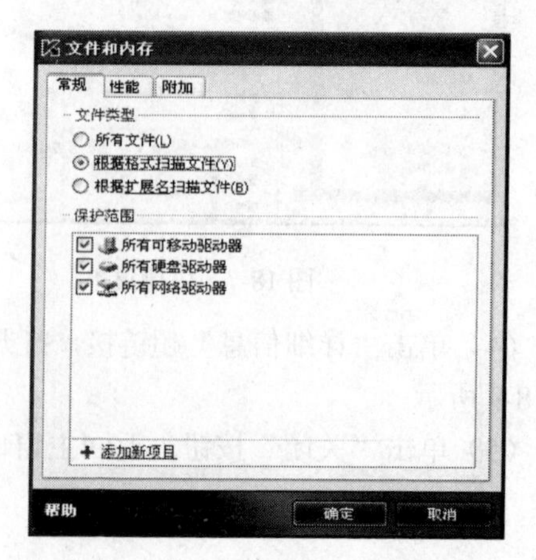

图18-12 “文件和内存”对话框

（2）邮件和即时通信

选中“邮件和即时通信”选项，单击“设置”按钮打开“邮件和即时通信”对话框，如图 18-13 所示。

邮件反病毒功能是检测入站和出站的邮件是否存在病毒，扫描所有通过 POP3、SMTP、IMAP、MAPI1 和 NNTP 协议接收的邮件。

（3）Web 流量

选中“Web 流量”选项，单击“设置”按钮打开“Web 流量”对话框，如图 18-14 所示。

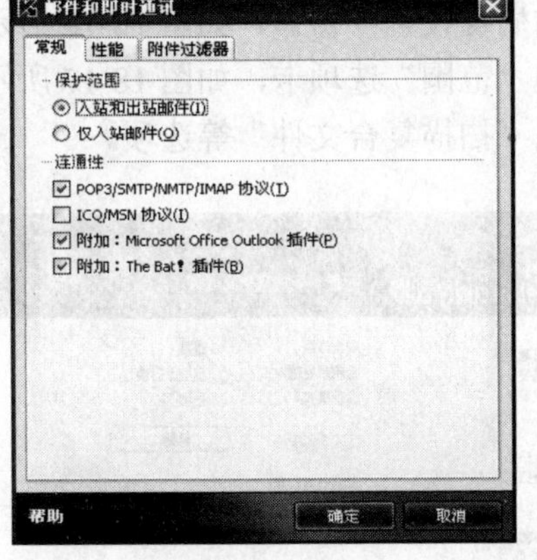
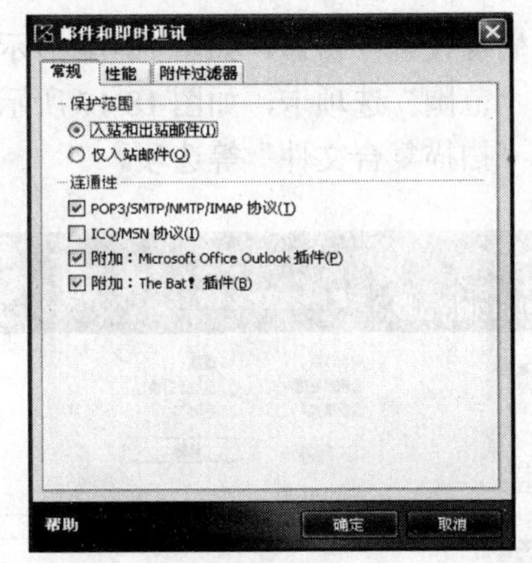

图 18-13　“邮件和即时通信”设置对话框

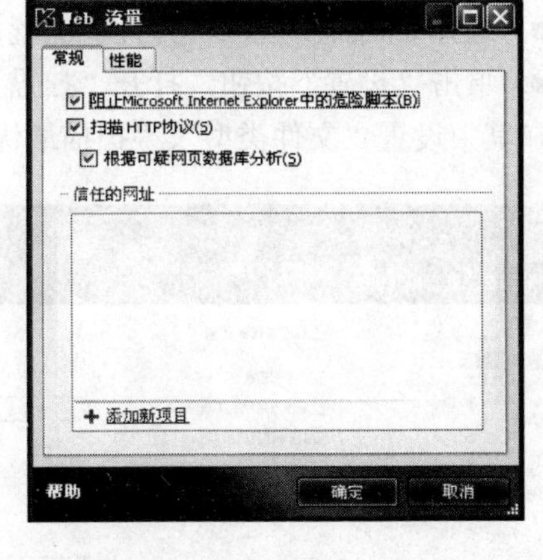

图 18-14　“Web 流量”对话框

选中“阻止 Microsoft Internet Explorer 中的危险脚本”复选框，扫描所有在 Microsoft Internet Explorer 中处理的脚本和用户使用电脑时运行的脚本。

选中“扫描 HTTP 协议”复选框，扫描用户电脑上所有通过 HTTP 协议接收的信息。

选中“根据可疑网页数据库分析”复选框，检验网页是否在于黑名单中。

安装反病毒软件的过程中已经创建了信任的网址列表，这些信任的网址列表中的内容系统可以无条件信任，Web 反病毒软件将不会对这些网址的数据做危险对象分析。

2．系统安全

卡巴斯基反病毒软件的“系统安全”组件的功能是预防系统执行危险的操作，系统启动时该组件加载到电脑的内存中扫描文件、注册表、各种设备，以及与网络连接的程序。

选择“保护”选项下的“系统安全”选项，打开“配置应用程序活动监控”窗口，如图 18-15 所示。

选中“启用系统安全”复选框，然后设置如下选项。

（1）应用程序过滤：监控程序访问的系统资源，当应用程序首次启动时会创建监控程序访问资源的规则。

（2）防火墙：用于保护电脑免受网络攻击，通过使用网络数据包规则来确保网络上的安全性活动，这些规则基于分析数据包的设置来允许或阻止网络活动。

（3）主动防御：分析程序执行的操作顺序，能够检测新的非法程序的威胁。

3．扫描

卡巴斯基提供如下扫描病毒的方式。

（1）完全扫描

扫描整个系统，默认包括系统内存、启动时加载的程序、系统备份、电子邮件数据库、硬件驱动程序、移动存储介质和网络驱动器。

（2）快速扫描

扫描所有操作系统启动时加载的对象。

- 选择“扫描”选项，打开“配置常规扫描的病毒设置”窗口，如图18-16所示。
- 单击“设置”按钮，打开“扫描”对话框的“范围”选项卡，如图18-17所示。

在其中设置“文件类型”、“扫描最优化”，以及“扫描复合文件”等选项。

图18-15 “配置应用程序活动监控”窗口

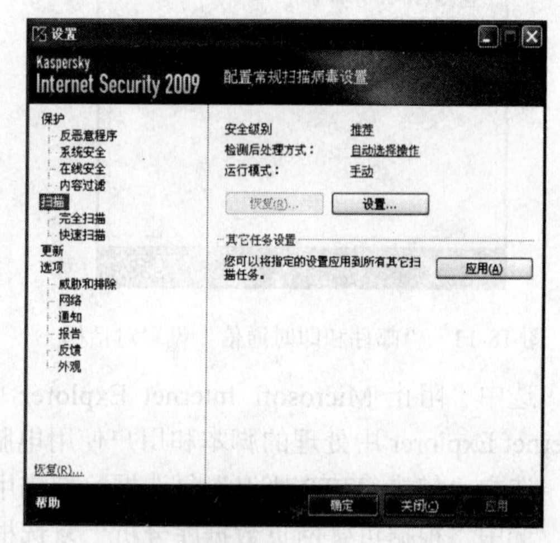

图18-16 “配置常规扫描病毒设置”窗口

4．威胁和排除

威胁和排除包含“选择要检测的威胁类型”和“配置信任区域”，“威胁和排除”组件扫描和检测病毒、木马和黑客程序。为了使电脑达到更高的安全级别，需要用户扩充威胁列表，“威胁和排除”组件将随时监控其中的危险程序。

（1）选择要检测的威胁类型

在“设置”窗口的“选项”下选择“威胁和排除”选项，打开“选择要检测的威胁类型并且配置信任区域”窗口，如图18-18所示。

单击“设置”按钮，打开“威胁”窗口，如图18-19所示。在“恶意程序”、“广告和其他程序”及“压缩文件”选项卡中选择希望防御的威胁类型。

单击“确定”按钮保存设置。

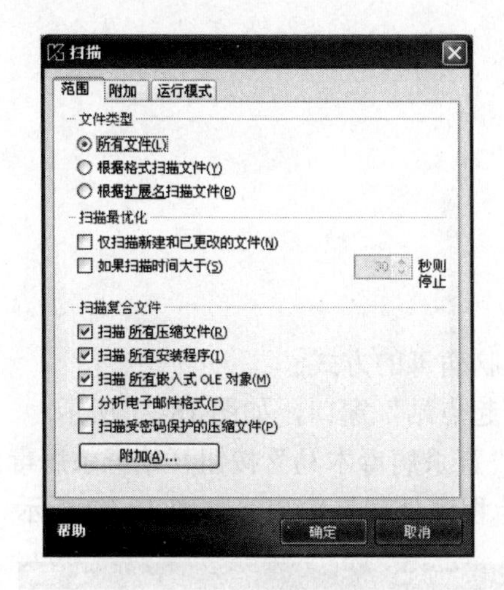

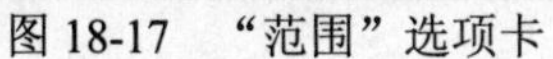
图 18-17 “范围”选项卡

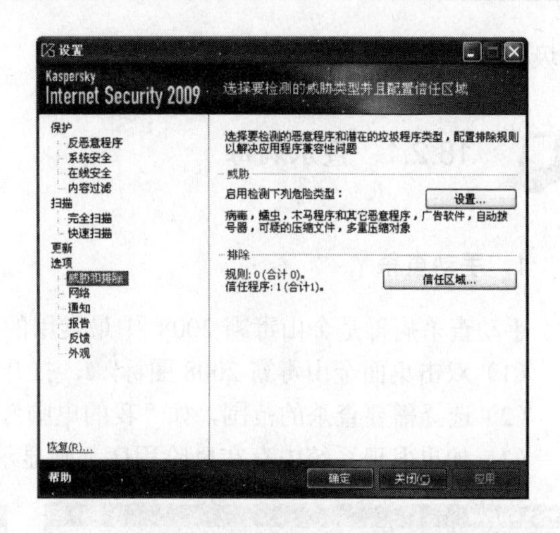

图 18-18 “选择要检测的威胁类型并且配置信任区域”窗口

（2）创建信任区域

信任区域是用户创建的不需要监控的程序列表。

在“选择要检测的威胁类型并且配置信任区域”窗口中的“排除”选项卡中单击“信任区域”按钮，打开“信任区域”窗口，如图 18-20 所示。单击“添加”超链接，从弹出的菜单中选择应用程序。也可以单击“浏览”按钮，指定可执行文件的路径，单击“确定”按钮保存设置。

图 18-19 “威胁”窗口

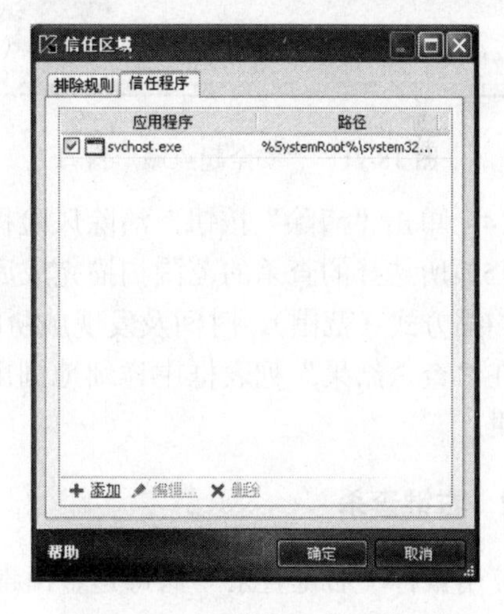

图 18-20 “信任区域”窗口

18.2 金山毒霸 2008

金山毒霸 2008 是北京金山软件有限公司于 2008 年推出的新一代套装软件，基本组件包括金山毒霸、金山网镖和金山清理专家。使软件集查毒、杀毒、实时监控、垃圾邮件过滤、防网页挂马和隐私数据保护等多种实用功能于一体，能够有效地保护电脑免受病毒、黑客、垃圾邮件、木马和间谍软件等危害。

18.2.1 查杀病毒

1．手动查杀

手动查杀病毒是金山毒霸2008 中最常用的查杀电脑病毒的方式。

（1）双击桌面金山毒霸2008 图标，打开“安全起点站”窗口，如图18-21 所示。

（2）选择需要查杀的范围，如“我的电脑”，单击“查杀病毒木马”按钮开始查杀病毒。

（3）如果发现系统中存在风险程序，则显示“风险程序处理”窗口，如图18-22 所示。

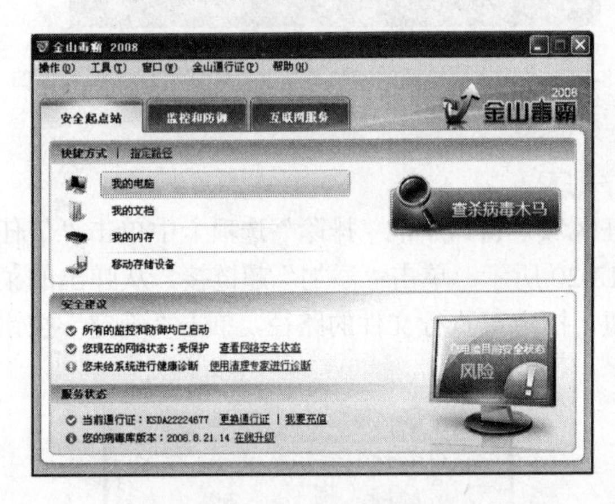

图18-21 “安全起点站”窗口

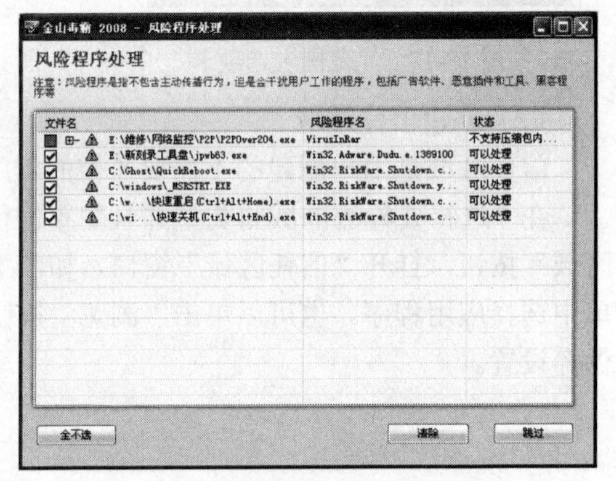

图18-22 “风险程序处理”窗口

（4）单击“清除”按钮，清除风险程序。

（5）所选择的查杀的范围扫描完成后，显示“查毒结果”窗口，如图18-23 所示。其中显示扫描方式（范围）、时间及发现威胁的数量。

在“查杀结果”列表框中详细地列出了发现的病毒/木马、恶意软件和风险程序及其处理结果。

2．右键查杀

使用鼠标“右键查杀”病毒是金山毒霸一直沿用的传统杀毒方式。

（1）右击一个文件或文件夹，弹出快捷菜单，如图18-24 所示。

（2）单击“使用金山毒霸进行扫描”命令，系统进入扫描病毒的状态。

扫描结束后，如果发现病毒，显示“手动处理”窗口，如图18-25 所示。

（3）单击“清除”按钮，清除该病毒；单击“跳过”按钮，则不处理。

处理扫描发现的病毒后，显示“查毒结果”窗口，如图18-26 所示。

（4）单击“完成”按钮，返回主窗口。

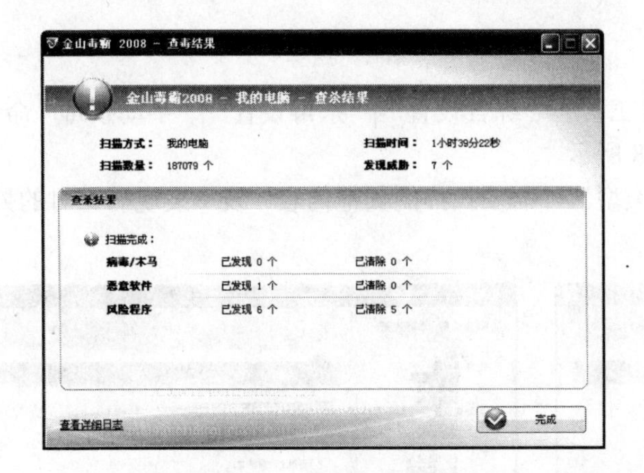

图 18-23　“查毒结果”窗口

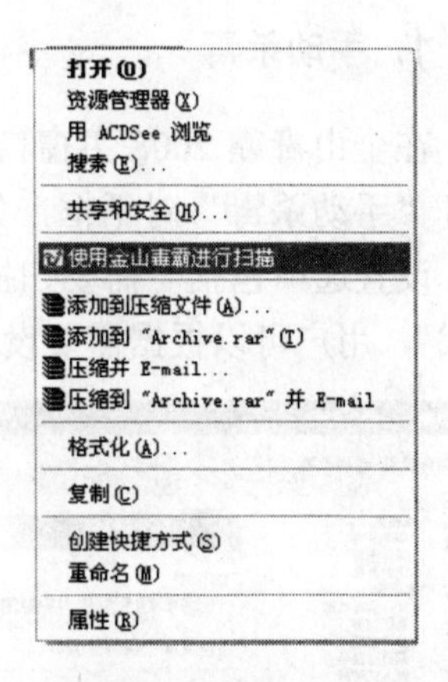

图 18-24　快捷菜单

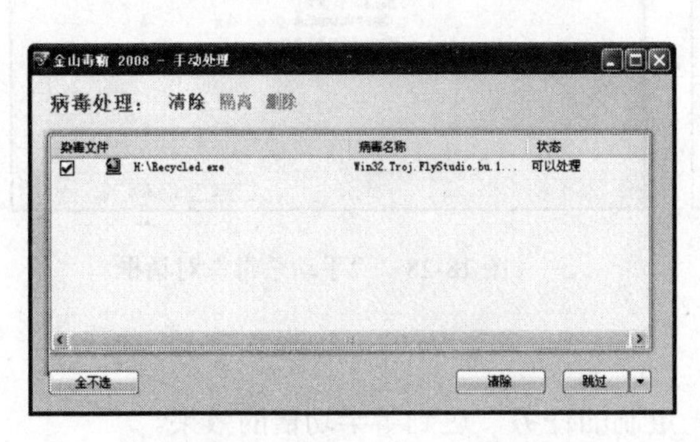

图 18-25　“手动处理”窗口

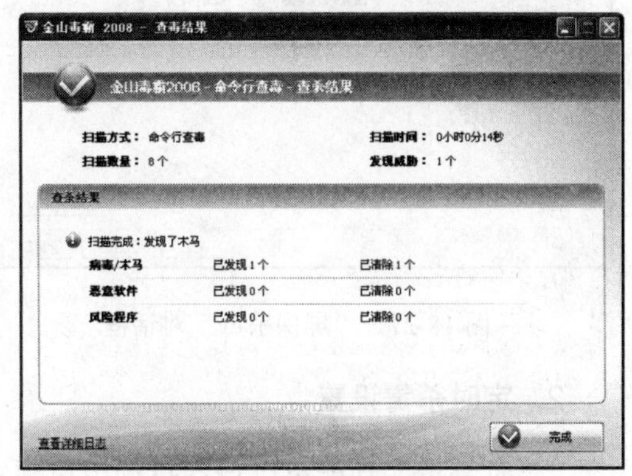

图 18-26　“查毒结果”窗口

3．屏保查杀

屏保杀毒是充分利用电脑空闲的时间，在不影响工作的情况下查杀电脑病毒。当“金山毒霸屏保”功能被激活时，自动启动病毒扫描程序检查当前硬盘的所有分区。屏保结束时中止查毒，并弹出“杀毒结果”对话框。

（1）在金山毒霸 2008 主窗口中单击“工具”|“综合设置”|“杀毒设置”|“屏保杀毒”命令，打开“屏保杀毒”对话框，如图 18-27 所示。

（2）在“自动防护”选项组中选中“将毒霸专用屏保作为系统当前屏保”复选框。

（3）单击“确定”按钮，当电脑进入屏保状态，启动扫描程序查杀病毒。

在屏保杀毒选项中，启动屏保杀毒必须以选中“将毒霸专用屏保作为系统当前屏保”复选框为前提，使用其他屏保程序将不起作用。

18.2.2　综合设置

金山毒霸 2008 允许用户自定义综合设置。

1．手动杀毒

在金山毒霸 2008 主窗口中单击“工具”|“综合设置”|“杀毒设置”|“手动杀毒”命令，打开“手动杀毒”对话框，如图 18-28 所示。

设置选项包括“需要扫描的文件类型”、“需要扫描的其他内容”及“发现病毒时的处理方式”，用户可以根据需要设置。

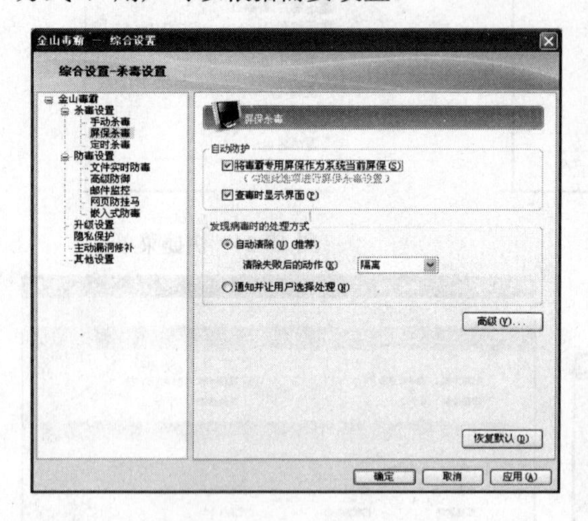

图 18-27 “屏保杀毒”对话框

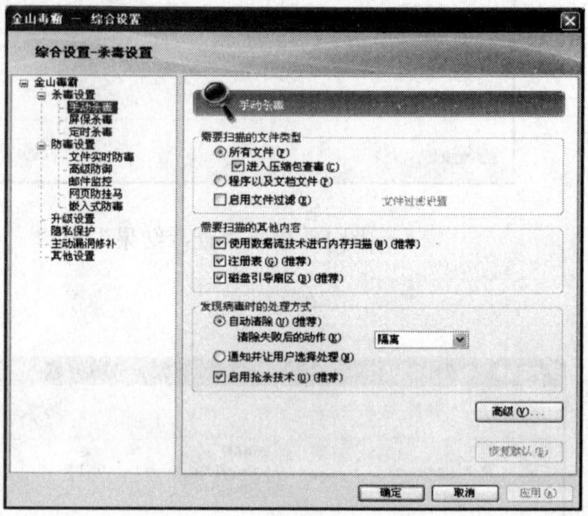

图 18-28 “手动杀毒”对话框

2．定时杀毒设置

“定时杀毒”功能可以自动执行用户预先定制的任务，达到事半功倍的效果。

（1）单击“工具”|“综合设置”|“杀毒设置”|“定时杀毒”命令，打开“定时杀毒”对话框，如图 18-29 所示。

（2）在“加载设置”选项组中选中“启动定时杀毒”复选框，在“方案设置”选项组中选择“选择间隔周期”、“开始日期”和“开始时间”单选按钮，然后单击“确定”按钮。

3．文件实时防毒

（1）单击“工具”|“综合设置”|“防毒设置”|“文件实时防毒”命令，打开“文件实时防毒”对话框，如图 18-30 所示。

（2）在“自动防护”选项组中选择“开机自动运行文件实时防毒（默认）”复选框，在“需要检查的文件类型”选项组中选择“所有文件（默认）”或“程序文件以及文档文件”单选按钮，在“发现病毒时的处理方式”选项组中选择“自动清除（默认）”单选按钮，在“清除失败的处理方式”选项组中选择“隔离（默认）”单选按钮。

（3）单击“确定”按钮。

4．高级防御

金山毒霸 2008 的高级防御功能提供了自我保护及恶意行为拦截功能，以保护金山毒霸的病毒查杀和监控程序的正常运行，防止用户的电脑系统受到侵害。

图 18-29 “定时杀毒”设置对话框

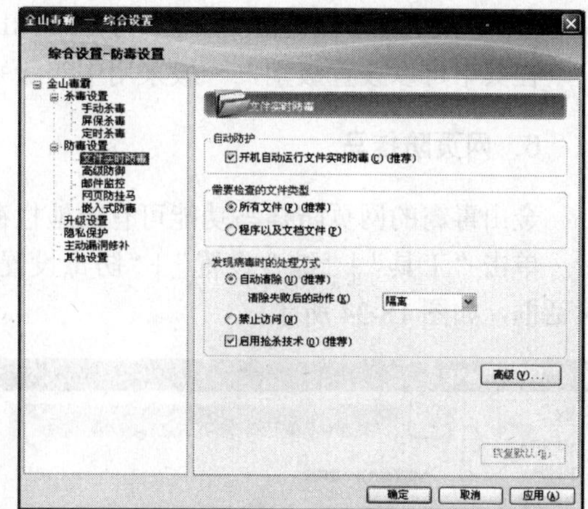

图 18-30 “文件实时防毒”设置对话框

（1）单击“工具”|“综合设置”|“防毒设置”|“高级防御”命令，打开“高级防御”对话框，如图 18-31 所示。

（2）在“自我保护”选项组中选中“开机自动运行自我保护”复选框，在“恶意行为拦截”选项组中选中“开机自动运行恶意行为拦截”复选框，在“发现高威胁可疑行为”下拉列表框中选择“清除”选项，在“发现一般可疑行为”下拉列表框中选择“询问用户”选项，然后单击“确定”按钮。

5．邮件监控

单击“工具”|“综合设置”|“防毒设置”|“邮件监控”命令，打开“邮件监控”对话框，如图 18-32 所示。

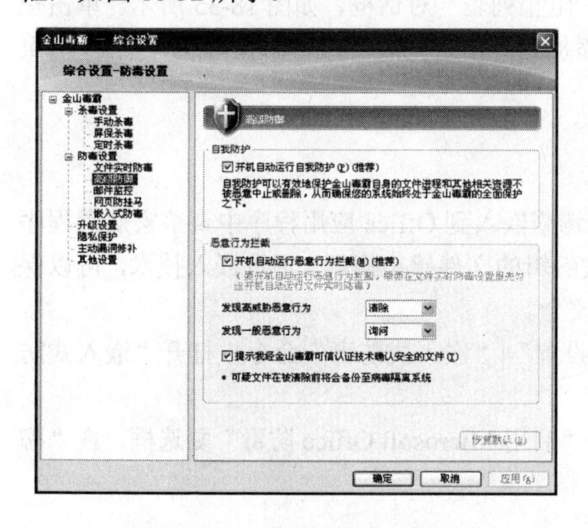

图 18-31 “高级防御”对话框

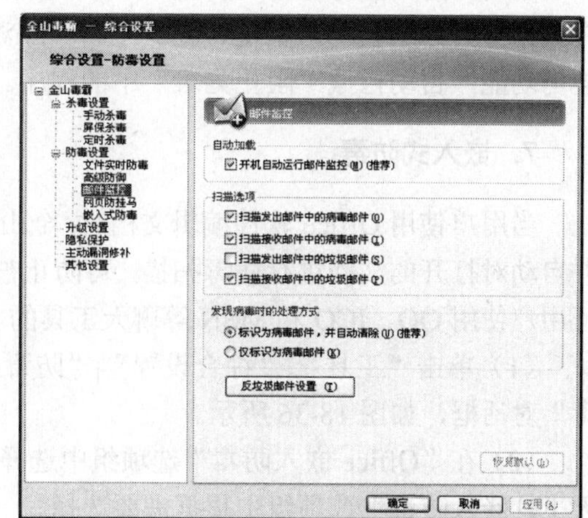

图 18-32 “邮件监控”对话框

在“自动加载”选项组中选择“开机自动运行邮件监控（推荐）”复选框，在“扫描选项”选项组中选择扫描发送和接收邮件中的病毒及垃圾邮件的选项，在“发现病毒时的处理方式”选项组中选择“标识为病毒邮件，并自动清除（默认）”单选按钮。

单击“反垃圾邮件设置”按钮，打开“金山毒霸反垃圾邮件设置”对话框，如图18-33所示。在其中可以设置级别，一般采用中等级别即可。

6. 网页防挂马

金山毒霸的网页防挂马功能可有效地拦截并阻止病毒下载，保护浏览器的安全。

单击“工具”|“综合设置”|“防毒设置”|“网页防挂马”命令，打开“网页防挂马”对话框，如图18-34所示。

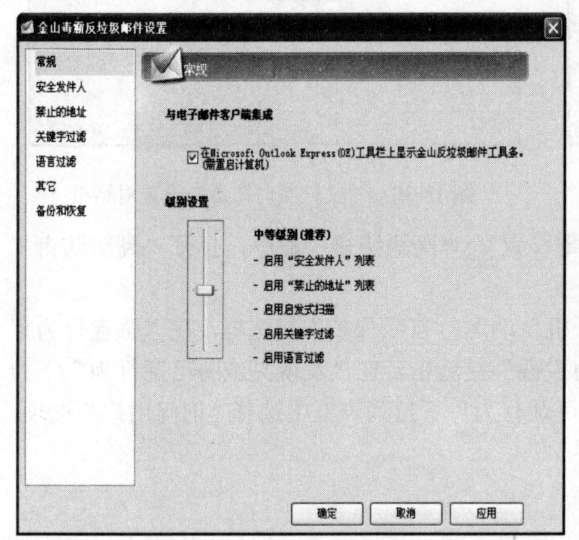

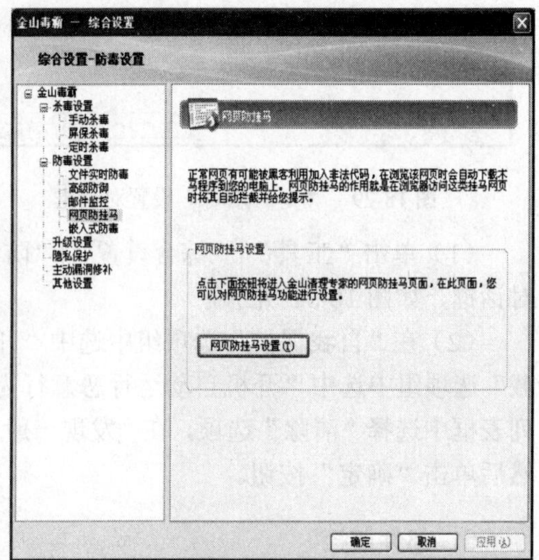

图18-33 “金山毒霸反垃圾邮件设置”对话框　　图18-34 “网页防挂马”对话框

单击“网页挂马设置”按钮，打开“信任/阻止列表”对话框，如图18-35所示。单击空白处，打开“编辑”对话框，在其中将程序添加到“信任列表”或“阻止列表”中。“网页挂马功能”自动拦截“阻止列表”中的程序。

7. 嵌入式防毒

当用户使用Office软件编辑文档时，金山毒霸嵌入到Office应用程序中查杀宏病毒程序并自动对打开的文档进行病毒扫描，可防止被编辑的文件感染病毒。通过嵌入技术，可以保证用户使用QQ、ICQ和MSN等聊天工具的安全。

（1）单击“工具”|“综合设置”|“防毒设置”|“嵌入式防毒”命令，打开“嵌入式防毒”对话框，如图18-36所示。

（2）在“Office嵌入防毒”选项组中选择“启用Microsoft Office防毒”复选框，在“聊天工具嵌入防毒”选项组中根据需要选择。

（3）单击“确定”按钮。

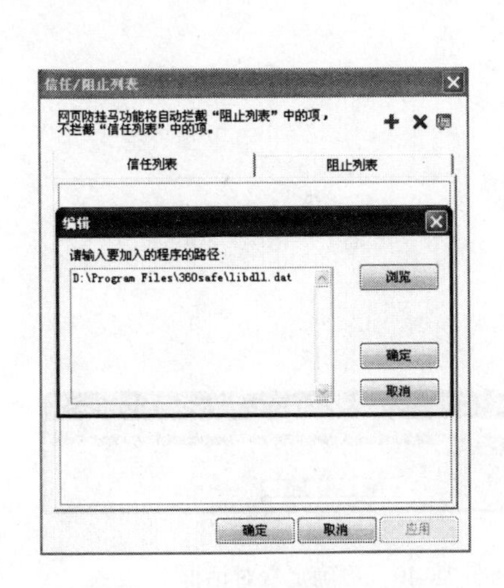

图 18-35 “信任/阻止列表”对话框

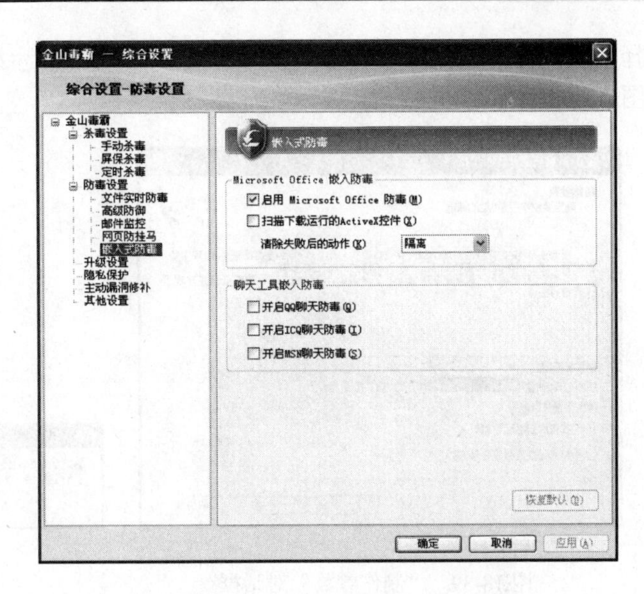

图 18-36 “嵌入式防毒”对话框

18.2.3 创建应急 U 盘

当 Windows 系统被病毒感染，完全瘫痪不能启动时，可以使用金山毒霸应急 U 盘启动系统并杀毒。另外，如果需要修复硬盘分区表信息，也需要使用应急 U 盘。

创建金山毒霸应急 U 盘的步骤如下。

（1）启动金山毒霸 2008，单击“工具”|“创建应急盘”命令，打开“金山毒霸应急 U 盘创建程序”对话框，如图 18-37 所示。

（2）单击“下一步”按钮，打开“制作声明”对话框，如图 18-38 所示。

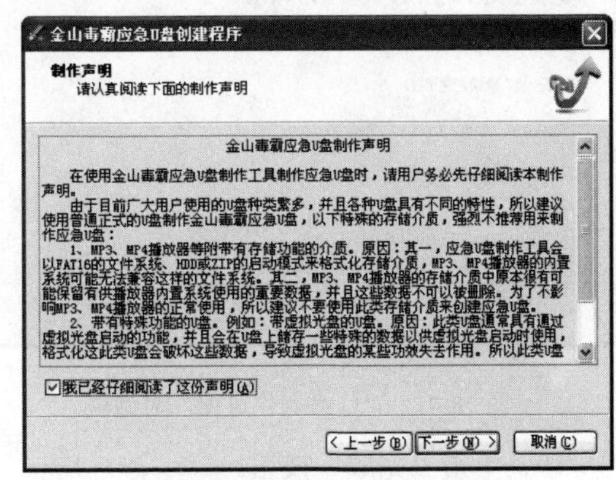

图 18-37 “金山毒霸应急 U 盘创建程序”对话框

图 18-38 “制作声明”对话框

（3）阅读制作声明，选择“我已经仔细阅读了这份声明”复选框。单击“下一步”按钮，显示“制作参数”对话框，如图 18-39 所示。

（4）按照主板和 U 盘支持的启动模式选择工作模式（USB-HDD 或 USB-ZIP），并选

择“格式化后创建应急 U 盘”单选按钮。单击“下一步”按钮，显示“确定”对话框，如图 18-40 所示。

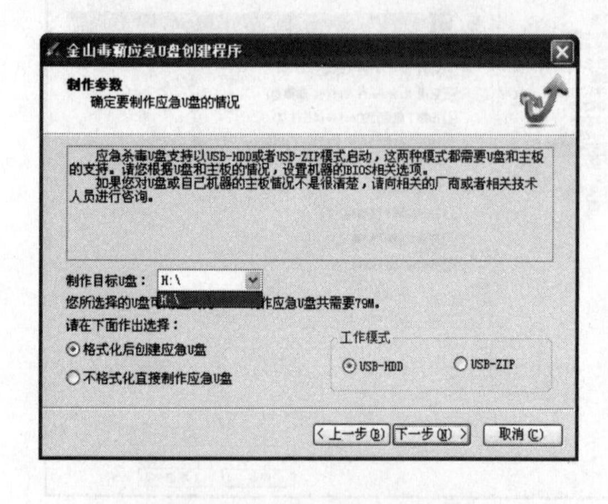

图 18-39 “制作参数”对话框

图 18-40 “确定”对话框

（5）确认 U 盘中无重要数据后，单击“确定”按钮，显示“U 盘制作进度”对话框。

（6）制作 U 盘启动部分的数据完毕，显示如图 18-41 所示的“U 盘制作进度”对话框。提示安全移除 U 盘，并再次插入。

（7）单击“下一步”按钮，显示“正在复制文件”对话框。

（8）制作应急杀毒部分的数据完毕，显示“金山毒霸应急 U 盘制作完成”对话框，如图 18-42 所示。

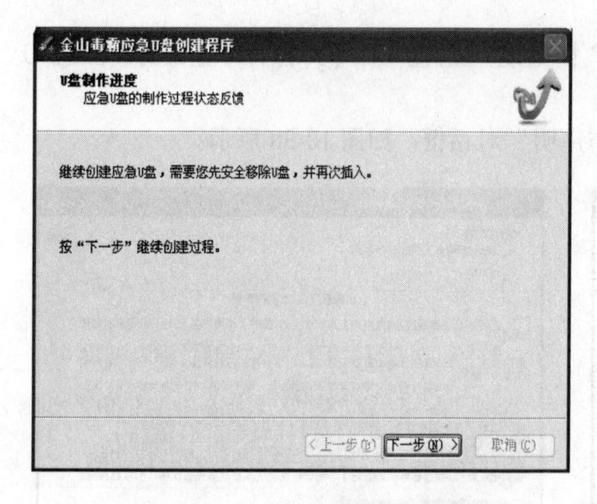

图 18-41 “U 盘制作进度”对话框

图 18-42 “金山毒霸应急 U 盘制作完成”对话框

（9）单击“完成”按钮。

18.2.4　可疑文件扫描

金山毒霸的可疑文件扫描功能用于搜索电脑中可能是病毒的可疑程序，并记录其详细信息，包括文件名、文件大小、日期时间，以及保存路径等。

（1）单击“工具”|“可疑文件扫描”命令，显示“可疑文件扫描工具”窗口，如图 18-43 所示。

（2）单击“开始扫描”按钮开始扫描，显示扫描路径。

（3）扫描结束后显示扫描到的可疑文件的详细信息，如图 18-44 所示。

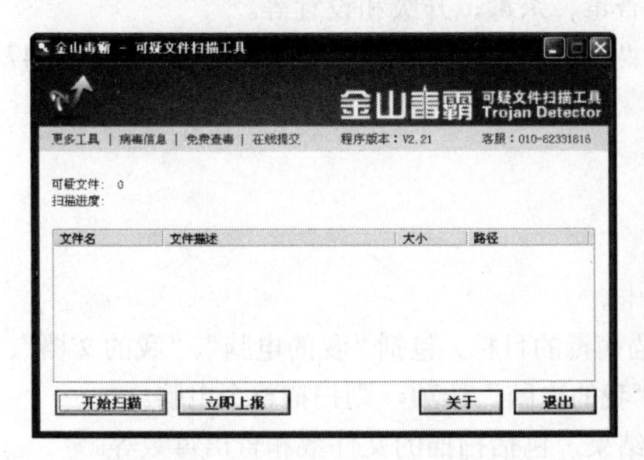

图 18-43　“可疑文件扫描工具”窗口

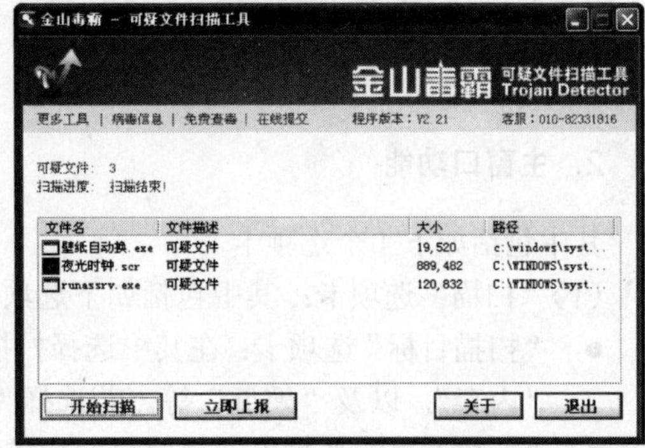

图 18-44　可疑文件的详细信息

（4）单击“立即上报”按钮，“选择上报方式”对话框，如图 18-45 所示。默认选择“通过网络将可疑文件直接上报给北京金山公司”单选按钮。

（5）单击“确定”按钮。

18.3　江民杀毒软件 KV2009

江民杀毒软件 KV2009 是第 29 届奥运会网络安全指挥部技术保障单位江民科技研发推出的最新版本，它具有启发式扫描、虚拟机脱壳、“沙盒”(Sandbox)、内核级自防御、多行为智能主动防御、ARP 欺骗攻击防护、互联网安检通道及系统检测安全分级等多项新技术。KV2009 组合版具有防毒、杀毒、防黑、系统加固、系统一键恢复、隐私保护、反垃圾邮件，以及网址过滤等 30 余项安全防护功能。

18.3.1　主要功能简介

1．操作台转换

（1）双击桌面上的 KV2009 图标，打开江民杀毒软件的“简洁操作台”窗口，如图 18-46

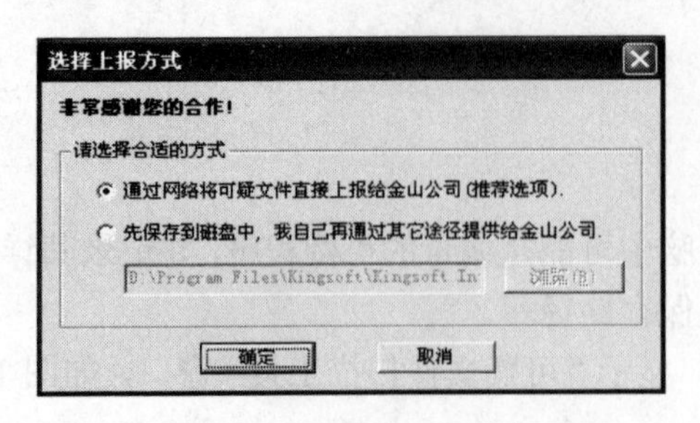

图 18-45　“选择上报方式”对话框

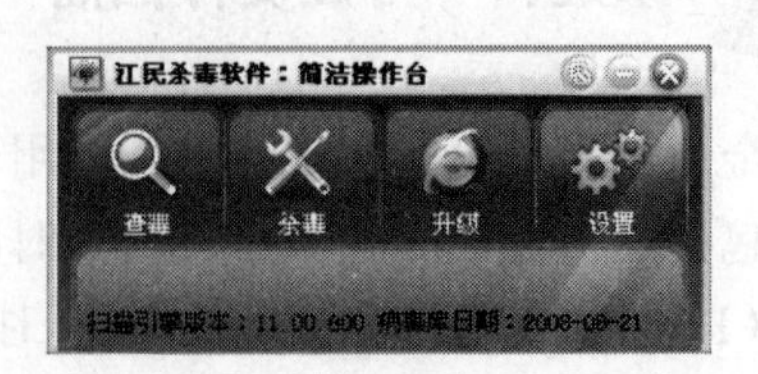

图 18-46　“简洁操作台”窗口

所示。

其中集成了 KV2009 的基本功能按钮，如查毒、杀毒、升级和设置等。

（2）单击“控制台切换”按钮，打开“江民杀毒软件 KV2009”主窗口，如图 18-47 所示。

2．主窗口功能

其中包括如下 4 个选项卡。

（1）“扫描”选项卡：其中包括如下选项卡。

- “扫描目标”选项卡：在其中选择扫描病毒的目标，包括“我的电脑”、“我的文档”、“内存”，以及“硬盘”等。若选择“我的电脑”选项，则扫描整个电脑。
- “扫描结果”选项卡：其中显示扫描结果，包括扫描的文件数和查出毒数等。
- “扫描选项”选项卡：如图 18-48 所示，在其中可以设置“扫描模式”、“扫描速度”，以及“扫描完成后自动关机”3 个选项。

图 18-47　“江民杀毒软件 KV2009”主窗口

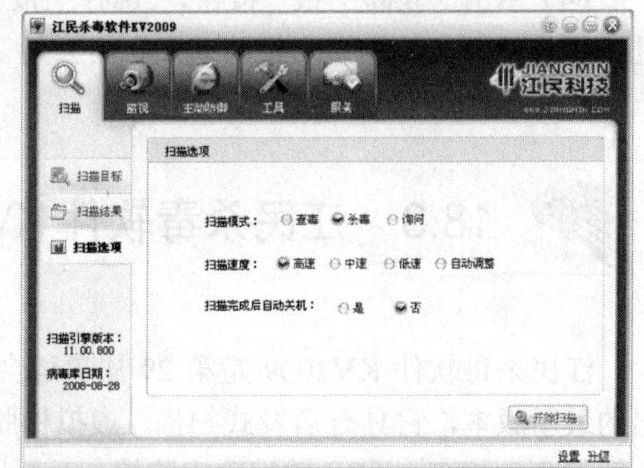

图 18-48　“扫描选项”选项卡

（2）“监视”选项卡，如图 18-49 所示。

在其中设置文件监视、邮件监视、网页监视、即时通信和脚本监视等选项。

（3）“主动防御”选项卡，如图 18-50 所示。

在其中设置是否主动开启“未知病毒监控”、“系统监控”、“木马一扫光”、“漏洞检查”，以及“隐私保护”等功能。

图 18-49　“监视”选项卡

图 18-50　“主动防御”选项卡

（4）“工具”选项卡，如图 18-51 所示。

在其中包括历史记录、病毒隔离区、进程查看器、清除保护密码、光盘启动杀毒病毒库制作、制作江民硬盘修复王及共享管理工具，这些工具软件都很实用且操作简便，按照屏幕提示即可完成操作。

18.3.2　升级

安装后，首先应当执行升级操作江民杀毒软件 KV2009。

（1）在“江民杀毒软件 KV2009”主窗口中单击右下角的“升级”超链接，打开“江民智能升级程序”对话框，如图 18-52 所示。如果电脑连接在互联网中，升级程序即可按照系统的默认设置从江民网站上下载升级包自动升级。

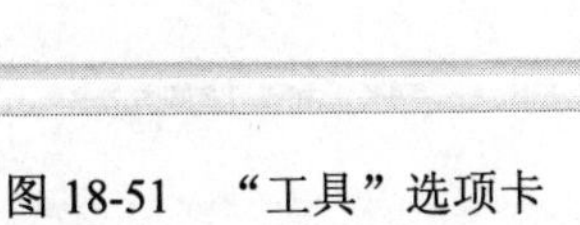

图 18-51　“工具”选项卡

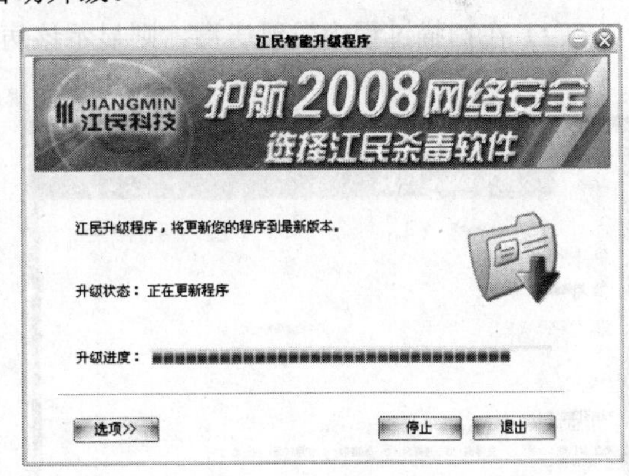

图 18-52　“江民智能升级程序”对话框

（2）单击“选项”按钮，显示升级选项，其中包括“升级成功后自动关闭”、“启动后立即升级”和“升级服务器”选项。自动升级成功后，显示江民杀毒软件“当前状态”提示信息，如图 18-53 所示。

（3）选择升级组件（自选），单击“选择升级内容”按钮，打开“选择组件”对话框，如图 18-54 所示。

图 18-53 “当前状态”提示信息

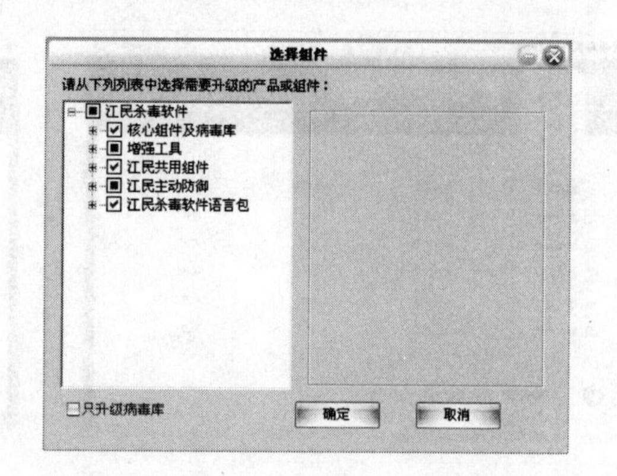

图 18-54 “选择组件”对话框

一般情况下，选中“只升级病毒库”，则不升级其他程序组件，可节省时间。

（4）单击“确定”按钮，返回主窗口。

18.3.3 手动查杀病毒

1. 指定目标杀毒

（1）在主窗口中选择“扫描”|“扫描目标”选项，在右窗格中显示“我的电脑”、“内存”、“硬盘”及“移动存储”等 8 种扫描病毒的目标。选中某个要查毒的目标，例如“移动存储”开始扫描病毒。在“扫描结果”对话框中显示“正在扫描病毒”信息，如图 18-55 所示。

（2）在扫描过程中发现病毒，则显示该病毒及其处理结果，如图 18-56 所示。

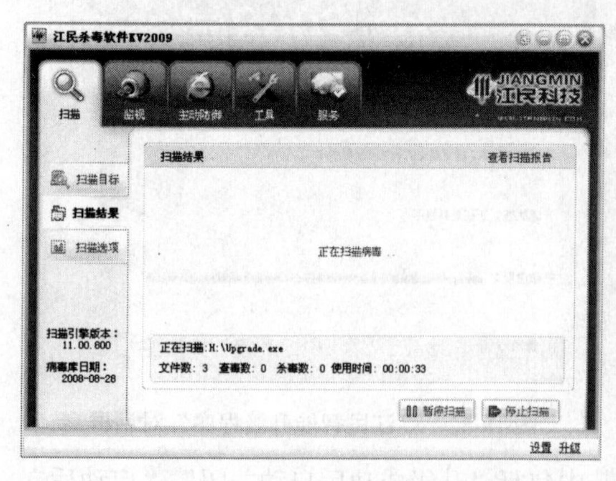

图 18-55 “正在扫描病毒”信息

图 18-56 扫描结果

（3）扫描完成后，显示“扫描完成”对话框，如图 18-57 所示。

（4）单击“确定”按钮，返回主窗口。

2. 右键杀毒

如果要针对具体目标查杀病毒，则右击目标。在弹出的快捷菜单中单击如图 18-58 所示的“江民杀毒”命令，开始查杀指定目标的病毒。

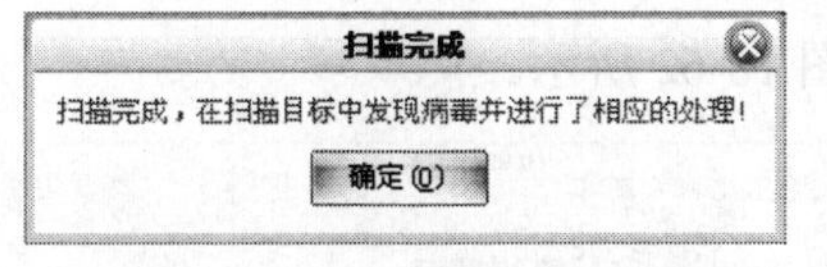

图 18-57 “扫描完成”对话框

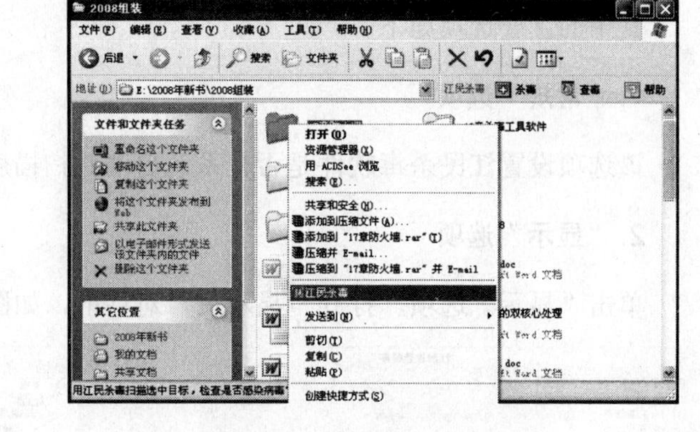

图 18-58 “江民杀毒”命令

杀毒过程与显示结果与前面叙述相同。

18.3.4 开启所有监视功能

在进入设置程序前应当开启所有的监视功能，为此在主窗口中单击“监视”超链接。打开“监视”选项卡，如图 18-59 所示。其中显示“文件监视”、“邮件监视”及“网页监视”等选项，在“操作”栏中可以单击“关闭”或“打开”设置。

开启所有的监视功能后，如果监视的组件发现病毒，则显示“江民文件监视提示您”对话框，如图 18-60 所示，其中提示有关组件及病毒的信息。

图 18-59 “监视”选项卡

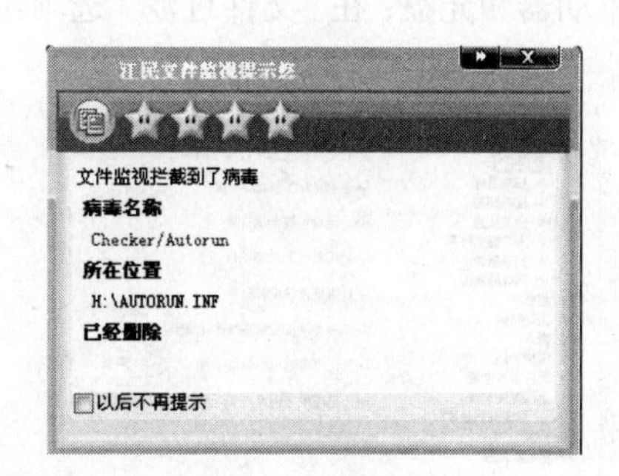

图 18-60 “江民文件监视提示您”对话框

18.3.5 设置程序

在主窗口中单击“设置”超链接，打开“江民设置程序”对话框，如图18-61所示。其中的主要选项如下。

1.“常规”选项

该选项设置江民杀毒软件是否在系统启动时扫描病毒并开启监控功能。

2.“显示”选项

单击“显示”选项，打开“显示页”对话框，如图18-62所示。

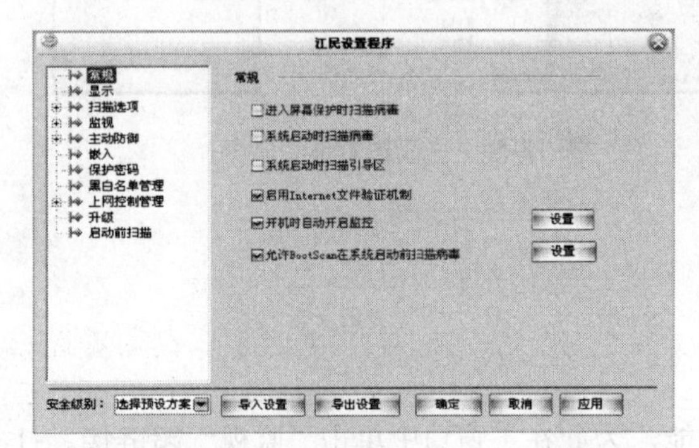

图18-61 “江民设置程序”对话框

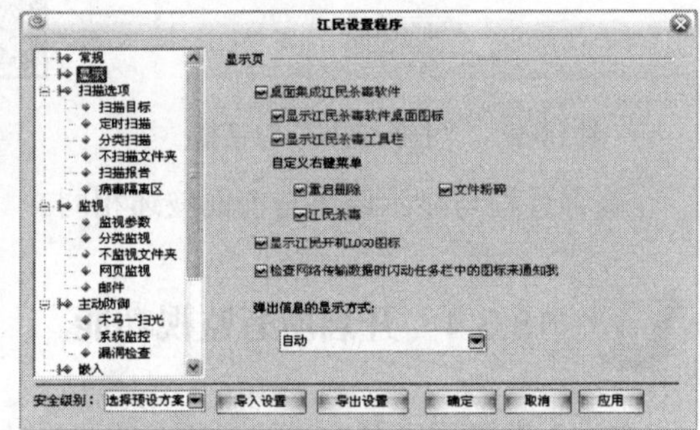

图18-62 “显示页”对话框

其中包括桌面显示内容、自定义右键菜单，以及弹出信息的显示方式等选项。

3.“扫描选项”选项

单击“扫描选项”选项，打开“扫描选项”对话框，如图18-63所示。

单击“扫描目标”选项，打开“扫描目标”对话框，如图18-64所示。选择“解压检查”复选框，解压检查压缩包和电子邮件中的病毒；选择“全盘扫描时扫描”复选框，扫描网络驱动器和光盘；在“文件过滤”选项组中选择是否扫描全部文件后排除某些指定的文件类型。

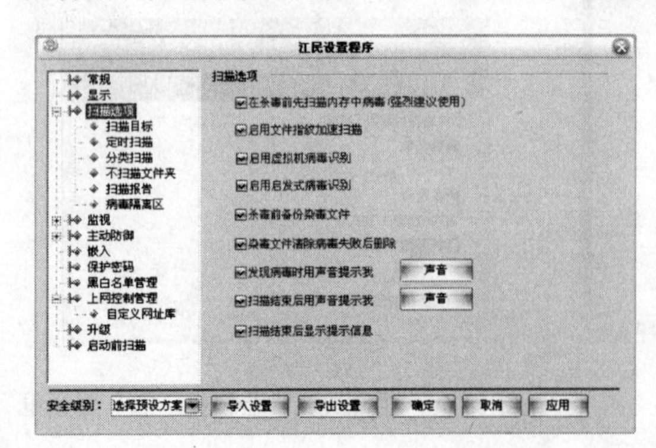

图18-63 “扫描选项”对话框

图18-64 “扫描目标”对话框

单击“扫描选项”对话框中的“定时扫描”选项，打开“定时扫描”对话框，如图 18-65 所示，在其中设置定时扫描的时间以及定时扫描方式。

4．“监视”选项

单击“监视”选项，打开“监视”对话框，如图 18-66 所示。

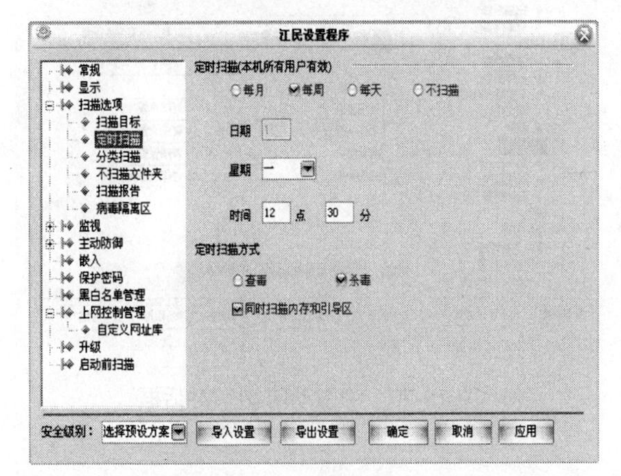

图 18-65　“定时扫描”对话框

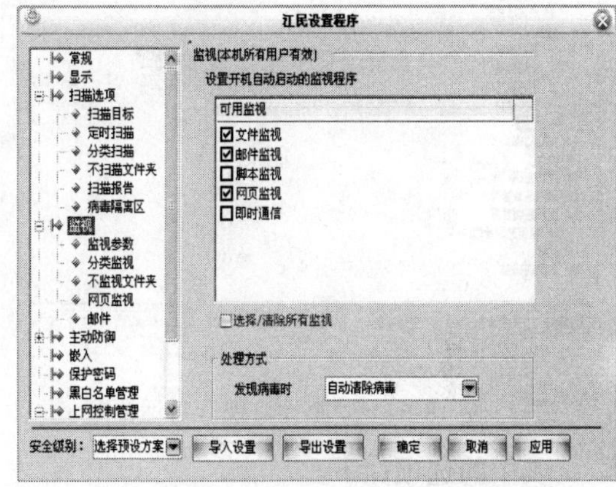

图 18-66　“监视”对话框

（1）单击“监视参数”选项，显示“监视参数”对话框，如图 18-67 所示。设置要监视的文件类型，包括解压检查压缩包和电子邮件、大于 5 MB 的文件、过滤全部文件，以及指定文件类型或排除指定的文件类型。

（2）单击“网页监视”选项，显示“网页监视”对话框，如图 18-68 所示。在“网页监视模式”选项组中选择“IE 模式”，该模式具有良好的兼容性，仅支持 IE 及采用 IE 内核的浏览器。如果网络速度快，则在“检查方式”选项组中选择“快速检查”复选框；否则选择“流式检查”单选按钮。

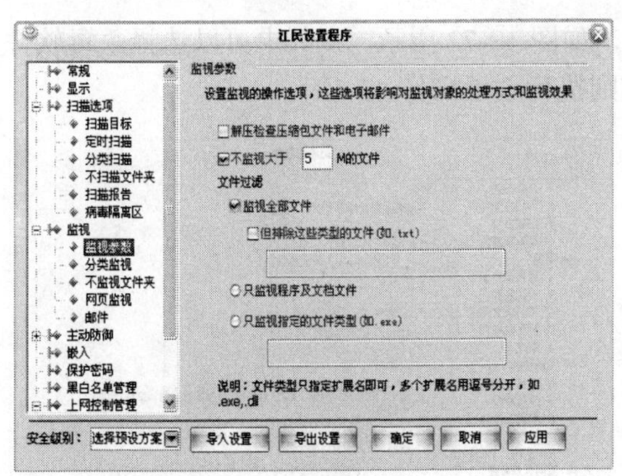

图 18-67　“监视参数”对话框

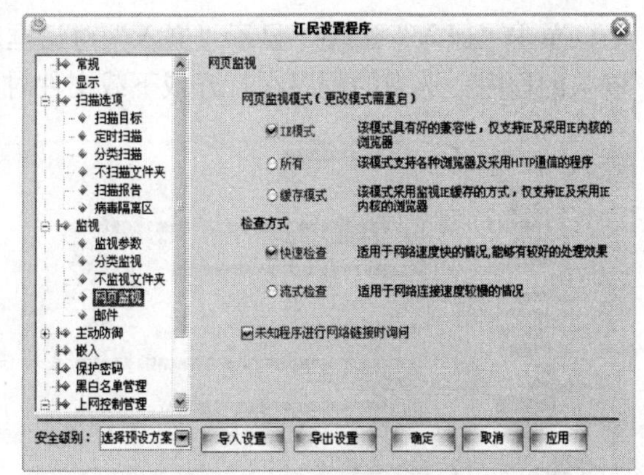

图 18-68　“网页监视”对话框

（3）单击“邮件”选项，显示“邮件监视”对话框，如图 18-69 所示。在其中设置监视收发邮件中的病毒，防止病毒通过邮件传播。

5．“主动防御”选项

单击该选项，显示“主动防御”对话框，如图18-70所示。

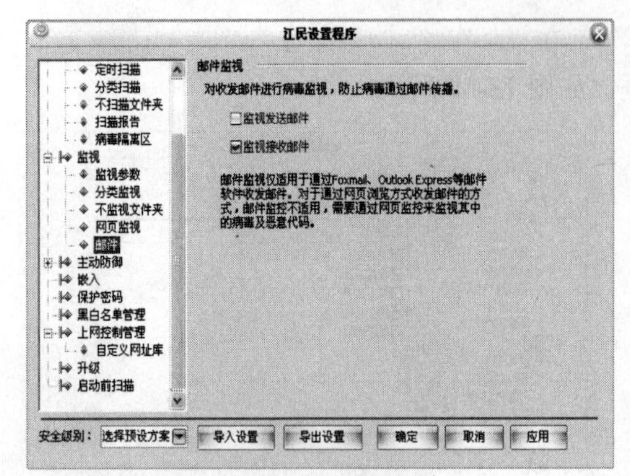

图18-69 “邮件监视”对话框

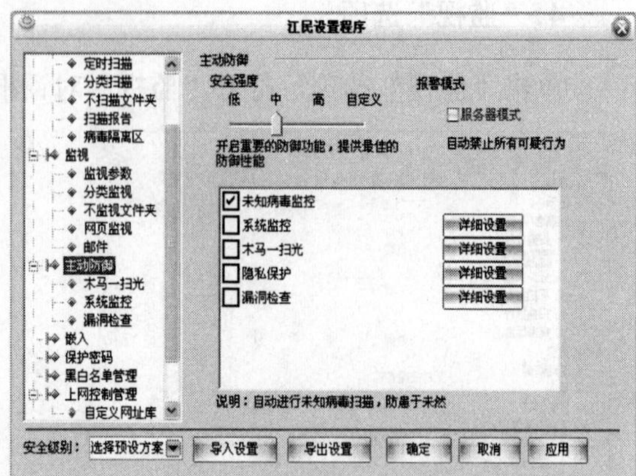

图18-70 “主动防御”对话框

其中的选项如下。

（1）安全强度：设定低、中、高及自定义4个安全强度保护级别，用户可以根据实际情况设定不同的级别。选择后在列表框中显示不同级别的设置，这样可以获得最好的防御性能、更好的兼容性及安全性。

（2）未知病毒监控：选择该复选框，可监视可疑程序，从而达到保护电脑的目的。

（3）木马一扫光，选择后显示“木马一扫光”对话框，如图18-71所示。

设置有关选项后，一旦有木马或类似木马的不明程序要修改注册表、记录键盘及鼠标操作时就会及时报警，提示用户进行相应处理。

6．“嵌入”选项

单击“嵌入”选项，显示“嵌入”对话框，如图18-72所示。在其中可以选择杀毒软件嵌入的程序，选中的程序在打开或下载文件时则执行杀毒操作。

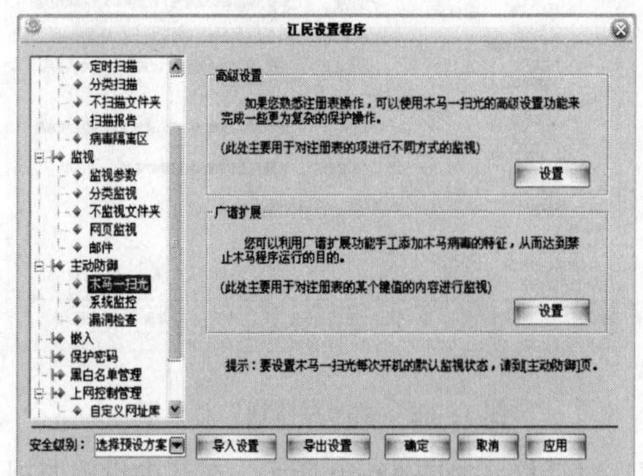

图18-71 “木马一扫光”对话框

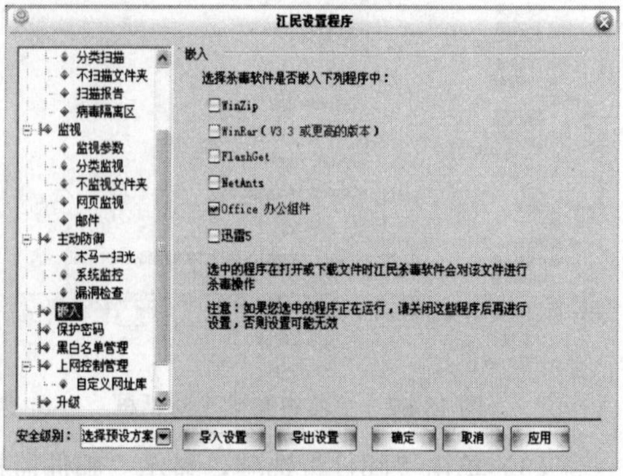

图18-72 “嵌入”对话框

7.“保护密码”选项

单击“保护密码”选项，打开“保护密码”对话框，如图 18-73 所示。

（1）在“受保护的操作”列表框中选择要密码保护的选项，例如，“卸载江民杀毒软件”。

（2）选中“修改密码/设置新密码”复选框，输入要设定的新密码。重复输入一次，单击“确定”按钮。

此后，如果要卸载江民杀毒软件，则必须输入正确密码；否则不能卸载。

8.“黑白名单管理”选项

单击“黑白名单管理”选项，打开“江民黑白名单管理器”对话框，如图 18-74 所示。

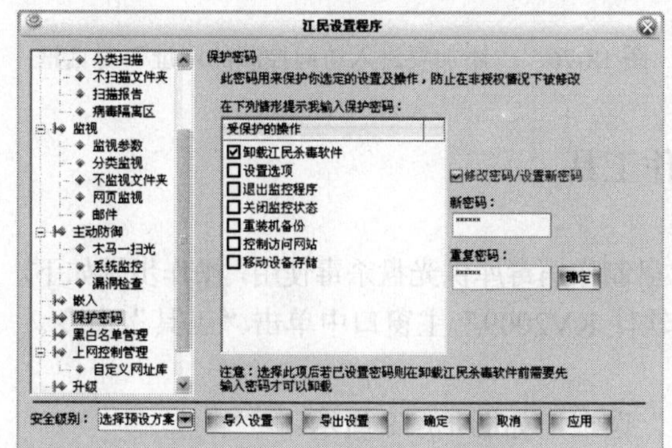

图 18-73　“保护密码”对话框

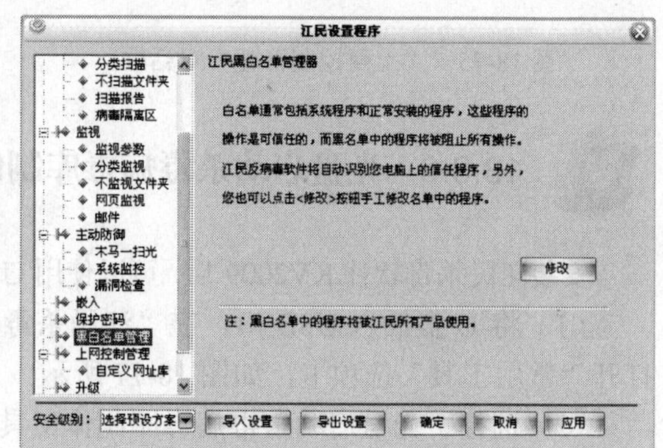

图 18-74　“江民黑白名单管理器”对话框

白名单中通常包括系统程序和正常安装的程序，这些程序的操作是可信任的；黑名单中的程序将被阻止所有的操作。江民反病毒软件能自动识别电脑中的信任程序，用户也可以单击“修改”按钮，修改名单中的程序。

9.“上网控制管理”选项

单击“上网控制管理”选项，打开“上网控制管理”对话框，如图 18-75 所示。

上网控制管理主要是帮助用户屏蔽恶意网页，提高用户系统的安全性。

网址的访问控制方式如下。

（1）安全访问：选择此项上网时，检查病毒后打开。

（2）直接访问：选择此项上网时，不检查网络是否有病毒直接打开。

（3）禁止访问：选择此项上网时，不允许打开网络。

用户在启用上网控制时，可以编辑需要控制的网址，操作方法如下。

选择“自定义网址库”选项，打开“管理自定义网址库”对话框。单击“添加”按钮，打开如图 18-76 所示的“添加要进入访问控制的网址”对话框。在“您要进行控制访问的网址”文本框中输入要控制的网址，选择控制访问方式后单击“确定”按钮。

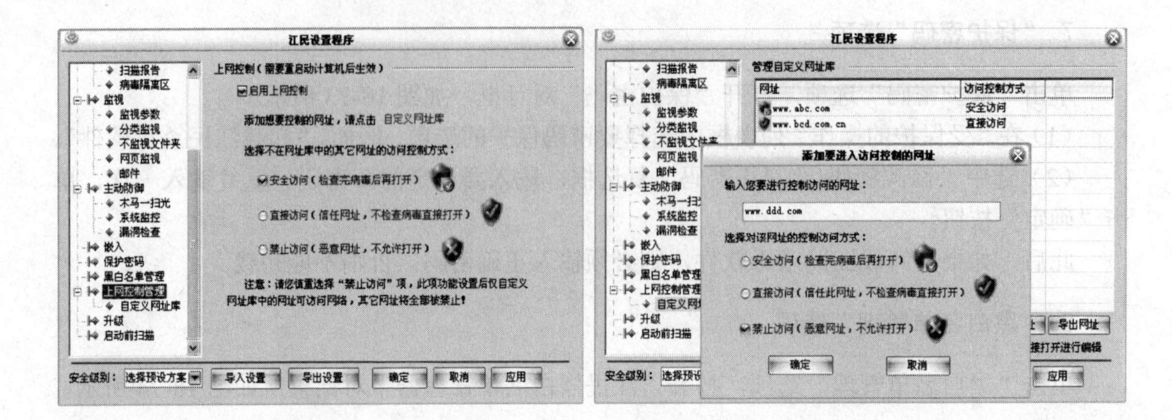

图 18-75 “上网控制管理”对话框　　　　图 18-76 “添加要进入访问控制的网址”对话框

18.3.6 光盘启动杀毒病毒库制作工具

安装江民杀毒软件 KV2009 后，可以使用 U 盘制作病毒库供光盘杀毒使用，操作步骤如下。

（1）将 U 盘插入 USB 口，在“江民杀毒软件 KV2009”主窗口中单击“工具”命令。打开“常用工具”选项卡，如图 18-77 所示。

（2）选择“光盘启动杀毒病毒库制作工具”选项，如图 18-78 所示。

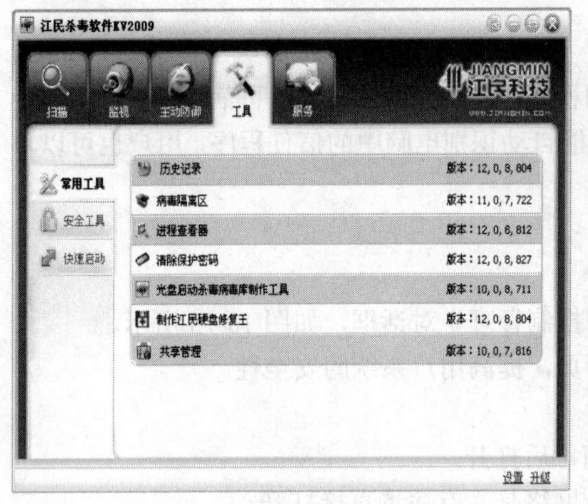

图 18-77 “常用工具”选项卡

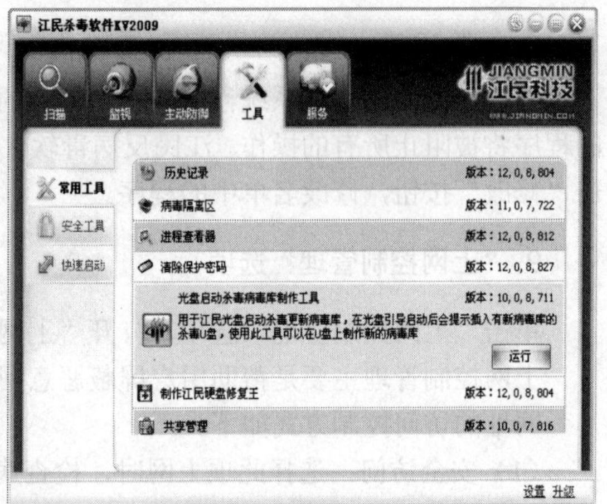

图 18-78 “光盘启动杀毒病毒库制作工具”选项

（3）单击“运行”按钮，显示如图 18-79 所示的“江民启动光盘病毒库制作”对话框，并显示 U 盘的盘符。如果未显示盘符，则手工输入。

（4）单击“确定”按钮开始制作，显示制作进度。

在制作过程中切勿拔出 U 盘。

（5）制作完成，提示“江民移动盘病毒库制作完毕”信息，如图 18-80 所示。

（6）单击“确定”按钮。

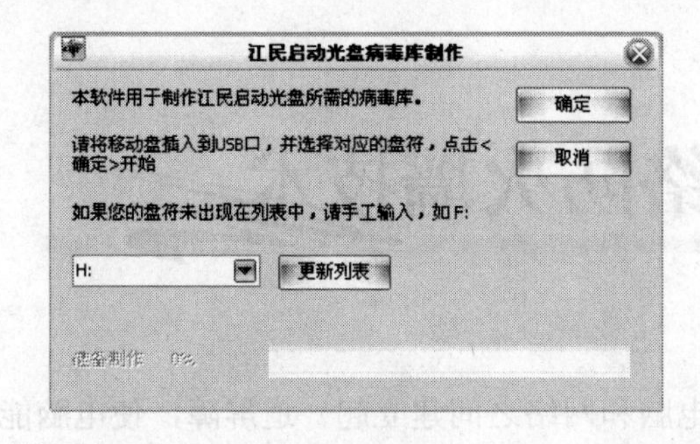

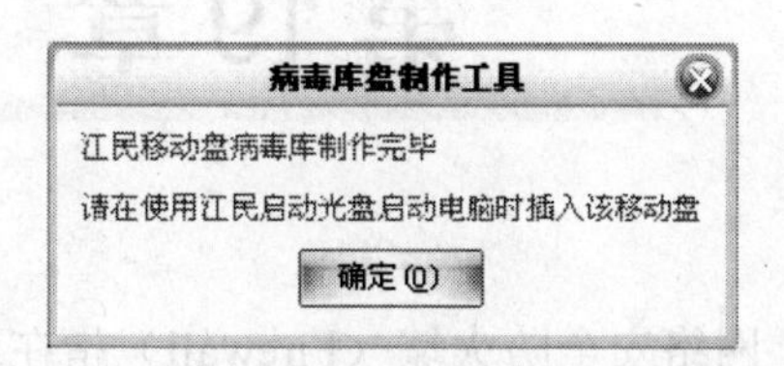

图 18-79　“江民启动光盘病毒库制作”对话框　　图 18-80　“江民移动盘病毒库制作完毕”信息

第 19 章 网络防火墙技术

网络安全防火墙（Firewall）指在用户的电脑和网络之间建立起一道屏障，使电脑能够避免来自网络的攻击的一种安全工具软件。防火墙可以根据用户的要求隔断或连通电脑与网络间的连接，用户可以通过设定规则（Rule）来决定哪些情况下防火墙应该隔断电脑与网络间的数据传输。使得运行在系统中的网络应用软件在访问网络时必须经过防火墙的确认，从而控制电脑和网络之间连接，避免遭受攻击。

适合在局域网中使用的个人防火墙也有很多，本章将介绍 3 个优秀的个人防火墙软件。这些软件的基本功能相似，但各有特点。

19.1 天网防火墙个人版

天网防火墙个人版 SKYNET Personal Fire Wall（以下简称“天网防火墙”）是由天网安全实验室研发用于个人计算机的网络安全工具。它根据系统管理员设定的安全规则（Security Rules）监控网络，提供强大的访问控制和信息过滤等功能。天网防火墙已经得到了“中国公安部信息安全产品认证”机构的认证，个人上网用户可以从网站上免费下载其最新的个人版。

19.1.1 简介

天网防火墙是个人电脑用户最好的中文软件防火墙之一，在目前互联网受攻击事件数量直线上升的情况下，安装一套天网防火墙系统可以抵御网络入侵和攻击，防止信息泄露。

19.1.2 系统设置

安装天网防火墙后重新启动电脑，电脑中会增加“天网防火墙”程序组。单击程序组中的“天网防火墙”选项，即可启动该系统。运行时，该系统在任务栏内会自动缩为一个小图标。单击该图标，打开其控制面板，如图 19-1 所示。

单击“系统设置”按钮，打开“基本设置”选项卡，如图 19-2 所示。

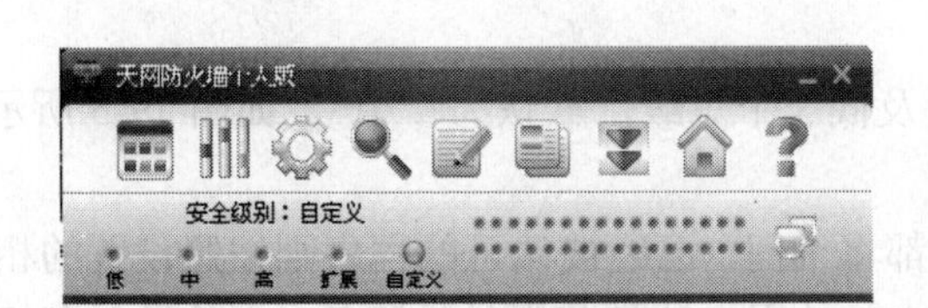

图 19-1　天网防火墙的控制面板

图 19-2　“基本设置”选项卡

选中“开机后自动启动防火墙”复选框，则天网防火墙将在操作系统启动时自动启动；否则需要手工启动。单击“重置”按钮，显示“天网防火墙提示信息”对话框，如图 19-3 所示。

单击“确定”按钮，系统会把防火墙的安全规则全部恢复为初始设置，全部清除用户对安全规则的修改和添加的规则。

单击“向导”按钮，打开防火墙设置向导对话框，如图 19-4 所示。按照向导的提示，一步步地完成天网防火墙的设置。

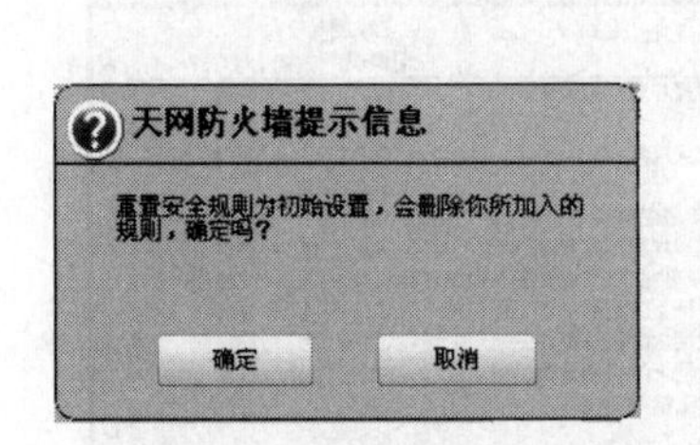

图 19-3　“天网防火墙提示信息”对话框

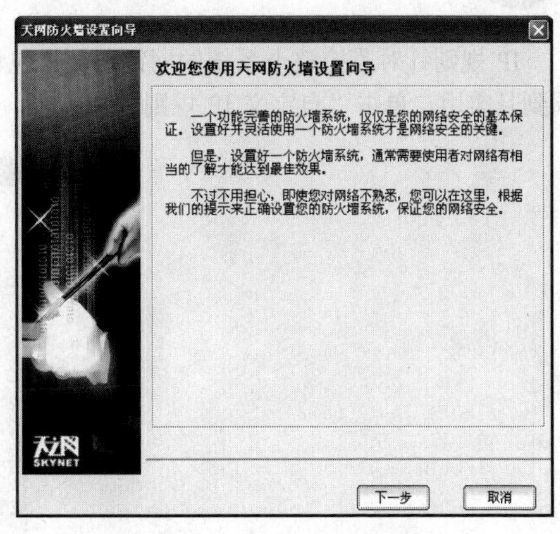

图 19-4　防火墙设置向导对话框

在“皮肤“下拉列表框中选择天网防火墙运行时界面的颜色，在“局域网地址设定”文本框中输入电脑在局域网内的地址。

如果电脑是在局域网中使用，一定要设置地址，因为防火墙将会以这个地址来区分局域网或者是互联网的IP地址。

在“报警声音”文本框中设置报警声音，单击“浏览”按钮，可以选择一个声音文件作为天网防火墙预警的声音。单击“重置”按钮，恢复默认的报警声音。

19.1.3 设置安全级别

天网防火墙的默认安全级别分为高、中及低3个等级，默认为“中”，如图19-5所示。说明如下。

（1）低：所有应用程序初次访问网络时都将询问，已经被认可的程序则按照设置的相应规则运行。将完全信任局域网，允许局域网内部的用户访问其提供的服务（文件及打印机共享服务等），但禁止互联网上的用户访问这些服务。

（2）中：所有应用程序初次访问网络时都将询问，已经被认可的程序则按照设置的相应规则运行。禁止局域网内部和互联网的用户访问本机提供的网络共享服务，局域网和互联网上的用户将无法看到本机。

（3）高：具备中等级别的所有功能，并且除了由已经被认可的程序打开的端口之外，系统会屏蔽向外部开放的所有端口。

19.1.4 默认IP规则

IP规则针对监控整个系统的网络层数据包设置，利用自定义IP规则，使防御手段更为周到且实用。单击“自定义IP规则”按钮，打开IP规则设置对话框，如图19-6所示。

图19-5　安全级别

图19-6　IP规则设置对话框

默认IP规则如下。

(1) 允许已经授权程序打开的端口：某些程序，如ICQ及视频电话等软件都会开放一些端口，本规则可以保证这些软件可以正常工作。

(2) 禁止所有人连接：这是一条非常严厉的规则，可能会影响使用某些软件。如果需要向外公开特定端口，则在本规则之前添加允许特定端口数据包可通行的规则，该规则通常放在最后。

(3) 防御ICMP攻击：不允许他人用Ping命令来确定本电脑的存在，但不影响本机Ping其他电脑。

(4) 防御IGMP攻击：IGMP是用于组播的一种协议，但现在也被用来作为蓝屏攻击的一种方法。建议选择此选项，它不会对用户造成影响。

(5) 允许DNS（域名解释）：如果要拒绝接收UDP包，一定要开启该规则；否则会无法访问互联网中的资源。

(6) TCP数据包监视：监视本机与外部之间的所有TCP连接请求，选择后会产生大量日志。如果不熟悉网络，则不要选择。这条规则一定要作为TCP协议规则的第1条。

(7) 禁止互联网上的计算机使用我的共享资源：禁止他人访问本机的共享资源，包括获取本机的计算机名称。

(8) 禁止所有人连接低端端口：防止所有计算机和本机的低端端口连接。由于低端端口是TCP/IP协议的各种标准端口，几乎所有的互联网服务都是在这些端口上工作的，所以这是一条非常严格的规则，有可能会影响本机使用的某些软件。如果需要向外面公开特定端口，则在本规则之前添加允许特定端口数据包通行的规则。

(9) UDP数据包监视：监视本机与外部之间的所有UDP包的发送和接收过程，如果不熟悉网络，则不要选择。这条规则一定要是UDP协议规则的第1条。

如果不熟悉IP规则，最好不要调整，而使用默认规则；否则可以非常灵活地设计适合自己需要的规则。

19.1.5 自定义IP规则

简单地说，规则是一系列比较条件和对数据包的操作。即将数据包的每个部分与设置的条件比较，如果符合，则确定对放行或者阻挡该包。

自定义IP规则窗口包含如下3个部分。

1. 工具栏

工具栏如图19-7所示。

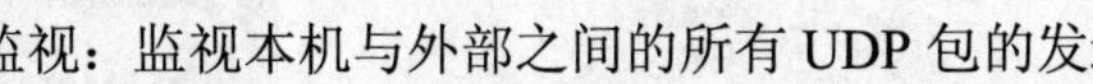

自定义IP规则

图19-7 工具栏

可以单击工具栏中的按钮来“增加”、“修改”或“删除”规则。由于规则判断是由上而下执行的，因此可以通过单击“上移”或“下移”按钮调整规则的顺序（前提是相同协议的规则）。调整后，单击“保存”按钮保存修改。

2．规则列表

规则列表如图19-8所示，其中列出所有规则的名称、对应的数据包方向、控制的协议、本机端口、对方IP地址，以及当数据包满足本规则时所采取的策略。

列表左边为该规则是否有效的复选框，选择表示有效；否则为无效。当修改后，单击“保存”按钮保存。

3．添加或修改规则

单击“增加”按钮或选择一条规则后单击“修改”按钮，显示“修改IP规则”对话框，如图19-9所示。

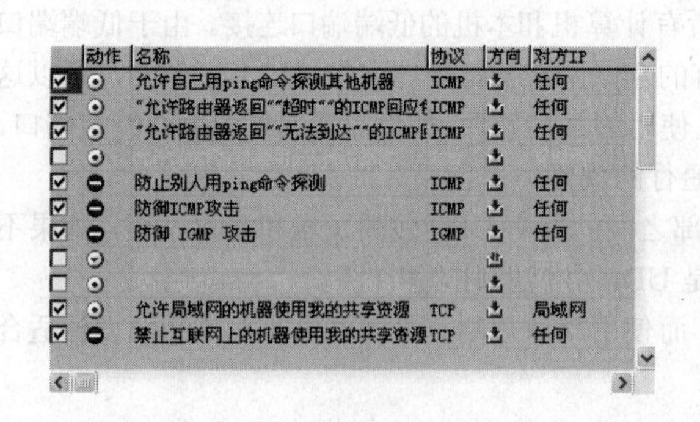

图19-8 规则列表

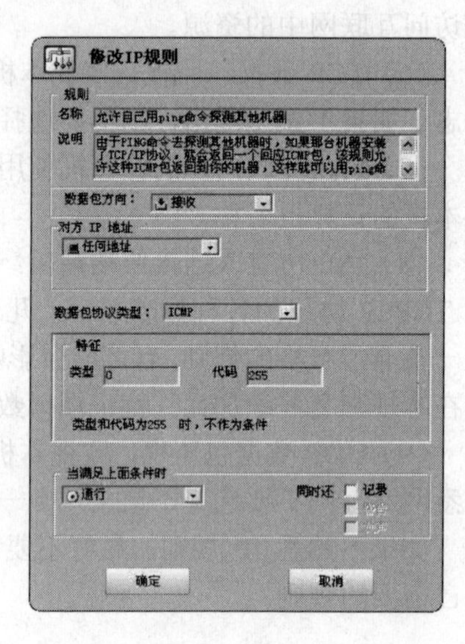

图19-9 “修改IP规则”对话框

（1）输入规则的“名称”和“说明”，以便于查找和理解。

（2）在“数据包方向”下拉列表框中，指定该规则对接收，还是发送的数据包有效。

（3）在“对方的IP地址”下拉列表框中选择数据包的源或是目标，其中的选项如下。

- 任何地址：数据包从任何地方来都适合本规则。
- 局域网网络地址：数据包来自并发送至局域网。
- 指定地址：指定IP地址。
- 指定的网络地址：指定一个网络掩码。

（4）在“数据包协议类型”下拉列表框中选择该规则所对应的协议，其中的选项如下。

- IP协议：不用输入任何内容。
- TCP协议：通过TCP规则，用户可以监视本机与外部之间的所有的TCP连接请求。选择该选项，要输入本机和外部的端口范围。如果不需指定端口，可设置起始端口为0。
- ICMP协议：用于指定ICMP消息是启用或禁用，ICMP消息用于诊断及报告错误条

件，默认该协议被禁用。

- IGMP 协议：IGMP 是用于组播的一种协议，对于 Windows 用户无用。

(5) 在“当满足上面条件时”下拉列表框中选择对该数据包采取行动，其中的选项如下。

- 通行：允许该数据包畅通无阻地进入或发出。
- 拦截：阻止该数据包进入本机。
- 继续下一规则：由下一条协议规则来决定对该包的处理。

在执行这些规则的同时，还可以定义是否“记录”这次规则的处理及数据包的主要内容，并定义右下角的“天网防火墙”图标是否闪烁来“警告”或“发声”提示。

19.1.6　应用程序规则设置

新版本天网防火墙增加了底层分析拦截应用程序数据包的功能，可以控制应用程序发送和接收数据包的类型及通信端口。并且决定“拦截”或“通过”，这是目前其他很多软件防火墙不具备的功能。

在天网防火墙打开时，激活的任何应用程序只要发送或接收数据包都会被天网防火墙先截获分析，并弹出警告信息对话框。询问“允许”还是“禁止”，如图 19-10 所示。

这时用户可以根据需要来决定是否允许应用程序访问网络，如果清除“该程序以后都按照这次的操作运行”复选框，天网防火墙在以后会继续截获该应用程序的传输数据包，并且弹出警告窗口；否则该应用程序将添加到应用程序列表中，还可以为应用程序设置更为详尽的数据包过滤方式。

19.1.7　应用程序规则高级设置

“应用程序规则高级设置”对话框如图 19-11 所示。

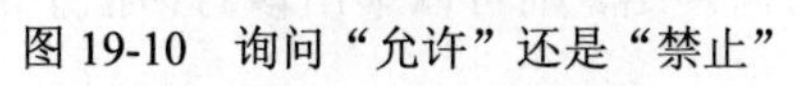
图 19-10　询问“允许”还是“禁止”

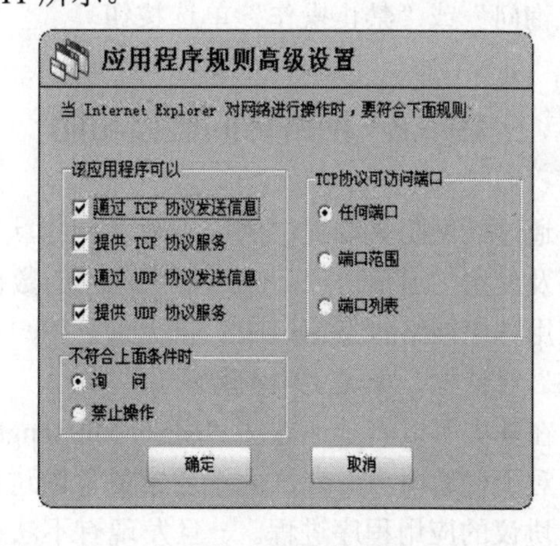

图 19-11　“应用程序规则高级设置”对话框

(1)“TCP 协议可访问端口”选项组

在该选项组中选择“端口列表”单选按钮，可编辑该列表，如图 19-12 所示。

选择“端口范围”单选按钮，输入“从”和“到”端口号，如图19-13所示。

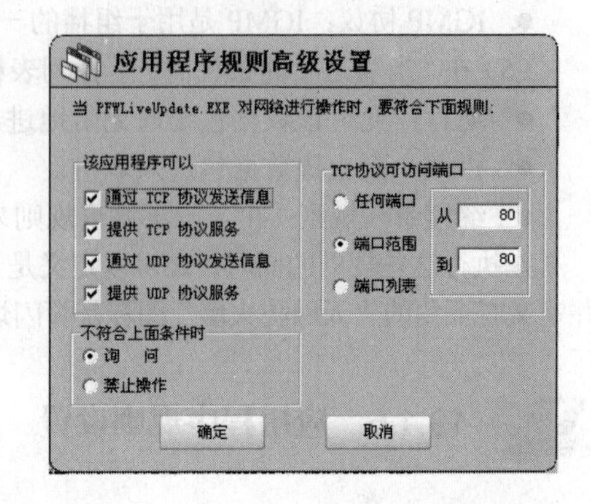

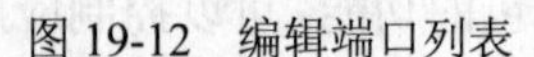

图19-12　编辑端口列表　　　　图19-13　输入“从”和“到”端口号

（2）“该应用程序可以”选项组

该选项组用于设置应用程序可以执行的操作，其中：

☑ 通过 TCP 协议发送信息
☑ 通过 UDP 协议发送信息

指此应用程序进程可以向外发出连接请求，通常用于各种客户端软件。而

☑ 提供 TCP 协议服务
☑ 提供 UDP 协议服务

则指此程序可以在本机打开监听的端口来提供网络服务，通常用于服务器端程序。

（3）“不符合上面条件时”选项组

在其中可以设置该应用程序禁止使用TCP或者UDP协议传输，允许应用程序只能通过固定几个或者一个范围接收和传输数据。设置时，可以在“不符合上面条件时”选项组中选择“询问”或“禁止操作”单选按钮。

19.1.8　网络访问监控功能

通过天网防火墙提供的应用程序网络状态功能，用户能够监视所有开放端口连接的应用程序及使用的通信协议。任何不明程序的数据传输通信协议端口，例如特洛伊木马等都可以在应用程序网络状态窗口中一览无遗。用户可以单击“查看”工具按钮打开“应用程序网络状态”对话框，如图19-14所示。

在其中可以清楚地看出“MSN Messenger Service”使用TCP协议的详细情况。

对于普通用户而言，由于通常的危险进程都是采用 TCP 协议，所以一般只要监视使用TCP协议的应用程序进程。一旦发现有不法进程在访问网络，则可以单击该对话框中的结束进程按钮✕后，显示提示框，如图19-15所示。

单击“确定”按钮后即可结束进程。

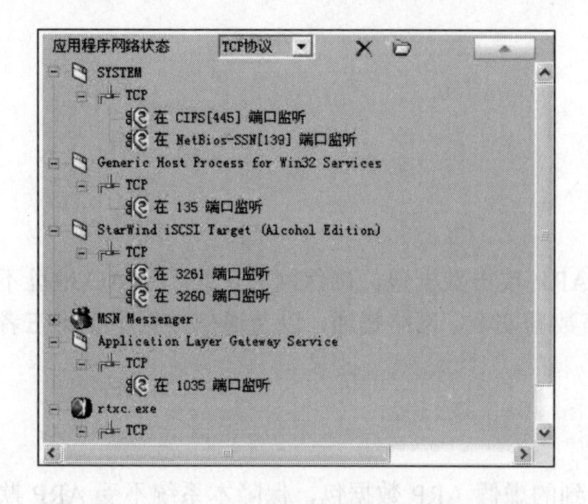

图 19-14　“应用程序网络状态”对话框

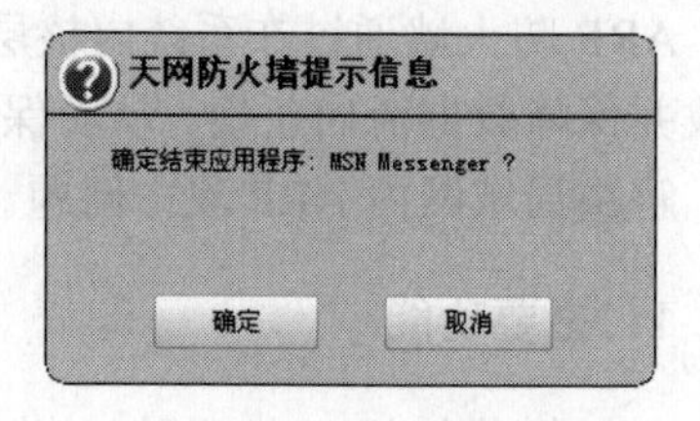

图 19-15　提示框

19.1.9　查看与分析日志

天网防火墙拦截并记录所有不合规则的数据包，如果选择了监视 TCP 和 UDP 数据包，则记录发送和接收的每个数据包。每条记录从左到右分别是发送/接收时间、发送 IP 地址、数据包类型、本机通信端口、对方通信端口和标志位等。“日志”对话框如图 19-16 所示。

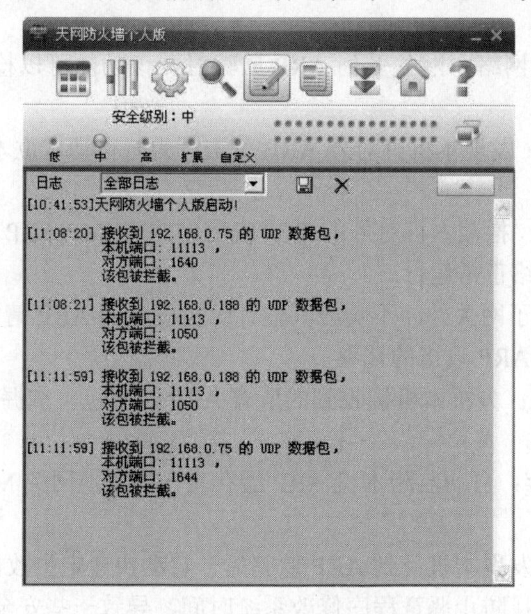

图 19-16　“日志”对话框

单击保存或清除两个按钮，可以将日志保存为档案或清空日志。

19.2 ARP 防火墙

19.2.1 主要功能

ARP 防火墙通过在系统内核层拦截 ARP 攻击数据包，确保网关正确的 MAC 地址不被篡改并保障数据流向正确。从而保证通信数据安全、网络畅通，以及通信数据不受第三者控制，解决局域网内 ARP 攻击问题。

1．主要功能

（1）拦截外部 ARP 攻击：拦截接收到的虚假 ARP 数据包，保障本系统不受 ARP 欺骗及 ARP 攻击的影响，保证网络正常通信。

（2）拦截对外 ARP 攻击：拦截本机对外的 ARP 攻击数据包，避免本机感染 ARP 病毒后攻击网络中的其他主机。

（3）拦截 IP 冲突：拦截接收到的 IP 冲突数据包，保障本系统不受 IP 冲突攻击的影响。

（4）主动防御：主动向网关通告本机正确的 MAC 地址，保障网关不受 ARP 欺骗的影响。

2．辅助功能

（1）智能防御：在网络中网关受到 ARP 欺骗时，该功能可以检测到 ARP 欺骗并做出反应。

（2）ARP 病毒专杀：发现本机有对外 ARP 攻击行为时自动定位本机所感染的恶意程序，并清除病毒。

（3）Dos 攻击抑制：拦截本机对外的 TCP SYN/UDP/ICMP/ARP DoS 攻击数据包，并可定位恶意程序，保障网络正常运行。

（4）安全模式：除了网关外，不响应其他计算机发送的 ARP 请求（ARP Request）。达到隐身效果，减小受到 ARP 攻击的几率。

（5）ARP 流量分析：分析本机接收到的所有 ARP 数据包，掌握网络动态，找出潜在的攻击者或中毒的电脑。

（6）监测 ARP 缓存：自动监测本机 ARP 缓存表，如发现网关 MAC 地址被恶意程序篡改将报警并自动修复。

（7）定位攻击源：发现本机受到 ARP 欺骗后，自动快速定位攻击者的 IP 地址。

（8）系统时间保护：防止恶意程序修改系统时间，导致一些安全防护软件失效。

（9）IE 首页保护：防止 IE 首页被恶意程序篡改。

（10）ARP 缓存保护：防止恶意程序篡改本机 ARP 缓存。

（11）自身进程保护：防止 ARP 防火墙被恶意软件终止，保护防火墙本身。

（12）检测局域网内的网管软件：检测局域网内正在运行的网管软件，如网络执法官、聚生网管及 P2P 终结者等。

19.2.2 参数设置

ARP 放火墙的主窗口如图 19-17 所示。

其中包括 6 个信息区域，即 ARP、主动防御、网卡流量、IP/MAC、IP 和攻击统计显示区，分别显示本机接收和发送的 ARP 数据包、网关地址和本机的 IP 地址、发送的 IP 数据包量、接收的 ARP 攻击、IP 冲突攻击、发送 ARP 攻击、主动防御的速度和状态等信息。

1．“常规”选项卡

在主窗口中单击“设置”按钮，打开“设置“对话框。默认为“常规”选项卡，如图 19-18 所示。

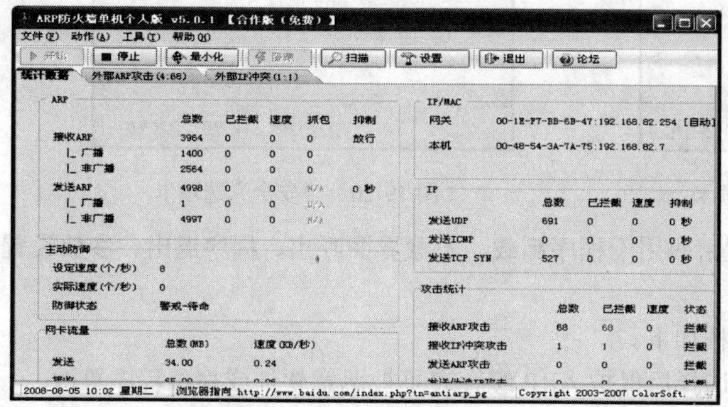

图 19-17 ARP 放火墙的主窗口

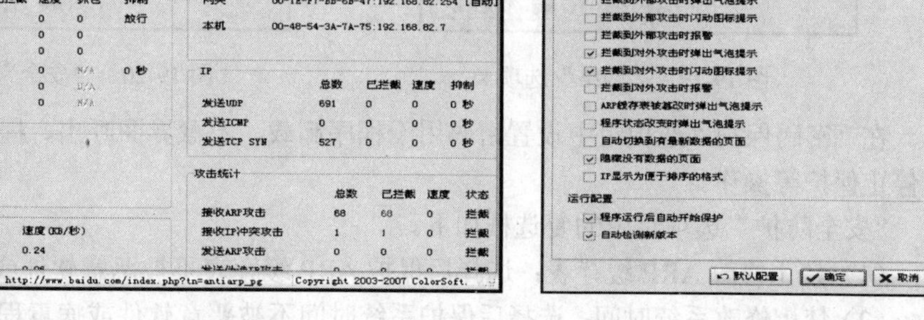

图 19-18 “常规”选项卡

主要的复选框如下。

（1）拦截到外部攻击时报警：采用的报警方式取决于具体的设置。

（2）ARP 缓存表被篡改时弹出气泡提示：ARP 防火墙会自动监测本机 ARP 缓存表，当发现网关 MAC 地址被篡改时可弹出气泡提示。如果禁用弹出气泡提示，不影响防火墙继续监测和修复本机 ARP 缓存。

（3）隐藏没有数据的页面：不同类型的数据分栏显示，隐藏没有数据的页面可使程序界面看起来更简洁。

（4）IP 显示为便于排序的格式：选择后，IP 显示类似“192.168.000.001”；否则显示为“192.168.0.1”

（5）自动检测新版本：当有新版本可用时，系统会弹出提示窗口询问用户是否用浏览器打开下载页面及新版本。

2．“网络”选项卡

该选项卡如图 19-19 所示，选择“自动获取”单选按钮，由 ARP 放火墙自动获取网关的 IP 和 MAC 地址；选择“手动设置”单选按钮，为了解决自动获取的 MAC 地址可能被伪造的问题，手动设置网关的 IP/MAC 地址。

3．“安全”选项卡

该选项卡如图19-20所示。

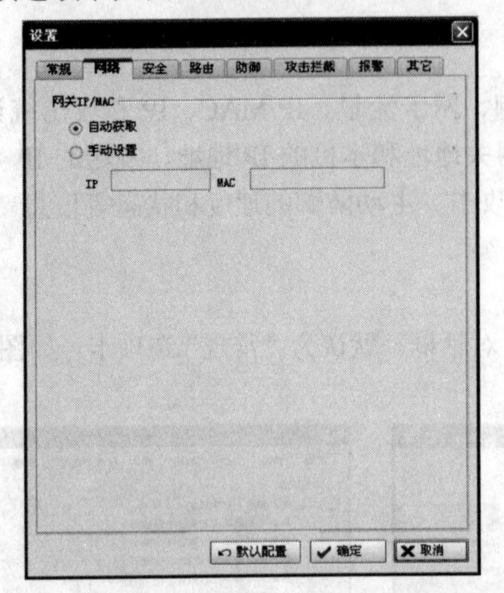

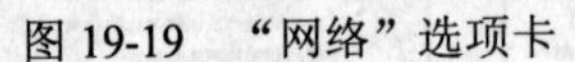
图19-19 “网络”选项卡

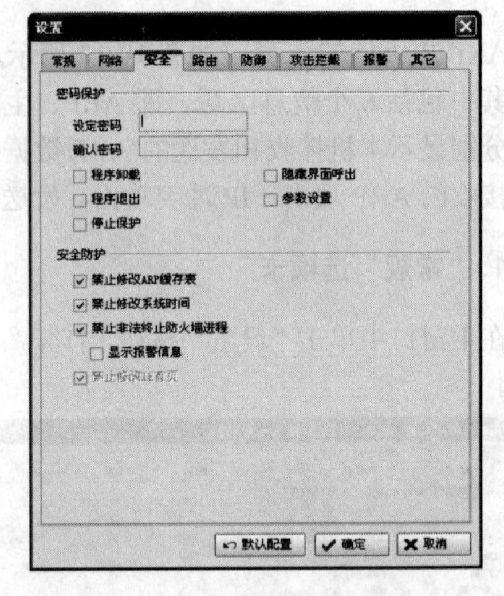

图19-20 “安全”选项卡

在“密码保护“选项组中设置密码用于程序卸载、隐藏界面呼出、程序退出、参数设置及停止保护等操作。

“安全防护”选项组中的复选框如下。

（1）禁止修改ARP缓存表：选择后保护ARP缓存表不被恶意软件或病毒程序篡改。

（2）禁止修改系统时间：选择后保护系统时间不被恶意软件或病毒程序篡改，避免因时间错误导致安全软件（如杀毒软件及防火墙等）失效。

（3）禁止非法终止防火墙进程：选择后保护ARP防火墙进程不被恶意软件或病毒程序非法终止。任何进程试图获取本进程的操作权限时会被拦截和记录。

（4）禁止修改IE首页：选择后保护IE首页不被恶意软件或病毒程序篡改，此项功能为默认启用，且不可取消。

4．“路由”选项卡

默认情况下，ARP防火墙把网关认为是可信任的路由，其他主机是不可信任的路由。因为在正常情况下，除了网关外，其他主机都不会充当路由器的角色转发数据包。

当出现来自非可信路由的IP数据包时，有下面3种情况。

（1）ARP防火墙误报（几率非常小）。

（2）局域网内存在多个网关/路由器，但未将其添加到可信路由列表中。

（3）局域网内存在ARP欺骗，攻击者正在充当路由器的角色，转发网络上的数据包。

“路由”选项卡如图19-21所示。

如果局域网内有多个网关/路由器，则应添加到可信路由列表中。

选择“拦截来自非可信路由的IP包“复选框，可以保障通信安全，但是可能会造成网络不稳定。如果是个人用户，不建议选择；如果是服务器用户，建议选择，以避免密码等机密数

据被攻击者窃取。另外，如果频繁出现来自非可信路由的数据包，建议把主动防御设置为始终启用，并把防御速度设置为最大。

5．“防御”选项卡

该选项卡如图 19-22 所示。

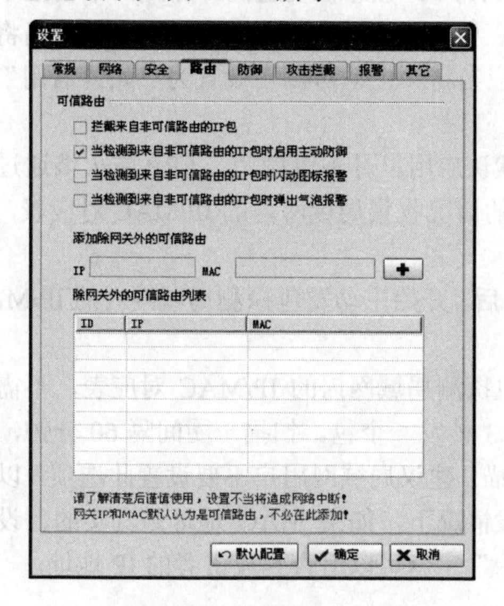

图 19-21　“路由”选项卡

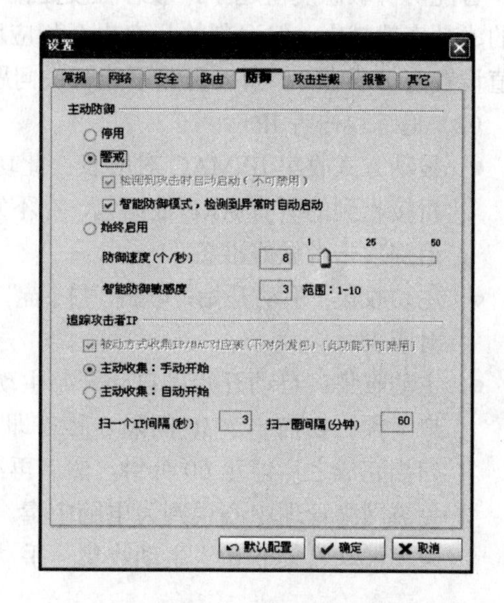

图 19-22　“防御”选项卡

其中包括如下两个选项组。

（1）主动防御

ARP 攻击软件一般会发送如下两种类型的攻击数据包。

- 向本机发送虚假的 ARP 数据包：对于这种攻击包，ARP 防火墙完全可以拦截。
- 向网关发送虚假的 ARP 数据包：如果网关不受控制，这种攻击包就无法拦截。“主动防御”的功能是“通知”网关本机正确的 MAC 地址，而忽略虚假的 MAC 地址。

主动防御支持如下 3 种模式。

- 停用：任何情况下都不向网关发送本机正确的 MAC 地址。
- 警戒：平时不向网关发送本机正确的 MAC 地址，状态为“警戒－待命”。当检测到本机正在受到 ARP 攻击时，状态切换为“警戒－启动防御”。开始向网关发送本机正确的 MAC 地址，以保证网络不会中断。持续 10 秒没有检测到攻击时，状态从“警戒－启动防御”切换回“警戒－待命”，停止发包。
- 始终启用：始终向网关发送本机正确的 MAC 地址。如果攻击者只向网关，不向本机发送攻击数据包，当“主动防御”处于“警戒”状态时无法保证网络不会中断，“始终启用”主动防御功能可以应对这种情况。

主动防御功能默认配置为警戒状态，防御速度（发包速度）为每秒 8 个。默认防御速度可以应对大多数 ARP 攻击软件。向网关发送正确 MAC 时，每次会发送两种类型的数据包，每个数据包为 42 个字节。防御速度支持自定义，建议局域网用户不要设置过高的防御值（超过5），以避免被网络管理中心误判为电脑中毒。

智能防御功能可检测到只有网关受到攻击的情况，如通信异常，智能防御功能会把防御状态从“警戒－待命”模式切换到“警戒－启动防御”。网络恢复正常后，防御状态切换回“警戒－待命”模式。

智能防御敏感度值越小，敏感程度越高，默认为3。敏感程度越高，保障网络畅通不中断的成功率就越大，但误判的几率也会相应增加。如果网络时常出现断线的情况，应当将敏感值设置为1或者2。如果仍然不能解决问题，应当将“主动防御”设置为“始终启用”。

（2）追踪攻击者IP

- 被动方式收集IP/MAC对应表：此功能默认启用，且不可撤销。ARP防火墙通过分析接收到的所有ARP数据包，在不发包的情况收集局域网内的IP/MAC对应表，为追踪攻击者做好准备。
- 主动收集：手动开始：单击“扫描”按钮后，开始主动发包探测局域网内的IP/MAC对应表。
- 主动收集：自动开始：自动开始主动发包探测局域网内的IP/MAC对应表，不需用户干预。扫描一个IP间隔3秒，即每隔3秒发一个包。扫描一圈间隔60分钟，即扫描完成之后停止60分钟，然后再次扫描。建议局域网用户不要设置此选项，以避免被网络管理中心误判为电脑中毒。一般情况下，如果MAC地址是真实的，设置为“被动收集”和“主动收集－手动开始”完全可以追查到攻击者的IP地址。

6．“攻击拦截”选项卡

该选项卡如图19-23所示，其中包括如下3个选项组。

（1）ARP抑制

- “发送ARP”复选框：选择后，当本机发送ARP数据包的速度超过阀值时，ARP防火墙会启动拦截程序。一般情况下，本机发送ARP的速度不应该超过10个/秒。
- “一并拦截发送的ARP Reply”复选框：选择后，如果拦截本机发送的ARP Reply，其他电脑将无法获取本机的MAC地址，但本机可主动与其他电脑进行联系。
- “安全模式”复选框：选择后只响应来自网关的ARP Request（ARP请求），可降低受到ARP攻击的概率。

（2）抑制对外DoS（拒绝服务）攻击

DoS攻击常见的有TCP SYN Flood、ICMP Flood及UDP Flood等，其数据包与普通数据包相同，唯一判断的标准是发包的速度。如果需要使用迅雷、PPLive及QQLive等网络程序，则建议不要启用“抑制发送UDP”的功能，以免影响正常使用。

（3）拦截攻击

- “拦截外部ARP攻击”复选框：选择后默认启用且不可撤销，因为撤销之后本机将无法受到保护。
- “拦截外部IP冲突攻击”复选框：默认启用且不可撤销。
- “拦截本机对外ARP攻击”复选框：选择后如果本机中了ARP病毒，在病毒攻击局域网时，ARP防火墙拦截攻击数据。作为代理服务器、NAT及路由器的主机不可

启用此功能，不然将会造成网络中断。

- “拦截本机对外伪造 IP 攻击”复选框：选择后如果本机中了 DoS 病毒，在病毒伪装成其他 IP 攻击局域网或其他网络时，ARP 防火墙可以拦截攻击数据。代理服务器、NAT 及路由器的主机不可启用此功能，不然将会造成网络中断。

7.“其它”选项卡

“其它”选项卡如图 19-24 所示。

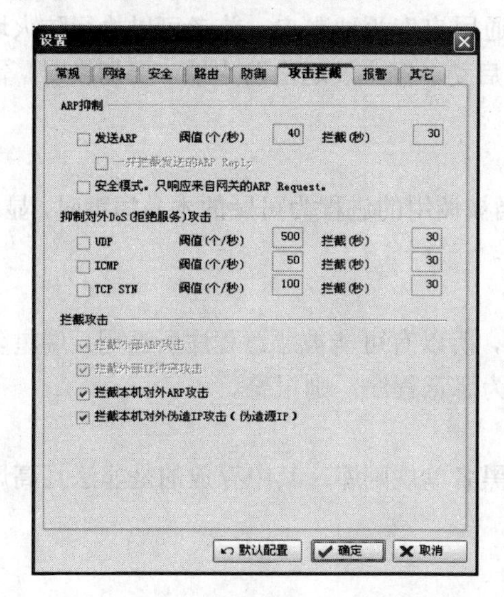

图 19-23　“攻击拦截”选项卡

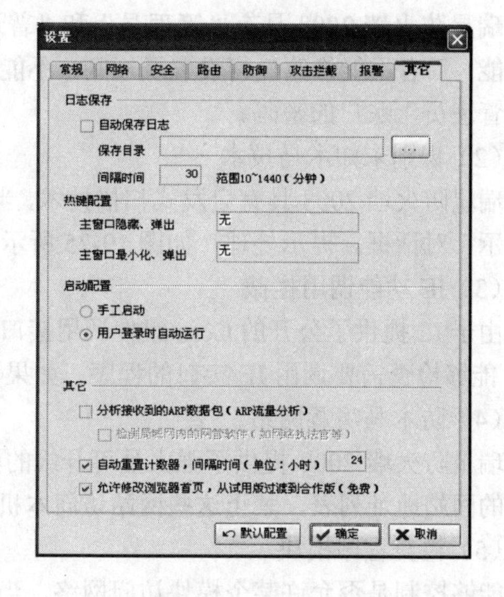

图 19-24　“其它”选项卡

（1）“日志保存”选项组

选中“自动保存日志”复选框，在“保存目录”文本框中输入保存位置。即可将日志文件保存在指定位置，其默认“间隔时间”为 30 分钟，也可由用户指定。

（2）“其它”选项组

- “分析接收到的 ARP 数据包（ARP 流量分析）“复选框：选择后可分析接收到的所有 ARP 数据包，分析 ARP 数据包主要由哪些电脑产生，以掌握网络情况。
- “检测局域网内的网管软件”复选框：选择后可能会存在误报，结果仅供参考。
- “允许修改浏览器首页，直接从试用版过渡到合作版（免费）”复选框：选择后切换到“合作版”模式，并修改浏览器首页指向百度。

19.3　瑞星个人防火墙 2008

瑞星个人防火墙 2008 版针对目前流行的黑客攻击、钓鱼网站及网络色情等做了针对性的优化，采用未知木马识别、家长保护、反网络钓鱼、多账号管理、上网保护、模块检查、可疑文件定位、网络可信区域设置及 IP 攻击追踪等技术可以帮助用户有效抵御黑客攻击、网络诈骗等安全风险。该版本具有完备的规则设置，能有效地监控任何网络连接，保护网络不受黑客的攻击。

19.3.1 特性

瑞星防火墙2008的特性如下。

（1）多账户管理技术

瑞星防火墙2008具有“管理员”和“普通用户”两种账户，前者可以执行防火墙的所有功能；后者不能修改任何设置及规则，不能启动、停止及退出防火墙。要切换时，需要输入“管理员”账户的密码。

（2）识别未知木马技术

瑞星防火墙2008具有启发式扫描技术，当被调用的进程为可疑的木马病毒时，显示“瑞星提示”对话框。提示处理，如图19-25所示。

（3）IE功能调用拦截

由于IE提供了公开的Com组件调用接口，所以有可能被恶意程序所调用。瑞星防火墙2008能够检查需要调用IE接口的程序，如果为恶意程序，则报警。

（4）防木马病毒网站

瑞星防火墙2008提供了强大且可升级的黑名单规则库，其中存放的是非法且高风险高危害的网站地址列表，禁止这些网站访问本机。

（5）检查程序模块

能够控制是否允许某个模块访问网络，当应用程序访问网络时瑞星防火墙2008检查对参与访问的模块，根据其访问规则决定是否允许访问。

19.3.2 主窗口

双击瑞星防火墙2008的图标，打开其主窗口，如图19-26所示。

图19-25 “瑞星提示”对话框

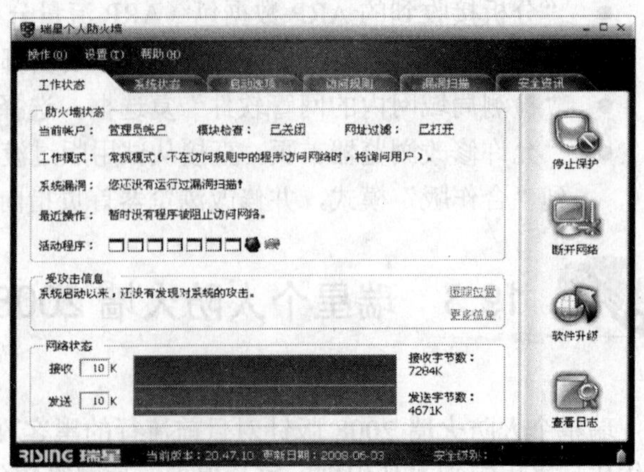

图19-26 瑞星防火墙2008的主窗口

1. “防火墙状态”选项卡

（1）当前账户：显示使用瑞星防火墙的账户类型，单击当前账户类型（图中为管理员账户），系统提示“您是否想切换到普通账户？”对话框，如图 19-27 所示。

- 模块检查：显示模块的保护状态，单击右侧超链接显示“模块规则”对话框，如图 19-28 所示，在其中可以为指定程序模块设置“启动模块访问检查”规则。

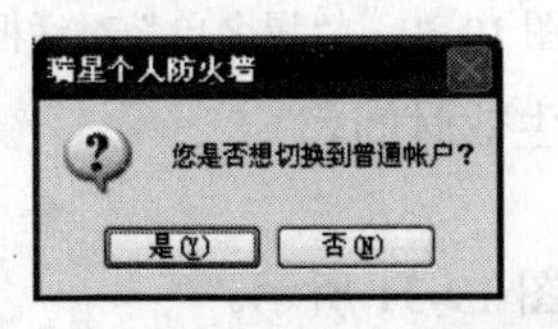

图 19-27 “您是否想切换到普通账户？”对话框　　图 19-28 “模块规则”对话框

- 网址过滤：显示上网保护状态，单击右侧超链接显示“网站访问规则”对话框，如图 19-29 所示。

（2）工作模式：防火墙当前所使用的工作模式，通常为常规模式。

（3）系统漏洞：显示当前系统存在的系统漏洞数和不安全设置数。

（4）最近操作：显示最近一次被禁止访问网络的程序。

（5）活动程序：显示当前活动程序的图标，当图标闪烁时说明活动程序繁忙。

2. “受攻击信息”选项卡

（1）“追踪位置”超链接：如果受到攻击，单击后打开 http://www.ikaka.com 网站，在其中可以查询攻击者的 IP 地址。

（2）“更多信息”超链接：单击后可以查看防火墙日志。

3. “网络状态”选项卡

显示当前网络接收和发送数据的字节数。

19.3.3 规则设置

防火墙的规则设置用于配置如下过滤规则。

1. 黑名单

在黑名单中的计算机禁止与本机通信。

单击“设置”|“详细设置”命令，显示“详细设置”对话框。单击“黑名单”选项，打开“黑名单”对话框，如图 19-30 所示。

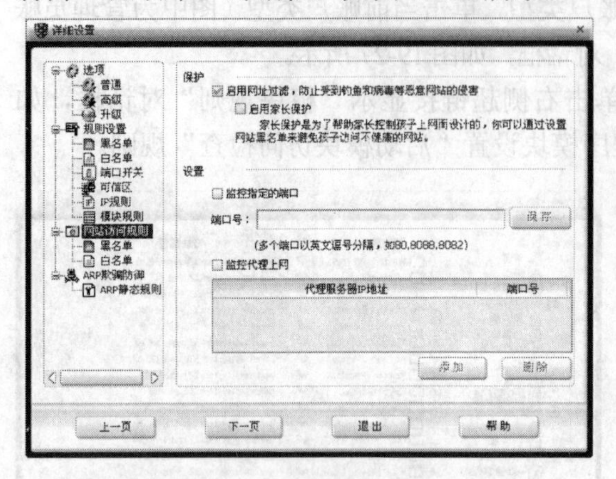

图 19-29 “网站访问规则”对话框

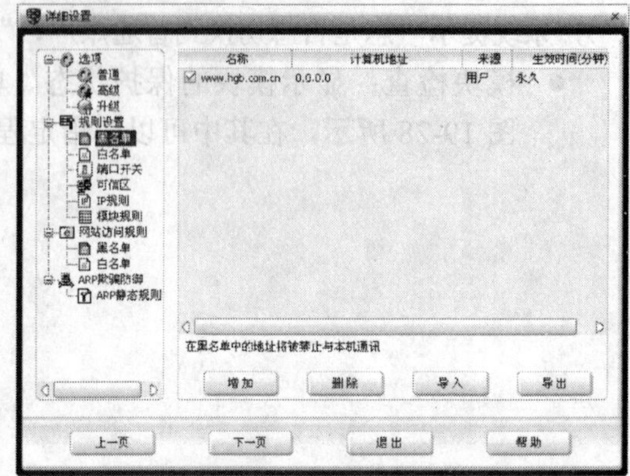

图 19-30 “黑名单”对话框

其中显示当前黑名单中计算机的名称、地址、来源及生效时间。

（1）增加规则

单击“增加”按钮，打开“增加黑名单”对话框，如图 19-31 所示。

输入名称、地址类型、地址（或地址范围），单击“保存”按钮，将攻击本机的计算机列入黑名单并在列表中显示，如图 19-32 所示。

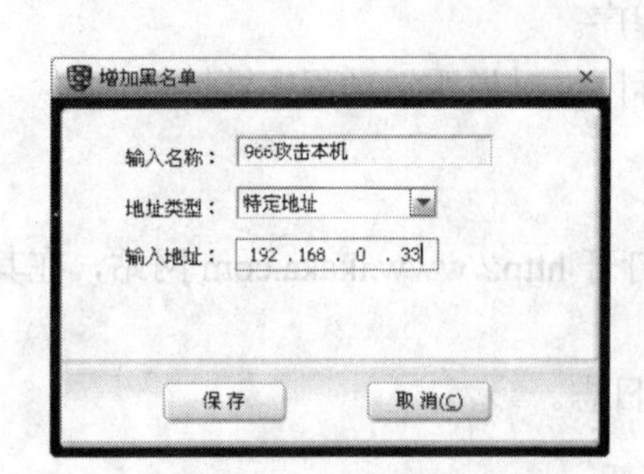

图 19-31 “增加黑名单”对话框

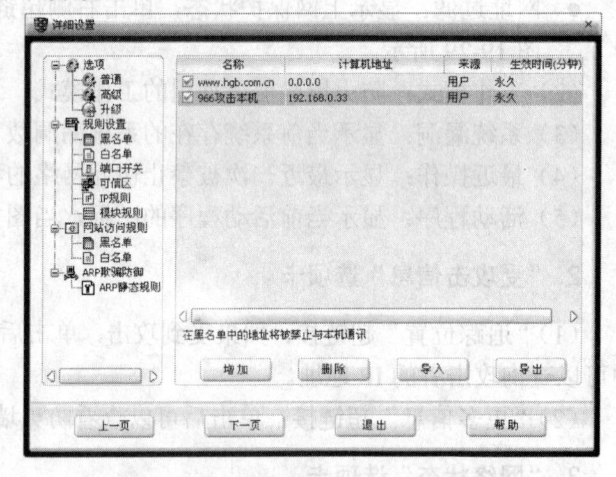

图 19-32 将攻击本机的计算机列入黑名单

（2）编辑规则

右击需要修改的规则，单击快捷菜单中的“编辑”命令，显示“编辑黑名单”对话框，如图 19-33 所示。

在其中修改黑名单，然后单击“保存”按钮。

（3）删除规则

选中需要删除的规则，然后单击“删除”按钮，显示“瑞星个人防火墙”对话框，单击“是”按钮。

2. 白名单

白名单是完全信任的计算机列表，列表中的计算机有完全访问本机的权限。

3. 端口开关

“详细设置”对话框中选择“端口开关”选项，打开端口列表，如图 19-34 所示。

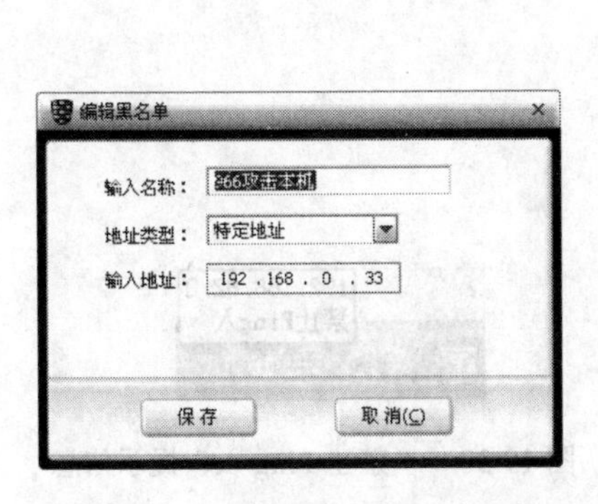

图 19-33　“编辑黑名单”对话框

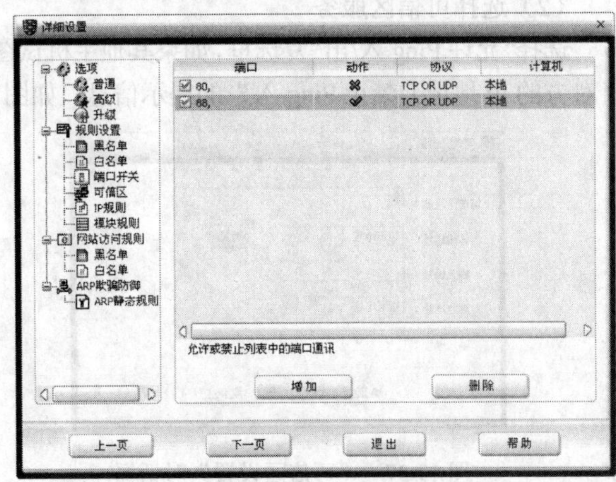

图 19-34　端口列表

单击“增加”按钮，打开“增加端口开关”对话框，如图 19-35 所示。

在“端口号”文本框中输入要增加的端口，然后选择协议类型。若选中“本机”单选按钮，则操作本机的端口；若选中“远程”单选按钮，则操作连接的远程电脑的端口，最后选择“禁止”或“允许”的“执行动作”。

4. 可信区

在“详细设置”对话框中选择“可信区”选项，显示“可信区”对话框，如图 19-36 所示。

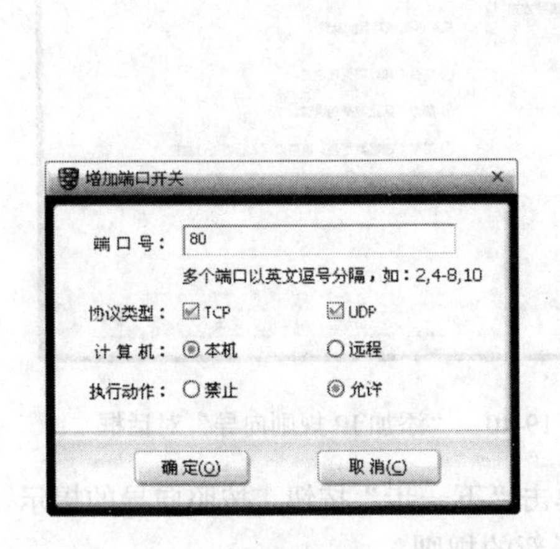

图 19-35　“增加端口开关”对话框

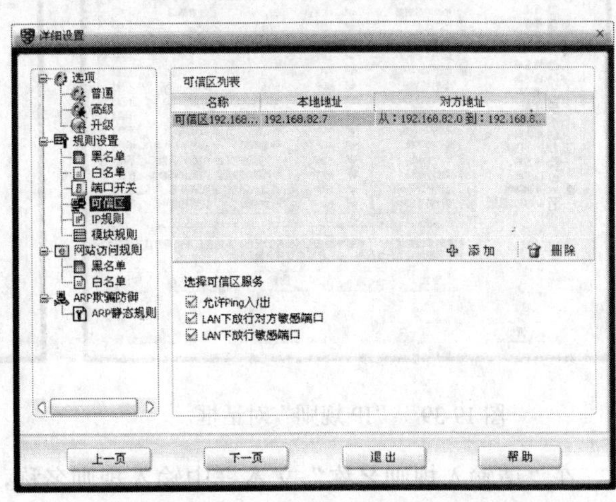

图 19-36　“可信区”对话框

（1）添加 IP 地址

如果本机处于局域网中，单击“添加”按钮，显示“可信区设置”对话框，如图 19-37 所示。

在其中设置可信区名称、本地地址及对方地址等。当“本地地址”为“指定地址”时，单击“浏览”按钮，然后选择一个本地地址。

（2）选择可信区服务

选择“允许 Ping 入/出”复选框，如果其他主机试图 Ping 通本机时防火墙会显示“192.168.82.8（对方的 IP 地址）禁止 Ping 入”的提示信息，如图 19-38 所示。

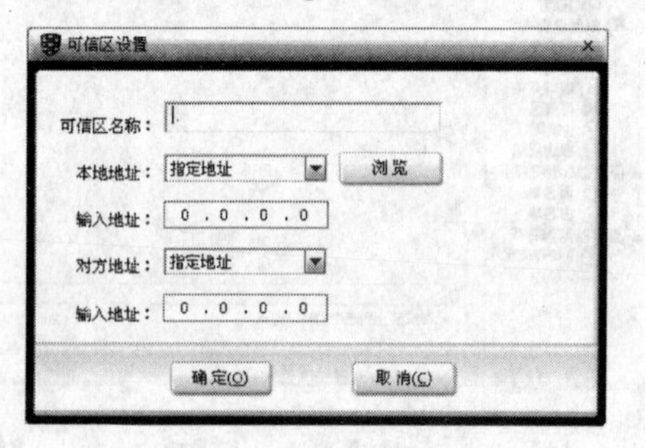

图 19-37　“可信区设置”对话框

图 19-38　“禁止 Ping 入”提示信息

选择“LAN 下放行对方敏感端口”复选框，允许局域网中的电脑通过敏感端口与本机建立连接。

5．IP 规则

在“详细设置”对话框中选择“IP 规则”选项，显示“IP 规则”对话框，如图 19-39 所示。单击“增加”按钮，弹出“添加 IP 规则向导”对话框，如图 19-40 所示。

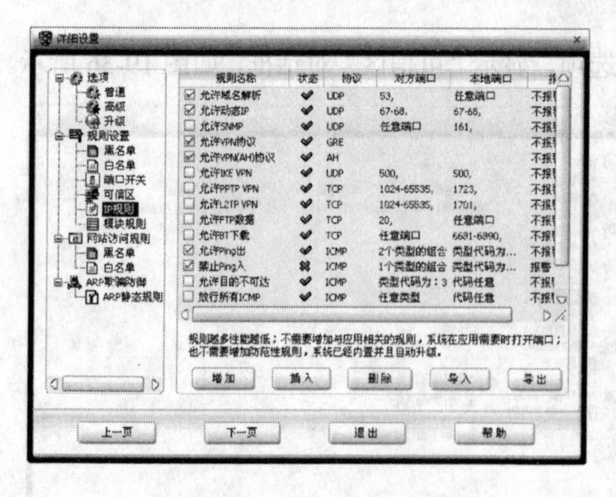

图 19-39　“IP 规则”对话框

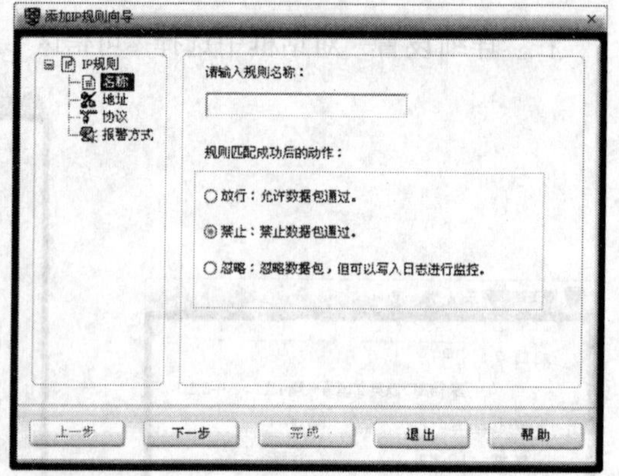

图 19-40　“添加 IP 规则向导”对话框

在“请输入规则名称”文本框中输入规则名称，单击“下一步”按钮。按照向导的提示执行后面的操作，最后单击“完成”按钮即可添加一条新的规则。

6. 模块规则

在“详细设置”对话框中选择“模块规则”选项，显示“模块规则”对话框，如图 19-41 所示。

单击“增加”按钮，显示“模块规则”对话框，如图 19-42 所示。单击“浏览”按钮，在打开的对话框中显示模块的名称、路径、公司名称和文件版本。用户可以设置此模块是否允许访问网络，然后单击“确定”按钮增加模块规则。

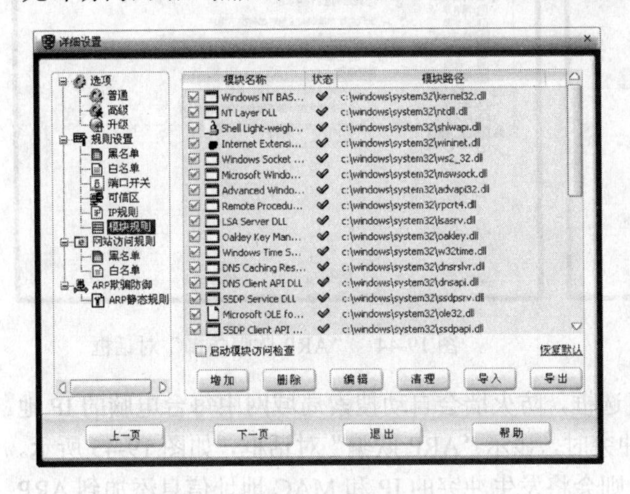

图 19-41　“模块规则”对话框

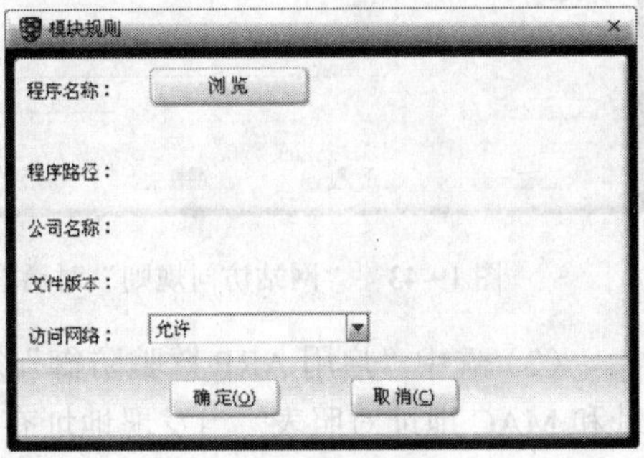

图 19-42　“模块规则”对话框

7. 网站访问规则

在“详细设置”对话框中选择“网站访问规则”选项，显示“网站访问规则”对话框，如图 19-43 所示。

（1）启用上网保护

选中“启用网址过滤，防止受到钓鱼和病毒等恶意网站的侵害”复选框，防火墙启动上网保护功能。

（2）启用家长保护

选中“启用家长保护”复选框，防火墙启用家长保护功能。

（3）监控指定端口

选中该复选框并输入端口号，单击“保存”按钮，防火墙会监控指定的对方网站端口。默认为 80 端口。

（4）监控代理上网

选中该复选框，单击“添加”按钮。输入所用代理服务器的信息，防火墙会监控代理上网。

（5）黑名单

选择该复选框，将要禁止访问的网站添加到黑名单列表中。

（6）白名单

选择该复选框，将信任的网站添加到白名单列表中。

8．防御 ARP 欺骗

（1）在“详细设置”对话框中选择“ARP 欺骗防御”选项，打开“ARP 欺骗防御”对话框，如图 19-44 所示。

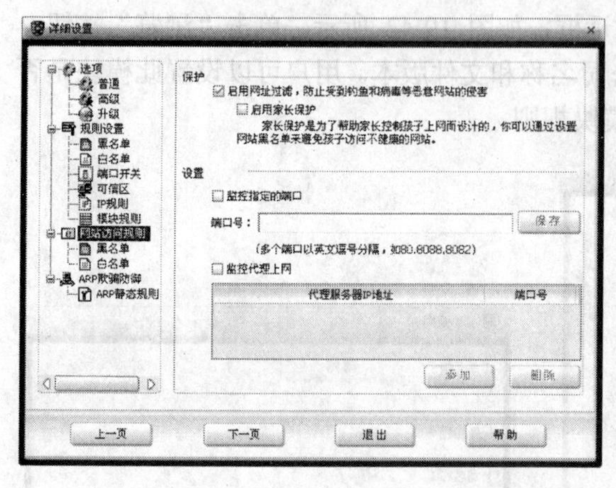

图 19-43 “网站访问规则”对话框

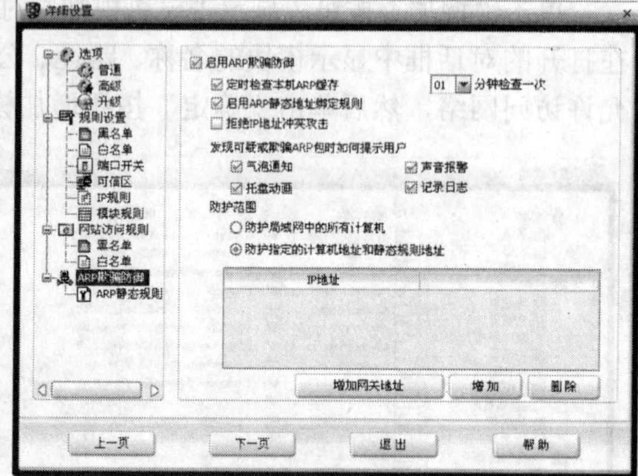

图 19-44 “ARP 欺骗防御”对话框

（2）选中“启用 ARP 欺骗防御”复选框，防火墙会自动搜索局域网中每台电脑的 IP 地址和 MAC 地址对照表。当发现地址有冲突时，显示“ARP 欺骗”对话框，如图 19-45 所示。单击“添加到 ARP 静态表中”超链接，则会将发生冲突的 IP 和 MAC 地址信息添加到 ARP 静态表中。

（3）选择“ARP 静态规则”选项，显示“ARP 静态规则”列表，如图 19-46 所示。

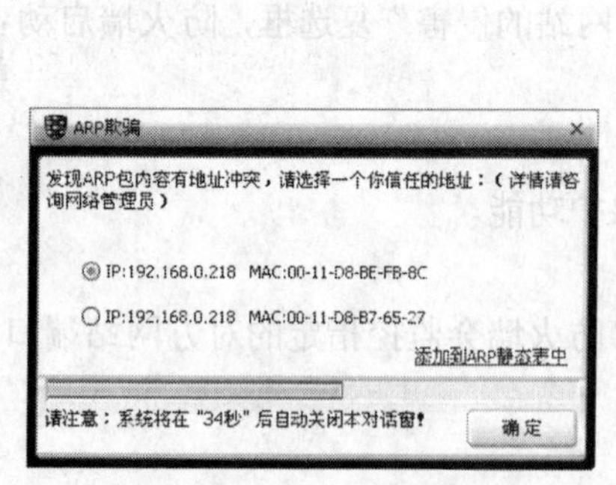

图 19-45 “ARP 欺骗”对话框

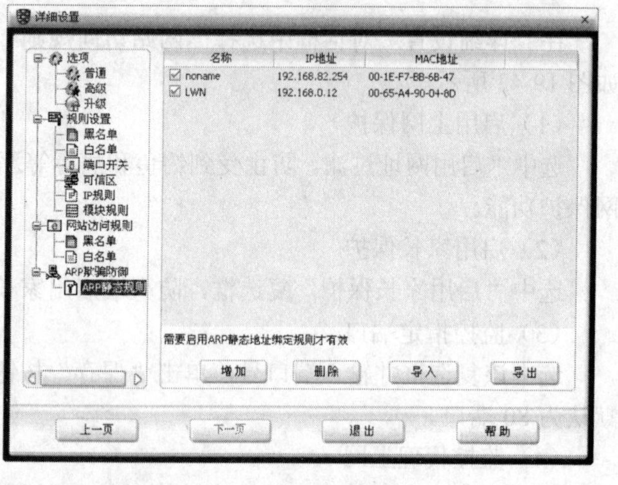

图 19-46 “ARP 静态规则”列表

可以通过添加 ARP 静态规则来维护网络中电脑的 IP 和 MAC 地址。

（4）单击“增加”按钮，显示“ARP 静态规则”对话框，如图 19-47 所示。

（5）在“名称”和“IP 地址”文本框中输入电脑的名称和 IP 地址，单击“自动获取”超链接即可获得该计算机的 MAC 地址，单击“确定”按钮。

19.3.4　查找正在运行中的木马病毒

通过瑞星防火墙，可以查看系统中正在运行的木马病毒。

（1）打开“工作状态”选项卡，显示当前活动的程序。将鼠标移动到其图标上，会显示该程序在电脑中的位置，如图19-48所示。

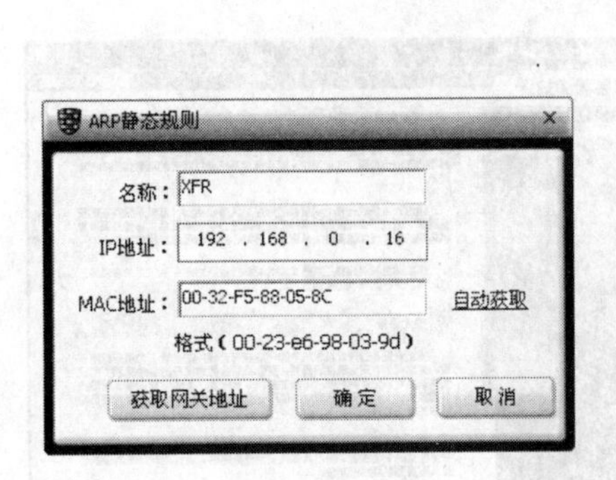

图19-47　“ARP静态规则”对话框

图19-48　活动程序在电脑中的位置

在活动程序中有一个文件为“Lsass.exe”，经查找资料证实该程序是一个木马病毒。

（2）单击“Lsass.exe”文件图标，打开“系统状态”选项卡，如图19-49所示。

（3）右击“Lsass.exe”文件，单击快捷菜单中的“结束此进程”命令，如图19-50所示。

（4）启动杀毒软件杀毒清除该木马病毒。

图19-49　“系统状态”选项卡

图19-50　“结束此进程”命令

19.3.5 修复系统漏洞

瑞星防火墙具有修复系统“安全漏洞”和“不安全设置”的功能，前者指系统中存在的可能被攻击者利用的安全弱点和缺陷；后者指系统中存在的一些与系统安全相关的设置，如用户权限及共享等。

（1）打开如图19-51所示的“漏洞扫描”选项卡，显示系统“发现的安全漏洞数”及“未修复的安全设置数”。

（2）单击“瑞星漏洞扫描”超链接，显示“瑞星系统安全漏洞扫描”窗口，如图19-52所示。

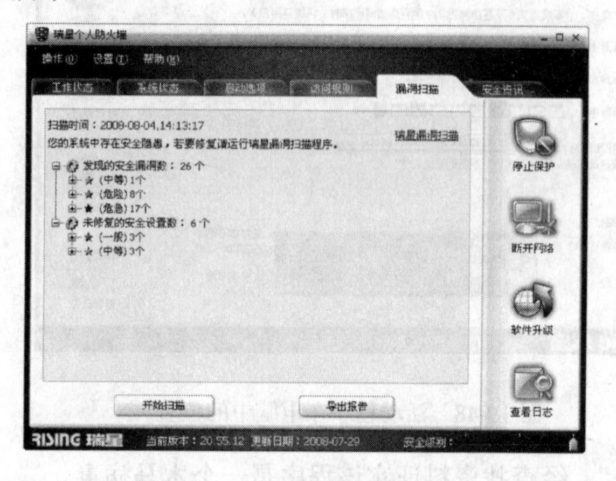

图19-51 “漏洞扫描”选项卡

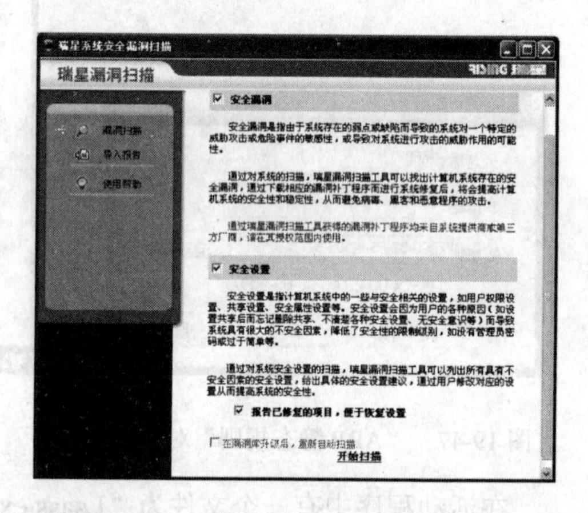

图19-52 “瑞星系统安全漏洞扫描”窗口

（3）单击“开始扫描”超链接，开始扫描系统漏洞和不安全设置。稍后会显示“漏洞扫描报告”窗口，如图19-53所示。

（4）单击“查看详细”超链接，打开“安全漏洞详细信息”窗口，如图19-54所示。

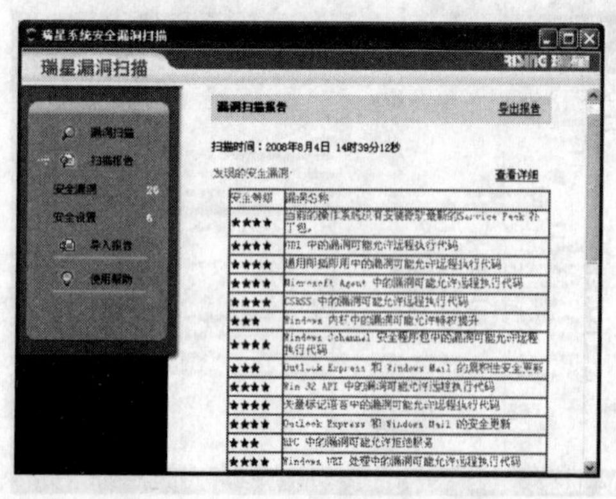

图19-53 “漏洞扫描报告”窗口

图19-54 “安全漏洞详细信息”窗口

（5）选择要修复的系统漏洞，单击右下角的“修复选择的漏洞”超链接开始下载系统漏洞补丁，在窗口的右上方会显示下载完成的百分数。

（6）下载完成后提示重新启动系统，重新启动后完成修复系统漏洞的操作。